PLAGA
DE
ORO

Ila Monroe

PADMORE PUBLISHING GROUP

Diseño de cubierta: Viviana Longueira / Gum LLC
© Cubierta: Padmore Publishing Group
Traducción: Simon Breden / ComTranslations

Primera edición: 2013

Información sobre la catalogación de publicaciones disponible en la Biblioteca del Congreso de los Estados Unidos.

ISBN: 978-1-939866-01-1 (electrónico)
ISBN: 978-1-939866-03-5 (tapa blanda)

Parte de los ingresos de la venta de este libro serán donados a la Fundación de Fibrosis Cística de los Estados Unidos.

PLAGA
DE
ORO

"Para vivir con miedo,
prefiero morir sonriendo,
con el recuerdo vivo."

-Rubén Blades
(Canción Adán García)

A Sarah López, QEPD
un angelito ahora en el cielo

INDICE

LONDRES

Miguel no sabía hablar ni leer inglés a pesar de que llevaba tres meses viviendo en Londres. Las medicinas que se tomaba a diario a escondidas de su jefe tenían la receta escrita en español porque su madre se las enviaba directamente desde Puerto Rico en un paquete sellado, el cual, tan pronto recibía en su buzón londinense, guardaba en una maleta debajo de la cama para que su compañero de apartamento no lo viera.

Paco Beltrán, con quien compartía un piso, tenía dieciocho años igual que él, pero ahí se acababan las similitudes. Paco provenía de Barcelona, la cuna de la arquitectura modernista catalana, aunque no le interesaba para nada el modernismo, la arquitectura o el arte. Lo suyo eran las ciencias y las lenguas. Además de hablar español, dominaba el francés y el inglés porque viajaba el mundo con sus padres. Ser hijo de un embajador tenía sus beneficios.

El día que se conocieron, entre los miles de detalles de los que hablaron, Paco le dijo a Miguel:

—Yo tengo tres casas: una en España, otra en Francia y ahora ésta que comparto contigo en Inglaterra.

Ese no era el caso de Miguel, quien por primera vez salía de su país en busca de tiempo.

—La vida es corta, mami, lo sabes mejor que nadie. Déjame darme una última escapadita —le dijo a su progenitora antes de partir en vuelo de San Juan hacia Londres.

En su país natal, los días los vivía encerrado entre las paredes de su casa en las montañas o como prisionero del deprimente e inhóspito cuarto de hospital que lo recibía al menos tres veces al año. Sus contadas salidas eran a la escuela cuando no estaba enfermo y las visitas al doctor en San Juan, la capital de la isla del Caribe donde vivía. Hoy se cumplían doce semanas desde que salió de Puerto Rico por primera vez.

Se levantó de madrugada, no sólo por la costumbre ni para tomarse un café, sino por el frío espeluznante característico de las noches de invierno en Londres. Ese que se le metía entre las cobijas para no dejarlo dormir y que provocaba que se le emburujaran las extremidades. Aún con la calefacción en setenta y cinco grados, a Miguel le entró un frío por los pies a eso de las cinco de la mañana que lo hizo saltar de la cama y entrar a la ducha para darse un baño con agua caliente.

A esta hora no hay frisa que valga. Esta madrugada está más fría que nunca, pensó. *Veinte minutos debajo de la ducha no serán suficientes. Me demoraré al menos treinta antes de que se me descongelen los huesos.*

—¡Paco, levántate! —le gritó a su compañero tan pronto salió del baño ya vestido para ir a trabajar.

La única vez que cometió el error de asomarse fuera del baño en toalla para vestirse en el cuarto sintió que se le congelaron las bolas de un cantazo, así que ya ni lo intentaba siquiera.

Paco de igual forma ya ni se molestaba en poner el despertador. Miguel siempre estaba despierto antes que él, así que para qué. Y cada vez que Miguel se quejaba de que tenía que levantarlo todos los días, Paco sin reparos le contestaba:

—De todas formas no podré usar el baño, así que mejor me apunto media hora más de sueño que estar torturándome afuera de la puerta aguantando las ganas de orinar.

Ya le pasó una vez y Miguel no lo dejó entrar aunque él casi le tumba la puerta suplicándole que lo dejara pasar.

—¡Cierra la cortina, imbécil! ¿Qué piensas? ¿Qué me interesa verte en pelotas? —le gritó Paco desde la habitación en aquella ocasión.

Aún así, nada. Miguel se mantuvo refugiado en el baño. Es por esto que Paco nunca había visto desnudo a su nuevo amigo, ni siquiera en calzoncillos. Hoy será la primera vez, ya pasada la tarde.

Los compañeros de cuarto salieron del piso cuando estuvieron desayunados y listos para cumplir con su compromiso diario. Llegaron bien temprano al laboratorio. Instantáneamente Miguel pensó:

Es tan irónico que el trabajo que me consiguieron sea en un laboratorio de investigación, cuando lo que sólo anhelo es huir de los doctores y las medicinas.

A pesar de que el olor a químicos y a detergentes le devolvió su odio por todo lo relacionado a laboratorios y a hospitales, aceptó este trabajo porque le prometieron buena paga y le garantizaron que sólo probarían el efecto de ciertos tintes orgánicos.

—Mira, no somos los primeros en llegar —escuchó Miguel decir a Paco percatándose de que el Dr. Francis Fowler ya estaba allí.

El resto de los empleados apareció casi una hora más tarde. Eran seis empleados en total. Miguel sólo sabía sus nombres. Nunca había hablado con ellos, ni siquiera con el Dr. Fowler quien era su jefe directo. Paco le servía de traductor.

Para que no usaran el problema del idioma en su contra, Miguel se esforzó desde el principio por hacer su trabajo a la perfección. Todos los días se ponía sus guantes y su mascarilla y le pasaba veinte veces el paño con desinfectante a todas las mesas, las sillas y los instrumentos, succionaba el piso con la aspiradora dos y tres veces hasta que no quedaba ni una minúscula partícula de polvo y limpiaba el filtro del aire todos los días a pesar de que no había pasado suficiente tiempo para que se ensuciara. Todo quedaba reluciente luego de que terminaba su meticuloso trabajo. Igual hacía en el apartamento donde residía.

Este día las instrucciones de lo que debía hacer en su trabajo eran las mismas de siempre, pero por primera vez debía repetirlo a las seis de la tarde mientras el resto de los empleados se marchaba a cenar.

—Pero, ¿y yo? —se quejó con Paco cuando le dio la noticia.

—No te preocupes. Te compraremos comida —le mandó a decir el Dr. Fowler cuando salieron a buscar un sitio para comer.

Los empleados estaban muy animados porque podrían cenar en alguno de esos restaurantes del área que sólo abrían en las noches.

—Hoy no hay hora de salida, Miguel. Te traeré algo bien delicioso. Te veo —se despidió Paco mientras su compañero se ponía los guantes para comenzar su rutina.

Una hora más tarde, con voz temblorosa mientras se arrancaba la máscara de la nariz, Miguel gritó:

—¡Nos va a matar, nos va a matar!

Corrió desbocado hacia la puerta de cristal que comunicaba el laboratorio con el pasillo principal del edificio. Las gotas de sudor no tardaron en aparecer en su frente como si hubieran sido llamadas para rescatar a los nervios que le corrían por toda la cara. Sintió que todo el rostro le temblaba, pero lo peor eran sus mejillas, las cuales exteriorizaban la intensidad del crujir de sus dientes cuando chocaban entre sí. Se detuvo súbitamente y se recostó de la pared casi al filo de la esquina en el cruce de los pasillos. Aunque no había corrido más de treinta segundos, sintió abruptamente que le faltaba el aire, que se le apretaban los pulmones y se le secaba la garganta.

Al final del pasillo escuchó dos puertas que se abrieron simultáneamente y observó con ojos nublados a un grupo de hombres que caminaba sin prisa. Lentamente se acercaban. Todos estaban vestidos de blanco, igual que él, excepto uno, el más alto de todos. Ese estaba vestido con chaqueta y pantalón gris, del mismo gris oscuro en que se tornó todo a su alrededor. En ese instante, Miguel percibió que las paredes comenzaron a desaparecer, que se derritieron junto a él y formaron un gran charco en el piso. No tenía de donde aguantarse, excepto del suelo, así que se dejó caer.

Paco fue el primero que lo vio tirado como si se hubiera lanzado de un edificio multipisos.

—¿Qué te pasa? —le gritó alarmado y se acercó con cuidado al rostro pálido de su amigo al comprobar que tenía los ojos abiertos.

—Llévame al hospital —le contestó Miguel y cerró los párpados sin mirar al resto de sus compañeros que en ese momento se arremolinaban a su lado.

Cuando sintió que Paco comenzaba a incorporarse, Miguel le agarró el brazo para detenerlo y le dijo:

—Llévanos a todos al hospital —y abrió los ojos momentáneamente para mirar fijamente al hombre de traje gris.

—¿Cómo que a todos? —insistió Paco.

Pero ya Miguel no respondía.

PARTE 1
Definición del problema

Capítulo 1

Sam Cosgrove pasó el control de dos guardias de seguridad privados antes de ser admitido en el hogar donde vivía su hermano Josh en una exclusiva cuadra en la ciudad de Chicago donde habitaban importantes ejecutivos. La casa estaba en una comunidad tan protegida que rayaba en lo ridículo, en lo paranoico. Ahora él residía en este palacio amurallado como invitado de su hermano, quien insistió que dejara su cuidad natal, Londres, para estar a su lado.

Sam se encontraba estacionado frente a la casa maravillándose de que el hogar de Josh Cosgrove fuera más hermoso que su esposa, más elegante que sus socios y más refinado que sus amantes. *Y así lo prefiere Josh,* pensó mientras observó si había luces encendidas en el segundo piso.

Al bajarse del auto frente a la entrada de la Mansión Cosgrove, no pudo evitar el impulso de sacudir su cabeza mientras contemplaba la blancura imponente de su fachada. *La casa más blanca que las almas que la habitan,* pensó.

Luego de ese instante de reflexión, procedió a abrir el baúl de su automóvil, de donde extrajo un pequeño bulto de tela y una caja metálica. Tenía llave de las puertas francesas de la oficina de Josh que abrían desde el patio y hacia allí se dirigió.

Al acercarse observó a través de los cristales que su hermano se hallaba en la oficina. Hablaba por teléfono sentado sobre un escritorio de caoba negra tallada que 'le costó un ojo y un brazo' como solía decirle. Mientras su hermano continuaba hablando, la luz de uno de los dormitorios del segundo piso se apagó. Sam no lo pensó dos veces. Subió por la escalera de piedra que conectaba el patio con la terraza superior y en menos de un minuto llegó frente a las puertas dobles de la habitación matrimonial. Las cortinas transparentes dejaban entrever todo lo que había en el interior, pero sólo un objeto allí adentro le interesaba y se encontraba tendido sobre la cama.

Sam abrió la puerta con sigilo, entró a la habitación y caminó con paso firme hasta que llegó al borde de la cama. Empujó con su rodilla el colchón y silbó en un volumen mediano:

—Psst

La esposa de Josh abrió los ojos lentamente y miró a su alrededor adormilada. En qué momento se dio cuenta de que estaba en problemas no importó, pues ya no pudo hacer nada para remediarlo. Un segundo más tarde Sam le tapó y le apretó la boca con su mano izquierda y la inmovilizó al acostar su cuerpo totalmente encima del de ella.

Sam vio en sus ojos miedo y odio entremezclados con ira y se sorprendió de cuán complacido estaba con esa reacción.

—No seas tonta y trates de gritar. Josh está en su oficina y podría escucharte.

Ella permaneció tendida sin moverse, pero aún así la mano masculina se mantuvo conteniéndole la boca.

—Voy a empezar —le anunció.

Con la mano que tenía libre, Sam le levantó la falda de la pijama y acarició la piel debajo de sus panties de encaje, recreándose. Profundizó un poco más hasta que alcanzó el pubis y le hizo rosquillas a los vellos con dos dedos. Hasta que se cansó de jugar y con fuerza insertó los dedos por donde cabían.

Los ojos de la mujer se desorbitaron y su quejido se escuchó aún cuando la otra mano de San todavía le apretaba la boca.

—¿Te gusta?—le preguntó y la miró fijamente.

Ella forcejeó un poco con su cuerpo. Cerró los ojos y meneó la cabeza a ambos lados con fuerza, pero no la suficiente para zafarse de la mano que la amordazaba.

—Oh no, no dejes de mirarme. Abre los ojos —le pidió intensamente y juntó su frente a la de ella—. ¡Mírame! —ordenó cuando se percató de que no logró convencerla la primera vez.

Tan pronto ella abrió los ojos, separó su rostro para poder observarla mejor y le dijo en un tono casi tierno.

—¿Por qué no quieres contestarme? ¿Estás insegura? Sólo necesito saber si te gusta —y le quitó la mano de la boca.

Ella intentó volver a cerrar los ojos, pero se detuvo al sentir que se intensificaba el brusco jamaqueo entre sus piernas.

—¿Te gusta o no? —le gritó Sam entre dientes, con su mano dentro del panties todavía haciendo de las suyas.

—Sí —murmuró ella entre sollozos.

—Así me gusta. Que me respondas —le dijo él.

Al instante, Sam detuvo la mano y soltó el cuerpo femenino. Se levantó de la cama con un brinco y vio que la mujer comenzaba a llorar desconsoladamente.

—No te preocupes. Nunca había estado en tu habitación y nunca más estaré. Sólo tenía curiosidad —le dijo y le guiñó un ojo mientras salía de espaldas por la puerta de la terraza.

Al final de la escalera encontró sus pertenencias tal y como las había dejado antes de subir a la terraza. Las levantó del suelo y caminó por el patio hacia la oficina de Josh. Cuando su hermano lo vio llegar, le hizo señas para que pasara, no porque necesitara permiso para entrar, sino porque estaba deseoso por ver el contenido de la caja metálica que traía.

—¿Qué tal? —se saludaron uno al otro agarrándose por los hombros.

—Todo salió bien, ¿ah? Estoy muy orgulloso de ti, Sam. No tienes idea de lo emocionado que estoy.

—Me pediste que protegiera con mi vida unas pequeñas placas de Petri y eso hice.

—Para eso te nombré jefe de seguridad. Sabía que protegerías mis intereses y los de la farmacéutica mejor que cualquier hijo de vecino.

—Me parece fantástico que tengas tan buena impresión de mí —confirmó Sam pasándose los dedos de la mano derecha por los labios y colando entre sus palabras una gota de cinismo.

Por un segundo se desconectó de la conversación con su hermano y prestó atención a los sonidos en el interior de la casa. La esposa de Josh bajaba las escaleras, sus zapatos de tacón alto delataban sus intenciones de salir a la calle. Contó las pisadas. *Uno, dos, tres, cuatro, cinco.* La puerta del vestíbulo se abrió y se cerró, y el motor de un auto se encendió y aceleró por la avenida. Sam rió en su interior.

—A ver. Pon el maletín aquí, sobre el escritorio —le solicitó Josh.

Una docena de placas de Petri, círculos llenos de saber, de vidrio extra fino y transparentes como el agua cristalina, fueron sacados uno a uno del maletín metálico y depositados en una bandeja especial que Josh colocó cuidadosamente sobre el escritorio. Allí fueron admirados como si fueran obras de arte por dos hombres maduros que de niños jugaban a romper recipientes de cristal sólo para divertirse. Botellas, tubos de ensayos, litros de leche, ventanas… nada de cristal se salvaba de las manos de los hermanos Cosgrove cuando eran niños. Ahora manejaban cada placa de Petri con la delicadeza que exhibían los curadores de museos cuando toman entre sus manos una pieza antiquísima de porcelana fina. Pero ninguna pieza de museo era tan valiosa como el contenido de estas placas de Petri y sus dueños lo sabían.

—Me retiro por hoy para que saborees el triunfo —se despidió Sam con un formalismo fuera de lo normal, aparentemente contagiado con el aire petulante del lugar.

—¿No me acompañas? —le preguntó Josh acercándose a la barra y forzando un ademán que invitaba a servirse una copa.

—¿De cuándo acá te acompaño en las noches? —contestó y salió por el mismo sitio por donde había entrado.

Por la parte trasera de la casa, como si esa puerta fuera su entrada y salida personal, su camino secreto.

———

La bofetada de Josh le cruzó la cara y explotó su cachete como una bomba de goma de mascar. El ardor en el rostro no tardó en llegar, la piel se le puso caliente y no pudo aguantar las lágrimas que se abarrotaban en sus ojos.

—¡Te dije que no los tocaras! ¡Te dije que no los tocaras! No ves que son peligrosos. Tan difícil es eso de entender —gritó Josh Cosgrove como un demonio, dándole la espalda a su hijo Dean luego de la cachetada que le proporcionó.

No era la primera vez que su padre lo maltrataba, pero últimamente era cada vez más constante. Por todo le pegaba, le halaba el pelo, lo pellizcaba, lo pateaba, lo tumbaba de la cama, lo estrellaba contra la pared, le metía un puño en la barriga, le daba un correazo en la espalda.

—¡Vete de aquí!—volvió a gritar al percatarse de que Dean continuaba en la oficina.

Al chico marcharse, Josh Cosgrove se quitó su chaqueta y su corbata y se enrolló las mangas de la camisa, para luego ponerse unos guantes de hule en las manos y una mascarilla en el rostro. Cuando terminó de prepararse, se sentó en la silla frente al escritorio para examinar minuciosamente una a una las doce placas de Petri y asegurarse de que no se habían alterado. Todo se veía normal, así que se quitó los guantes y la mascarilla y los tiró a la basura.

—Clarita, Clarita, ven acá inmediatamente —llamó impaciente a la sirvienta—. Encárgate de ese niño ahora mismo. No lo quiero en mi oficina nunca, ¿escuchaste?, NUNCA. No sé cómo más decírselo— y sin parar de hablar, preguntó—. ¿Dónde está su madre?

Clarita se encogió de hombros como respuesta aunque sabía muy bien donde estaba la Sra. Cosgrove. Ya recibiría la señora castigo seguro aún cuando ni tan siquiera había estado en la escena. No importaba la hora que llegara, sería golpeada hasta el desmayo, igual que pasaba cada vez que su hijo olvidaba las reglas impuestas por su padre.

—Lo único que tienes que hacer es criar a ese niño. Es lo único que te pido y ni eso haces bien —gritó el marido a su mujer tan pronto escuchó el tintineó de sus zapatos de tacón alto que aporreaban el piso de mármol.

Josh nunca le decía a Dean "hijo", como si no fuese suyo. Como si fuera fruto sólo de su esposa, o peor aún, de su esposa y algún amante escondido. Pero sí era su heredero y él lo tenía bien claro porque su mujer no era capaz de buscarse un amante ni para vengarse, además de que él había mandado a hacer una prueba de paternidad en el laboratorio de la farmacéutica por si acaso.

—Madre, no llegué a tocarlos, de veras —irrumpió Dean al ver a su madre entrar por la puerta de su habitación decorada al estilo vaquero.

La mujer fijó su mirada en un amuleto indio que colgaba de la pared, el cual confeccionó su hijo cuatro años antes cuando era Niño Escucha. Ella misma lo había llevado a escoger los materiales en la tienda de manualidades, pero no llegó a enterarse como lo hizo. Lo ayudó el líder de su tropa. Lo que sí recordó fue cuando Dean la obligó a taparse los ojos para colgarle el amuleto en el cuello al llegar de su reunión semanal embarrado de fango hasta los huesos. Ella estaba en la cocina. Josh, para variar, no había llegado de la oficina. De pronto su hijo pasó corriendo como un celaje que se lleva el viento. Dean tendría ocho años más o menos cuando esto.

—Para que te proteja de todos los males —le dijo Dean mientras se guindaba de sus hombros.

Pero su peso ya no era el de un niño pequeño, por lo que la espalda de la madre sintió inmediatamente el respingo.

—¡Salte, salte, que ya no puedo contigo! —dijo y empujó a Dean hacia el frente sacándoselo de encima.

El amuleto no resistió el empujón. El hilo que lo aguantaba se partió y cayó en el suelo entre madre e hijo. La expresión de alegría en la cara del niño se transfiguró en espanto y sus pecas, hasta unos instantes casi imperceptibles, se brotaron, víctimas del cambio de color en la piel. Su rostro lo dijo todo… el momento se había roto.

Su relación con Dean desde ese entonces siempre había sido tensa y cada vez se ponía peor. Cada intento de acercarse a su hijo era rechazado con una violencia interna que sólo expresaba a través de sus ojos. El niño se le escapaba de las manos ahora que casi comenzaba su adolescencia y la mujer no sabía cómo retenerlo y menos cuando le tocaba regañarlo para protegerlo de su propio padre.

—Sabes muy bien que a tu padre no le gusta que le toquen sus cosas —comenzó el discurso del día de hoy.

Una versión parecida a la que le daba a menudo.

—¿Para qué los deja ahí, entonces? —respondió Dean al ver que ya su madre había tomado posición en el asunto.

Nunca había entendido a su madre. *¿Por qué disimula el maltrato que ambos recibimos día a día bajo el mando de padre? ¿Por qué todavía se va del lado del villano?*

—Eso no quiere decir que tienes permiso de tocarlos, Dean. ¿Por qué insistes en comportarte como un niño pequeño, haciendo maldades todo el tiempo? Ya tienes doce años. Sabes discernir. Las cosas de tu padre son delicadas.

—Nada de delicadas. Es que es un maniático. ¡Cómo si viviéramos en una casa de cristal! 'No toques esto, no toques aquello'. Siempre lo mismo —dijo el jovencito alterado.

—Dean, en el segundo piso puedes hacer lo que te venga en gana, pero el primer piso es dominio de tu padre, especialmente su oficina. ¿Por qué te cuesta tanto…?

El chico la interrumpió:

—Madre, ¿tú oyes lo que estás diciendo? ¿Qué no puedo estar en el primer piso de mi propia casa?

—No seas tan dramático, Dean, que no te va bien. Lo que te digo es que dejes a tu padre tranquilo y nos dejará tranquilos.

—Quieres decir, ignorados.

—Quiero decir en paz —le respondió agriamente la madre—. Mientras más invisibles nos hagamos, mejor.

—Para eso nos vamos a vivir tú y yo a otro lado y resuelto el problema.

—Sí y ¿quién va a pagar la casa, la comida y tu fabulosa escuela? ¿Por qué crees que tu padre trabaja tanto? Su trabajo es muy sensitivo, Dean. Depende de él que la compañía vaya bien. Es mucha responsabilidad. ¡Quién sabe lo que contienen esas placas de Petri que estuviste tocando! La cura del cáncer, quizás, y tú metiendo tus manos en donde no debes.

—¿Qué cura, ni cura?, si me dijo que eran peligrosos.

—¿Peligrosos? —preguntó la madre con cara de preocupación, agarrando ahora a su hijo por los hombros.

Dean se soltó bruscamente, se separó de su madre y desde el otro extremo del cuarto le gritó:

—¡Sí, peligrosos!

—Si te dijo que eran peligrosos, lo serán —dijo la madre de forma sosegada y giró su cuerpo para mirar directamente a su hijo.

—Ay madre, tú siempre de su parte. ¿Cuán peligrosos pueden ser si le oí decir a tío Sam que serían la salvación de MagMell Laboratories?

Así el chico dio por terminada la conversación. Se metió en el baño de su cuarto, pero dejó la puerta abierta. Se paró frente al inodoro, se bajó los pantalones y los calzoncillos hasta el tobillo y comenzó a orinar a sus anchas. Sin más provocación, su madre se fue de la habitación.

Capítulo 2

Diez minutos antes de la hora acordada, Valeria Loperena llegó al vestíbulo de las oficinas de MagMell Laboratories. La agencia de publicidad y relaciones públicas para la cual trabaja ganó la subasta para representarlos, siendo la vencedora de una contienda campal entre cinco agencias que se disputaban la cuenta. Este triunfo le daba la oportunidad a Valeria de trabajar por primera vez con una farmacéutica y con su mejor amiga Mercedes.

Merci, como le decía de cariño, era la Directora de Mercadeo a cargo del lanzamiento del nuevo producto de la empresa, por lo que entre ambas escogerán la campaña publicitaria más apropiada. Como parte de la promoción prepararán anuncios de televisión, de radio y de prensa escrita, sobretodo para revistas especializadas en salud y aquellas dirigidas al mercado meta de mujeres entre los veinticinco y sesenta y cinco años, quienes son las que prestan más atención a asuntos sobre la prevención de enfermedades.

No harán carteleras porque no son apropiadas para esta industria, pero si folletos explicativos. Y algo nuevo para Valeria, no podía olvidarse de incluir en la promoción las especificaciones que acompañaban infamemente a los anuncios de todas las farmacéuticas por requisito del FDA. Esas letritas diminutas con las explicaciones de los efectos secundarios de todo medicamento mercadeado en Estados Unidos. *Las que le hacen saber a los consumidores en los anuncios de televisión, mientras ven imágenes de personas perfectas y saludables, que tomarse ese medicamento puede perforarles el hígado y que las mujeres embarazadas no pueden tomar ningún medicamento, absolutamente ninguno, mientras tengan un bebé en sus vientres, por riesgo a parir un monstruo,* pensó al hacer una nota mental de no olvidar las especificaciones.

Al llegar al edificio de cuarenta pisos que hospedaba a las oficinas centrales de MagMell, Valeria se tomó un tiempo en abrir la puerta de cristal macizo del vestíbulo. Se ensimismó con la visión de una impresionante escultura en bronce tallado del mapa del mundo. La escultura flotaba entre inmensos plafones de cristal en representación de la presencia global de la farmacéutica. Una marca azul brillante sobre la ciudad de Londres indicaba el punto de partida, donde comenzó todo.

Una vez en el vestíbulo, Valeria bordeó la escultura y deslizó sus zapatos de tacón alto sobre una mullida alfombra crema con una gruesa franja azul, símbolo de los colores de la compañía. Al seguir el camino delineado por la alfombra, llegó al área de recepción, se anotó en el libro de visitantes e informó a quién venía a visitar. Seguidamente tomó asiento en uno de los tres enormes sofás cremas que formaban un cuadrado perfecto enfrentados a un paredón digital que transmitía varios mensajes y anuncios de los productos de la empresa. Uno de ellos la impactó.

En la primera escena, una barca colosal sobre un río de nubes albinas esperaba por los pacientes. Todos vestidos con batas blancas se acercaban caminando por una planicie verde rutilante que convergía con la salida de cientos de hospitales que se veían a lo lejos. Los pacientes caminaban lento, sin urgencia, e iban subiendo uno a uno en la gran barca. Cuando se llenó a capacidad, la barca ascendió por el río de nubes y se acercó a una majestuosa estructura flotante donde los pacientes fueron recibidos con cofres repletos de pastillas multicolores y de medicamentos en forma de pociones.

En la próxima escena, los pacientes se lanzaban de la barca y comenzaban a consumir el tesoro. Cuando se sintieron restablecidos, unieron sus energías, dieron vuelta a la barca empujando todos a la vez e hicieron el movimiento y el gruñido característico de los remeros, hasta que lograron dirigir la embarcación de vuelta a la planicie.

En la última escena, todos los pacientes salieron corriendo de la barca por la planicie verde donde fueron recibidos por sus familiares y amigos. Una voz cautivante y una frase de una sola línea emergió en la pantalla:

EL CIELO PUEDE ESPERAR

Para finalizar, el logotipo y el lema de la empresa:

MagMell Laboratories
Para que tu vida sea plena… aquí en la tierra.

¡Qué bueno está ese anuncio! ¡Qué efectivo!, se dijo para sí y aclamó su significado. *Una alusión directa a la frase Mag Mell, que en la tradición Céltica simboliza un cielo mítico.*

Miró a la recepción para ver si le avisaban de que ya podía pasar, pero la recepcionista se encontraba enfrascada en una conversación telefónica.

¡Esa campaña tiene que haber ganado premio!, exclamó Valeria en su interior recordando nuevamente el anuncio recién visto y le entraron dudas y complejos de inferioridad. *¿Por qué escogieron una nueva agencia para trabajar con este producto si ya tienen una bien creativa?*

Todas estas frases e interrogantes le cruzaron por la cabeza en cuestión de segundos, pero antes de que pudiera darle más pensamiento la llamó la recepcionista y le indicó que la esperaban en el salón de reuniones del piso número veintiséis.

Tomó el elevador de la izquierda y apretó el botón correspondiente al piso que se dirigía. Dentro del ascensor había un hombre vestido elegantemente con una chaqueta hecha a la medida y zapatos bien lustrosos, quien leía el periódico y continuó con la mirada en él al ella entrar. Como no le dirigió la mirada, ella le negó los buenos días. *Si él prefiere ser descortés, así será.*

Unos instantes más tarde el elevador se detuvo, pero no en el piso que ella esperaba, sino en dos anteriores. El hombre a su espalda comenzó a caminar hacia la puerta y se detuvo justo al lado de su hombro. Bajó el periódico y se lo colocó al costado de la pierna. Viró lentamente su cabeza como si quisiera mirar dentro de las orejas de Valeria, inclinó su barbilla y con ojos penetrantes le dijo en voz ronca:

—Buenos días, señorita Loperena.

El jirón de su cabeza fue tan intenso que pudo haberle causado una severa torcedura de cuello y quedarse tiesa por meses. El hombre del elevador era el Sr. Josh Cosgrove, presidente y gerente general de MagMell Laboratories, con quien tendrá que reunirse en los próximos minutos.

—No le reconocí, Sr. Cosgrove. Perdone que no le saludé —alcanzó a decirle antes de que saliera del elevador.

Ya comencé con el pie izquierdo, se reprochó mientras ascendió los últimos dos pisos que faltaban para llegar a su destino. Mercedes estaba esperándola justo en la puerta del ascensor, por lo que Valeria se sintió más relajada cuando vio a su amiga. Inmediatamente le contó el incidente del saludo.

—No te preocupes, Vale. A él le encanta hacer eso. Pasarse por incógnito. Lo hace sentir más poderoso. No sabes cuantas veces estoy de lo más concentrada en mi oficina trabajando en la computadora y de repente lo veo ahí sentado frente a mí. Te juro que no sé como lo hace, pero no escuchas sus pasos, no percibes su respiración, hasta que está ya ahí. ¡Es horrible! —dijo tratando de explicar en pocas palabras los hábitos de su jefe, Josh Cosgrove.

Mercedes le presentó a su secretaria, quien las esperaba en medio del pasillo y les indicó que ya el salón de reuniones estaba listo.

—Gracias, Claire —y se alejaron de la mujer en dirección a la oficina de Mercedes.

—Siéntate, anda. Tenemos unos minutos antes de que comience la reunión. ¿Te ofrezco café?

—No te preocupes, estoy bien.

—Estoy emocionada de que vayamos a trabajar este proyecto juntas —dijo Mercedes.

—Yo también, aunque tengo que admitirte que estoy algo ansiosa. Es la primera vez que trabajo con una farmacéutica.

—Por eso mismo el Sr. Cosgrove te escogió. Quiere una promoción fresca, diferente a la fórmula que ya estamos acostumbrados. Las agencias que utilizamos para el resto de nuestros productos son muy buenas, pero para esto queremos algo más moderno, algo fuera de lo común en la industria farmacéutica. Y ahí entras tú.

—Ok, basta de adulaciones. Me imagino que una vez me den los detalles y conozca bien el producto, se me quitarán los nervios. Estos siempre me dan cuando empezamos una campaña nueva. Como les pasa a los artistas antes de subir al escenario. Aunque lo hayas hecho mil y una vez, no puedes evitar las cosquillas en el estómago.

———

Valeria, con sus 5'9" de estatura y pecho considerable, desbordaba sensualidad, pero prefería ignorar ese hecho. Su maquillaje era leve, no le faltaba ni le sobraba nada. Una buena dosis de mascara para rasgar su mirada, algo de base para iluminar su piel y línea oscura, pero sólo en el párpado superior para agrandar aún más sus ojos. Su boca repudiaba el rojo. Prefería los tonos naturales y el brillo transparente que daban a sus labios un efecto de estar mojados siempre.

Mientras esperaban a que les avisaran que el Sr. Cosgrove estaba listo para la reunión, Valeria y Mercedes se pusieron al día en la cotidianidad de sus vidas privadas.

—No me caen bien ninguna de las amigas de Gabriela y eso que sólo tienen doce años cada una —se quejó Mercedes al principio de la conversación—. Marianne quiere aparentar ser mayor, Isabel no tiene dos dedos de frente, Camille es una mosquita muerta, Patrice es mandona y media, Olivia es tonta, tontísima, Dinorah es una acomplejada de siete pares y Gabriela, mi querida

Gabriela, ingenua a la máxima potencia. Juntas no hacen una.

—¡Veo que las aprecias mucho! ¡Excelente opinión de las mejores amigas de tu hija!

—¡Qué remedio que observar de lejos lo que ante todos es obvio! Son siete niñas en total, demasiadas para lograr una verdadera amistad, pero por más que se lo explico, los consejos son vistos como babosería de una madre que ya no es invitada a opinar.

—Merci, estás muy metida en la vida de Gabriela. Déjala en paz —la regañó Valeria en tono burlón.

Valeria y Mercedes se conocían desde niñas. Sus padres eran emigrantes puertorriqueños, quienes llegaron en la década de los cincuenta a los Estados Unidos y para mantener sus raíces, por casualidad las pusieron en la misma academia a tomar clases de español los sábados en la tarde para que practicaran el idioma de sus abuelos. Desde que se conocieron, se hicieron inseparables en la escuela, en el vecindario y en las clases de baile de salón. Y de repente se separaron al cumplir los dieciocho años. Siguieron rumbos diferentes cuando se fueron a estudiar a la universidad. Ahora de adultas se veían más que nunca porque vivían y trabajaban en Chicago, en la misma ciudad donde se criaron.

—¿Pero cómo no querer protegerla de su propia ignorancia? —contestó Mercedes a la vez que le agregó dos bolsitas de endulzante artificial al acostumbrado expreso doble que le sirvió su secretaria sin haberlo pedido tan siquiera.

Luego que terminó con el café añadió:

—Sólo tienen doce años y se creen dueñas del mundo. Yo no era así a esa edad.

—¿Cómo que no? —intercedió Valeria—. ¿Te olvidas cómo entrábamos a las tiendas alborotando y registrando todos los escaparates, buscando sombreros que nos hicieran parecer señoras de sociedad? La dependienta, ¿te acuerdas?, nos suplicaba que no tocáramos nada y se tardaba horas en poner todo en orden antes y después que llegábamos. De milagro conservó su trabajo por tantos años. ¡Cómo abusábamos de su nobleza!

—Eran maldades inocentes de unas chicas requete aburridas —se defendió Mercedes riéndose de las memorias divinas.

—¿Podrías traerme la carpeta de productos? —contestó Mercedes a su secretaria cuando preguntó si se les ofrecía algo más—. Nosotras lo que teníamos era un aburrimiento increíble —continuó hablando con Valeria.

—¿Y qué crees que tiene tu hija y sus amigas? No pretenderás que a esta edad estén estudiando filosofía y literatura. Están divirtiéndose de la única manera que saben hacerlo.

—Te estoy diciendo que se van a meter en líos. Son muy tontas para el mundo en que estamos viviendo, Vale, y será todo culpa tuya por convencerme de que soy una entrometida.

Una risa explosiva retumbó de sus adentros mientras se les iba la mirada persiguiendo los firmes pasos de un individuo extraño que les pasó por el lado. El hombre, de más de seis pies de alto, impecablemente vestido, con ojos fríos, grises e imperturbables, se sentó finalmente en el escritorio de la esquina, luego de que agarró por un instante la silla de la secretaria de Mercedes como si fuera a sentarse, sólo para devolverla a su lugar y continuar caminando hasta el final del pasillo.

—¡Querría privacidad! Lo asustamos con nuestra risa maquiavélica —se dijeron una a la otra y continuaron risueñas imaginando las razones por las cuales el hombre había cambiado de opinión de sentarse frente a ellas.

—Desde la esquina nos puede observar mejor—concluyeron, a la vez que coquetearon con la idea de que el extraño estaba interesado en una de ellas.

Cuán acertadas estaban. Ellas eran la única razón por la cual Sam Cosgrove merodeaba por allí.

———

La conversación entre Valeria y Mercedes continuó en todo su apogeo por varios minutos más. A pesar de que cambiaron de tema en varias ocasiones, invariablemente la conversación volvió a girar en torno a la hija de Mercedes.

—A Gabriela le tomó sólo unos segundos frente al espejo para exclamar a toda voz: '¡Esta camiseta es de vieja! Mírala' A mi me parecía una camisa normal y corriente, pero mi hija la clasificó como la prenda de ropa más horrible de todo el universo.

—¿Y qué le dijiste?

—Le dije: 'Pues definitivamente no es de vieja con ese color rosa fucsia típico de la ropa juvenil'. Obviamente Gabriela ignoró los comentarios 'obsoletos' de su madre y salió del probador de la tienda despavorida como caballo asustado para buscar en todas direcciones otras opciones. Volvió con cinco alternativas diferentes, pero todas del mismo maldito color rosa.

Mercedes no podía parar de contar su historia ante los ojos incrédulos de su amiga Valeria, quien estaba a punto de preguntarle si no era mejor que se pusieran a discutir la campaña de publicidad y el producto nuevo de MagMell Labs.

— *'Toda mi vida ha sido color de rosa'*, me dice Gabriela cada vez que se viste para salir. En todas las fotos tiene puesto un atuendo en algún tono rosa. 'Tú eres una genuina *'pink lady'* fuera de década', le digo cuando que le compro de sorpresa un atuendo de otro color, el cual es rechazado sin el menor miramiento sólo porque no es rosa.

—¿No crees que el escoger vestirse siempre de rosa es una expresión de su individualidad? —opinó Valeria y se levantó de su asiento para aceptar la invitación de la secretaria de tomarse otros café porque el Sr. Cosgrove estaba retrasado—. Yo me lo sirvo, gracias —le indicó a la secretaria.

—No, no creo —continuó Mercedes a la vez que dirigió a su amiga hacia la cafetera—. ¿Sabes lo que contesta cada vez que la critico por vestirse siempre del mismo color? 'Me encanta el rosa. ¿Por qué te empeñas en que me vista de otro color? Valeria siempre se viste de azul y nunca le dices nada. Porque a ti no te guste el rosa no quiere decir que a mí no puede gustarme. ¡Me encanta el rosa, me encanta y me encanta!'.

—¿Cuántas veces la misma conversación, Merci? Ya está requete trillada. ¿No crees que te metes demasiado en su vida? No estás harta de que te lo repita —interrumpió Valeria para detener el quejido abrumante de su amiga de la infancia—. Claro que Gabriela tiene personalidad propia. Con esa acción te está gritando a voces que no va a ser como tú —sermoneó.

Pero cambió de inmediato su cara seria por una sonrisa y le dijo:

—Si dejaras de estar pendiente de ella cada segundo de tu vida, nuestros desayunos serían mucho más interesantes.

Mercedes no captó el intento de Valeria de cambiar su humor.

—¡Es que me desespera! No escucha nada de lo que le digo. Lo único en lo que estamos de acuerdo es en que Dean Cosgrove 'está bueno'. ¿Te imaginas? Dean y Gabriela.

Ya en otra ocasión le había contado sobre la obsesión de Gabriela con el hijo de su jefe Josh Cosgrove.

—¿Pero cómo te va a hacer caso si no le quitas el guante de encima? —dijo Valeria para defender a Gabriela.

— ¿Estás de mi parte o de su parte? —desafió Mercedes.

—¿No es obvio? —contestó burlonamente.

Inmediatamente supo que era momento de detenerse antes de que la discusión escalara al punto de no volver y en un intento fallido por cambiar el tema le dijo:

—Merci, es hora de que te busques otro pasatiempo.

Para que fue eso. Mercedes estalló en un monólogo de diez minutos de aseveración tras aseveración, todas testigo de que no tenía tiempo para pasatiempos.

—Guiar a mi hija es mi obligación, mi responsabilidad, mi razón de vivir. Si no me tomo este rol en serio, ¿quién lo hará? Estará mi hija realenga entre la morosidad humana, sin un camino que seguir, sin un punto de partida, perdida en un mundo inhóspito lleno de desvíos y lobos feroces.

—Olvídalo —dijo Valeria—. Te has puesto como si te hubiera mentado la madre o algo así. La próxima vez sigo mi propio consejo y me guardo mi opinión. Total, que calladita me veo más bonita.

Terminó de hablar mientras ponía su servilleta sobre la mesa. La conversación le había revuelto el estómago y no podía terminar su café.

No era la intención de Valeria distanciar a su mejor amiga, pero la crianza de Gabriela siempre era un punto en el que nunca se ponían de acuerdo. Valeria siempre había estado ahí para ella, pero mientras mayor se hacía Gabriela, la brecha de estilos se agrandaba tanto que ni un puente movedizo era capaz de estrechar las diferencias. Sólo el tiempo le dará la razón a una de las dos. O a ninguna de las dos.

Capítulo 3

Luego de la inesperada discusión con Mercedes, Valeria consideró si había sido sabio y racional participar en la propuesta para ganar la cuenta de MagMell Laboratories. Comenzando esta mañana, las amigas trabajarían juntas en todo momento y Valeria no estaba segura si serían capaces de dejar fuera los asuntos personales. Cada día Mercedes se tornaba más iracunda, más impenetrable y en este momento a Valeria le parecía inimaginable tratar de llegar a un acuerdo con ella. Y eso que siempre un proyecto nuevo la llenaba de positivismo, de nuevas energías, le recargaba las baterías. Eso era lo que le gustaba de su trabajo, la falta de monotonía superflua y el que cada mes, y a veces más a menudo, venía un proyecto nuevo que le volaba la cabeza. Retos nuevos, ideas innovadoras que inventar.

Ahora, a pesar de que ella y Mercedes siempre se habían llevado bien, tenía pesadillas ingratas de sólo pensar en la posibilidad de que por culpa de este trabajo estuvieran halándose las greñas por semanas corridas en una lucha descabellada con tal de no dar ninguna su brazo a torcer. *Pero a lo hecho, pecho,* concluyó en su interior. Ya hoy la aguardaban sus nuevos clientes.

La secretaria las interrumpió para anunciar que esperaban por ellas. Valeria se levantó súbitamente.

—Niña, te levantaste como si un hombre italiano te hubiera pellizcado una nalga. Mercedes continuó sentada burlándose de su amiga. Dio media vuelta en su silla y agarró unos cartapacios del mueble de archivos. Una vez los tuvo todos, se levantó pausadamente y caminó hacia la puerta.

—Tranquila —le dijo a Valeria, quien se fue detrás de ella por el pasillo hasta el salón de reunión, frenando cada paso para ir lento como Mercedes, pero con ganas de pasarle por el lado para acabar de llegar.

—¿Cómo es que de repente estás tan ecuánime, cuando hace unos segundos parecías una niña con una rabieta?

Mercedes sólo sonrió. Dentro del salón de conferencia había una gran mesa ovalada, doce sillas, una pantalla de reflexión, un podio y un aparador con una cafetera, leche, crema, tres jarras de agua, una docena de vasos de cristal y una bandeja surtida de *petit four*. Al fondo, se presentaba un ventanal de pared a pared con vista del río, el puente de la calle LaSalle y una muralla de edificios en el horizonte que le impartía magnitud al salón de reunión.

La grandiosa vista de la ciudad de Chicago con sus edificios de paredones de cristal, esferas y espirales que reflejaban el sol y bordeaban admirablemente el cauce del majestuoso río, nunca dejaba de impresionar al turista y revivir el ánimo de sus habitantes. La brisa que se colaba entre los arroyos que formaban las calles y los edificios entre el lago Michigan y el otro extremo de la ciudad levantaba no sólo las faldas, los abrigos y las bufandas, sino el espíritu de los seres que habían escogido esta gran ciudad como su punto de partida para dirigir sus vidas.

El Sr. Cosgrove se encontraba de pie al final del salón de conferencias apreciando la vista mientras conversaba con otro hombre más alto que él. Aún al estar tan distante, Valeria pudo apreciar que la presencia del Sr. Cosgrove se imponía sobre todas las demás personas allí presentes. Tenía el pelo blanco lustroso, bastante corto, con dos pequeñas entradas en la frente que le daban un aire de rey César. Su cuerpo era esbelto y el gabán oscuro que llevaba puesto enmarcaba la anchura de sus hombros. Se podría decir que el Sr. Cosgrove era atlético, que cuidaba su cuerpo y que no se había dejado amedrentar por la edad.

—¡Aquí están! El dúo dinámico —interrumpió Josh Cosgrove el cuchicheo del grupo de personas reunidas —. Señores, les presento a Mercedes Mojena, nuestra Directora de Mercadeo, y a Valeria Loperena, Directora

Creativa de C2 Advertising. Ambas estarán a cargo del lanzamiento de VANCON.

Un breve aplauso acompañó la introducción, que provocó que ambas mujeres al unísono hicieran una inclinación dando las gracias por el gesto. Ellas eran las únicas mujeres presentes, entre una ola de hombres, nueve en total, incluyendo al Sr. Cosgrove y a su hermano Sam Cosgrove, el hombre alto de la esquina, quien por primera vez visitaba las oficinas de Chicago.

—Sam está a cargo de la división de seguridad en Londres, pero por unos meses realizará su labor desde la oficina de Norteamérica —explicó su hermano mayor.

El resto de los hombres fueron presentados uno a uno. Algunos eran doctores de la división de investigación de la farmacéutica, otros, ejecutivos del departamento legal y por último, dos representantes de la agencia de publicidad, quienes formaban parte del equipo de trabajo de Valeria.

—Vamos a tener que disculpar a la Dra. Berry, quien no podrá llegar a nuestra reunión de hoy. Aquí tenemos al Dr. Paves, su asistente, quien la representa —terminó Josh Cosgrove con las presentaciones.

—Ah, por lo menos una mujer doctora —le comentó por lo bajo Valeria a Mercedes—. Ya pensaba que podía acusarlos de discriminar.

Rieron ambas, pero al instante detuvieron su sonrisa al ver que todos los doctores habían tomado asiento y el Sr. Cosgrove se disponía a hablar.

¿Por qué tantos doctores invitados a la reunión?, pensó Valeria a la vez que presentía que se había metido en una camisa de once varas. Recibiría una cátedra de medicina y ella no se había matriculado para eso; lo de ella era lo creativo. Probablemente ahora tendría que estudiar más de lo que había estudiado en toda su vida para poder comprender a cabalidad las necesidades de este cliente que requería su ayuda. Pero de eso ella vivía, de los retos y éste definitivamente era uno bien jugoso.

Continuó haciéndose preguntas en la cabeza.

¿Por qué un representante del departamento de seguridad? ¿De qué seguridad estamos hablando?,

debatió mentalmente mientras observaba a Sam Cosgrove.

Le tenía cara conocida, pero no acertó a ponerle sitio en donde lo habría conocido o visto. *Sam Cosgrove es sumamente atractivo y varonil, aunque no tanto como mi James*, pensó, *pero definitivamente una distracción en una reunión donde tengo que tener todos mis sentidos alerta.*

—Es el hombre que huyó del escritorio al lado de mi oficina. ¿Te recuerdas? —le dijo Mercedes casi en el oído acercando su silla a la de su amiga.

Era obvio que Mercedes también lo había estado observando y recordó primero en donde lo habían visto.

—Ahora tendremos oportunidad de conocerlo —le contestó Valeria con una sonrisa pícara.

Es perfecto para Merci, si esta vez se viera tentada al menos. Con tantos hombres que trabaja, es un milagro que no tenga pareja hace tanto tiempo, caviló. Pero Mercedes le tenía fobia a los hombres.

—Son todos unos mentirosos, sinvergüenzas —decía cada vez que hablaban del tema durante sus famosos desayunos.

—No todos. Tuviste uno muy bueno a tu lado y lo dejaste tirado como una cáscara de banano —le recordaba Valeria—. Todavía no puedo creer que nunca le dijeras que sería papá. Eso es un crimen, todo el mundo tiene derecho a saber.

—Ya te lo he dicho una y otra vez. El era muy joven para asumir esa responsabilidad. ¿qué crees en tu cabeza fantasiosa? ¿Qué me iba a pedir matrimonio?

—Pudiste haberle dado una oportunidad.

—Sí, ¿cómo? ¿A larga distancia? ¿O querías también que lo adoptara cuando le tuviera que decir a sus padres que se mudaba de su casa? Era un niño.

—Un niño bello que te ofreció amor. El único amor que has conocido, porque mira que después de eso te has convertido en una vieja amargada y aburrida.

—Valeria, deténte, que vamos a terminar peleando y ahí nunca saldrás ganando —le ordenaba y hacía como si fuera a pelear a los puños con su amiga.

Siempre concluían la conversación riendo de sólo pensar en que si una batalla física ocurría algún día entre ellas, lo cuál era completamente improbable, Mercedes, con su musculatura de ir al gimnasio todos los días, dejaría a su mejor amiga tendida en el suelo de un sólo puño.

—Los credenciales de la señorita Loperena son admirables —dijo el Sr. Cosgrove.

Al escuchar su nombre a Valeria no le quedó más remedio que prestar atención y olvidarse de las conversaciones de hombres que solía tener con Mercedes.

—Por cuatro años consecutivos C2 Advertising ha ganado el prestigioso premio Clio y en su calidad personal, la señorita Loperena ha ganado muchos otros premios, especialmente el *Hispanic Creative Advertising Award* cuando dirigía la división de mercado latino aquí en Chicago y las oficinas de la agencia en San Juan, Puerto Rico. Ahora tenemos el privilegio de que trabajará para nosotros en el lanzamiento más importante que hayamos tenido en estos últimos seis años.

Estrés, estrés… ahora sí que tengo que quedar bien, pensó Valeria.

Sus credenciales la ponían en el nivel de los que siempre aciertan. Un estándar difícil de mantener. Sin embargo, Valeria amaba los desafíos de este tipo. Le encantaba cómo le hacían hervir la adrenalina en su interior. Cómo activaban su cerebro deseoso de aportar ideas en todo momento inclusive a las tres de la mañana. Su mejor herramienta para dejar fluir las ideas: darse un baño con agua caliente. En la bañera, las ideas manaban como si fueran agua. Cuántas notas mojadas apuntaba en la libreta que siempre tenía a la mano encima del inodoro. No era el inodoro el que la inspiraba, como le pasaba a otras personas que usaban el 'trono' de escritorio. Para ella era la bañera.

—Les voy a dejar con el Dr. Parker quien les explicará en detalle el trasfondo y la necesidad de que este producto sea requisito como parte de la prevención de tan temible situación —continuó el Sr. Cosgrove.

Acto seguido el doctor con la expresión más seria en toda la mesa se levantó para tomar el mando de la reunión. El Dr. Parker comenzó a detallar las alarmantes estadísticas de las infecciones con la bacteria MRSA(*) que han ocurrido en los últimos años desde que se descubrió que la *staphylococcus aureus* era infalible al efecto de la mayoría de los antibióticos más conocidos.

—Es resistente a la meticilina, un antibiótico pariente de la penicilina, que es el más utilizado contra las infecciones en los humanos —dijo mientras en una pantalla gigante que recibía las imágenes del proyector, mostraba caso tras caso todos los estudios que se habían hecho donde la bacteria demostraba ser resistente a los antibióticos antistaphylococcal beta-lactam, a los medicamentos a base de sulfa, a las tetraciclinas y al clindamicina.

—Sólo queda un antibiótico capaz de combatirlo, la vancomicina —aseguró al final—. Todos los demás antibióticos que pudieran combatirlo están en etapa de investigación.

—MagMell Laboratories no tiene ningún antibiótico de su clase en desarrollo, sino nuestros competidores —interrumpió Josh Cosgrove.

De toda esta presentación, lo que más impactó a Valeria fue cuando el Dr. Parker presentó que las estadísticas provistas por el CDC (Centros para el Control y la Prevención de Enfermedades) indicaban que las infecciones con MRSA fueron responsables de más muertes al año que las causadas por el cáncer del seno y el SIDA combinadas.

—¿Cómo es esto posible? —preguntó Valeria en voz alta.

Ella había escuchado y leído cientos de reportajes sobre el MRSA, el 'superbug' como le decían en la prensa, pero nunca pensó que fuera una epidemia más grande que la del SIDA. Por lo menos así no la identificaba el gobierno.

—Cuando el SIDA apareció en la década de los ochenta, todo fue un revuelo —comenzó a decir Valeria a la audiencia—. Se presentaron campañas masivas de prevención. Se alertaron a todos los hospitales y médicos de la nación. Se hicieron cientos de reportajes y anuncios avisando a la comunidad. En fin, un esfuerzo conjunto entre gobierno, médicos, farmacéuticas, prensa y comunidad con tal de detener la propagación de la enfermedad lo más pronto posible. ¿Por qué esto no está sucediendo ahora con el MRSA? —concluyó Valeria.

Pero cuando se disponía a continuar, se percató de que el Sr. Cosgrove le hablaba directamente a ella.

—Esa es parte de nuestra frustración, señorita Loperena. No vemos que el gobierno, en específico el CDC, le esté dando la prioridad que se merece porque la mayoría de los casos se presentan dentro del ambiente "controlado" de un hospital —explicó Josh—. Cuando siga leyendo sobre esta epidemia, porque nosotros en MagMell Laboratories ya la catalogamos como epidemia, se dará cuenta de cuán importante es que esta campaña que usted creará para nosotros no sólo enfatice la importancia de nuestro producto, sino que conciencie al público, a los doctores y al gobierno de que tienen que actuar ahora.

—Señorita Loperena —añadió el Dr. Parker— le entregaremos toda esta información para que pueda estudiarla —y le señaló tres carpetas de dos pulgadas cada una que tenía al frente—. Cualquier duda que tenga, me puede llamar en confianza que se las aclararé inmediatamente.

—Gracias, doctor Parker. Creo que después que me lea todo eso, podré pedirle al Sr. Cosgrove la posición de Director del Departamento de Investigación y Desarrollo cuando usted se retire.

Todos se rieron espontáneamente. Todos menos Sam Cosgrove.

—En serio —prosiguió Valeria adoptando un tono más formal—. Gracias por ponerse a mi disposición, pues es bastante probable que necesite ayuda para entender algunos términos de este tema tan delicado y técnico.

———

—A mí no me impresionó nada esa mujer —dijo sin vacilar Sam Cosgrove a su hermano Josh tan pronto cerró la puerta de su oficina.

—No te gustó porque es más jovial de lo que estamos acostumbrados. Sin embargo, es perfecta para nuestra campaña. Ya verás que vamos a lograr lo que queremos.

Cuando vio que su hermano no estaba convencido, continuó:

—Ella es muy hábil, pero lo mejor es que le gusta trabajar en equipo y escuchar sugerencias de los clientes, en vez de imponerlas. Me estudié su perfil con detenimiento antes de escogerla. Escucha lo que contestó en una entrevista que le hicieron en NBC —y leyó de un papel que tenía dentro de una carpeta identificada con el nombre Valeria Loperena—. *"Lo más importante es que te adentres en la mente del cliente, que te conviertas en él por unos meses, respires como él, camines como él. Sólo así podrás satisfacerlo"*.

—Puede ser que cuando dice cliente ella se refiera al consumidor, no a nosotros, Josh. No creas que va a ser fácil de manipular.

—Confía en mí —le dijo Josh y salieron juntos de la oficina.

Luego de la reunión apoteósica, Mercedes y Valeria fueron a almorzar a un restaurante italiano muy íntimo en la esquina de la calle Clark. Les apetecía comentar sobre la tarea a seguir, pero en un ambiente más relajado, para poder encajar la ciencia con la realidad cotidiana.

—Este tema está muy interesante, pero hay que amoldarlo a un idioma que el consumidor pueda entender, que pueda procesar y que a la vez lo haga tomar acción. Si no, habremos perdido el esfuerzo. Tenemos que tocarle la fibra —comenzó Valeria.

—Podemos utilizar casos de la vida real —sugirió Mercedes.

—¿Poner a familiares de personas que han muerto por infecciones con el MRSA? ¿Estás segura? Muy deprimente para la primera fase…

—Es cuestión de que las personas se identifiquen, entiendan que esto puede pasarle a ellos, a sus hijos, a sus vecinos. No que les puede pasar, mejor dicho, sino que está pasando y punto —enfatizó Mercedes.

—Sí, no es mala idea, pero hay que hacerlo con cuidado. No queremos provocar una histeria. Tiene que haber un balance entre la acción y que la gente salga corriendo despavorida invadiendo las oficinas médicas de toda la nación —concluyó Valeria e hizo señales al mesero para que les tomara la orden.

Al acercarse el mesero, Valeria no tardó en pedir lo que le apetecía: un plato de espagueti con camarones al ajillo.

—Hablar de enfermedades me ha abierto el apetito. ¿Es eso de locos o qué? —preguntó Valeria.

—A mí también.

Y rieron hasta decir basta reprochándose tratar un asunto de suma seriedad con tanta desfachatez.

—Si alguien nos escucha, seguramente nos acusará de insolentes.

Volvieron a reír, sólo de pensar en la opinión de los doctores serios que las convidaron en la mañana a un cóctel de medicinas y estadísticas.

Efectivamente, insolentes ambas. Un par de chiquillas en espectaculares cuerpos de mujeres maduras, dijo para sí el hombre que escuchaba la conversación gracias al audífono instalado en su oreja.

Sam detuvo la grabadora cuando una hora más tarde Valeria y Mercedes se despidieron del mesero y se alejaron del restaurante de vuelta a las oficinas centrales de MagMell Laboratories.

PARTE 2
Ratas de laboratorio

Capítulo 4

Una semana antes de la reunión de Valeria en MagMell Laboratories, una ambulancia se dirigió al A&E del Hospital St. Mary's por la rampa en South Wharf Road en la ciudad de Londres. Tan pronto arribó al departamento de emergencias, los paramédicos dieron detalles a los médicos y a las enfermeras que esperaban.

—Él está más grave —anunció Paco y señaló a Miguel cuando se abrieron las puertas de la ambulancia.

El muchacho se apartó del camino para dar paso a los paramédicos que llevaban a su amigo en camilla. Un segundo más tarde se perdieron de vista tras las puertas de la entrada de emergencias. Fue entonces cuando Paco permitió que lo ayudaran a sentarse en una silla de ruedas.

Paco no tenía los mismos síntomas de Miguel, pero sí notó una roncha pequeña y roja en un hombro, en el mismo lugar donde unos días antes se había rasguñado mientras dormía. Él sabía exactamente lo que era, pero no podía decirlo hasta que llegara Sam Cosgrove, el hombre del traje gris.

Sam está en la próxima ambulancia, así que no demorará en llegar, pensó a la vez que se cuestionó: *¿Por qué Miguel se ha puesto tan grave?*

En ese momento se abrió una cortina y salió una enfermera con pelo corto rubio. *¡Qué guapa!*, pensó y se distrajo por unos segundos...

Volvió la mirada hacia la cortina abierta y sin disimulo se levantó de la silla y se acercó para ver si Miguel era el paciente acostado en la cama. Era él. Le habían quitado toda la ropa, excepto los calzoncillos. Los médicos revisaban detenidamente cada una de sus extremidades. El pecho no tenía rastros de ronchas, pero mostraba una en la rodilla. La roncha parecía una picada de araña o un divieso inflamado. Desde donde se encontraba, no podía distinguir si le supuraba.

Paco observó el cuerpo yaciente de Miguel. Era lánguido, sin mucho músculo que mostrar. *¡Y bien pálido!*, pensó. No como el que se esperaba de una persona que había vivido en el trópico toda la vida.

¿Lo habrá visto Ana desnudo alguna vez?, se preguntó. *¿Tendrán oportunidad de verse de nuevo?*, continuó, pero interrumpió sus pensamientos sobre la novia de su amigo al percatarse de un movimiento leve de las piernas de Miguel. Una mascarilla le daba oxígeno, porque continuaba con problemas para respirar y Paco escuchó a una de las enfermeras decir que tenía fiebre bien alta.

En eso llegó otra enfermera con una bandeja, le quitó la mascarilla y le insertó un hisopo en la nariz para tomar una muestra de sus secreciones. Miguel estaba inconsciente, pero su rostro se quejaba por la incomodidad de tener a alguien hurgándole en la nariz. En el laboratorio del hospital también le harán unas pruebas a las muestras de tejido que le tomaron anteriormente. Al resto de los empleados del laboratorio los comenzaron a colocar en otras camillas, pero todavía faltaban el Dr. Francis Fowler y Sam Cosgrove.

¿Por qué tardan tanto en llegar?, se preguntó Paco con miedo de que pronto lo comenzaran a interrogar y él no sabría qué contestar. *Que lleguen, que lleguen, que lleguen*, pidió en su interior.

Al abrirse la puerta del A&E, miró esperanzado, pero en vez de Francis o Sam entró un deambulante con la mano ensangrentada pidiendo ayuda. Seguido se hicieron paso dos oficiales de la policía vestidos con chaquetas cruzadas de doble botón y el típico sombrero tipo tazón invertido. Los médicos reportaron un incidente donde varias personas habían sido afectadas por una condición posiblemente contagiosa, así que pronto llegaría también un representante del *Health Protection Agency.*

Mientras todo esto ocurría, Paco se transportó mentalmente a su primer día de trabajo. En todo momento habían sido advertidos. Él, al igual que el Dr.

Fowler y los demás empleados, firmaron un documento de confidencialidad, todos menos Miguel.

—El no trabajará directamente con la sustancia, así que no tiene por qué enterarse —fue la explicación de Sam Cosgrove, el hombre a cargo del laboratorio, ese primer día que le conocieron hace tres meses.

Todos los días desde la segunda semana de noviembre habían ido a trabajar sin importar fines de semana o Navidad.

—Necesitamos los resultados pronto —les explicó Sam con mucha intensidad.

Luego de insistir, repetir, descartar y analizar, al fin terminaron con el tedioso proceso y entregaron todos los resultados de las pruebas. Hoy era el último día de trabajo. Sólo les quedaba cerrar el laboratorio hasta nuevo aviso.

Su introspección fue interrumpida al escuchar en la estación de las enfermeras que la supervisora dijo:

—La última ambulancia con los pacientes contagiados tuvo un accidente de tránsito. Prepárense para recibir heridos.

¿Qué más?, pensó Paco y el pánico comenzó a apoderarse de su rostro.

Esperó a que nadie mirara y salió hacia la calle caminando tan disimuladamente como pudo, para no levantar sospechas. Ninguna de las enfermeras se dio cuenta de que se escapó de la sala de emergencias, excepto la rubia de pelo corto quien le gritó antes de que se cerrara la puerta:

—¡Oiga, no puede irse!

Pero ya él corría a toda velocidad en dirección a London Street.

—A Wilton Crescent, por favor —le indicó al taxista la dirección del apartamento de sus padres al subirse al auto frente a la Estación del Tubo de Paddington.

Sus padres todavía no estaban en la casa, así que no tendría que confrontarlos de inmediato. La empleada doméstica sería la que le abriría la puerta. Sin embargo,

Paco cambió de opinión, alteró su pedido y le ofreció al taxista otra dirección.

———

Cuarenta minutos antes de que Paco escapara del hospital, la ambulancia que transportaba al Dr. Fowler y a Sam Cosgrove avanzaba por una calle oscura al otro lado de la ciudad. El chofer se detuvo momentáneamente en un cruce porque el semáforo se lo ordenaba. Fue entonces cuando recibió la sorpresa de su vida.

Uno de los pasajeros de la ambulancia le propinó un puño en la quijada al lado derecho de la cara que lo dejó atontado por unos segundos, los cuales fueron suficientes para que el hombre lo girara en el asiento de conductor y lo rematara con otro puñetazo más fuerte al otro lado del rostro. Fue esta segunda agresión la que provocó que el chofer se desmayara, pero aún así continuó siendo golpeado.

El Dr. Francis Fowler miró estupefacto la escena frente a sí en el claustrofóbico espacio de la cabina de la ambulancia. En vez de ir al rescate del chofer, esperó inmóvil a que Sam Cosgrove terminara lo que había comenzado. Cuando el chofer de la ambulancia quedó inconsciente, sin pulso ni respiración, Sam se volvió hacia Francis quien continuaba mudo de pánico. El Dr. Francis Fowler, con un grado en Farmacología y Toxicología del Imperial College de Londres, no estaba acostumbrado a la violencia. En realidad odiaba la violencia. Había sido víctima toda su infancia y adolescencia de los chicos de la escuela quienes lo tenían de punto por su baja estatura y cara de sabelotodo.

—¿Qué culpa tienes tú de ser el niño más inteligente del salón? —le confirmaba su madre por las tardes cuando llegaba del colegio.

Pero así no lo entendían sus compañeros quienes lo castigaban diariamente por sus buenas notas, por participar en clase, hasta que dejó de hacerlo. Siguió obteniendo buenas calificaciones, pero en silencio. Los maestros, al percatarse de la situación, dejaron de anunciar los resultados de las pruebas en el salón, pero ya el daño estaba hecho. Francis siguió siendo el blanco de golpes y burlas hasta que se graduó de cuarto año.

Una vez en la Universidad se concentró en sus estudios de medicina y se mantuvo aislado de la sociedad. Su grupo de conocidos consistía de una que otra chica con quien compartía cortos momentos, y par de compañeros de trabajos anteriores con quienes se reunía de mil en ciento. Su madre murió dos años antes, así que ahora vivía solo en su casa de la infancia. Definitivamente nadie lo iba a extrañar si Sam Cosgrove lograba lo que se proponía.

Tengo que escapar ahora, pensó exaltado.

Rápidamente se rodó en el asiento en dirección a la puerta de salida de la ambulancia, pero antes de que la alcanzara, Sam se le interpuso en el camino. Igual que le sucedía en intermedia cuando era chico, no pudo escapar. Culpa de los reflejos lentos que heredó de su madre y que ahora le impedían salvarse a sí mismo.

—Ni lo pienses —dijo Sam apretándole la frente a Francis con el dedo índice y empujándole la cabeza contra la pared de la ambulancia.

Estaban sentados frente a frente, tan cerca uno del otro que parecía que las paredes de la cabina se movían hacia adentro haciendo el espacio cada vez más estrecho.

—¿Qué vas a hacer? —preguntó Francis temiendo la respuesta.

—Seguir las instrucciones, seguir el protocolo —contestó Sam pausado.

—Pero Sam, te estás adelantando. No hay todavía razón para una investigación de la policía.

—Si llegamos todos al hospital, si la habrá —dijo Sam y con sus enormes manos agarró los hombros flacuchos del doctor casi triturándolos sin tan siquiera apretar.

Francis trató de convencerlo con palabras.

—Tú no has estado expuesto. No tienes que ser admitido al hospital.

—Pero contigo ya serán seis —dijo y levantó al pequeño hombre de su asiento.

—Uno mas, uno menos, que más da —suplicó el doctor.

—Los otros no son microbiólogos como tú. No levantarán sospechas —dijo firmemente Sam cansado ya de dar tantas explicaciones.

—¿Crees que cinco casos de empleados de un laboratorio no alertarán a nadie? —trató de razonar el doctor.

—¿Quién dijo que van a decir que son empleados de un laboratorio? Ya todos saben la explicación que tienen que dar. El libreto ya está escrito, pero a ti nunca te creerán.

Sin más ni más le agarró las sienes con las dos manos y comenzó a estrellarlo contra las paredes, los asientos y el piso de la ambulancia. Puños y patadas volaron de lado a lado. La ambulancia se meció como cuna de bebé llorando. Hasta que Francis dejó de respirar y yació inmóvil junto al cuerpo del chofer que había muerto tres minutos antes que él.

Sólo queda una cosa por hacer antes de dar por terminada esta misión, pensó Sam.

Simulará que la ambulancia tuvo un accidente y que ambas víctimas habían muerto a causa de las contusiones recibidas. Ya sabía como hacerlo. No era la primera vez que por cuenta suya una ambulancia tenía un accidente de tránsito con consecuencias fatales, aunque sí será la primera vez que lo hacía en Londres.

—Nada de que preocuparse. Esta es mi ciudad natal. La conozco de rabo a cabo. Será pan comido —concluyó en voz alta mientras conducía la ambulancia a velocidad máxima hacia el andén.

Paco Beltrán escapó del hospital St. Mary's y se dirigió directo hacia su apartamento en el taxi que originalmente había tomado para llevarlo a casa de sus padres. Nunca imaginó que volvería a su apartamento en un estado tan alterado. No sabía como procesar la información. No sabía qué hacer. Trató de comunicarse con el Dr. Fowler, pero en vano. *¿Estará todo bien? ¿Habrán salido ilesos del accidente?¿Por qué todo ha salido tan mal?*

—Tomamos todas las precauciones posibles —dijo Paco en voz alta sin querer.

No tenía idea de cómo pasó, pero obviamente se contaminaron en el laboratorio. Aún así le parecía increíble, pues la noche anterior se sentían de maravilla e inclusive Miguel y él habían llegado al apartamento con buenos ánimos y con las manos llenas de vegetales y mariscos. Planeaban hacer una paella, una cena tradicional española que les llenaría el estómago y el espíritu de buenos momentos. Ninguno de los chicos quiso admitirlo en ese momento, pero era obvio que tenían un caso severo de nostalgia. Paco extrañaba su patria y Miguel a su españolísima novia Ana.

Paco recordó como la pasada noche, al unísono, como si fueran dos cocineros experimentados, se habían dividido las labores y comenzaron a cortar los vegetales entre los dos. De repente, Miguel se puso muy serio, miró a Paco directamente a la cara y le preguntó:

—¿Es peligrosa esa sustancia que prueban?

Paco levantó la cabeza y soltó el cuchillo para contestar:

—No peligrosa, peligrosa, pero lo suficientemente delicada para tomar todas las precauciones necesarias.

—Entonces ¿por qué tanto misterio? —insistió Miguel.

—Porque la compañía que nos contrata nos impuso un acuerdo de confidencialidad. No quieren que discutamos el asunto.

—¿Es ilegal?

—No —contestó Paco.

Comenzó a reírse a carcajadas al ver la cara de espanto que tenía Miguel, quien miraba la puerta del apartamento como si de repente la policía la fuera a tumbar para llevárselos a los dos arrestados.

—No es ilegal —confirmó Paco—. Es común que las empresas exijan un acuerdo de confidencialidad para proteger sus ideas para que otra empresa no se las robe y saque el producto antes que ellos.

—¿Por qué tengo que limpiarlo todo una y otra vez? Guantes, mascarillas. Digo, yo no sé mucho de esto, pero tengo que admitirte que no me siento muy cómodo. Me recuerda los hospitales… —y se detuvo.

Rápidamente, antes de que su amigo le cuestionara qué sabía él de hospitales, continuó:

—Tú sabes, como las películas esas donde llegan los hombres vestidos de astronautas para poner a todo el mundo en cuarentena.

Cuando Miguel vio que Paco se movió hacia el otro lado de la cocina y que su garganta trataba de disimular que tragaba profundo, se dio cuenta de que había dado en el blanco.

—¿Nos podemos contaminar? —preguntó en tono incrédulo, o más bien tratando de convencerse a sí mismo de que esto no era una posibilidad, pues ya habían pasado doce semanas desde que comenzó a trabajar y nadie le había informado que peligraba de contaminarse con una sustancia desconocida.

—Yo no te he dicho nada —respondió Paco.

Sus ojos levemente exaltados mostraban inseguridad y desconcierto.

—Claro que no me has dicho nada. ¡Eso es lo mismo que te estoy reclamando! ¿Cómo es posible que no me lo hayas dicho? ¡No crees que es algo que yo también debía saber!

—Miguel, no tienes por que preocuparte. Tú no tienes contacto directo con la bacteria.

—¿Es una bacteria? —gritó más alto de lo que hay que hacer para llamar la atención de un taxi—. ¡A mí me dijeron que probarían un químico en distintas telas!

—Yo no te he dicho nada —repitió Paco.

Pero definitivamente no pudo decir nada más porque Miguel le brincó encima y lo golpeó una y otra vez en la cabeza con la palma de la mano abierta. Paco, asombrado, no tuvo tiempo de resguardarse de los primeros azotes, por lo que el costado del cráneo justo encima de la oreja que recibió los golpes, le timbraba como una campana de la iglesia.

—¿Cuál es tu problema? Yo no soy tu jefe, ni tu papá. Yo no soy responsable de ti. ¿Por qué me atacas a mí? —gritó Paco y logró al fin librarse de Miguel.

—Porque tú…. Porque tú…

No supo como continuar la oración. Quería decir porque tú eres mi amigo, pero eso ahora le parecía una fantasía. En realidad sólo se habían conocido hacia unas semanas. Aunque se trataron como hermanos desde el primer momento en que se vieron, como si se conocieran de toda la vida, ahora se preguntaba si eran realmente amigos.

Al Paco notar la expresión de desasosiego en sus ojos, decidió consolarlo lo mejor que pudo.

—Escucha, Miguel. No tienes por qué temer. Esta bacteria se llama MRSA. Quizás lo has oído porque ha estado en las noticias.

—Pues claro que sé lo que es MRSA…. —se detuvo al ver que su furia por poco lo hace continuar diciendo —: *si cada vez que voy al hospital ese es el temor número uno para mis médicos.*

No quería confesarle a Paco su situación. Se prometió a sí mismo que nadie más lo sabría. Pero las circunstancias habían cambiado. ¿Cómo terminó en esta boca de lobos, codeando con la bacteria que podría hacer que su sueño terminara antes de tiempo?

Paco continuó sin percatarse de que Miguel no le prestaba atención.

—Hemos sido extremadamente cuidadosos. La bacteria está en un ambiente controlado. Hemos tomado todas las precauciones. Se utilizan desinfecciones gaseosas para asegurar una atmósfera de trabajo estéril y por eso tú descontaminas el equipo y las superficies constantemente. ¿Crees que alguno de nosotros quiere infectarse?

Pero Miguel escuchó en silencio. Había perdido las ganas de pelear.

—Yo soy joven como tú, y quizás te asusta pensar que no sé de lo que hablo, pero la medicina me ha apasionado desde pequeño y todos los veranos desde que tengo quince años he trabajado de voluntario en laboratorios de referencia en las ciudades que he vivido.

Miguel no se inmutó mientras su compañero dio su explicación.

—Me dio mucho trabajo convencer a mis papás que me permitieran trabajar, pero como pensaban que era un pasatiempo pasajero, su hijo jugando a ser científico, pues me dejaron. He estado expuesto a muchas situaciones parecidas a la que trabajamos ahora, con sustancias contagiosas, y nunca ha pasado nada. Te aseguro que el Dr. Fowler es un experto en manejo de MRSA. Es muy reconocido en el ambiente científico porque ha estudiado la bacteria desde que apareció su primera resistencia hace más de una década. Igual los demás técnicos que han estado a su lado por años. Todos son expertos. Los únicos novatos con MRSA somos tú y yo.

Por alguna razón nada de esto consoló a Miguel. Así lo notó Paco en su rostro, por lo que se sintió obligado a continuar.

—Este proyecto está auspiciado por una gran farmacéutica de reconocimiento mundial. Te lo prometo. No tienes de que preocuparte —le dijo ofreciéndole la mano para ayudarlo a levantarse del piso de la cocina en donde se quedó sentado luego del ataque a mano pelada.

—Vamos a hacer la paella, anda, que ahora sí que estoy hambriento —terminó de decir Paco.

Pero allí se quedaron los camarones, el bacalao, la cebolla y los tomates. Miguel, sin mirar a su compañero, salió con su mochila por la puerta del apartamento para refugiarse entre las sombras de los árboles de Hyde Park a dos cuadras de su edificio. Paco, todavía perturbado por lo que había pasado, se tiró en la cama sin comer y se quedó dormido sin guardar los ingredientes en la nevera. Cuando Miguel regresó varias horas más tarde, la peste a marisco lo azotó tan fuerte que fue directo a botarlo todo a la basura. Atrás quedó el antojo, el deseo de acercarse a su preciosa novia a través de la comida y el impulso para luchar contra la enfermedad congénita que lo acosaba. En ese momento decidió que sólo se presentaría al otro día al trabajo para poder cobrar el final de su jornada y largarse para siempre de Londres. Lamentablemente eso no fue lo que ocurrió.

Capítulo 5

No escuchaba pisadas en el pasillo y un silencio siniestro irrumpía el ambiente. Sólo podía distinguir a los lejos un murmullo femenino; no el susurro de una sola mujer, sino de varias hablando entre sí. Una de ellas se separó del grupo, sus pasos se escucharon ahora golpeando contra el vinilo blanco del piso. Parecía que se acercaba. Se detuvo frente a la puerta de la habitación. Un segundo más y estaba dentro. No tocó para pedir permiso para entrar, ni cerró la puerta al pasar. Tampoco le dijo buenas noches o le dirigió la mirada a pesar de que él tenía los ojos abiertos y la miraba directamente a la cara. Lo ignoró por completo y fue directo a verificar la bolsa del suero conectada a la vena del brazo derecho.

—Señorito, ¿qué hace que no está durmiendo? —le dijo al fin la enfermera.

Miguel obviamente no la entendió porque le habló en inglés, pero por su tono de voz supuso que lo regañaba. Instintivamente cerró los ojos para evitar que la mujer le siguiera hablando.

Ya habían pasado doce horas desde que llegó al hospital luego del accidente en el laboratorio y Miguel había comenzado a recobrar el sentido hacía una hora. Los médicos le administraban antibiótico por vena para que hiciera efecto lo más rápido posible. Tenía una infección severa con MRSA y los doctores estaban atacándola agresivamente aunque no tenían mucha esperanza de salvarlo porque las infecciones con MRSA no son fáciles de curar. En algunos casos se comen el cuerpo poco a poco, en otros pacientes atacan inmisericorde y se apoderan de todos los órganos con una rapidez imparable hasta que es muy tarde.

Todo esto era lo que suponía Miguel que le decían los médicos mientras le hablaban lentamente, casi deletreando cada palabra, con la idea de que de esta forma los iba a entender. Pero no era posible. ¿Cuánto daría ahora por haber atendido en las clases de inglés que le daban en la escuela o poner más esfuerzo en entender las películas que veía su mamá en cable? Todos sus amigos puertorriqueños sabían inglés perfectamente, pero a él nunca le interesó. Nunca le apasionó nada que no fuera inmediato, que pudiera usar o aprovechar en el momento. Nada hasta que llegó Ana. Por ella fue que empezó a interesarse en el futuro. Una vez la conoció, comenzó su afición por el mañana.

La primera vez que la vio, él estaba paseándose para estirar las piernas en un cuarto del Hospital Presbiteriano en San Juan. Estaba entumecido de estar tanto tiempo acostado y además estaba aburrido. Sus amigos le habían enviado un libro con juegos de lógica, crucigramas y Sudoku para matar el tiempo, pero ya había terminado la mayoría de ellos. A su libreta de dibujo se le habían agotado las páginas, pero su mamá le compraría una nueva ese mismo día.

—Una pena que no la tengo en este momento porque se me ha ocurrido una idea para un mural —dijo en voz alta mientras caminaba por su cuarto.

Pensaba en los colores que quería utilizar.

—Verde chatré, azul turquesa y toques de naranja, rojo y amarillo. Súper brillantes, con aires modernos parecidos a los del pintor Joan Miró.

—¿Estás hablando solo? —lo interrumpió la voz dulce y melodiosa de una chica que se asomó por la puerta del pasillo.

—Eh… no—dijo un poco abochornado—. Sólo pensaba en voz alta.

—¿Y no es lo mismo? —preguntó la chica en tono burlón.

Ambos comenzaron a reír y Miguel no pudo detenerse y dejarlo ahí.

—Bueno, es que no quiero que te imagines que estoy loco. Yo no estoy aquí por loco, sino por bruto… ¿sabes? como el chiste famoso…

Quería seguir hablando con la chica para que no se fuera. Era la primera persona de su edad que veía trabajar en el hospital, y como sus amigos sólo venían algunos fines de semana, ansiaba continuar la conversación.

—No, no me sé ese chiste. ¿Estás seguro de que es un chiste y que realmente no estás aquí por loco? —preguntó la chica y rió de manera tan contagiosa que Miguel no pudo resistir y rió con ella.

—Te juro que es un chiste. Oye…

Miguel le hizo el chiste y luego otros de su colección. Nunca había tenido una audiencia cautiva. Ya todos sus amigos se sabían sus chistes, porque llevaba años haciéndolos, aunque de ninguna manera uno detrás de otro. Ahora se sentía como un comediante con un solo espectador. Mientras Ana estuviera divirtiéndose no había razón para detenerse, así que continuó, hasta que no encontró otro archivo en su cabeza, en el departamento de recuerdos, bajo la categoría de chistes.

—Esos son todos los que me sé —le confesó al agotar su repertorio.

—Ah, que pena —dijo ella.

—Obviamente te gustan los chistes.

—Me gusta todo lo que me haga reír —le contestó Ana.

—¿Y por qué trabajas en un hospital?

—No trabajo en el hospital, soy voluntaria. Sólo vengo algunas tardes.

—Pero ¿para qué vienes a un hospital si son deprimentes? —preguntó de nuevo Miguel.

No podía descifrar a esta chica. ¿Qué hacía una chica joven y alegre en el pestilente ambiente que asedia a los enfermos?

—Para acompañar a mi padre. Él es médico. Además, vengo para hacer reír a los pacientes. Eso me hace feliz. Me pone contento el corazón.

—Bueno, pues, misión cumplida. Me has hecho reír a mí. Me has puesto contento el corazón —afirmó Miguel.

La miró intensamente a los ojos queriendo conectar su corazón con el suyo. Unirlos para siempre.

—¿Por qué estás aquí? —preguntó Ana interrumpiendo el breve silencio entre ellos.

Ah, la realidad. Seguro ahora se romperá la magia. Ahora me mirará con lástima, pensó Miguel.

—Estoy enfermo —fue lo único que se atrevió a decir.

—¿De verdad? ¿No me digas? Eso lo pude haber adivinado por mi cuenta —dijo Ana burlona y se le acercó con un paso.

—¿Por qué necesitas más detalles? —contestó él y miró hacia abajo a la hilera de botones de su pijama, como si fuera a contarlos, uno a uno.

—Porque soy una averiguada. Porque me gusta saber todo de las personas que conozco. Y tú eres mi presa del día de hoy.

—¿Qué otras cosas quieres saber de mí? —le dijo tímidamente Miguel sin saber si sabría la respuesta a sus preguntas.

No estaba seguro de conocerse a sí mismo, así que dudaba de su habilidad para ofrecer datos interesantes de modo que una chica curiosa lo conociera de veras.

—¿Cuánto tiempo llevas enfermo? —fue la primera pregunta de Ana.

No la que Miguel esperaba, por supuesto.

—¿No puedes preguntarme mejor cuál es mi color favorito? —replicó ofreciéndole una pregunta que él estaba preparado para contestar.

—¿Qué? ¿Tienes miedo de hablar de tu enfermedad? —lo retó Ana, jugando ahora con la manga del pijama de Miguel.

Sigilosamente se le había acercado y se encontraba frente a él en la esquina del cuarto junto a la ventana. No había vista desde esta ventana. Su única función era que entrara luz a la habitación. Sin embargo, esa misma luz tan apreciada en momentos cuando una persona encerrada quiere ver la luz del día, ahora parecía entrometerse al iluminar sentimientos que no deseaban ser revelados.

—Yo no le tengo miedo a nada. Ni a la muerte —contestó embravecido y removió a Ana de su camino para volver al centro de la habitación.

Al agarrarle suavemente los hombros para echarla hacia un lado, sintió que sus manos se pegaban a su piel de niña a través de la delicada tela de la camisa. Las retiró con presteza al sentir que le palpitaban y que eran capaces de delatar su nerviosismo y demostrar su ansiedad.

—¡Uy que valiente! Quiero ser como tú cuando grande —dijo Ana entre risas tratando de esconder cuán cautivada estaba por la parte trasera del cuello erguido de Miguel.

Su vista recorrió su espalda masculina hasta el punto donde la camisa del pijama caía sobre el pantalón. Podía recrearse cuanto quisiera, porque Miguel estaba cruzado de brazos esforzándose por no dejarse ver la cara, así que no se enteraba de que ella lo miraba de arriba a abajo.

Créeme, tú no quieres ser yo, pensó Miguel, pero no lo dijo.

Se acostó en la cama y metió las piernas debajo de la sábana. Se quedó callado y pensativo por unos segundos. En realidad no le tenía miedo a la muerte. Muchas veces pensaba que mientras más pronto llegara, mejor. Pero había días en que se ponía a divagar y los pensamientos se le enganchaban en una secuencia de buenos momentos. Se imaginaba retozando en la orilla de la playa con una hermosa chica de pelo marrón y risa hogareña. Siempre era la misma chica. No podía ver bien su rostro, pero sabía que era hermosa. La describía en su mente: *Su piel es blanca como la espuma de las olas que le acarician los pies y sus manos son tersas como las nubes que trata de alcanzar al estirar sus brazos al aire.* Sentía que la amaba y que ella lo amaba a él y se regocijaban juntos pensando que tendrían tres niños y dos niñas una vez se casaran. Pero, ahí siempre se detenía el sueño… los pensamientos de boda lo traían de vuelta a la realidad. Nunca podría casarse. Sería muy egoísta de su parte.

—A ver —escuchó de nuevo la voz de la chica sentada ahora en la silla bien pegada a la cama—. Tienes una enfermedad que no tiene cura. El pronóstico es que morirás joven, pues nadie sobrevive pasados los treinta y cinco años. ¿Cómo voy?

Miguel no la miró. Se quedó ahí estático, tieso como una estatua. Tan vivaracho que había estado unos minutos antes mientras hacía sus chistes a diestra y siniestra. Ahora estaba quieto, más bien inmóvil, en espera de que ella descubriera todos sus secretos.

—Te das terapias para expectorar el pecho dos veces al día y tomas enzimas para ayudarte a digerir las comidas. ¿Estoy cerca?

Miguel siguió sin contestar como si escuchara el sermón del cura de la parroquia de su pueblo.

—Te tienes que tomar una pila de antibióticos todos los días ¿Te fijaste? Todo esto lo sé con solo pegar la oreja al suelo— terminó Ana riéndose al hacer referencia a la frase clave que remató uno de los chistes de Miguel.

Pero al chico no le dio gracia. Obviamente la muchacha había leído su expediente en la estación de enfermeras. Ya sabía todo lo que él no le quería divulgar.

—Si ya sabes todo, ¿para qué vienes a preguntármelo? ¿Qué quieres? ¿Convertirme en tu experimento de hoy? No, ya sé. Escogiste el caso más patético de todos los que hay en el piso y decidiste que ese sería tu proyecto. ¿Vamos a ver si a este lo puedo hacer reír? —disparó Miguel.

Removió bruscamente la sábana que lo arropaba y se sentó en el costado de la cama.

—¿Estás molesto? —le dijo Ana de forma juguetona.

Sin inmutarse ante el ataque de rabia del chico encantador que acababa de conocer, movió su silla para acercarse aún más a la cama.

Ana ya lo había visto antes. Lo espiaba cada vez que él caminaba por el pasillo del hospital, porque la protegía la estación de enfermeras de que él la viera a ella. Lo encontraba guapísimo. Un poco flaco, pero bello de cara. Todas las enfermeras lo decían: "*¡Qué niño tan hermoso! ¡Qué pena que está bien enfermito!*" Ana ignoraba el segundo comentario y se conformaba con mirarlo. Había tenido muchas oportunidades de visitarlo, pero por alguna razón extraña no se atrevía. Escogía a otros pacientes, a algunos inclusive que ya había visitado múltiples veces, con tal de no acercarse a su habitación. Algo extraño de él la atraía inmensamente y prefería dejar sin explorar este sentimiento, que averiguar por qué se sentía así.

Hoy, por algún motivo inexplicable, se había levantado en la mañana con ganas de echar sus miedos a un lado. Se vistió para la escuela y pensó entre clases con cuál excusa entraría a su habitación. Podía decir la misma frase que usaba siempre con otros pacientes:

—Vengo a traerle unas revistas y libros para que se entretenga.

O podía preguntarle si quería contestar el cuestionario de satisfacción con las comidas de la cafetería que había diseñado con el propósito de que la administración del hospital supiera los gustos y las preferencias de los pacientes. No es que le fueran a hacer caso a su cuestionario, pero esto le ayudaba a entablar conversación con los pacientes y se sentía útil de que a lo mejor sus sugerencias fueran consideradas. Pero ninguna de estas alternativas para buscar conversación le parecía apropiada para usar con Miguel.

Poco a poco se aprendió todos sus datos. Cada vez que tenía oportunidad leía su expediente y le pasaba un dedo por encima a su nombre añorando hacer lo mismo con sus labios. Miguel tenía los labios más perfectos que ella hubiera visto jamás, los cuales admiraba cuando se enteraba por una de las enfermeras de que estaba dormido. Esas eran las únicas veces que entraba a su cuarto, porque sabía que estaba rendido. Le cambiaba el agua de la jarra y se quedaba ahí mirándolo, con la esperanza de que se levantara. Quería darle un beso antes de que fuera dado de alta.

Ahora que lo tenía de frente mirándola molesto, sentado en el costado de la cama, perdió un poco el ánimo de besarlo. No había contado con enfurecerlo. Se había imaginado el momento muy diferente. Entre risa y risa, ella se le habría acercado y en la contentura, él le habría plantado un beso en la boca, el cual ella hubiera contestado sin reparos. Ahora no veía como eso pasaría. *Tendrá que ser en otra ocasión.*

Se levantó de la silla y se le acercó para despedirse. No quería irse dejándolo molesto. Él miró hacia el piso y movió sus pies que colgaban al son de sus pensamientos. Ana le levantó el rostro con los dedos, sujetándolo por la barbilla. Él le separó la mano, pero se quedó mirándole el rostro. Ana, casi susurrando, le dijo:

—No te molestes conmigo. Me daría mucha pena haberte hecho enfurecer. No fue mi intención.

Sin darse cuenta hasta después que lo hizo, le tocó los labios con sus labios pidiendo perdón.

Cuando pretendió alejarse, Miguel la atrapó por los hombros y la apretó fuerte impidiendo que se separara de su cuerpo. Le miraba los labios, pero no movía su rostro. Abría sus labios, pero no los acercaba a los de ella. Le estaba pidiendo permiso con sus gestos para besarla de nuevo. Ella asintió y recibió sólo dulzura en cada beso. Se sintió como una muñeca de porcelana acariciada por el más idolatra de los dueños. Sus labios respondieron apasionadamente al candor de sus cuidados.

Una vez separados, ninguno podía mirarse a los ojos. Una lágrima rodaba por la mejilla de Miguel. Tan hermoso, tan tierno, jamás hubiera imaginado Ana. Ahora que lo había presenciado, sus deseos eran permanecer cerca de él.

—Vendré todos los días a verte —le prometió al despedirse.

¿Cuántos días serán esos?, pensó Miguel al verla salir por la puerta.

Muchos, pocos, sólo el tiempo será capaz de determinar, pero hasta hoy, cuando se encontraba otra vez en un hospital, esta vez en Londres, ya habían pasado meses desde ese primer beso y de cumplir la promesa de hablarse todos los días. Hoy, igual que siempre, Ana esperaba su llamada y si no conseguía como comunicarse con ella, no la recibiría. Miguel sabía que tenía que buscar la manera de dejar saber que necesitaba un teléfono para llamar. Pero los ojos se le cerraban. Estaba físicamente agotado. La inflamación de la piel alrededor de la ampolla infectada, la tos y el esfuerzo que tenía que hacer constantemente para respirar no lo dejaban dormir bien, por lo que entraba y salía del sueño cada par de horas. No había dormido profundamente desde que llegó al hospital.

Capítulo 6

Cuando se adentró en su apartamento, Paco manifestó una inquietud irreprimible. Miró por las ventanas al menos tres veces corridas, abrió repetidas veces las puertas de las habitaciones y las gavetas de cubiertos de la cocina. Quince minutos más tarde, luego de la búsqueda exhaustiva de hombres armados y de bombas explosivas en el interior de su apartamento, se hallaba completamente convencido de que era un exagerado, de que no eran necesarias las precauciones y de que si en realidad era perseguido, tenía tiempo suficiente para escapar.

Si la ambulancia en donde viajaban Sam y el Dr. Fowler ha tenido un accidente, ¿quién sabe en qué condiciones se encuentran? ¿Estarán muertos?, pensó al entrar a su habitación.

Al recordar a los hombres, su mente inmediatamente se transportó a ese último día de trabajo. Sus intenciones esa mañana habían sido en algún momento del día enfrentar a solas al Dr. Fowler y hacerle varias preguntas que se le habían ocurrido luego de su discusión con Miguel: ¿Por qué lo escogió a él para ayudar en el laboratorio en vez de a un personal más experimentado? ¿Cómo una farmacéutica legítima permitía a un joven sin grados universitarios laborar en un estudio tan trascendental como el que trabajaban en el laboratorio? ¿Por qué las instalaciones del laboratorio estaban en un edificio casi abandonado, en vez de en cualquiera de las facilidades ultramodernas que tenían las farmacéuticas en todas partes del mundo?

Sin embargo, no tuvo oportunidad de hacer sus preguntas. Sam Cosgrove también se encontraba en el laboratorio y lo que Paco escuchó sin ser percibido se le quedó grabado en su mente como con cinta magnética.

—Sam, ¿quieres ver?

El Dr. Francis Fowler deslizó delicadamente la muestra en el microscopio de alta resolución para enseñarle a su inversionista la morfología de la bacteria que estudiaba en su laboratorio de citología, el MRSA. La misma bacteria que aterrorizaba a doctores y a enfermeras, pero sobre todo a los administradores de los hospitales, cuando su presencia se hacía evidente en los pacientes post-operatorios.

—¿No parecen monedas de oro? —preguntó con inflexión cariñosa el Dr. Fowler, como si hablara de una mascota, mientras Sam Cosgrove observaba en la pantalla digital diminutos círculos amarillos que ahora mismo parecían células inofensivas en pleno retozo, pero que pegadas unas a otras comían sin piedad la piel y los órganos del debilitado ser humano al que invadían, sin mucho esfuerzo, cuando más vulnerable se encontraban, en una sala de operaciones.

—Sí, eso mismo es lo que parecen. Monedas de oro —dijo Sam sin separar la vista de la pantalla que le ofrecía una visión única del fascinante germen—. Las mismas monedas que me harán rico a mí y a ti….

—...famoso —terminó la oración el Dr. Fowler—. Yo lo único que quiero es ser famoso. Famoso por erradicar esta escurridiza bacteria.

—¿Aunque mueran inocentes en el proceso? —preguntó Sam y lo miró directamente a los ojos.

—Aunque mueran inocentes en el proceso.

Paco apartó ligeramente la imagen de su mente. Quizás en vez de par de horas sólo tenía minutos para escapar. Mientras más pronto buscara sus cosas, mejor.

Al instante, decidió recoger deprisa varios de sus objetos personales y algunas cosas de Miguel también. Se las podría hacer llegar luego o dejárselas al portero del vestíbulo del edificio. Recorrió su habitación con la mirada hasta que encontró su bulto de viaje y lo llenó de camisetas, calzoncillos, medias y dos mahones. Un par de zapatos, más los que tenía puestos, serían suficiente por el momento. Lo demás podía darlo por perdido. Ya tendría tiempo de sobra para comprarse más ropa.

Luego entró al cuarto de Miguel. No sabía por dónde empezar. Abrió el armario, pero no encontró ningún bulto o maleta.

—¿Dónde diablos las ha puesto? —dijo furioso, sin entender por qué no podía encontrar una simple maleta en la habitación de Miguel.

Miró por el costado de la cama, nada. Dentro del baño que compartían...

—Ajá —dijo en voz alta.

Encontró un bulto negro, algo pequeño, pero era lo único que había. No midió su fuerza al pensarlo vacío y se dio un porrazo en el muslo cuando lo levantó del gabinete.

—¡Coño de su madre! —maldijo entre dientes.

El maletín pesaba una tonelada o al menos eso le pareció. Cuando lo abrió, se dio cuenta de que contenía una extraña máquina con unos tubos que salían de ambos lados y un chaleco azul oscuro.

—¿Qué caramba?

Lo lanzó con esmero y salió fuera del baño de vuelta al cuarto de Miguel. Debajo de la cama encontró una maleta grande, también pesada.

—¿Pero qué es esto? ¿Ya tenía todo listo para irse? —se preguntó incrédulo y extrajo con fuerza la maleta y la colocó sobre la cama.

Cuando la abrió al fin, se echó para atrás. A primera vista no era lo que esperaba. Había decenas de potes de medicinas, suplementos alimenticios, cartapacios y papeles, en vez de ropa, zapatos y libros. Se puso a ver las etiquetas de las medicinas: drogas para ayudar a expectorar, antibióticos, suplementos de enzimas pancreáticas.

—¡Miguel se tenía que tomar una pila de pastillas antes de cada comida! —dijo en voz alta sin salir de su asombro.

Paco siguió rebuscando y encontró también suplementos nutricionales y vitaminas.

¿Cómo podía estar flaco si tomaba estas cosas que tienen tantas calorías? Miles de preguntas le surgían en la cabeza, mientras buscaba respuestas en unos

cartapacios que encontró debajo de las medicinas. Uno de ellos contenía recetas y notas de su madre de cómo utilizar la máquina de terapia respiratoria.

—La máquina que estaba en el baño —se percató Paco al recordar el bulto pesado que levantó pensando que estaba vacío.

Según las instrucciones, Miguel debía hacerse dos terapias al día. La máquina le ayudaba a separar la flema de las paredes de los pulmones y a expectorar. Luego de cada terapia debía toser por un buen rato para sacar toda esa flema de los pulmones.

¿Pero cuándo, si nunca me enteré?, se preguntó. *Debe haberlo hecho a escondidas mientras yo dormía. Por eso no me dejaba entrar al baño.*

Al pensarlo, un nudo estrangulador se le amarró a la garganta.

Recordó como una madrugada oyó a Miguel tosiendo muchísimo en el baño. Le contestó que estaba vomitando, que la comida le había caído mal. Ahora Paco se daba cuenta de que después de la terapia debía toser un montón para sacarse la flema... no lo hacía mientras él estaba en el apartamento, tenía que esconderse. Igual que hizo el día que le dio un ataque de tos en su cuarto. Paco fue para allá, le tocó a la puerta cerrada y preguntó:

—¿Estás enfermo?

—Es el maldito frío —le contestó su compañero.

¡Qué horrible!, pensó Paco ahora al recordar tantos detalles. *¿Por qué nunca me lo dijo? ¿Por qué se escondía de mí? ¿Por qué sentía tanta vergüenza?*

Siguió buscando y encontró otro papel escrito a mano con los pasos de su rutina por la mañana:

1. Usar el inhalador en aerosol
2. Usar el ventilador para aclarar las vías respiratorias
3. Expectorar con el chaleco puesto

4. Comer un desayuno fuerte, con muchas calorías
5. Tomar todas las medicinas, los antibióticos, las enzimas.
6. Irte para la escuela...

Era un papel que la madre de Miguel le había escrito cuando era pequeño para que pudiera seguir los pasos por su cuenta. Estaba arrugado y medio manchado.

Paco empezó a atar cabos. Obviamente Miguel padecía de alguna condición de los pulmones. Rebuscó en el cartapacio y encontró la respuesta. La carta que confirmaba la participación de Miguel en un estudio clínico para pacientes de fibrosis quística en el Imperial College en Londres.

Adjunto a la carta, encontró una copia del itinerario de los días y las horas en que tenía que presentarse al estudio. Paco entendió por qué el turno de trabajo de Miguel era varias horas en la mañana y luego no regresaba hasta las tres de la tarde. En aquel entonces Paco pensaba que era conveniente para que pudiera limpiar todos los instrumentos y superficies del laboratorio al empezar y al terminar el trabajo, pero ahora se daba cuenta de que tenía doble propósito. Durante las horas de mitad de día, su amigo era un conejillo de indias en un estudio muy importante sobre genética. Tenía una enfermedad terminal y en vez de quedarse inerme en espera de su fatídico futuro, se convirtió en voluntario de una investigación novedosa con la esperanza de que fuera la responsable de proveer una cura.

Paco no podía disimular su asombro. Meneó su cabeza a ambos lados y rió internamente. *¡Cómo me ha engañado Miguel!¡Quién iba a decir que con esa apariencia de ratoncillo escuálido tiene un león valiente por dentro!*, pensó y su corazón sintió orgullo, admiración y preocupación por su amigo.

En el último cartapacio, encontró varias cartas, algunas escritas a mano; unas empezadas, otras completadas. Ninguna sellada en sobre. Eran hojas sueltas abiertas para que cualquiera que las encontrara las leyera. *O quizás no le había dado tiempo de comprar los sobres y escribir las direcciones.* Aún así, obviando si eran privadas o no, Paco las leyó. Eran líricas de despedida para todos. La de su madre llena de frases tristes y mucho arrepentimiento.

Con sólo leer las primeras líneas, Paco comprendió que cuando Miguel llamaba dormido a su madre en las madrugadas, cuando tenía pesadillas, sentía culpa y melancolía. Muchas eran las cartas con mensajes de amor, tribulaciones de un alma en pena, desahogos de un joven con sueños… En un papel especial, decorado en los bordes con dibujos de colores brillantes, había un mensaje más largo que los otros dirigido a Ana. Este último se titulaba Quiero.

Quiero que te alegres de verme en el cielo
Sin tosedera ni ventilador.
Brincando junto a los cuatro vientos
lleno de salud y valor.
Quiero que no llores en las noches
por el poco tiempo que nos concedió el Creador,
pues siempre le estaré agradecido
De haberte puesto en mi camino.

Quiero que corras tras tus sueños
Niña hermosa.
Que formes un hogar
y que seas buena esposa.
Quiero verte desde arriba
Rodeada de nietos y nietas
Y que colmes tu vida
De amor y de plena dicha.

Quiero que no te preocupes por mí.
Mi carga ya termina.
Seré libre. Seré feliz.
Quiero ya cantar canciones en el cielo
Y que los ángeles me lleven en vuelo.
Quiero estar en paz.

Te lo prometo.

Paco no pudo contener más las lágrimas que valientemente se aguantó desde el accidente en el laboratorio. Miguel había escrito esa carta el día antes, cuando se enteró por Paco que trabajaban con la bacteria. Una acumulación de remordimiento, pena, desesperación y ansiedad atacó a Paco por todos los flancos, le destrozó sus defensas, lo dejó inválido. No le quedó otro remedio que recostarse en la alfombra del piso y llorar como un niño pequeño. Se aguantó el pecho como si con eso pudiera detener la punzada fuerte que parecía partirle el hueso del esternón. Dejó correr libremente las lágrimas por su rostro y no hizo ningún esfuerzo por limpiarlas, por lo que mojaban la alfombra bajo su cara.

Poco a poco su tristeza comenzó a endurecerse y a transformarse en coraje. Recordó al Dr. Francis Fowler y su cara de avaricia cuando le hablaba de cómo sus estudios con el MRSA le ganarían reconocimiento mundial; seguramente hasta un premio Nobel. Y Sam Cosgrove cuando apresuraba para que terminaran el experimento. Posiblemente la prisa había sido el factor para el contagio.

—Miguel y los otros somos víctimas de hombres sin escrúpulos —gruñó mientras se levantaba súbitamente del suelo.

Recogió los cartapacios de Miguel y se fue a guardarlos en la mochila que había dejado en la sala junto con todos los víveres que había alcanzado en la cocina. Allí también guardó un cuchillo para picar el pan y un juego de cubiertos para untar la jalea.

En el hospital había tomado la decisión de que no continuaría jugándoles el juego a sus jefes y que no seguiría sus instrucciones. Cuando vio a Miguel enfermo concluyó que era el momento de no confiar en nada, ni en nadie. Un sólo pensamiento le pasó por la cabeza mientras miraba el cuerpo de su amigo tendido en la camilla.

—¡Qué casualidad que nos contagiáramos justo el día en que terminó el proyecto! No señor, a mí no me tomarán el pelo de nuevo—dijo Paco en voz alta.

Cuando se disponía a cerrar la maleta para guardar su contenido, oyó el timbre del intercomunicador. La llamada provenía del vestíbulo del edificio y la voz del portero le dijo:

—Un hombre va camino a su apartamento. No pude detenerlo.

Paco salió corriendo de la habitación con la maleta en mano y levantó del piso su bulto de viaje que había dejado en medio del comedor. Entre su mochila, la maleta y el bulto llevaba demasiada carga, así que dejó su bulto de ropa y se llevó la maleta de Miguel, quien a su entender la necesitaba más que él. Él tenía dinero en efectivo de sobra, porque su padre siempre le daba billetes de quinientos euros. Los frascos de antibiótico que se había llevado del laboratorio los tenía bien guardados en el bolsillo interior de su abrigo.

Trató de abrir la ventana de emergencia, pero estaba herméticamente cerrada. *¿Cómo es posible que esté sellada si es una salida de emergencia?*, gritó en su interior. Fue entonces cuando sus nervios lo traicionaron. No sabía hacia donde correr, dónde esconderse, qué hacer. Se quedó paralizado en medio de la sala y volteó su cabeza a todos lados buscando una salida. No había ninguna excepto la puerta de entrada que a su vez conectaba con el pasillo por donde igualmente estaría el hombre acercándose a su apartamento.

—Quizás sube las escaleras —dijo por lo bajo a la vez que se acercó rápidamente a la puerta—. O el elevador se detiene en muchos pisos para dejar a las personas que llegan de sus trabajos —concluyó al agarrar la manilla de la puerta antes de abrirla.

—¡Y si viene, se las verá conmigo! —dijo esta vez en voz alta para darse ánimo—. Yo soy más fuerte, más robusto, más ágil, más astuto.

Al fin se convenció. Se colocó la mochila en la espalda y soltó la maleta de Miguel. Tenía que arriesgarse en vez de quedarse ahí de pie.

Tomó su abrigo, bufanda, guantes y sombrero, abrió la puerta y trató de escuchar pasos en el pasillo. Sólo oyó el ruido habitual del radio del vecino. El piso era una gran T con los elevadores en el centro y los pasillos y las escaleras de salida en tres lados. En vez de correr hacia la escalera más cercana, Paco salió disparado hacia los elevadores. Dio un viraje de noventa grados en el pasillo frente a los elevadores en dirección hacia la próxima salida de emergencia. Esta escalera conectaba con el vestíbulo de la calle principal, por lo que contó con que los extraños transeúntes en la acera lo protegerían del hombre que venía a visitarlo.

Justo cuando dio el viraje frente a los elevadores en dirección a la puerta de la escalera al final del pasillo, escuchó que se acercaba uno de los elevadores. Si era el elevador de la derecha, el hombre no lo vería porque una pared le ocultaría la visión del pasillo completo. Pero si abría el elevador de la izquierda, lo vería de frente y saldría corriendo tras de él. Se abrió la puerta del elevador. El hombre tenía una pistola en su mano derecha.

Capítulo 7

Miguel batallaba con todas sus fuerzas. No quería cerrar los ojos. Antes de conocer a Ana, había veces que se acostaba bien temprano con la esperanza de no volverlos a abrir. En ese tiempo no quería vivir un día más enfermo. Peleaba todos los días con su madre, pero especialmente con Dios, por lo injusto de su situación.

No se enteró de pequeño que tenía una enfermedad terminal. Su madre nunca se lo dijo directamente, ni ninguno de sus otros familiares, tíos o primos. Se percató poco a poco de que su situación no era normal debido a las constantes visitas al médico.

A los doce años su madre le confesó la razón de tanta medicina y estadías en el hospital y fue cuando realmente entendió el impacto. Años más tarde, una búsqueda en la Internet resolvió todas sus dudas, aunque todavía hoy se cuestiona si para bien o para mal. *¿No es mejor vivir sin saber tu fecha de expiración?* Si no hubiera sabido, se hubiera podido evitar tanto miedo a coger un catarro cada vez que una persona estornudaba cerca de él.

Ese año, cuando tenía quince años, fue el peor de todos. Sus amigos lo invitaban a salir y no podía ir. Tenía el sistema inmunológico más débil que nunca. Cualquier infección lo podía aniquilar. Ahí fue que decidió que no quería seguir mortificándose. Quería que amaneciera y no estar ya allí. Rezaba para que Dios enmendara su error y se lo llevara en la noche. Pero no sucedió. Todas las mañanas volvía a abrir los ojos y tenía que enfrentar la pesadilla.

Ahora en Londres rezaba por todo lo contrario. Para que Dios le concediera un milagro y pudiera abrir los ojos nuevamente para volver a ver a Ana.

—Prométeme que vas a vivir —le pedía Ana con su voz cariñosa, ahora en su memoria.

Así se despedían todos los días cuando hablaban por teléfono.

—Te lo prometo —finalizaba siempre Miguel antes de colgar el auricular.

El recuerdo de la promesa hizo que el chico volviera a la conciencia.

—Enfermera… enfermera —llamó agitado en español y con la prisa olvidó presionar el botón en la cama para alertar a la estación de enfermeras.

Un conserje que pasaba por el pasillo lo escuchó y le dio curiosidad oír su lengua nativa.

—¿Qué le pasa muchacho? —le dijo en español el hombre cincuentón que entró a su cuarto.

—Ay, ¡qué bueno que habla usted español! —dijo Miguel naturalmente aliviado—. No sabe lo que estoy pasando porque no hablo ni pizca de inglés. ¿Sabe usted inglés?

—Lo suficiente —contestó—. Llevo varios años viviendo aquí en Londres con mi hija.

Entre preguntas corteses se enteró de que el hombre era de México y Miguel le dijo que era de Puerto Rico.

—Isla hermosa, Puerto Rico. Yo la visité cuando era un mozo y me dio por perseguir a una puertorriqueña que después me dejó solito para irse con un gringo que vivía en la Isla y dirigía una fábrica embotelladora de refrescos. Después que regresé a mi país, me enteré de que el americanito la dejó plantada, como dicen ustedes, cuando del trabajo lo mandaron a volver a las Carolinas, no se si a la del norte o a la del sur.

—Oiga —lo interrumpió Miguel para evitar que el hombre le contara toda su vida sin poderle pedir el favor.

—¿Qué se le ofrece? —dijo el conserje adivinando sus intenciones.

—Perdí mi teléfono celular de camino aquí y necesito comunicarme con mi novia que vive en España para decirle que estoy aquí. Y con mi mamá que está en Puerto Rico para que sepa que me he puesto malo.

— ¿No tiene familia en Londres? —preguntó sorprendido con el pedido.

Llamadas internacionales a familiares apartados. Seres queridos que tardarían horas en llegar.

—Si tiene la prisa que demuestra en su voz, es mejor llamar al familiar que esté cerca —dijo el anciano con voz dulce—, aunque sea el que está lejos más cercano a su corazón.

—Tengo un tío, pero quiero llamar a mi novia o a mi mamá primero —insistió Miguel.

—Lo entiendo. ¿Pero no es mejor que su tío venga y lo ayude? No es que yo no le quiera ayudar, pero es bueno que tenga a alguien conocido aquí que le acompañe. ¿No cree?

—Usted tiene razón, pero es que tengo tanto miedo de no poderme despedir.

—Hay muchacho. Tendrá tiempo suficiente. Si estos doctores son muy buenos. Ya verá que pronto estará fuera de aquí.

Inmediatamente salió a explicarle a una enfermera la necesidad de Miguel.

—Nurse Betty. Ya sé como pueden conseguir a un familiar. El chico tiene un tío aquí en Londres. Déjenlo llamar —importunó el conserje en función de abogado.

—¿Por qué no nos consigues el número de teléfono y nosotros lo llamamos? —fue la respuesta de la enfermera, pero el hombre no se dejó intimidar.

—Porque el muchacho se ve obstinado. Quiere despedirse él mismo. Cree que se va a morir. No me va a dar el número de su tío hasta que hable con su novia o con su mamá.

—Todavía no me han traído el teléfono —se quejó Miguel con el conserje tan pronto se despertó luego de sesenta minutos de inconsciencia. Una tos molestosa le interrumpía el habla.

—Ya dieron la autorización, muchacho. Tiene que tener un poco de paciencia. Verá como ya mismo entra el técnico a activarle el servicio —le contestó el conserje tratando de tranquilizarlo.

A Miguel le dio un poco de trabajo entender lo que le dijo el conserje porque esta vez lo visitaba con una mascarilla en su rostro.

—Me la dieron para prevenir —le explicó el conserje al darse cuenta de que el chico lo miraba directamente a la mascarilla.

—¿Puede conseguirme papel y bolígrafo? —le preguntó a duras penas durante un ataque de tos.

Se tapó la boca con la mano en un intento por detener la flema que le subía por la garganta.

—¿Va a escribir una carta? —le preguntó el conserje y miró para el lado para darle un poco de privacidad a Miguel durante su expectoración.

—Sí —contestó más con la cabeza que con la voz.

Todavía la flema no lo dejaba hablar.

—¿A su mamá y a su novia?

—Sí, a ellas también —contestó Miguel cuando al fin pudo hablar.

—¿Cómo que también? ¿Cuántas cartas va a escribir?

—Todas las que sean necesarias. ¿Me puede conseguir bastante papel?

—Oye, que exigente estás de repente —le sonrió el conserje y lo tuteó de ese momento en adelante para aliviar el tono brusco en que se tornó la conversación.

—Bueno a falta de pan, galleta. Si no me puede ayudar con lo del teléfono, quizás se le haga más fácil el papel—afirmó Miguel sin mucha energía, pero recobrando un poco su sentido del humor y cambiando el tono con el que le había estado hablando al pobre hombre que hacía todo lo posible por ayudarlo.

—No sé cual es tu empeño en poner tus energías en despedirte, en vez de concentrarte en curarte.

—Créame que trato de curarme, pero esto es como luchar uno solo contra un enemigo con millones de soldados que atacan por todos los lados.

—Concéntrate en aniquilarlos con la ayuda de ese antibiótico que te corre por las venas. Toma al enemigo por sorpresa. Mándale mensajes positivos que aplasten su efecto negativo. ¡Ya veremos quien es más fuerte! —le aconsejó el conserje.

En sus once años trabajando en un hospital había visto par de milagros, o el poder de la mente como le llaman los más escépticos a las curas inesperadas.

—Estoy intentándolo. De veras —dijo Miguel y volvió a quedarse inconsciente.

El conserje salió a toda prisa de la habitación y buscó dos resmas de papel y un par de bolígrafos que cogió prestados de la oficina del administrador del hospital en el primer piso. Cuando subió a la habitación de Miguel, lo encontró dormido todavía, pero su cara mostraba angustia y dolor.

—No se encuentra muy bien —le dijo la enfermera Betty cuando vio al conserje mirando de cerca a Miguel.

—¿Qué tiene? No me he atrevido a preguntarle para no preocuparlo más —preguntó el conserje y ajustó los cordones de su mascarilla.

—Tiene una infección invasiva con la bacteria MRSA que ha atacado rápidamente sus órganos vitales —explicó la enfermera.

El conserje abrió los ojos e hizo visible su susto. Había leído sobre el MRSA en los periódicos. Unos estudiantes se contagiaron con la bacteria en los armarios del baño del departamento atlético de su escuela. Había salido en todos los periódicos y los noticiarios del país y de otros países del mundo. Eran jugadores de fútbol. Muchachos con tremendo futuro, a quienes una mala jugada les había puesto en riesgo su vida. Escuchó como la enfermera continuaba su explicación.

—Usualmente podemos controlar esta bacteria cuando se aloja en la piel, pero un seis por ciento de los casos se nos van rápido porque tienen alguna otra condición donde su sistema inmunológico está comprometido. Esto pasa en pacientes que se han contagiado con la bacteria durante una operación, por ejemplo, o que han recibido quimioterapia.

—¿Miguel tiene cáncer? —la interrumpió el conserje.

—No, pero padece de fibrosis quística, una enfermedad genética donde sus pulmones no tienen la capacidad de expulsar la flema apropiadamente. El MRSA progresa rápidamente en este tipo de pacientes causándoles una pulmonía fulminante.

—Por eso se pasa tosiendo —afirmó el conserje.

—Sí y por eso te di la mascarilla, la bata y los guantes. Póntelos siempre que vengas a hablar con él como te expliqué. Lo tenemos aislado por eso mismo. Se supone que no deje que nadie lo visite, pero como eres el único que puede comunicarse con él, estoy haciendo una excepción. Pero no te quiero cerca de los otros pacientes aislados.

—¿Hay más pacientes con MRSA? —se sobresaltó el conserje.

— Sí, en las habitaciones 1221 y 1222. Son compañeros de trabajo de Miguel —reiteró la enfermera.

—¿Están tan malos como él?

—No, esos están mejor, pero los tenemos en observación. Podrían ponerse peor en cualquier momento. Estamos atacándolos también con antibiótico por vena.

—¿Y cuándo...? —comenzó a decir el conserje, pero no terminó.

El rostro de la enfermera se había tornado tenso y sus cejas se fruncían sobre sus ojos.

—¿Desde cuándo haces tantas preguntas? —dijo la enfermera y lo dejó ahí parado sin dejarlo hablar ni una palabra más.

Cuando la enfermera Betty se alejó, Miguel soltó un quejido vacío, tan leve que el conserje por poco se lo pierde.

—Mami, perdóname —dijo Miguel en un estado de inconciencia despierta, donde los eventos pasados corrían por su mente tan reales como si los viviera en el momento.

Estaba recordando una de sus últimas visitas a su doctor en Puerto Rico. En esta cita el doctor les explicó sobre un estudio clínico que se llevaba a cabo en el Imperial College en Londres y la oportunidad que representaba para Miguel y muchos pacientes como él de mejorar su calidad de vida y de hallar una posible cura. Era un experimento donde se manipulaba el gen causante de la fibrosis quística.

—Los hispanos tienen 1 en 46 de probabilidad de ser portadores del gen. Los negros 1 en 65. Pero las personas de descendencia Europea, específicamente del norte de Europa, tienen 1 en 29 de probabilidad. Por eso es que hay tantos casos de fibrosis quística en Inglaterra.

Miguel no esperó a que el doctor terminara la explicación. Se abalanzó sobre su madre, le agarró la mano y la llevó hacia una esquina de la oficina médica.

—Madre, me voy a Londres. No me puedo quedar aquí… Me moriré si no voy.

—Pero mi hijo, no tienes porque ponerte así. Cálmate —le dijo la madre al verlo alterado.

—Mami, sabes que siempre he tomado toda esta situación con la mayor calma posible. Pero ahora quiero luchar y si no me das permiso, me tendré que ir sin tu aprobación.

—No tengo dinero para enviarte —se lamentó la mujer.

—Lo sé, pero tenemos que hacer lo indecible, mamá. ¿No podemos llamar a tío Roberto en Chicago o a tío Alberto en Londres? Ellos quizás nos puedan ayudar con los chavos.

El doctor interrumpió la conversación.

—No tienen de qué preocuparse. Ya conseguí los fondos para el pasaje, el hospedaje y las comidas para tres meses que es lo que dura el estudio.

—Doctor, usted sabe bien que no tendré como pagárselo —dijo Miguel preocupado.

—Nada que ver. Estos son fondos de la Fundación Auxilio Alterno. Son designados para estos fines —le dijo poniéndole la mano sobre el hombro —. A la que tienes que convencer ahora es a tu madre, pues sin su permiso no te puedes ir. Necesitas que te firme un relevo y una autorización, porque cuando vayas para Londres será varias semanas antes de que cumplas los dieciocho años, así que ni te creas que ya te mandas… —le dijo en tono burlón el doctor y lo acercó hacia su pecho en un abrazo para darle golpes cariñosos en la espalda.

Aún cuando su madre sabía que era lo mejor, varias semanas más tarde lloró desconsoladamente en la cama del cuarto de su hijo mientras él terminaba de preparar sus maletas. A Miguel sólo le faltaba empacar las últimas medicinas. Cuando cerró la maleta, su madre reaccionó adversamente arrancándosela de la mano.

—No te vayas, mi hijo. ¿Qué pasa si todo sale mal en ese estudio y no te da tiempo de volver? Me muero de solo pensar que no estaré contigo si te pones malito —le dijo llorosa sin poder contener las lágrimas.

—Tío Alberto se encargará de mí en lo que me pongo bueno de nuevo.

Pero la madre se le tiró encima, le agarró ambos brazos, impidiéndole el paso.

—Mami, no te pongas así. Voy a estar bien. Suéltame por favor. Dame un beso —le dijo mientras cogía la maleta y el bulto de la máquina de terapia respiratoria.

La empujó tiernamente hacia el lado, pero su madre no le soltaba la cara dándole besos en el cachete uno tras otro, sin casi respirar entremedio.

—Mamá, ya. Me voy —y salió por la puerta antes de que lo detuviera de nuevo.

Ahora era él quien no podía respirar. Las lágrimas le ahogaban la respiración, le corrían por la cara por el mismo sitio donde los besos calientes de su madre habían sido depositados.

Miguel abrió los ojos con sobresalto. Trató de incorporarse en la cama del hospital, pero una punzada en el pecho lo hizo tirarse nuevamente sobre las almohadas. La imagen de su madre llorando continuaba impresa en su mente. Miró para ver si estaba acompañándolo en la lúgubre habitación del hospital londinense, pero estaba solo. Al mirar a la mesita de noche, se percató de las resmas de papel y los bolígrafos que le trajo el conserje. Con premura abrió uno de los paquetes y sacó varias hojas de su interior.

No le escribiría a su madre o a Ana por el momento. Tenía una carta más importante que escribir.

—Alguien tiene que enterarse de esto. No dejaré que me maten por gusto —dijo en voz baja al comenzar a escribir lo más aprisa que le permitía su fatiga, una remesa dirigida al director del periódico London Daily.

PARTE 3
Cambio en las variables

Capítulo 8

Al volver esa noche a su hogar luego de su segunda reunión en MagMell Laboratories, Valeria Loperena se obligó a dejar de pensar en el MRSA y colocó su maletín al lado de la mesita de entrada de su apartamento, sin percatarse del micrófono que había sido colocado imperceptiblemente dentro del forro. Tenía intenciones de usar su maletín luego de comer, pero ahora tenía algo más urgente que hacer. Se tiró en el enorme sofá curvo que compró para que pudieran sentarse todos sus amigos y buscó apresuradamente entre los sobres de correspondencia alguno proveniente de un lugar lejano. No. Nada.

Hacía tres semanas que no sabía de James. Todos los días lo llamaba al celular. Nada. Le enviaba un e-mail y éste también quedaba sin respuesta. Su única esperanza era el correo regular, asumiendo que en dondequiera que él estuviera no tenía acceso a la Internet.

Muy recóndito será este sitio, pues todo el planeta está cubierto de ondas de satélite, por lo que no hay excusas para mantenerse incomunicado, pensó Valeria al no encontrar ni una pequeña nota en el correo que le explicara dónde se encontraba James.

Se le hacía difícil comprender cómo con la facilidad de los celulares no la había llamado ni una sola vez. Los celulares impedían que hubiera razón para desaparecerse por días y días sin dar explicación o inventar una excusa para llegar tarde al hogar. *¿Sabrá él cuántas veces son interrumpidos los besos de la amante por las vibraciones de la llamada incesante de una esposa impaciente que espera sin fallar a su marido todos los días de seis a siete de la noche?* Pero Valeria no era esposa de James, no todavía.

—Ya nadie puede esconderse en el mundo. Hay forma de rastrearlo, de encontrarlo cuando está usando un celular —peleó con James en sus pensamientos.

Pero ella sabía perfectamente lo que pasaba. *Obviamente perdió su celular. ¿O lo "perdió" a propósito?*

No podía mortificarse con el asunto por mucho más tiempo. Tenía que sentarse a trabajar. Para eso trajo su maletín, a pesar de que desde que comenzó a salir con James se había prometido no llevar trabajo al hogar. Aún así, era inevitable. Realmente su mente siempre trabajaba. Un mal de la gente creativa quienes sacan inspiración de cualquier cosa: Dibujan, recortan fotos y artículos de periódicos y revistas y garabatean ideas en cualquier pedazo de papel que tengan cerca. Valeria trataba de crear lo menos posible fuera de horas de oficina, pero hoy ese no sería el caso. Hoy haría una excepción a su regla. Tenía que trabajar en la campaña de MagMell Labs porque estaba atrasada de una manera jamás vista en su carrera.

Últimamente estaba muy distraída a todas horas del día. Sus pensamientos siempre viajaban hacia James. Lo encontraba en la selva del Amazonas, casi ahogado boca abajo en la orilla del río. O semidesnudo en la arena candente del desierto del Sahara, delirante por la falta de agua, pidiendo ayuda a las alucinaciones que se le presentaban en el camino. Su favorito era encontrarlo en África, en un majestuoso Safari, rodeado de leones hambrientos o teniendo que pagarle a la milicia en Somalia para liberarlo de su encarcelación por tomar fotos de las actividades de arresto de civiles. Sus pensamientos parecían episodios de cualquiera de las siete películas de la serie *Road to...* de Bing Crosby y Bob Hope, pero despojadas de toda comedia. Sentada en el escritorio de su oficina, imaginaba complicados dramas en donde la heroína siempre salvaba a su querido indefenso.

Su querido James, quien nunca le hablaba de lo que hacía para ganarse la vida, ni por qué lo hacía. Valeria llegó a pensar que luego de seis meses juntos hablarían más de lo cotidiano del trabajo, pero continuaba siendo un enigma.

La primera vez que Valeria se enteró de que el trabajo de James requería de viajes constantes fue luego de tres meses en los que no se perdieron ni pie ni pisada, sólo se separaban durante las horas en que ella iba a trabajar a la oficina. Ese día se lo encontró sentado en el sofá de su apartamento esperándola para informarle que se iba a una asignación muy importante. Ya tenía equipado un bulto con varias mudas de ropa y provisiones.

—No sigas preguntando, que sabes que no te voy a decir —fue su respuesta cuando ella le indagó a dónde iba.

—¿A qué te dedicas? es una pregunta común en cualquier barra o fiesta social de la ciudad. ¿Por qué tanto misterio? —le dijo Valeria, pero aún así no recibió respuesta.

Cuando volvió a la semana, le contestó por fin. Era fotógrafo para la Agencia EFE, pero un acuerdo de confidencialidad muy riguroso le impedía revelar los destinos de sus asignaciones. En la próxima ocasión en que se ausentó, la llamó todos los días mientras estuvo fuera, por lo que no le dio razón para preocuparse.

Desde entonces habían interrumpidos sus noches de romance, muchas asignaciones, unas más largas que otras, pero ninguna había sobrepasado los diez días. Durante muchas de ellas, James no se comunicó todos los días que estuvo fuera, pero por par de días ella no se iba a morir. Además, él se lo había advertido desde un principio: "No me amarres, pues saldré corriendo." Esta era la primera vez que no sabía de él por tanto tiempo.

———

Al otro día temprano, Valeria salió de su casa con prisa pues estaba tarde para su cita con Mercedes. Se detuvo en la puerta frente a la escalera para acomodarse la bufanda y el gorro. *Maldito el frío que me obliga a ponerme ropa, sobre ropa, sobre ropa. Es una pejiguera.*

Con la misma determinación de un toro luego de ser clavado con una vara de pica, embistió la nieve con sus pies y esquivó los copos que le caían sobre el rostro. Avanzó por la acera hasta llegar a la puerta del Café Intelligentsia.

—Ya pensaba que me dejarías plantada —le dijo Mercedes como saludo de bienvenida cuando al fin Valeria llegó a la mesa luego de batallar la nieve copiosa que para su mala suerte comenzó a caer tan pronto cruzó la primera calle.

—No es para tanto, Merci.

Valeria se quitó el abrigo lo más rápido que pudo sin enredarse esta vez con la bufanda, como siempre le pasaba, y se sentó de inmediato para tratar de que su amiga se tranquilizara.

—No sé de que te quejas, pues llevas esperando sólo quince minutos calentándote el culito, mientras yo me congelaba bajo la nieve —contestó Valeria completamente fuera de sí.

—Uy, alguien está de mal humor. Dale, tomemos un café grande, extra grande.

El primer sorbo del café surtió el efecto esperado. Eliminó el escalofrío que recorría despiadadamente por la piel y disminuyó la presión que invadía cada arteria. Ahora las amigas podían hablar civilizadamente. Tendrían que subir un poco el tono de voz, pues a esta hora ya Café Intelligentsia estaba atestado de la gente corriendo para los trabajos. Una hemorragia de chaquetones entraba y salía de la cámara principal del establecimiento, para comprar la energía que les permitirá continuar su recorrido por las aceras citadinas. ¡Lo que hacen quince minutos! Antes de eso, Mercedes estaba prácticamente sola en el lugar.

—No he sabido de James en tres semanas — comenzó Valeria y miró intensamente el borde de su taza de café buscando en su bebida la respuesta al paradero de su novio.

—¡Ya sabía yo que algo te pasaba! —la interrumpió Mercedes y trató en vano de encontrarle la mirada.

Pero Valeria no se hallaba mentalmente allí. Ella estaba con James, pero él estaba en brazos de una exótica bailarina...

Sus pequeñas manos danzadoras rozaban acarameladamente paños azules por el viril rostro de James. El aroma de su cuerpo femenino mezclado con el sudor del baile intoxicaba los sentidos inundados de placer del hombre que se dejaba querer. Luego de unos instantes, lo dirigió a una esquina de la habitación entre cortinas, alfombras y cojines de todas formas y colores. Le pidió que se sentara con un seductor comando de sus delicados brazos. Y cuando su presa ya estaba cómodo y absorto en la redondez de sus pechos adornados con gasa, cintas y cadenas, comenzó a bailar exclusivamente para él.

El ritmo del vaivén de sus caderas, primero para un lado, luego para el otro, lo mareó tal y como las olas cuando dan contra el costado de un bote de remos. No tenía forma de escapar excepto concentrarse en el hueco de la cintura de la bailarina y depositar ahí la mirada como si no existiera nada más. Pero de repente la pelvis de la mujer comenzó a convulsionar obligando al ombligo a vibrar sin parar. James se incorporó súbitamente con ganas de vomitar. Su torso estaba forrado de sudor. Desorientado trató de encontrar la salida, pero sus piernas le fallaron y terminó tumbado en la alfombra frente a la puerta de la habitación.

—¡Me voy! ¡Te veo el viernes! —despepitó Valeria luego de salir de su trance—. ¿A dónde vamos a ir esta vez? Me dicen que Carnivale está de moda de nuevo. Podemos almorzar y revisar las ideas de los folletos. ¿Quieres ir? —continuó sin coger un respiro al hablar a la vez que se levantó y se puso instintivamente su abrigo color miel —. Podemos pedir la ropa vieja o la empanada gallega —añadió y enumeró sus platos favoritos del menú del restaurante.

—Me imagino que sí, ¿por qué no? —contestó Mercedes y se preocupó un poco en lo extraña que estaba su amiga—. Valeria, —pausó— ¿estás bien?

—Claro, chica, nada por qué preocuparse. Nos vemos el viernes… —le contestó ya gritándole desde la puerta de salida.

Luego de ese primer sorbo restaurador, ninguna de las dos había vuelto a tomar del café.

Valeria no sabía hacia donde se dirigía, pero en dirección a su oficina seguro no iba. Casi corría por la acera, en estado de desesperación mental. La acumulación de cuerpos detuvo un poco su paso y tuvo que entremezclarse entre brazos y piernas para hacerse camino. No encontró por donde escapar. Al fin se adentró en un túnel menos transitado y giró a la derecha sin mirar en que sección se encontraba. Pero no le importó, porque varios paredones de edificios la protegían, le brindaban nido. Allí se sentía segura, lejos del bullicio, lejos de la miseria de sus pensamientos. Lejos de James.

¿Dónde está? ¿Dónde realmente está? y *¿Por qué estoy preocupada?* Miles de preguntas le cruzaron la mente a Valeria. ¿Desde cuándo se preocupaba por el porvenir de otros que no se preocupaban por ella? James no hizo promesas, no le puso nombre a su relación. Eso fue invento de ella. Hablaba de él como su novio, pues no quería estar dando explicaciones a los que se la pedían. Era más fácil decir "mi novio" que mi amante, mi amigo, mi conocido.

Pero este sentimiento de hoy era diferente. Una preocupación la embargaba aún cuando no fuera "su novio" el que estaba perdido. Era un mal presentimiento que le invadía los días. Llevaba semanas levantándose con malos pensamientos. Algo negro se avecinaba y ella lo sentía en todos los poros de su cuerpo, como si de repente fuera bruja y pudiera predecir futuros inciertos. Y lo peor… ella no creía en eso. Sin embargo, su razón la traicionaba. No había razón que valiera. Todo era sentimientos y presentimientos.

Por fin dio media vuelta, bajó del túnel, llegó a la intersección y señaló a un taxi. No podía resolver algo que todavía no se había presentado. *Tendré que ser paciente y esperar. Esperar por James. Esperar el futuro negro. Mientras tanto, me entretendré trabajando.*

—¿Te molesta si compartimos el taxi? —escuchó una ronca voz masculina que interrumpió sus pensamientos y su corazón dio un vuelco de inmediato.

Al mirar, vio a Sam Cosgrove que le sonreía.

Capítulo 9

———

James abrió los ojos. Una punzada en la parte superior de sus párpados -justo ahí donde el hueso del cráneo hace espacio para el globo ocular- le impedía abrirlos por completo. De reojo reconoció que estaba en una habitación multicolor que era la misma en la que entró con la bailarina exótica. Ya no estaba tumbado en el piso. Alguien lo había movido, o él mismo se levantó, quien sabía. Ahora estaba recostado sobre los cojines naranjas, rojos, amarillos y azules que decoraban la esquina debajo de la ventana.

Parecía estar solo, por lo menos en esta habitación. No escuchaba ruidos en el resto de la casa, pero no estaba completamente seguro de que nadie lo acompañaba. Los habitantes de esta región, por alguna razón desconocida para él, murmuraban en vez de hablar. Nunca subían el tono de voz, ni aún cuando se avecinaba una tormenta de arena. Todos corrían en asombroso silencio y buscaban refugio de las arenas mortales. Hacerlo tantas veces los había inmunizado. ¿Para qué gritar y alarmarse, si el resultado sería siempre el mismo? Se guarecerían, sobrevivirían, continuarían viviendo hasta el próximo ataque de viento, arena y soledad.

Así mismo James debía sobrevivir. Tenía que salir de este país desértico al que vino siguiendo la pista de Sam y Josh Cosgrove. Sus cámaras seguramente ya habían sido vendidas en el mercado negro. La Nokia quizás la tenía guardada la bailarina dentro de un cajón para usarla en su próxima reunión familiar. Eran tan fáciles de usar esas cámaras digitales, que aún una octogenaria egipcia sin exposición alguna a la tecnología, podría recoger la imagen de sus nietos y verla al instante. Gratificación instantánea.

—*Bugger*!!! Si no fueran tan atractivas las malditas cámaras, quizás todavía las tendría en mi posesión —

gritó James a la vez que se incorporó entre los cojines multicolores.

El celular lo perdió desde el instante en que entró a la habitación por primera vez. La bailarina se lo quitó de las manos en señal de que era momento de relajación. James determinó que mientras no perdiera de vista el celular, no tenía problemas de que la mujer se lo guardara. Pero obviamente no sólo había perdido de vista el celular, sus cámaras y su billetera, sino a la preciosa bailarina que lo engañó. Él se aseguró de no tomar ni comer nada en el lugar, así que le parecía un enigma como había logrado que se desmayara.

Buscó debajo de los cojines, por si acaso encontraba el celular o sus cámaras, pero nada se presentó. No había rastro. No se manifestaban huellas o pistas que él pudiera seguir para resolver el misterio del robo o del paradero de la mujer.

Sin lamentarse más, fue en búsqueda de la salida, tarea que le resultó un poco dificultosa, ya que todas las habitaciones se veían iguales, un pasadizo de paredes y puertas. Él sabía como llegar a la civilización si se perdía en un bosque solitario siguiendo el acrónimo S.U.R.V.I.V.A.L inventado por el ejército norte-americano y como salir de aprietos si lo envenenaban con cianuro en caso de que intentaran desaparecerlo del mapa. Pero aquí se encontraba abriendo puertas sin cesar, sin tener idea del tipo de laberinto en el que estaba encerrado.

Ya por dos veces seguidas había vuelto a la habitación en donde comenzó su odisea. Le parecía insólito que no pudiera encontrar la salida. Se sentía como si estuviera en un bosque mullido de hojas, ramas y raíces que le impedía ver a donde iba, obligándolo a caminar en círculo sin variar. Pero, ¿cómo podía avanzar en círculos dentro de una estructura construida de fango, arena y sal? Lo único que se le ocurría era que fuera a propósito. Que estaba construido así deliberadamente. Era un laberinto real.

James siguió tocando las paredes y abriendo las puertas, hasta que notó un cambio casi imperceptible.

Ahora el piso era de tierra y no había techo, sólo cielo negro. Sin embargo, continuaba encerrado entre paredes. Escuchó ruidos a lo lejos y empezó a caminar a prisa en esa dirección, pero no podía distinguir bien de donde provenían las voces. Las paredes amortiguaban el sonido.

De repente, se topó con dos hombres quienes caminaban por el pasillo de tierra en su dirección. Éstos ignoraron sus súplicas de ayuda. No entendían inglés o se hicieron los que no sabían. Por más que los detuvo por los hombros y les habló directo a la cara, se soltaron y siguieron su camino diciendo palabras inteligibles para James en un tono apresurado y con rostros molestos.

James pensó en seguirlos para ver si lograba llegar a una salida, pero se percató de que los hombres entraron por una puerta cercana y se acabó su oportunidad. Había resuelto no volver a entrar por puerta alguna. Ya al menos se encontraba afuera, podía ver el cielo, aunque su oscuridad no le ofrecía mucho, pues era la oscuridad de las noches de una sola estrella.

Decidió encontrar la salida siguiendo el camino de tierra, pero la noche estaba fría. ¿Quién lo diría en el desierto? Pero así eran las noches en el Sahara, heladas como el cuerpo yaciente de un cadáver tieso enterrado en la nieve. Al menos la bailarina no le había quitado los zapatos, ni robado el abrigo liviano.

James consideró las alternativas. Se quedaba caminando en la noche gélida con la esperanza de encontrar la manera de escapar del laberinto o se adentraba en una de las puertas a esperar a que amaneciera y pudiera encontrar un alma amiga.

No tuvo que pensarlo mucho, porque ya la frialdad le calaba los huesos, le adormecía la nariz y hacia que le pesaran las piernas y los párpados. Debía buscar un techo que lo abrigara. Tenía que abrir una puerta y no separarse de ella para no perderse del camino de tierra.

Entró a una habitación oscura. Había alfombras en el piso y sábanas y almohadones cubrían cada rincón. Una familia de cuatro, padre, madre y dos niños pequeños, dormía. Se acurrucó cerca del niño más pequeño, compartiendo con él parte de su sábana. Tendría que levantarse antes de que despuntara el sol y el dueño de la casa le rebanara el cuello por pensarlo pervertidor infantil. Mientras tanto, estaría protegido de las inclemencias de la naturaleza por par de horas.

James se quedó dormido hasta muchas horas luego de que apareciera la primera luz de la mañana. Cuando al fin se agitó debajo de la sábana, ya el día estaba a medio vivir. Sintió las piernas trincas y su espalda sufría un espasmo o alguna molestia musculoesqueletal parecida. Le costó incorporarse del piso que le había acurrucado con brazos de hierro toda la noche. El antebrazo derecho lo tenía tan dormido que parecía que le hubieran puesto anestesia en esa sola extremidad. Y la garganta la tenía seca de recibir aire frío de la noche en vez del preciado líquido que humedece las hojas de rocío. Tenía que encontrar agua. Urgentemente. Y un baño, a menos que quisiera dejarle un "regalo" a los habitantes de la casa en la que se había hospedado sin permiso.

Miró a su alrededor. Estaba en una sala, comedor y cocina: Un todo junto. No había muebles como tal, sólo alfombras en el piso y en una esquina una mesita a nivel dc las rodillas con una tetera casi industrial, azúcar en un gran recipiente y platos y vasos suficientes para cuatro personas. Un niño de ojos oscuros, grandes y expresivos como los de lechuza, lo observaba agarrándose de la esquina de la pared en donde terminaba la habitación y comenzaba un pasillo. Estaba sentado en el suelo igual que él, pero no tuvo problemas en levantarse y salir corriendo por el pasillo.

En lo que James logró ponerse de pie, el niño había ido a buscar a su madre, quien ahora se le acercaba y le hablaba jerigonza con la velocidad que hablan las personas cuando están nerviosas o emocionadas. Lo agarró por la cintura y empujó hacia la puerta, pero él se soltó de las manos sin problemas, pues la mujer no media más de cinco pies y era dclgada y frágil. Tenía más agresividad en las líneas de su cara, que en los puños de sus manos.

James trató de apaciguarle el humor hablándole bien pausadamente y dirigiéndose lentamente hacia los vasos y la tetera. Levantó uno de los vasos y se sirvió té sin dejar de mirar a la mujer y luego a la puerta. Temía que alguien la escuchara y viniera a socorrerla si era que estaba pidiendo ayuda. Pero la mujer se calló tan pronto James comenzó a tomarse el té. Le detuvo el brazo para evitar que siguiera tomando y con la otra mano, agarró tres cubitos de azúcar y los lanzó dentro del vaso. Le dio instrucciones con las manos y la boca de que bebiera. Se había indignado de que tomara su té sin azúcar. Quizás hasta más de que estuviera en su casa sin permiso.

Acto seguido comenzó a hablarle al niño mientras James terminaba el té. Antes de que su madre terminara de darle las instrucciones, el niño salió corriendo nuevamente por el pasillo. Esta vez regresó con pan y algo parecido a una cantimplora llena de agua. La mujer las arrebató de las manos infantiles y se las arrojó a James contra la cintura tan aprisa que a él a penas le dio tiempo de agarrar ambas cosas con la mano que todavía tenía libre. Le entregó el vaso a la mujer quien ahora lo empujaba haciéndolo caminar de espaldas hasta la puerta. La abrió y con la frase 'Ale, ale…' lo despidió de un portazo.

El estrecho camino de tierra ahora estaba alborotado con voces de personas que caminaban de un lado a otro. Había vecinos recostados de las paredes conversando unos con otros y a lo lejos escuchaba lo que quizás eran las ruedas de una carreta. Caminó en esa dirección hasta que se encontró en un rectángulo en medio de paredes, el espacio más amplio que había encontrado hasta ahora. No tuvo casi tiempo de admirar la amplitud cuando vio a la joven que lo había engatusado con su baile de paños que caminaba hacia él. Esperó tranquilo a que ella lo reconociera y saliera corriendo, pero para su sorpresa, ella se siguió acercando, inclusive estaba mirándolo y hablándole con los ojos. *Oh, no. No voy a caer de nuevo en tu trampa*, pensó James. La única razón por la cual la había acompañado en aquella ocasión había sido porque estaba escoltada por dos mujeres ancianas y no pensó que corría peligro. Ella le ofreció información sobre Sam Cosgrove con una oración mal pronunciada, pero todo fue un cuento para poderlo sacar de El Cairo y robarle todas sus pertenencias. Nunca lo habían hecho sentir tan bobo. Ahora sería más cuidadoso.

Cuando la mujer se detuvo frente a él, le agarró la mano con brusquedad y le puso un papel sobre ella.

—Se lo envía Bakran-Al-Kali —le dijo con voz ronca la frase que se había memorizado a cuenta de que no sabía el idioma que hablaba.

Bakran era su contacto en El Cairo. ¿Por qué no se lo entregaba él personalmente?

"James: Disculpa la manera abrupta en que tuve que sacarte de la ciudad. Te encuentras en Bawiti, pueblo del desierto en el Oasis de Bahariya a trescientos kilómetros de El Cairo. La chica que te entregó mi carta es una de mis sobrinas y las mujeres ancianas dos de mis tías abuelas. ¡Qué manera de presentarte! Has estado hospedado en su casa tres semanas. Semi inconsciente tengo entendido por el té endulzado con barbitúricos que te echaban en tu boca por cuentagotas mientras dormías. ¡Parece que no querían lidiar contigo! No las culpo... La cuestión es que tienes un sicario contratado merodeando la capital que le ha puesto precio a tu cabeza. ¿En qué líos estás inmiscuido esta vez, Nancy boy? El precio es tan alto, que me vi tentado a entregarte yo mismo... El vendedor de telas del bazar te delató de inmediato. No tienes idea de todo lo que tuve que hacer para que pareciera que te habías ido a Sudán. Me debes una. En realidad mas de una, pero me conformo con que me lleves a Londres contigo. Sigue las instrucciones en la próxima página que te llevaran a donde me encuentro. For a safe return, mate."

La joven mujer seguía de pie frente a él esperando. Cuando James comenzó a doblar la carta para guardarla en su bolsillo, la chica le hizo señas para que la siguiera. y él inmediatamente descartó la reserva que había expresado unos minutos antes. Nadie más le llamaba *Nancy boy*, así que la carta tenía que venir de Bakran.

Bawiti definitivamente era un laberinto de callejones y edificios.

—Con razón estuve tan extraviado —dijo en voz alta aunque sabía que la mujer no entendía lo que le decía.

La chica caminaba con tranquilidad. Cada paso en la arena bajos sus pies le dejaban saber a James que pronto dejaría de ver paredes marrones y puertas azules. Tal y como lo predijo, así ocurrió. Cinco minutos más tarde salió del último callejón hacia una frontera de arena y palmeras y un horizonte de cielo desprovisto de nubes.

Por alguna extraña razón, ahora se sentía más perdido que cuando estaba dentro del laberinto. La inmensidad del desierto lo había dejado sin habla. Sin embargo, el sentimiento de libertad era bien poderoso. Tan así, que creía poder cruzar el desierto hasta El Cairo sólo con la adrenalina que bombardeaba su cuerpo en este preciso momento.

Había perdido tres semanas de su vida y ni cuenta se había dado. Aparte del cuerpo entumecido, no había rastro de que habían pasado tantos días. Las mujeres debieron haberse encargado de bañarlo y afeitarlo. *¡Quién sabe qué más han hecho por mi!* Se sintió vulnerable como un niño de tres años. Siempre había estado en control de sus acciones y movimientos y de repente se enteró de que estuvo a la merced de dos septuagenarias y una chica de veinte años. Demasiado vulnerable. *Una vergüenza...* Jamás se lo contaría a sus jefes, ni a Valeria.

Capítulo 10

Valeria conoció a James justo seis meses atrás. Su mirada directa pero dulce y su voz pausada lo consiguieron de inmediato. La enamoraron. Nunca se había sentido atraída de esa forma por un extraño, pero éste no era un hombre como otros que ella había conocido.

Para empezar tenía un acento británico espectacular que la atrajo como un imán sólo por el mero hecho de tener que prestar más atención de lo usual para que no se le escapara ni una sola palabra. Si perdía un segundo de concentración, si se enfocaba en sus magnéticos ojos marrones, o en la curva de su barbilla adornada con la sombra de una barba corta que le daba un aire misterioso, no entendería nada de lo que le decía. Tener que pedirle que repitiera sus palabras no era una opción. No quería que pensara que era una latina recién llegada al país.

Así fue como se conocieron, con una corta y sencilla pregunta:

—Con el permiso. ¿Me podría indicar, si es tan amable, dónde se encuentra la oficina del Director?

Esa fue la primera frase que le dijo ese magnífico hombre que la detuvo en la acera frente a una escuela. Estaba segura de que esa fue la oración. Se concentró para escuchar cada una de sus palabras. Cuando escuchó 'si es tan amable', por poco se desmaya, pero se mantuvo alerta con todos sus sentidos en espera de que terminara la oración. Ambos obstaculizaban la entrada de una escuela intermedia, y eran golpeados de vez en cuando por el bulto o el hombro de un preadolescente sin miramientos y con prisa por entrar, pues se acercaba el último minuto para estar a tiempo en el salón.

Valeria nunca había estado en esta escuela o en ninguna otra desde que había cursado sus grados escolares, pero ese día estaba haciéndole un favor a Mercedes. Era el primer día de clases del nuevo año escolar de Gabriela y Mercedes estaba en una reunión de emergencia con su nuevo jefe, Josh Cosgrove. La había citado a las siete de la mañana.

—Ya tú sabes lo que eso significa —le comentó a Valeria cuando la llamó el día anterior para pedirle que llevara a Gabriela a la escuela—. No sólo me perderé de llevar a Gabriela su primer día, sino que tendré que bregar con este hombre que obviamente viene a imponer su estilo. Cuando te citan a las siete de la mañana es para hacer una declaración.

—Si ya sé —dijo Valeria—. El que no pueda o no quiera bregar temprano en la mañana, mejor que se quede en su casa. Al que no le guste, que se busque otro trabajo.

Valeria ya pasó por la experiencia cuando hacía muchos años la que era su jefa se retiró y vino un tipo de las oficinas centrales a tomar su lugar. El hombre hacía todas las reuniones a las siete de la mañana o las ocho de la noche. Era la guerra del más fuerte sobrevive. El que pudiera con el empuje podría conservar su trabajo. Gracias a Dios lo promovieron al año y ahora ella era la jefa en las oficinas de Chicago, con más sentido común que sus predecesores. Ella se esforzaba por mantener a sus empleados motivados y contentos aunque de vez en cuando un proyecto requiriera tener que quedarse tarde a trabajar.

—No te preocupes por Gabriela, Merci. Yo la llevo. ¿A qué hora quieres que la recoja?

A esa hora en punto llegó Valeria a casa de Mercedes al otro día.

—Hooolllaaa… —la saludó Gabriela y extendió exageradamente la palabra oficial de saludo como si fuera una canción.

—Hooollllaaa —le contestó Valeria para seguirle la corriente y sentirse más a tono.

—¿Y qué? ¿Qué es de tu vida? ¿Preparada para el séptimo grado? —preguntó Valeria tan pronto la chica cerró la puerta del carro.

—Creo que sí. Dicen que es más fuerte que sexto y que octavo, así que ya veré.

—¿Te tocó con tus amigas en el salón? ¿Con tu pandilla?

—Pues todavía no sé. Hoy me entero. ¿Qué es eso de pandilla? —preguntó Gabriela levantando sus hombros.

—Me acabas de desinflar mi aura de *cool*. Cuando un adolescente no sabe de lo que habla un adulto, la brecha generacional se hace evidente. ¡Me caes mal! —le dijo Valeria muerta de la risa.

—No te sientas mal, es que nunca había escuchado eso.

—Ok. Te perdono. La Pandilla era un grupo español que cantaba boleros y canciones *pop* cuando yo era pequeña. Mi tía me trajo el disco directo de España en una de sus visitas y al ver la carátula, me enamoré por primera vez. Eran tres chicos y una chica. A mí me gustaba el que se llamaba Rubén, que aunque no era el más guapo, tenía una voz de ángel.

—¡Qué cómico! —afirmó Gabriela.

Hablaba con la boca llena de cereal, sentada en el asiento del pasajero con las piernas trepadas en el tablero.

—¿Crees que ustedes son las únicas que tienen enamoramientos con los artistas? —dijo Valeria mientras le pasaba intencionalmente la mano por la cabeza para despeinarle el pelo.

—No, obviamente, pero me da risa como tú lo cuentas. Anda sigue.

—Bueno, pues para hacerte el cuento completo había veces que me imaginaba que Rubén me cantaba sólo a mí. Otras veces soñaba con que yo era la chica del grupo que cantaba en distintos países cada semana y que todos los chicos del planeta estaban enamorados de mí, incluyendo a Rubén, y los demás integrantes de La Pandilla.

—¿Pandilla significa grupito? —preguntó Gabriela.

—Exacto.

—Me encanta ese nombre. Se lo voy a decir a mis amigas. De ahora en adelante nuestro apodo puede ser

La Pandilla. Olivia sugirió que fuera *Sexy Babies*, pero creo que nuestras mamás se mueren si se enteran.

Por hablar tanto, Valeria se pasó del viraje que tenía que dar para ir a la escuela de Gabriela. Ahora tendría que tomar otra ruta.

—Disculpa, Gabriela. Te voy a hacer llegar tarde tu primer día de clases.

—No te preocupes. No es como que estoy en primer grado. Yo le explico a la maestra.

Pero llegaron a tiempo. Bastante a última hora, pero a tiempo. Se estacionaron una cuadra más abajo para evitar el tráfico y corrieron la distancia. Gabriela insistía en que podía ir sola, pero Valeria, conociendo a Mercedes, no se iba a tomar el riesgo de que le pasara algo a Gabriela. Mercedes se lo reclamaría toda la vida. Lo que validó que su decisión había sido la correcta fue conocer al enigmático hombre británico que le pidió direcciones en la escuela.

—Para serle sincera, no sé donde queda la oficina del Director —le contestó Valeria—. Es la primera vez que piso esta escuela, así que no puedo ayudarle.

Trató de ser lo más cortés posible al acompañar su respuesta con una sonrisa.

—Ah, ¿también es el primer día de su hija? —le preguntó el hombre y ella se quedó muda durante un par de segundos.

La sonrisa del hombre le había hecho perder la concentración.

—No… es mi primer día. Ella cursa en esta escuela hace dos años.

Cuando se dio cuenta de que el hombre la miraba extrañado, se percató que pensaba que era una mala madre que nunca había llevado a su hija a la escuela. Seguramente era él quien se encargaba de llevar a su hijo todos los días a la escuela. El o su esposa.

—Oh, no, no es mi hija. Es la hija de mi mejor amiga que hoy no la pudo traer y estoy haciéndole el favor.

—Igual que yo —contestó él.

Claro, pensó Valeria, *trae al hijo de su novia.*

—Es mi sobrino, pero hoy sí es su primer día de clases en esta escuela, por lo que tengo que ir a la oficina del Director —explicó el hombre mirándola directamente a los ojos.

—Bueno, pues vamos a preguntarle a la hija de mi amiga —dijo Valeria desviando abruptamente la mirada del rostro de su interlocutor.

Miró para todos lados, menos al hombre que con su presencia le hacía añicos su cordura.

—Allí la veo. Todavía no ha entrado al salón.

—No se preocupe, que puedo encontrar la oficina yo solo —dijo el hombre, malinterpretando su incomodidad.

—No es molestia ninguna —insistió Valeria, esta vez con una sonrisa, sin poder resistir la fuerza del imán que le impedía despegarse de él.

Llegaron juntos hasta la puerta del salón de Gabriela, quien hablaba con una de sus amigas en el pasillo.

—Gabriela, con el permiso.

—Valeria, ¿qué haces aquí?

—Gabriela, te presento al señor… ¿Cuál es su nombre, perdón? —habló Valeria con un formalismo que no le caracterizaba probablemente por influenciada por el acento británico del hombre a quien estaba a punto de presentar.

—Penton… James Penton —le dijo el hombre riéndose exageradamente, pero a Valeria se le escapó la referencia a James Bond y continuó hablando.

—El Sr. Penton está buscando la oficina del Director. Es el primer día de su sobrino…

Gabriela no la dejó terminar la oración.

—Al final del pasillo a la derecha. Nos vemos… —dijo y entró de sopetón al salón.

—Disculpe. Parece que tiene prisa —dijo Valeria un poco abochornada.

—Parece.

Se rieron todos, incluyendo al chico que los acompañaba.

—¿Ves? Te lo dije, Dean. Aquí en América la vida es más agitada —le comentó James a su sobrino.

—Ya veo. Mejor nos apuramos —le contestó Dean, quien era casi igual de guapo que su tío, pero su pelo rubio, en vez de marrón como el de James, lo hacía parecer más travieso.

—Si me espera, la invito a un café —se atrevió decirle a Valeria aún cuando sabía bien que se estaba imponiendo.

Sin embargo, Valeria no era mujer que se debía dejar escapar. *Quizás está casada o tiene un novio esperándola en la casa*, pensó James, pero prefirió tirarse la maroma que arrepentirse luego por no haber hecho nada. Si le decía que sí, pues bien. Si le decía que no, ya ella le daría las razones para rechazar su invitación.

Valeria no supo que contestar. Precisamente tenía una reunión con un cliente que llevaba tiempo esperando una presentación. Este cliente en específico había pedido tantos cambios, que la campaña llevaba dos meses de retraso. Por otro lado, ésta era una oportunidad de la vida. ¿Cuántas veces se le presentaba un hombre tipo Indiana Jones a una chica como ella, especialmente en la entrada de una escuela?

Para empezar ya ella no era una chica, pero así se veía en su mente cada vez que se ponía a fantasear. Su creatividad no tenía límites. La usaba para su ventaja en su trabajo como Directora Creativa de C2 Advertising, agencia para la cual trabajaba hacía quince años. Esa misma imaginación era la que la ayudaba a pasar los días solitarios creando mundos alternos para su vida actual. *Pero fantasear no paga la renta, ni te conserva un trabajo si no asistes a las citas con los clientes. El café tendrá que ser otro día*, concluyó Valeria su disertación interna.

—Ok. Le espero en la acera del frente —le contestó Valeria a James, quien llevaba todo este tiempo esperando respuesta a su invitación—. Voy a hacer varias llamadas del trabajo y lo acompaño al café cuando salga.

Se fue caminando por el pasillo incrédula de que hubiera contestado exactamente lo contrario de lo que había concluido que era mejor. Ahora tenía que hacer gestiones para minimizar los daños. Llamar al cliente para informarle que hoy no podría llegar a su oficina a tiempo para hacerle la presentación.

—Sí, mañana, sin falta. Mañana estaré ahí —dijo y colgó el teléfono después de explicarle al cliente que iba a tomarse un café con el hombre de sus sueños.

Eso era lo que hubiera sido honesto decirle, pero ciertamente el cliente no hubiera aceptado esa razón, así que realmente no dio ninguna explicación. Sólo le informó que no podría llegar y le ofreció otro día para reponer la cita.

Pero mañana llegó y Valeria tampoco fue a su cita, ni al otro día, ni al otro. No fue al trabajo por tres días. Después del café, no hubo escapatoria. James Penton se convirtió en el dueño de sus horas, de sus citas, de sus compromisos. Una agenda completa echada por la borda. Un sólo sitio de reunión, la cama de su apartamento. Reunión tras reunión. Una detrás de la otra, con algunos recesos para comer algo que en ropas menores se preparaban en la cocina. Para luego seguir trabajando en conocerse más, así cómodos, informalmente, sin ataduras, sin horarios, sin nadie más que los estuviera esperando o apresurando. Sin hora de llegada o de salida. Una reunión de dos.

Cuando no hubo más remedio que volver a la realidad, volver al verdadero trabajo, el que convierte a las personas en esclavos del dinero y del horario, Valeria se rehusó a despedirse de James. Dio tantas vueltas por el apartamento, que James se rió por dentro.

—Aquí estaré esperando cuando vuelvas —le prometió.

Y ella le creyó.

Por fin se fue camino a la oficina. Al abrirse la puerta del elevador, sintió una vergüenza tremenda de que se le notara en la cara, en la piel y en los poros, lo que había estado haciendo por tres días seguidos.

—Estaba enferma —pensó que sería una buena contestación cuando le preguntaran el porqué de su ausencia.

No mentía de veras si analizaba cómo este incidente maravilloso había afectado su corazón y su mente. *Estoy enferma*, era una oración más acertada concluyó. Enferma de amor… y se burlaba de ella misma en su cabeza llena de excusas sin medidas.

—Si digo que <u>estoy</u> enferma es mejor. Me van a dejar quieta y a lo mejor hasta me puedo ir más temprano. Si digo que <u>estaba</u> enferma quiere decir que ya estoy bien.

Empezó a toser copiosamente, pero en vez de flema de los pulmones, porque no tenía ninguna, sacaba el escupido del estómago.

—¡Estás grave! —le dijo la recepcionista cuando la oyó pasar frente a su escritorio.

Primera prueba superada. La chismosa recepcionista ya pasaría la voz. Ahora sólo tenía que llegar a su oficina y 'regar gérmenes' por todo el pasillo lleno de secretarias y oficinistas. Su oficina tenía paredes sin cristal, así que podía cerrar la puerta en confianza y nadie se daría cuenta de que sólo tosía cuando tenía visita. Su oficina era una de las pocas privadas en la agencia de publicidad, porque todas las demás que no eran esquina tenían paredes de cristal para fomentar la comunicación y la creatividad. *Open floor* era el moto de las agencias en general, y diseñaban sus oficinas así para que las ideas fluyeran, para que la creatividad pudiera surgir en los pasillos y en los escritorios, no sólo en las oficinas o en los salones de reunión.

Cuando volvió a su apartamento, James la esperaba… Esa noche se fueron a caminar. Visitaron el Navy Pier y se quedaron varias horas admirando la exhibición *"Globos del Planeta"*, interpretada por diferentes artistas.

—¿Cuán difícil se le hace a las personas vivir en armonía? Sin nadie hacerse daño… Vivir en comunidad —dijo James cuando se detuvieron a ver la interpretación de un globo terráqueo con niños agarrados de las manos sosteniéndolo por la base. Esa fue la primera vez que le habló a Valeria sobre sus pasiones. James, amante de la naturaleza, amante de la justicia… un espíritu libre con conciencia social, igual que ella. Almas gemelas ahora separadas.

Capítulo 11

———

¡Valeria!, gritó alarmado James en su interior. Seguro que ya lo habría declarado muerto o al menos desaparecido.*¿La habré perdido para siempre?*, pensó y un nudo extraño se le hizo en la garganta.

—Creo que estoy deshidratado —le dijo a la chica egipcia que le mostraba el camino en Bawiti.

Le apetecía otro vaso de té.

—Eso o me he vuelto adicto al té de este país —dijo en voz alta tratando de reírse y a la vez sacar a Valeria de su cabeza.

Tenía que llamarla cuando se reuniera con Bakran. Ya había intentado que la joven bailarina le devolviera su celular, pero había sido en vano. Por las cámaras no quiso ni preguntar; serían su pago por haberle salvado la vida.

La llamada tendría que esperar un poco porque no vería a Bakran hasta que llegara a El Cairo. Aunque él estaba entrenado para tener mucho temple, le preocupaba que Valeria no estuviera esperándolo pacientemente en el sofá del apartamento. *Una mujer tan vivaz seguramente ya me ha echado al olvido.* Tendría que llamarla inmediatamente para tratar de salvar su relación.

Desde que la conoció, su vida había dado un giro. Ahora ningún trabajo le era lo suficientemente retador o emocionante comparado con Valeria y menos cuando un mes antes de conocerla había decidido retirarse a fin de año. Esta asignación la aceptó porque era un asunto personal, una vieja rencilla sin resolver que debía dejar cerrada para poder retirarse feliz. *Sin embargo, ninguna misión debería poner en riesgo mi relación con tan fascinante mujercita.*

Valeria no era la primera mujer que lo invitaba a su apartamento el mismo día que se conocían, pero era la primera de la cual él no se quiso separar a la semana de haberla conocido. Su vida antes de ella consistía en pasar el tiempo entre misiones y aprovecharse de los momentos pasajeros, con quién se le presentara de frente. Su trabajo no le permitía compromisos a largo plazo, ni que él los quisiera hasta entonces. Sin embargo, aunque pensó que era un estilo de vida perfecto para él, ya no le resultaba gratificante.

Tendría que usar el tiempo que le tomaría regresar a El Cairo para poner sus pensamientos en orden. Buscar las palabras adecuadas para convencer a Valeria de que a pesar de que se encontraban lejos uno del otro, ella era lo más importante para él. Debía idear la manera de equilibrar más su vida ahora que la tenía a ella. Despedirse de futuras misiones tan pronto terminara ésta. Tenía que terminar esta investigación pronto… Ya estaba ansioso de comenzar una nueva aventura al lado de Valeria.

Después de suplicar que le dieran té por medio de señas y sin resultado alguno, James se resignó a tomar del agua de la cantimplora que le habían regalado porque la sed lo estaba matando.

—¿Estaré adicto a los barbitúricos y asocio su necesidad con el té? —se preguntó James para sí y pensó que no era normal que prefiriera tomar té a todas horas del día en vez de agua.

Pero no era posible que los barbitúricos le estuvieran haciendo daño. El se sentía bien, alerta, no endrogado.

Siguió las instrucciones de Bakran y encontró al hombre que le indicaba en su carta. Era un guía turístico que lo conduciría a El Cairo en un Jeep. Luego de los saludos y formalismos, el hombre comenzó a sacarle aire a los neumáticos del Jeep y a dar una explicación que James no le había pedido.

—Es para poder cruzar por la arena. Eso es bien común aquí. Los turistas o extranjeros siempre están cambiando los neumáticos hasta que se enteran de que el secreto está en que las gomas no estén muy llenas. Una vez vi un autobús lleno de turistas llegar a El Cairo con dos neumáticos destrozados, conduciendo casi en el aro, así medio de lado. Daba risa —explicó el hombre y con las manos demostraba como el autobús se inclinaba por no tener ninguno de los neumáticos en uno de los costados.

Egipto, país legendario y fantástico, con el que la imaginación se llena de cuentos de faraones, esclavos y pirámides, como si fueran historias de fantasía hasta que lo ves en persona sumergido en dunas de arena que no tienen fin. Un espectáculo visual sin paralelo, pensó James. Y allí se encontraba él en medio de este desierto con el viento en la cara y sus ojos protegidos con grandes gafas, de regreso a El Cairo para despedirse de este maravilloso país lo más rápido que le permitiera el tiempo.

Una vez en El Cairo y batallar en el tráfico provocado por diecisiete millones de habitantes, se dejó intoxicar por unos instantes por cada imagen exótica que se le cruzaba en el camino y una leve sonrisa se le formó en los labios, hasta que el Jeep se detuvo en un callejón mugriento y el guía le indicó que debía apresurarse mientras le enseñaba la puerta decrépita que marcaba su destino.

Sin embargo, James no tuvo que entrar al edificio pestilente. Bakran salió por la puerta y lo recibió con cara de pocos amigos y afectó un tono muy profesional, como si se estuvieran conociendo por primera vez en ese momento.

—Sigues en peligro, *Nancy boy.* Tenemos que darnos prisa —le susurró al oído a la vez que se aseguraba de que nadie en la calle los miraba o escuchaba.

Caminaron a paso acelerado hacia un coche azul marino, el cual subieron de inmediato, sin maletas ni otro equipaje.

Luego de diez minutos en las atestadas carreteras de la progresista ciudad, entraron al estacionamiento bajo techo de un moderno hotel y cambiaron de coche. Esta vez era blanco como la mayoría de los autos que transitaban la ciudad.

—¿Qué pasó? ¿Por qué todo salió mal? —preguntó James en el primer momento que tuvo oportunidad.

—El hombre del bazar es el culpable. Te delató sin miramiento. Ofreció la información a cambio de dinero. Parece que lo que le diste no le pareció suficiente y trató de multiplicarlo ofreciéndole información al mejor postor. ¿Te pusiste tacaño, *Nancy boy*?

—¿Qué crees? Claro que no. Le pagué más que suficiente.

—Tuviste mala suerte. Uno de los compradores que vigilábamos volvió al bazar al otro día para informar que habían cambiado de opinión y cancelaban la orden. Consiguieron otro suplidor.

—¿Cuál de los dos compradores? —preguntó James.

—Sam Cosgrove.

La contestación provocó un largo silencio, tras el cual Bakran continuó su explicación:

—Imagino que el vendedor, para no quedarse sin nada, dijo que había un hombre espiándolos y que a cambio de dinero, podía darles información. Te digo, los residentes del Medio Oriente no tenemos fama de comerciantes por nada. Nos la hemos ganado a la fuerza. Son miles de años de experiencia… desde la Antigua Mesopotamia. Ni los ingleses pueden achacarse tanta madurez comercial…

—Quieres que te rinda pleitesía ahora o puedes esperar a que lleguemos al aeropuerto —interrumpió James haciendo señal de reverencia con ambos brazos—. Aprovecha ahora, porque en Londres, te tiraré a los leones… Estarás a mi merced… —continuó tratando de ocultar una sonrisa.

—No iré a Londres contigo —dijo Bakran y nuevamente su rostro se tornó serio.

—¿Pero ese fue tu único requisito?

—En otra ocasión será. Ahora tengo asuntos que resolver —contestó su compañero y le entregó un papel que leía: *En caso de emergencia, favor de llevarme a la Embajada Británica, Calle Ahmed Ragheb #7, Garden City*—. Ponlo en tu bolsillo.

James lo leyó lentamente, lo dobló y lo guardó en su bolsillo. Esperaba no tener que ir a refugiarse en la embajada, pero si alguien encontraba su cuerpo abaleado o apuñalado en algún rincón de El Cairo, ese era el sitio donde prefería morar.

—¡Qué pena que no me acompañas, pues contaba con que fueras mi guardaespaldas! —continuó James la conversación.

—Por eso mismo es que no voy. Estaré guardando mis espaldas. Mi señora me ha prohibido un viaje más y a ésa le tengo más miedo que a cualquier matón a sueldo de los que hemos perseguido por el mundo. Además, gracias a ti tengo una fábrica de hijos. Cada uno de mis ocho hijos debería llamarse según la ciudad que estuve visitando contigo justo antes de procrearlos. Tantos días lejos del calor de mi mujer me hizo olvidar tiempo y contraceptivos y más vale que detenga la producción y le preste atención al familión. De otra forma, tendré niños viviendo bajo mi techo toda mi vida.

Con esto se despidieron, luego de un abrazo bien apretado y golpes fuertes en la espalda con ambas palmas.

—Shukran —dijo James para dar las gracias.

—Ma'a salama —se escuchó la despedida de Bakran.

———

¿Podrá un aventurero como Bakran asentarse para siempre? ¿Podré yo?, pensó James mientras se hacía camino entre las personas en el concurrido Aeropuerto Internacional de El Cairo. Ya había pasado el fastidio de las filas en el área de seguridad y caminaba por el terminal en dirección a la salida correspondiente a su vuelo a Londres. Aparentemente era la última salida, porque seguía pasando los números y todavía no la divisaba. Ya no había casi personas en este lado del terminal. *Porque son los vuelos menos favoritos, o porque no muchas personas quieren viajar de Egipto en dirección a Londres,* pensó.

El punto era que de momento se encontró con que podía sentarse a esperar en el asiento que más le apeteciera porque la mayoría estaban vacíos. Revisó su boleto para verificar que llegó en la salida correcta y miró en la pantalla, pero todavía no anunciaban su vuelo y los empleados de la aerolínea no se encontraban aún en sus puestos. Cuando se disponía a volverse para revisar si habían cancelado su vuelo, dos hombres se le acercaron por la espalda. Uno de ellos lo amenazó con una pistola pegada a su costado. *A menos que esté fingiendo y lo que ha puesto es un dedo,* razonó James.

—Venga con nosotros —le dijo uno de los hombres egipcios.

—Creo que se han equivocado de persona —afirmó James y trató de entablar una conversación con ellos para ganar tiempo.

La pistola era real, de eso ya estaba seguro.

—No. Estamos claros de que es usted al que estamos buscando. Perdimos su pista por un momento dado, pero al fin dimos con usted.

—Usted si que se tomó su tiempo en llegar aquí —habló el otro hombre mientras avanzaban por el pasillo del terminal.

—¿Todo este tiempo me esperaron en el aeropuerto? —preguntó James con una sonrisa.

—Podemos ser bien pacientes si recibimos buena paga.

—¿Alguien les paga para asegurarse de que salga a salvo de El Cairo?

—No, alguien nos paga para que no salga con vida de El Cairo.

Una sonrisa salió de la boca de ambos individuos.

James miró a su alrededor mientras hablaba con los hombres, quienes lo obligaban a caminar en dirección a una puerta con un letrero que decía: 'Sólo para empleados'.

Uno contra dos... No sweat. Su reacción fue instantánea. Tan pronto cerraron la puerta del cuarto de empleados tras de él, James le dio al hombre de la pistola un codazo sólido en la nariz, haciendo que soltara el arma y cayese desplomado.

Inmediatamente el otro matón reaccionó y trató de golpearlo en la cara, pero falló al James esquivar hábilmente el puño. Entonces trató de patearlo, pero

James le agarró el pie y un segundo más tarde este otro hombre también se encontraba en el piso. Sin embargo, ahí no terminó todo. El hombre lo pateó en el estómago y le sacó el aire de los pulmones. Con la fuerza de una bestia, se paró del piso mientras James cogía varios soplos de oxígeno, con el cuerpo doblado, pero la mirada fija, la frente tensa, los brazos listos para la acción. Cuando el hombre se le acercó, James le agarró la cabeza por detrás del cuello con ambas manos. Tan cerca estaban uno del otro que sus frentes casi se tocaban y James sentía el mal aliento del hombre en su rostro. Antes de que James pudiera esquivarlo, el hombre le propició un golpe con su frente en la boca, y un poco de sangre le comenzó a salir del interior del labio partido, pero no dejó que esto lo desconcentrara y levantó enérgicamente una de sus rodillas y golpeó a su contrincante en la ingle y lo remató con un puño en la barriga.

Lamentablemente este hombre era fornido y los golpes de James no lo aturdían lo suficiente para permitirle escapar. Antes de que pudiera darse la vuelta, el hombre alcanzó la pistola en el piso y amenazó con dispararla.

¡Maldita sea! Es un buen luchador y parece tener reflejos de cometa, pensó James al verse acorralado.

Durante unos segundos, se quedaron cara a cara, hasta que James se cansó del juego de miradas. Se acercó un poco más al hombre en el pequeño salón, y éste tensó su cuerpo, pues no comprendía lo que sucedía o no quería comprender por encontrar inverosímil la acción de su enemigo. Pero así era. James, sin pistola en mano, se acercaba amenazante hacia él. Al otro matón intentar disparar, James le agarró la pistola, le dobló el brazo y le retorció el cuerpo, hasta que logró desarmarlo y darle con la culata de la pistola un golpe grave en la cabeza. *Sus reflejos no resultaron ser tan buenos*. El hombre cayó inconsciente en el suelo.

En ese instante James se quedó de pie con las piernas separadas y el pecho jadeante, tratando de recuperar el aire, fatigado y asombrado de estar vivo. De repente, sin pensarlo, impulsado por la adrenalina que corría por su cuerpo, salió de la habitación, le puso seguro a la puerta, la cerró y arrastró uno de los carritos de venta de comida que estaba en el pasillo y lo colocó contra la puerta, obstruyendo la salida. Ni una persona se dio cuenta de la conmoción.

De regreso en el terminal, verificó la salida de su vuelo en los monitores del aeropuerto y vio que al fin allí estaba, se tocó la boca y escupió en un bote de basura la sangre que le brotaba del labio partido. *Gajes del oficio*, pensó

"Pasajeros del vuelo 714 con destino a Londres, favor de reportarse a la salida número 23. Estamos abordando"

En el avión, luego de que caminó lado a lado y no avistó a ningún sospechoso, James repasó en su mente los incidentes ocurridos en El Cairo desde que llegó hacía tres semanas hasta el momento en que se despidió de Bakran.

—¡Espera! Casi se me olvida devolverte tus credenciales —le dijo su compañero antes de irse y le entregó su documentación de agente de NCIA, su licencia de conducir y su pasaporte británico. Recordó como tan pronto llegó a la ciudad contactó a Bakran, con quien trabajaba a menudo sus asignaciones internacionales y quien había seguido la pista de Sam Cosgrove desde que James lo alertó de que aterrizaría en El Cairo. Bakran veló cada uno de sus movimientos, salidas, almuerzos y comidas. El día que James llegó a la ciudad egipcia, su compañero agente lo citó en el bazar Khan el-Khalili. Hasta allí llegaba el rastro de Sam y Josh Cosgrove.

La transacción que habían realizado los hermanos Cosgrove en el bazar no fue comprar souvenirs, especias, pipas o café. Los Cosgrove hicieron una orden de cuarenta mil yardas de tela de algodón a uno de los representantes de una prestigiosa fábrica de telas en

Tanta, ciudad al norte de El Cairo especializada en la manufactura.

—¿Qué compraron tela en cantidades industriales? ¿Desde cuándo los presidentes de farmacéuticas viajan al otro extremo del mundo para pedir tela por cantidades exorbitantes? ¿Podría la tela ser para un empresario secundario, una amistad? ¿Por qué Josh y Sam se habían tomado la molestia de ir personalmente? —preguntó James sin casi respirar—. No me cuaja este asunto.

Las órdenes de su jefe habían sido bien claras y específicas.

—Sigue el rastro de Sam Cosgrove a quien vinculamos con un laboratorio clandestino en Paddington y el contagio de varias personas con MRSA. Una de las víctimas de MRSA en St. Mary's lo identificó como el culpable. El hombre le dijo a una enfermera que el contagio no había sido accidental.

—¿Habrá Sam infectado a estas personas con el MRSA? ¿Realizaba una investigación legítima para MagMell Labs? Y si era así, ¿por qué usó un laboratorio externo cuando tenía laboratorios de investigación y desarrollo dedicados a trabajar con virus y bacterias en todas partes del mundo? ¿Trabajaba a espaldas de su hermano? ¿Tramaba algo para perjudicar a Josh? —preguntó James a su compañero.

—No tiene sentido. Pero algo se trama y seremos nosotros quienes le pongamos el cascabel a ese gato. Claro está, condicionado a que Sam no logre aniquilarte antes. Es obvio que ya sabe que estás bajo su rastro. Y no es la primera vez que se sabe perseguido.

Ambos agentes recordaron los meses perdidos por la agencia detrás de pistas inconclusas que involucraban a Sam Cosgrove con incidentes violentos. Nada suficientemente concluyente para poderlo acusar. Sus superiores nunca quisieron que James participara en las investigaciones por supuesto conflicto de intereses.

—¿Qué importa que Sam Cosgrove sea el hermano del esposo de mi hermana?— repetía una y otra vez el trabalenguas—. Para mí es un maleante como cualquier otro —le insistía a su jefe—. Este sospechoso ha probado ser más escurridizo que un calamar de mar. ¿Cómo puedo convencerte de que nadie mejor que yo será capaz de probarle un caso? Además de que realmente odio al tipo.

Como jaque mate, le dijo a su jefe:

—Sam es de esas personas que hay en cada familia que son la hierba mala, el veneno, y que harías cualquier cosa que estuviera en tu poder para eliminarla si te dieran la oportunidad.

Su jefe le dio la oportunidad.

—¿Qué le dirás a tu hermana cuando se entere de que eres el responsable de encarcelar a su cuñado? —fue lo último que le preguntó antes de darle las órdenes oficiales.

—Seguramente me expulsará de su vida como oveja traicionera y atrás quedarán las fiestas familiares y los cócteles entre parientes y amigos.

Pero a James eso le tenía sin cuidado. Ese era el ambiente de los Cosgrove, no el de James Penton. La única relación que quería conservar de ese matrimonio era la que tenía con su sobrino Dean. Tendría que buscar la manera de verlo. En la escuela, quizás.

—¿Qué pasa si Josh también está involucrado? —pensó de repente—. No, imposible—concluyó—. La reputación de Josh es intachable.

PARTE 4
En la mirilla

Capítulo 12

Miguel se tardó más de una hora en terminar las cartas. Por señas le pidió a la enfermera del turno de la madrugada que le consiguiera sobres de carta. Al principio le dio mucho trabajo. Intentó pronunciar la palabra en inglés sin idea de lo que articulaba. Verdaderamente lo que decía era "sobre" en español como si estuviera pronunciándolo en inglés, con el cantar que escuchaba cuando los ingleses hablaban. Pero no funcionó.

—Parece que la palabra en inglés no se parece remotamente a su versión en español —concluyó Miguel.

Tuvo entonces que recurrir a hacer pantomimas con el papel de carta simulando que lo doblaba y lo metía en un sobre invisible. Así fue que la mujer entendió lo que quería. Media hora más tarde llegó con veinte sobres manilas color amarillo mostaza. No era lo que él tenía pensado; quería unos sobres blancos tradicionales, pero éstos tendrían que resolver. *Por lo menos me ahorro el tiempo de doblar las cartas*, pensó.

Miguel estuvo bastante tiempo redactando las cartas; en realidad era una misma misiva repetida muchas veces para los editores de los periódicos más importantes de la ciudad. Un arrebato de energía le corrió por el cuerpo cuando encontró la resma de papel, y no sintió dolor, malestar o cansancio hasta que terminó su misión. Ahora era cuestión de esperar a que amaneciera para culminar su plan. El conserje no le negará ese último favor. Miguel confía en él. Veía que era un hombre bueno. ¿De qué otra forma se explicaba que esté ayudando a un completo extraño? *Cuando le explique lo que quiero que haga por mí, no habrá manera de que me falle.*

Terminó de escribir como a las tres de la madrugada y se acostó inmediatamente a dormir para estar descansado y poder ver al conserje cuando pasara por su cuarto durante su próximo turno de trabajo.

No se despertó hasta pasadas las once de la mañana. *¿Habrá ya pasado el conserje?* Un miedo extraño se apoderó de él, pero se le pasó al pensar que el hombre no se iría sin al menos despedirse antes de regresar a su casa. *A menos que le hayan prohibido visitarme más.* Justo cuando le iba a comenzar un ataque de pánico, el conserje se asomó a la puerta.

—¡Muchacho! Ya pensaba que tendría que irme sin verte.

—¿Ya terminó su turno?

—No, pero la jefa de enfermeras me dijo que necesitarás mucho descanso, por lo que va a prohibir todas las visitas hasta nuevo aviso.

—No… No. Necesito que haga una cosa más por mí.

—Miguel, ¿no puedes esperar a que te pongas mejor?

—No. Esto no puede esperar.

Y le enseñó los veinte sobres manilas.

—¿De tantas personas te quieres despedir por carta?

—No, esto no es para nadie que yo conozca.

—¡Ya estás delirando! —dijo el conserje exaltado.

—Esto es serio —dijo Miguel y cerró sus ojos por un momento como para evitar desperdigar sus palabras—. Necesito que me tome una fotografía e imprima veinte copias para incluirlas en estos sobres.

—¿Qué te tome una foto, dices?

—Sí. ¿Tiene usted una cámara digital?

—Pues no —contestó el hombre medio abochornado.

Miguel bajó la cabeza agobiado

—¡Pero mi hija tiene una! —añadió el conserje y la mirada esperanzadora de Miguel le cambió el rostro por completo.

—¿Puede ir a buscarla y tomarme una foto ahora en la tarde? En una hora podemos tener las copias.

—Pero ¿cuál es la prisa? Si quieres mandar una foto a tus fanáticas, es mejor que esperes a verte mejor. La verdad es que no te ves muy guapo que digamos…

Antes de que terminara la oración, Miguel apretó los labios, cogió al hombre firmemente por el cuello de la camisa y le dijo mirándolo a los ojos:

—Esto es muy, muy importante. ¿Puede ayudarme o no?

Claro que lo ayudó. Dos horas más tarde, Miguel colocaba una foto suya en cada uno de los sobres, los cuales selló con un paño mojado con el agua de tomar que tenía a su lado. Era la forma que le enseñó su mamá a hacerlo. Primero, porque todo lo que entraba a la boca de su hijo tenía que estar bien limpio y desinfectado, como le recordaba cada vez que se sentaban a comer. Segundo, y más importante aún, porque su mamá le había cogido un asco tremendo a la actividad de cerrar sobres con la lengua.

Esto sucedió desde que Miguel le contó del correo electrónico que recibió sobre un hombre que le habían crecido huevos de cucaracha en la lengua por haber pasado la misma por la pega de un sobre de correo para sellarlo. Instantáneamente su madre dejó esa costumbre a un lado. Miguel, al recordar este incidente, rió en su interior. Al terminar los sobres, los contó nuevamente y los colocó en la mesita de noche junto a su cama.

Ahora tenía que descansar. Mañana debía estar alerta para cualquier pregunta que quisieran hacerle los reporteros y los oficiales de la policía. Además, el conserje le prometió conseguirle un teléfono celular prestado porque todavía era la hora que no tenía teléfono instalado.

———

—Al fin te consigo —dijo entusiasmado Miguel al escuchar la voz de su novia al otro lado del auricular—. Se tardaron mucho en conseguirme un teléfono.

—¿Dónde estás? —fue la pregunta inmediata.

— En el hospital —y un suspiro le salió de la garganta—. ¡Cuánto anhelo estar en Barcelona junto a ti!

—¿Qué pasó? —lo interrumpió la chica.

Ana necesitaba saber que pasaba con el cuerpo de Miguel, no con su corazón.

—Tengo una infección en los pulmones, pero ya me tratan con antibióticos por vena —le dijo la verdad a medias al dejar fuera de la conversación la bacteria que había provocado la infección.

¿Para qué asustarla de más si con ya decirle que tenía una infección pulmonar era suficiente? Ana sabía todas las complicaciones que podía agravar su condición. No tenía que entrar con ella en explicaciones médicas.

¿Moriré esta vez?, se preguntó a sí mismo, pero nada en su tono de voz le dejó saber a su novia que estaba nervioso. Más que nervioso, esta vez tenía miedo. *La muerte es misteriosa, impredecible, nunca se sabe cuando va a llevarte o a perdonarte.* Pero Miguel desvió sus pensamientos sobre la muerte y se concentró en su razón para vivir.

—¿Sabes que te amo con todo mi corazón? —le dijo a Ana luego de los segundos de silencio que pasaron desde que le dio la noticia de la infección pulmonar que la dejó muda al otro lado del teléfono.

—¿Te estás despidiendo? —y escuchó como la voz de su novia se quebraba al formular la pregunta.

Lloraba en silencio para que él no se diera cuenta, pero era obvio. No podía ocultarlo. Estaba desconsolada, preocupada, y planificaba en su mente cómo llegar a Londres lo más pronto posible.

—¿Despidiendo? ¿Yo? Pero si cada vez que hablamos te digo que te amo —la tranquilizó Miguel, pero su voz era tan débil que delataba la gravedad de su condición.

—Prométeme —balbuceó Ana.

El llanto le ahogó las palabras.

—Oye, tranquila. No te preocupes tanto por mí, mi amor.

Y ahí se detuvo. No podía prometerle esta vez que estaría bien.

Ambos guardaron silencio. De repente, simultáneamente, como si estuvieran conectadas sus mentes, se dejaron llevar por la corriente de recuerdos al momento en que se encontraban solos en la oficina del doctor en Puerto Rico. Ese fue el último día en que estuvieron físicamente uno frente al otro, horas antes de que Ana regresara a Barcelona con sus padres.

El doctor se fue a almorzar, pero antes de irse les dijo con picardía en sus ojos que regresaría en una hora. Miguel por poco se levanta a ahorcarlo cuando le guiñó el ojo antes de cerrar la puerta. *¿Qué se trama el doctorcito ahora en función de casamentero, de Cupido sin alas?* Miguel sólo rezaba que Ana no se hubiera dado cuenta del guiño y estuviera pensando que era una emboscada.

Él no tenía las mismas intenciones que el mal pensado doctor. Estaba convencido de que se portaría como un muchacho decente aunque sus hormonas estuviese revueltas y le provocasen malestar en sus partes privadas y sudor frío en todo su cuerpo.

Estaba muy cerca de Ana, los dos ahí sentados en el sofá del despacho del doctor. *¿No es de mal gusto tener un sofá en una oficina médica?*, se preguntó Miguel evitando rozar con las piernas la piel de las rodillas de Ana. *¿No está prohibido para evitar acusaciones de acoso sexual? Aparentemente el doctor no está enterado de las nuevas reglas de ética profesional*, siguió cavilando y miró todas las paredes de la oficina para no darle la cara a Ana, quien lo observaba intensamente como tratando de descifrar qué le pasaba.

En realidad el doctor sí estaba al tanto de las reglas de ética, pero sencillamente prefería tener el sofá para tomar la siesta cuando faltaba algún paciente a su cita médica. Había resuelto su problema añadiendo dos sillas frente a su escritorio en las que sentaba a los pacientes en consulta. El sofá era sólo para su uso personal. Sin embargo, hoy había invitado a los jóvenes a sentarse en él para que se sintieran como en su casa.

Era la primera vez que conocía a Ana en persona, a pesar de que sabía todo de ella desde el punto de vista de Miguel. Así que, como se sentía que estaba conociendo a la novia de su hijo postizo, convirtió su oficina en una sala y los convidó a tomar jugos y galletas. Todo esto antes de que se le ocurriera la magnífica idea de que era mejor dejarlos solos un rato, porque pronto Ana volvería a Barcelona y quién sabía si tendrían otra oportunidad tan perfecta para declararse nuevamente lo que ya ambos sabían.

Miguel no podía controlar su nerviosismo. Las manos le temblaban, el corazón se le apretaba, la garganta la sentía áspera, la boca húmeda, los ojos… cometían el error de depositarse en la profundidad de los almendrados ojos de Ana que le hablaban entre pestañeos diciéndole: *¿Qué esperas?*

Miguel se mordió los labios. Se sintió como un idiota frente a esta bella mujercita que lo invitaba con la mirada a obedecer sus pasiones. Su rostro se había tornado rojo mientras el de ella permanecía apacible. Leyes naturales en su mágico esplendor.

Ana adivinó sus pensamientos, reconoció sus nervios y le ofreció una dulce y coqueta sonrisa. Miguel sintió calor. Sintió sed. Una sed que sólo los labios de su novia podían aplacar. Y la besó. Al fin la acarició con ganas, miles de besos, cada uno deleitándose en su sabor, en su néctar, en la suavidad de sus húmedos labios. Cuando ya no pudo más, cuando creyó que se la comería, despegó abruptamente su rostro. Fue entonces cuando se percató que estaba acostado sobre ella, apretando su cadera sobre la pelvis femenina que lo acogía. *¿Cómo llegué aquí? No tiene explicación. He perdido la conciencia, he perdido el control. Por poco hacemos el amor.*

Miguel volvió a morderse los labios, pero esta vez se resistió. Se sentó derecho al otro extremo del sofá dándole espacio a Ana para que se reincorporara. Una vez estaban los dos más serenos, las palpitaciones nuevamente a su ritmo habitual, Miguel interrumpió el embarazoso momento diciendo:

—Bueno, al menos, si lo hubiéramos hecho, no te hubiera dejado encinta.

Ana, no respondió. Sólo lo miró con cara de que no podía creer que ese fuera su comentario luego del momento más romántico de su noviazgo.

Miguel, dándose por aludido, pero ahora más avergonzado que antes, trató de arreglarlo:

—Porque soy estéril. ¿No me digas que ya sabías eso?

—No estaba segura de que lo fueras, pero me lo sospechaba. Yo también leo la Internet, ¿sabes? Me he estudiado todo, todo sobre tu enfermedad. Así que no tendrás ni una razón para espantarme. Estaré contigo por siempre. Hasta que la muerte nos separe.

Se acercó para darle un último abrazo y un beso.

De vuelta al teléfono, ella en Barcelona y él en Londres, ambos rieron como dos niños. En vez de lágrimas, ahora era la risa la que inundaba sus corazones. Sus corazones hinchados de gozo; el gozo de saberse amados.

———

Al día siguiente, el conserje esperó a que no hubiera ninguna enfermera, doctor o visitante por los pasillos cercanos al cuarto de Miguel. Tenía que entrar una última vez aunque estuviera prohibido. Se lo había prometido.

Caminó lentamente con su carrito de limpieza y lo guardó en el cuarto de mantenimiento del piso. Antes de cerrar la puerta, miró a ambos lados y avanzó en dirección a la habitación aislada al otro extremo del pasillo. Estaba todo desierto. Las visitas de los familiares no habían comenzado y las enfermeras daban la primera ronda a los pacientes al otro lado de la estación. No tuvo problemas. Entró a la habitación del muchacho sin que nadie lo viera.

Ni tan siquiera Miguel lo vio, pues allí no se encontraba.

¿Lo movieron de cuarto?, se preguntó el conserje a sí mismo. Pero al ver que los sobres manilas estaban encima de la mesita de noche, determinó que ese no era el caso. Los agarró rápidamente, los metió debajo de su bata y salió con la misma prisa con la que había entrado en dirección al cuarto de mantenimiento, en donde se quitó la bata y la mascarilla y colocó los sobres en una

bolsa dentro del carro de limpieza. Entonces procedió a quitarse los guantes y a tirarlos en la basura. A las cartas le pondría todas las direcciones en su casa y las mandaría por correo esa misma tarde. Veinte sobres para veinte destinatarios.

Cuando salió por la puerta principal del hospital, con la bolsa llena de sobres debajo del brazo, pensó en Miguel y en su habitación vacía.

—Vendré mañana a verlo. Hoy deben estar haciéndole unos exámenes adicionales —dijo y caminó a paso cómodo en dirección a la estación Paddington.

En otro sector de Londres, dos hombres se intercambiaban palabras insultantes.

—Se suponía que murieran el mismo día, Sam. Tienes que resolver esto ahora mismo.

El interlocutor tiró un libro de carpeta dura que tenía en la mano por encima de la cabeza del hombre que tenía enfrente y maldijo a todo pulmón.

El hombre no esperó respuesta de Sam y continuó reclamando:

—La idea original era contaminar a los empleados con MRSA justo cuando terminaran su proyecto en el laboratorio. Luego tenías que llevarlos a cada uno a distintas casas refugio en Lincolnshire, donde morirían cada cual a su debido tiempo, según la bacteria atacara su cuerpo. Esto no sólo aseguraba que no divulgarían nada, sino que aportarían a la causa de que cada vez hay más casos fatales por contagio en la comunidad.

Obviamente de este plan no estaban enterados los empleados. Ellos sí sabían que en caso de algún accidente o contagio, se los llevarían fuera de Londres. Sam Cosgrove les había asegurado que se encargaría de restablecerles su salud inmediatamente con una batería de antibióticos que tenía reservados en caso de alguna eventualidad. Un doctor y una enfermera privada los atendería en la comodidad de una casa de campo. Inclusive, para que no temieran por su salud, le permitió al Dr. Fowler tener en el laboratorio una dosis de antibiótico para cada uno.

Pero nada salió según acordado, porque cuando encontraron a Miguel en el suelo, a uno de los empleados le dio pánico y llamó directo a un servicio de emergencias que llegó primero que la ambulancia privada que había contratado Sam. El servicio de emergencias no envió una, sino dos ambulancias, así que Sam no tuvo más remedio que dejar a los técnicos ocuparlas. A todos menos al Dr. Fowler. Antes de que se fueran, les dijo a todos los técnicos que siguieran el protocolo. Ya sabían de antemano cual era y que implicaba que, por esa versión fatula de los hechos que ofrecerían, él les depositaría ciento cincuenta mil euros en sus cuentas personales al salir del hospital. Un bono por mentir.

—Ahora no sirve, Sam. El plan está arruinado. Ahora es simplemente un contagio en un laboratorio. ¿Qué vas a hacer al respecto? ¿A ver? ¿Qué estás preparado para hacer? —preguntó el hombre.

Era la señal de que Sam Cosgrove debía irse inmediatamente a terminar el asunto pendiente, por lo que se despidió, arrancó el automóvil y lo dirigió en dirección al hospital St. Mary's. Le tenía que inyectar más MRSA en el suero a sus empleados.

Capítulo 13

Paco salió corriendo por el pasillo de su edificio de apartamentos para alejarse del elevador lo más pronto posible. Mientras corría hacia la puerta de emergencia de las escaleras, usó el mango del cuchillo de jalea para romper cada una de las bombillas de las lámparas que iluminaban el interior del pasillo. Acto seguido escuchó el elevador abrirse antes de que pudiera romper la última lámpara. Tan pronto el resplandor comenzó a desvanecerse, ése que se queda en el ambiente como residuo de la luz recién apagada, Paco escuchó los pasos del hombre que se adentraba en el pasillo y la voz que decía:

—Muchacho, sé que estás ahí. No temas. Soy amigo de Sam Cosgrove y vengo a ayudarte.

Paco se reprimió de contestarle cuando se percató de que el hombre bajó su brazo y escondió una pistola bien cerca del muslo. No sólo contuvo las palabras, sino también la respiración. El hombre volvió a hablar.

—Tengo conmigo un antibiótico muy poderoso para que te cures inmediatamente.

Claro, un 'antibiótico' en forma de pistola que me eliminará del medio inmediatamente y curará los problemas de Sam Cosgrove, pensó Paco asegurándose de que se quedaba quieto como un tigre cuando acechaba a su presa.

El hombre se acercó por el pasillo y cuando se detuvo, el resplandor lejano de la última lámpara le alumbró levemente la cara. Fue suficiente para que Paco se percatara de que tenía una cicatriz profunda que le corría desde el ojo izquierdo hasta la mandíbula. También confirmó que ahora llevaba el arma en la palma de la mano y el dedo índice en el gatillo.

Típico, pensó el muchacho. *¿Se harán esas cicatrices a propósito para cumplir con los requisitos del estereotipo? ¿Para qué uno le tenga más miedo?*

Paco se fue a la fuga. Bajó las escaleras como si su vida dependiera de ello y así era efectivamente. Tan pronto abrió la puerta del vestíbulo, corrió hacia la terraza exterior del edificio. Una vez se adentró en la terraza, miró hacia atrás y se percató de que el hombre se acercaba por el patio haciéndose paso entre la nieve. No podía ver si continuaba armado, pero no esperaría a tenerlo cerca para comprobarlo, así que abrió a toda prisa su mochila y sacó el cuchillo de cortar el pan.

El hombre ya se encontraba frente a él, a sólo diez pasos. Medía un pie más que Paco con brazos fornidos del doble del tamaño que los del joven muchacho. Paco sintió que las piernas se le enterraban en el suelo. Su impotencia era tan obvia que sentía vergüenza de sí mismo. ¿Qué podía hacer él con un simple cuchillo de cocina frente al monstruo que le venía encima? Tenía que hacerse el valiente, determinó, *porque los malhechores son como los perros: huelen el miedo.*

El hombre caminó tranquilo con las manos guardadas en sus bolsillos y con una pequeña sonrisa en sus labios como si se tratara de un juego. *Sam Cosgrove si que los sabe escoger bien*, pensó Paco. *Este parece un cazador de hombres que mata por placer.* Pero en vez de ese pensamiento darle más miedo, lo convenció de que era ahora o nunca, y salió corriendo. Cada nervio de su cuerpo se avistó y se puso alerta para cualquier reacción.

—Yo soy más ágil, más astuto —se repitió una y otra vez, tal y como hizo cuando escapó del apartamento.

Cuando llegó al otro extremo de la terraza, se detuvo en posición de ataque con cuchillo en mano y esperó a que lo alcanzara el hombre que venía corriendo a la mayor velocidad que le permitían sus piernas pesadas. En el instante en que el hombre se abalanzó sobre él, Paco lo esquivó como un gran torero, movimiento que había practicado miles de veces en su niñez cuando jugaba con sus amigos a las corridas de toro. El siempre era el torero y su vecino Manolo, que era más gordito, hacía de toro. Ahora este hombre que lo invitaba a jugar con su sonrisa irónica, vería cómo era capaz de esquivarlo.

—¿Quieres jugar? ¿En dónde escondiste tu pistola? —le preguntó Paco.

El hombre no contestaba, sólo sonreía. Dos veces más repitieron el juego.

—Olé —le gritaba el chico cada vez que esquivaba al hombre, que le pasaba por el lado resbalando un poco con la nieve en el suelo.

A la tercera fue la vencida. El hombre se lanzó con todas sus fuerzas, ahora sí molesto como un buey, pero no alcanzó a Paco tampoco esta vez.

Cuando el muchacho miró para atrás, vio como el hombre resbaló al tratar de girar súbitamente, dobló su cuerpo primero para atrás y luego hacia el frente. En su esfuerzo por sacar la pistola de su bolsillo, agitó los brazos para tratar de mantener el balance, pero fue peor. Sus pies se deslizaban sobre la nieve sin control, provocando que sus brazos y piernas parecieran tijeras que cortaban sólo aire. Paco aguantó el impulso de ir a socorrerlo, pero se acordó que no era un juego. Unos segundos más tarde, el hombre se encontraba tendido en el suelo. Paco se acercó rápidamente y comenzó a darle patadas en la mano para que soltara el arma, luego en la barriga, en las piernas, en la espalda, en todas las partes que pudo, dejando salir su furia. El hombre ni se inmutó, se quedó tieso.

Paco entonces le puso el cuchillo en el cuello y lo detuvo empujando la piel lo más que pudo sin romperla. La adrenalina le corría por el cuerpo, el corazón le palpitaba aceleradamente en el pecho, su respiración provocaba que le subieran y bajaran agitadamente los hombros. Quería matar a este hombre.

Al apretar más el cuchillo en la garganta de su enemigo, notó que los ojos negros del hombre no pestañeaban y comenzaban a nublarse. Manaba sangre de una herida en la cabeza que manchó la nieve blanca de rojo púrpura. El hombre se había dado en la cabeza con el filo del muro de piedra de la terraza cuando cayó del resbalón. Allí exhaló su último aliento.

Paco se quedó paralizado mirándolo. *Pude haber sido yo en ese charco de sangre*, pensó y rápidamente se incorporó. Trató de alejarse del hombre, pero se tropezó con el cuerpo inmóvil y cayó al suelo con una de sus manos enterradas en la nieve roja. Horrorizado se levantó lo más rápido que pudo y limpió su mano en el abrigo del hombre. El cadáver comenzaba a ponerse frío como la nieve. Una vez de pie, bajó su cabeza y gritó sin evocar sonido alguno. En la terraza, mirando el piso cubierto de nieve, fango y sangre, Paco reaccionó por primera vez a la muerte de un ser humano.

No tenía más nada que hacer en este lugar. Guardó su cuchillo de nuevo en la mochila, cogió su abrigo, bufanda, guantes y sombrero y caminó en dirección al patio. Se adentró en la penumbra y siguió las huellas que unos minutos atrás había dejado su agresor mirando a cada lado del camino entre los troncos negros y mojados de los árboles esqueléticos que bordeaban la terraza.

En la oficina del London Daily, el sobre manila de Miguel llevaba días esperando su turno para ser abierto. Entre los cientos de cartas de los lectores, los folletos, los comunicados de prensa de las agencias de publicidad, los paquetes y las muestras de productos nuevos que llegaban a las oficinas de las revistas y los periódicos de las grandes ciudades del mundo, un simple sobre manila se confundía con cualquier otro. No importaba cuán importante fuera su contenido, aún aquellos casos de vida o muerte, premisas trascendentales y proposiciones para entrevistas exclusivas, invariablemente se perdían en el revuelo de la correspondencia.

El que tuviera una noticia de urgencia tenía que comunicarse directamente con el editor de la publicación, pero preferiblemente con el reportero que cubría el tema en cuestión, porque de lo contrario le pasarían con una secretaria muy ocupada y en el peor de los casos, una recepcionista que le tomaría un mensaje. Pero aún así, la llamada tendrá más suerte de ser atendida que una carta, especialmente si la misma no tiene remitente.

Pero hoy será el turno de este sobre manila de ser atendido. Una de las secretarias del London Daily descartaba y archivaba la correspondencia porque ya no podía con el desorden que tenía en su despacho.

—Mi escritorio siempre es el depósito de basura de todos los editores —se quejaba la mujer cada vez que alguien le dejaba un sobre o un comunicado.

Y eso que ahora ya no recibían tantos papeles como antes de la era de la Internet.

La secretaria lo primero que hizo fue sacar la correspondencia de sus sobres para clasificarla según las secciones del periódico. Como ella se encargaba de todo lo que llegaba sin destinatario, debía leer un poco cada comunicado o carta para saber quien era el reportero o editor que debía recibirla. Si eran temas que a ella le daban curiosidad, se los leía completos. Lamentablemente, esa era la excepción de las reglas. Muchas personas escribían sólo para quejarse. *Hay de todo como en botica,* pensó mientras observaba las cartas una por una.

Cuando ya iba por la mitad de la pila que se había dispuesto a organizar en el día de hoy, la interrumpió el editor de la sección de noticias de primera plana. Tenía un sobre en la mano. *¿Otro más?*, se quejó la mujer en su interior.

—Adela, mira a ver si entiendes este, pues me lo han mandado en español.

—Bote eso. Al que se le ocurra mandarlo en español al periódico inglés más importante del país, tiene que ser idiota. No se merece que le dediquemos un segundo de nuestro valioso tiempo —le contestó en tono entre burla y picardía, con voz ronca que imitaba al Director General del periódico.

—Eso mismo pensé yo, pero me detuvo la frase URGENTE / EMERGENCIA escrita a mano en el tope. Aunque no se nada de español, tendría yo que ser yo el idiota para no entenderla —y se fue soltándole el sobre encima del escritorio.

Definitivamente la palabra urgente era igual en inglés y en español. Sólo le sobraba la última e.

—Lo que es urgente para usted, no es lo mismo que lo que es urgente para el lector aburrido en su casa sin más nada que hacer que escribir al periódico para sentirse importante… —intentó decir la mujer, pero ya era muy tarde.

El editor se había encerrado en su oficina y ella que estaba disgustada, tenía ahora una carta más con que lidiar.

Su primer impulso fue lanzar el sobre de mala manera a la basura, pero antes de que pudiera hacerlo, lo soltó sobre la pila de papeles para descolgar el teléfono que sonaba al otro lado del escritorio. Era su mejor amiga que la llamaba para invitarla a almorzar. Sin pensarlo dos veces y hastiada de la tarea en la que se encontraba embaucada, se levantó, cogió su cartera y se marchó. La carta de Miguel se quedó nuevamente sin leer.

Una hora más tarde y luego de un corto almuerzo donde la secretaria se puso al día en la vida de su mejor amiga, una monja con ínfulas de rebelde, el sobre de Miguel al fin recibió la atención esperada.

—A otros periódicos les debe haber pasado lo mismo que por poco pasa aquí —le dijo la secretaria al editor de primera plana al terminar de leer la carta—. Como llegó en español, y escrita a mano para colmo, la botaron a la basura. Yo no he visto nada publicado sobre este caso y usted sabe que yo me leo todos los periódicos del país, los que no son del país y las versiones en Internet —explicó la secretaria con obvia exaltación.

—Adela, ¿cómo puedes estar segura de que no es un cuento para hacernos perder el tiempo?

— Obviamente usted duda de mi capacidad porque soy una simple secretaria….

—*Hey*, me estás ofendiendo. Eso no es lo que quiero decir. Pero Adela, admítelo. Suena bastante inverosímil.

—Claro. Pero son ustedes los que investigan diariamente noticias importantes por más inverosímiles que suenen. ¿Cómo le llaman? *Hunch, lead, gut feeling.*

Este es mi *gut feeling*. Entiendo que se le haga difícil asimilarlo porque lo que está recibiendo es una versión mía de lo que escribe este muchacho, pero ¿qué tal si se lo traduzco palabra por palabra?
—OK. Léemelo.

Estimados editores:
Mi nombre es Miguel Ramírez. Vine a Londres hace tres meses para participar en un estudio clínico sobre la terapia genética en pacientes de fibrosis quística que se lleva a cabo actualmente en el Imperial College, porque padezco de esa condición. Al mismo tiempo que participé en el estudio, trabajé en un laboratorio de investigación privado para poder ganar dinero. (Este laboratorio no tiene nada que ver con el Imperial College.)
Al principio no sabía a que se dedicaba este laboratorio, pero hace unos días me enteré que investigan la bacteria MRSA.

La interrumpe el editor.
—¿Dónde está la noticia, Adela? Ya publicamos sobre ese estudio clínico y las investigaciones con el MRSA se efectúan en todas partes del mundo. Las bacterias están de moda nuevamente.
—Tenga paciencia, ahora es que viene lo bueno —replicó Adela y continuó leyendo.

En estos momentos estamos todos los empleados, incluyéndome a mí, en el hospital St. Mary's con infecciones severas provocadas por la bacteria. No tenemos idea de cómo sucedió. Fuimos extremadamente cuidadosos. No sé si la farmacéutica que nos contrató está al tanto de lo sucedido, pero ninguno de sus representantes ha venido a visitarme y ya llevo tres días en el hospital. En ningún momento me informaron que estaría trabajando con esta bacteria, ni se identificaron como farmacéutica, porque no trabajamos en una facilidad oficial, sino más bien en un laboratorio clandestino. Eso me enteré el mismo día que supe lo del

MRSA, porque me lo dijo un compañero de trabajo. Me dijo que tenía que permanecer en secreto.

Como pueden ver, estoy asustado. Mi vida corre peligro y creo que es justo que se haga una investigación. Me parece que mis compañeros ya han hablado con la policía. Hoy yo tendré mi oportunidad, porque me la habían negado al principio por no saber inglés, pero ya tengo un intérprete. La prensa debe estar al tanto de esta situación. Por favor, comuníquense conmigo en la habitación 1220.

Atentamente,
Miguel Ramírez

El editor se quedó pensativo.

—Adela, no sé que decirte. Definitivamente debemos ir a cubrir la noticia, porque son varias las personas infectadas. Pero lo más que me llamó la atención fue la descripción "laboratorio clandestino".

—Yo sabía que usted se olería algo raro… lo sabía —le dijo entusiasmada sin poder creer que ayudaba a desarrollar una noticia.

—Llámate a Paul Claron y dile que quiero verlo —le solicitó el editor.

De futura reportera, Adela volvió en dos segundos a su realidad, la de meramente ser una secretaria. Tomó el teléfono del escritorio de su jefe y llamó al reportero. Lo había llamado tantas veces desde que comenzó a trabajar para el London Daily que se sabía su número de memoria.

—A menos que la farmacéutica en cuestión tenga una mega bomba de tiempo, una cura para todos los males, ¿qué otra razón podía haber para guardar su identidad en secreto? —dijo el editor—. Esta podría ser la exclusiva de la semana.

Ya se imaginaba el titular: *Farmacéutica en busca de cura, enferma a empleados.* Como le encantaban las noticias de las grandes farmacéuticas metiendo la pata. Los fraudes, los lavados de dinero, la guerra por sacar un medicamento aún cuando no se había probado fielmente que era beneficioso. Un tema candente, definitivamente.

El editor continuó cavilando. Hacia tres días que habían encontrado el cuerpo del Dr. Francis Fowler en una ambulancia al otro extremo de Londres, en Bromley. Lo habían publicado en la página tres del diario. El Dr. Fowler, eminencia en MRSA, muere en accidente. Nunca se determinó porque estaba en la ambulancia. Era una ambulancia privada. Aparentemente habían llamado directamente al conductor y éste también murió en el accidente, así que no hubo más pistas que investigar por ese lado.

—¿Tendrá que ver el famoso doctorcito con este laboratorio clandestino? —dijo el editor en voz alta—. Demasiada coincidencia que su accidente haya sido justo hace tres días.

Así, sin mucho ruido, con una simple carta, Miguel logró su cometido. Echó la bola a correr.

Capítulo 14

Paco llevaba dos semanas encerrado en la casa de una viejecita y su hijo quienes le dieron asilo en la campiña. Aunque la casa no era pequeña, el chico se sentía como un chivo enjaulado. Ya conocía cada rincón de la casona y hasta descubrió en el sótano el pozo que se usaba para dar de beber a las ovejas un siglo antes. En tiempos de antaño los animales vivían en los cimientos de las casas y los humanos en los pisos superiores. *¡Qué suerte que ahora tienen su propio establo!*, pensó Paco, aunque a lo mejor la compañía de los animales de la granja le hubiera venido bien.

Luego de tomarse la dosis de antibiótico que le correspondía, salió de su habitación para ir a hablar con la viejita, por no tener más nada que hacer. Pero al entrar a la sala, la encontró dormida en un sillón. El hombre y su niño practicaban la lectura en un libro de dinosaurios, así que Paco dio tres pasos hacia atrás, pues no quería interrumpir. El aburrimiento lo obligó a regresar a su cuarto y buscar alivio en las cartas y los correos electrónicos de Miguel que había guardado en su mochila antes de escapar del apartamento.

Miguel había impreso toda su correspondencia con Ana para quizás eliminar el rastro en la computadora y proteger su privacidad. O por razones más románticas: guardar la evidencia de su amor por Ana. Esta última razón fue la que hizo que Paco se sintiera como un criminal, como un intruso, leyendo cada carta, cada verso. Pero no pudo evitarlo. Estaba intoxicado.

Ana y Miguel hablaban de poesía en sus cartas.

"Me encanta cuando escribes poesías. Nunca me has contado cuando empezaste a escribirlas y por qué. Cuéntame anda y escríbeme una de vez. Hace tiempo que no me dedicas una poesía. A continuación mi intento de escribirte una lírica. No te atrevas a reírte si la encuentras muy ridícula.

No puedo decirte sólo que te quiero
Pues un latir enamorado
Delata mi secreto.
Que es tuya mi vida
Tuya mi inspiración
Tuya mi dicha
Tuyo mi corazón."
-Ana

"Ana, mi vida. La poesía y las canciones son instantes que hablan de anhelos, de esperanza, de deseo, pérdida, dolor y de absurdidad. Por eso fue que empecé a escribir poesía. Para expresarme. En mi pequeño mundo, el que se tiene a los doce años, la poesía se convirtió en el centro de todo. No podía entender la métrica, no tuve maestros. Sin embargo, sabía bien lo que sentía, podía describir lo que veía. Mi poesía, si es que puede llamarse poesía, es mi herramienta para destapar mis sentimientos. No puedes mentir cuando escribes poesía. Todos tus pensamientos y tus miedos están expuestos, a flor de piel.

Tu poesía lo menos que hizo fue darme risa. Quise colarme en un avión, para llegar inmediatamente hasta ti. Darte un abrazo, comerte a besos. Gracias por escribirla. Gracias por amarme."

Hablaban de sus planes futuros a través de Internet.

"Ana, voy a Londres para estar pronto más cerca de ti. Mi tío me consiguió un trabajo y mi familia me dio algo de dinero. El Dr. Martínez llamará a uno de sus colegas en Barcelona para que me de asilo cuando termine el estudio del Imperial College, en lo que me conceden la Visa para trabajar legalmente. Sueño algún día trabajar en una casa disquera. ¿Crees que tendré suerte en España?"

"Hombre, claro. Y más si estás casado con una española tan ingeniosa como yo."

"¿Quién está hablando de casamientos? Ana, concéntrate, estamos hablando de trabajo."

"Pero para conseguir trabajo en España, me necesitas a mí... Necesitas casarte con una española y aún así es medio cuesta arriba. No te va a quedar más remedio que casarte conmigo. Eres mío. Te reclamo para mí."

Hablaban del riesgo de participar en un estudio clínico:

"Ana, hay una canción de salsa que se llama Adán García de Rubén Blades que dice: 'Para vivir con miedo, prefiero morir sonriendo, con el recuerdo vivo.' Ese es mi lema. No quiero vivir con miedo... quiero hacer todo lo posible por vencer esta enfermedad. Quiero estar contigo."

"Yo también, pero a veces me pongo a pensar que te estás poniendo en riesgo. Que no vas a durarme hasta los treinta y cinco años como prometiste."

"Voy a hacer todo lo posible. Este estudio es nuestra esperanza. Es tangible, es alcanzable, es prometedor... Eso es lo que dicen todos los informes. Ten fe."

"¿No te metiste en este estudio porque te estás arrepintiendo de nuestro pacto, verdad? ¿Se te ha olvidado?"

"¿El de casarnos el año que viene y tener un matrimonio que dure quince años?"

"¿De que otro pacto voy a estar hablando?"

"Claro que no se me olvida Ana, si sueño con eso diariamente. Quien sabe si los doctores del estudio me cambian los fusibles, me cambian los genes defectuosos, me hacen un transplante de pulmón y tienes que soportarme por cincuenta y cinco años en vez de quince. A lo mejor terminas tú arrepentida."

"Aún cuando yo sea una vieja chocha y tú un viejo decrépito, te besaré todas las noches. De esa no te salva nadie."

Hablaban de amor.

Ana y Miguel se mostraban tal cual eran, en sus propias palabras. Ahora Paco era dueño de sus recuerdos, sumergido en sus pasiones, en sus sueños. Vivía su amor de adolescentes como si fuera suyo y sentía que su corazón se hinchaba con las palabras de una chica que no había visto ni una sola vez en su vida. Experimentaba el amor, un amor fugaz con ganas de ser verdadero y quería sentirse así algún día: Amado, deseado.

Al día siguiente, mientras el sol penetraba la neblina y despedía la noche, Paco escuchó risas y algarabías provenientes de la cocina de la casa. Se vistió de prisa y se acercó a la habitación de donde se escuchaba tanta alegría. La viejita y su hijo abrazaban a un muchacho alto que reía sin parar con la risa más cómica que Paco hubiera escuchado jamás. Él mismo comenzó a sonreír sin saber la razón, contagiado por el espectáculo.

De repente, todos se percataron de su presencia. Cuando se dieron cuenta de que lo habían levantado con el ruido, la viejita y su hijo le pidieron mil disculpas y le presentaron a Armand. El muchacho era hermano del niño de seis años, quien luego de pasar unas semanas con una tía, ahora regresaba a su hogar. Con su pelo pintado de rubio recortado en puntas hacia arriba y un físico atlético como el de los jóvenes que acostumbraban a hacer muchos deportes, Armand parecía un extraterrestre en esta casa de agricultores humildes.

Inmediatamente comenzaron a conversar y se dieron cuenta que tenían miles de gustos afines. A ambos le gustaban los deportes al aire libre, por lo que hablaron durante horas de todo tipo de actividad. De correr caballos y motocicletas, de la sensación jubilosa de escalar las montañas, de esquiar en el agua y la nieve, y de algo que ninguno de los dos había hecho, volar un biplano entre las montañas. Hablaron de todas las cosas divertidas que se hacían en los días de verano. Hablaron de cosas de muchachos.

—¿Tienes novia? —le preguntó Paco a Armand cuando agotaron el tema de los deportes extremos y el atardecer le dio paso a la noche.

—Sí, muchas. ¿Y tú?

—No. Tenía una, pero nos dejamos el otoño pasado.

—Si quieres te presento a una de mis amigas —le sonrió Armand y le dio un empujón con el hombro, como diciendo, "dale, atrévete".

Sin embargo, a Paco no le atrajo la invitación, aunque sí pensó en una chica. La imagen de Ana se la apareció claramente en la mente, al igual que sus palabras "Eres mío. Te reclamo para mí" escritas a Miguel. Ahora mismo esa era la única chica que le interesaba.

Paco y Armand miraron a la vez hacia la ventana. Un ventarrón azotaba la casa. La nieve machucaba el terreno. El papá de Armand convirtió su abrigo y su bufanda en una madriguera mientras caminaba de vuelta a la casa desde el granero, tratando de escapar del frío bravo y de las ráfagas de viento congelado que circulaba las montañas y los prados.

Armand fue el primero en hablar.

—Será otro día, porque con esta nevada, no hay chica que valga. Tendrás que esperar —y se agarró entre las piernas.

Se sentaron sobre la alfombra del piso de la habitación de Armand y comenzaron a lanzarse una bola de goma pequeña que de vez en cuando se le escapaba a uno de ellos y rebotaba sobre las paredes, la lámpara, el escritorio o la cama. Mientras jugaban, Paco le contó de su trabajo en los laboratorios y de cuanto le encantaban los experimentos y la ciencia. Fue el turno de Armand de preguntar. La ciencia no era un tema con el que estaba familiarizado.

Luego de varias inquisiciones relacionadas con placas de Petri y microscopios, Armand interrumpió.

—¿Quién es Miguel? —preguntó cuando en una de las explicaciones Paco inadvertidamente mencionó el nombre.

—Era mi compañero de apartamento. Trabajábamos juntos en el laboratorio.

Sin darle detalles de lo que había ocurrido en el laboratorio, le contó de Miguel. Le contó de Ana. Le leyó varios poemas, varias cartas.

—Suena maravillosa esa chica —dijo Armand

—Sí… —pero Paco no dijo nada más.

Se quedó solo en sus pensamientos.

—¿No tienes una fotografía de la chica? —insistió Armand.

—No —le mintió Paco.

La foto que tenía de Ana no la compartiría. Esa era su compañía durante las noches. Los hermosos ojos marrón de Ana le ofrecían aliento, eran su guía. Ya lo había decidido. No volvería a dormir tranquilo hasta que la viera en persona. Tenía una razón válida, tenía un propósito… Devolverle su correspondencia, devolverle su foto. Entregarle todos los mensajes de amor que había escrito a otro que no era él, que había escrito para su amigo Miguel.

PARTE 5
Análisis de datos

Capítulo 15

Caminando…, se me va la vida, caminando, se escuchó en el radio despertador de Valeria la canción número uno de la estación latina que ponía para levantarse con la excusa de que no se le olvidara el español. Pero Valeria hoy no escuchaba nada. Un sueño pesado le impedía oír el radio, la gotera del lavamanos o el bullicio de la ciudad varios pisos más abajo.

Lo que sí escuchaba era el alboroto de sus pasos agitados cuando resonaban estruendosamente en la brea de la calle por la que caminaba. Andaba deprisa rumbo fijo hacia la Plaza España en el que se encontraba en sueños. Le habían dicho que James se hallaba pidiendo limosna y viviendo entre cartones de cajas abandonadas. Al llegar a la plaza, se topó con una muchedumbre que celebraba las fiestas de la patrona. La algarabía era tal que no se distinguían las mujeres de los hombres y los niños iban amarrados con cintas de colores a la cintura de sus padres para no perderse.

Valeria alcanzó los cuerpos de las personas, los agarró por los hombros y los viró uno a uno para poderles ver la cara. Todos eran iguales, todos de piel blanca con pelo negro, todos otros que no eran James. Se levantó en la punta de los pies y trató de ver por encima de todas las cabezas. *¡Allí está!,* gritó en su interior cuando vio a un hombre mal vestido sentado al pie de la escultura de Don Quijote y Sancho Panza tocando una guitarra española sin cuerdas.

Corrió a las millas, sin piedad de la gente que atropelló en su carrera hasta llegar al monumento dedicado a Miguel de Cervantes. "Ya voy llegando…. sé que te voy a encontrar", se oyó a lo lejos, pero no era Valeria la que lo decía. Era una voz de hombre, una voz de un cantante, una voz varonil acompañada por una guitarra, era el radio de Valeria que al fin la despertó y la trajo de vuelta a la realidad de que tenía que levantarse corriendo para llegar a tiempo a su presentación en MagMell.

—¿Trajiste la *laptop*? ¿Necesitas un proyector o algo? —preguntó Mercedes para comprobar que Valeria tenía todo lo que necesitaba para hacer la presentación.

—Sí. Mi personal me mandó un mensaje de texto de que llegaron hace como quince minutos. Deben estar en este momento montando el proyector en el salón de conferencias. ¿Puedes preguntarle a Claire si los vio llegar?

Mercedes llamó a su secretaria.

—Sí, todo está en orden. Ya les pregunté y entienden que van a estar listos para comenzar a las diez en punto.

—Gracias, Claire. Nos avisas cinco minutos antes, ¿está bien?

Mercedes siempre estaba preparada para sus reuniones, pero no se sentía en control de esta. Valeria le había dado un resumen de lo que presentarían y a primera instancia le había parecido una campaña apropiada, bastante agresiva, sin caer en la promoción de una crisis o de asustar innecesariamente a la gente sobre un contagio. Sin embargo, presentía que no todo saldría como esperado. El mero hecho de que Josh y Sam Cosgrove estuvieran en la presentación le ponía los pelos de punta.

—No entiendo la función de Sam Cosgrove, ¿podrías explicármela? Los otros días compartí el taxi con él...

—¿Por qué?

—Yo no sé. Fui a montarme en un taxi y allí estaba él preguntándome si podíamos ir juntos y te juro que no fue nada agradable. Si intercambiamos cinco palabras fue mucho, porque el hombre no tiene conversación, y para colmo, me recorría el cuerpo con la mirada como si pudiera ver a través de la ropa que llevaba puesta, hasta que le dije: ¿Se le perdió algo?"

—¡No! ¿Le dijiste en serio? ¿Y qué te contestó?

—¿Qué tu crees? Nada. ¡Me sonrió como si nada y me dio una palmada condescendiente en el muslo justo antes de bajarse del taxi!

—Quedan cinco minutos para las diez —anunció Claire por el teléfono.

—Gracias —contestó Mercedes.

Ambas amigas se levantaron con una taza de café en la mano y una carpeta debajo del brazo hacia el salón de conferencias.

Veinte minutos más tarde y luego de todos los formalismos, Valeria estaba en pleno control de la audiencia.

—Lo que queremos es que se actúe, que el consumidor le exija a su médico prevención. Que el consumidor tome control del asunto, que los médicos pidan ayuda, que sea como un *grassroot intervention* – una coalición, un frente unido, que venga desde abajo, desde las masas, para que entonces el gobierno y los hospitales se vean obligados a tomar acción.

—Para esta primera fase de la campaña —continuó —, podemos comenzar con unos panfletos educativos que se entreguen en las escuelas, las universidades, en los departamentos de atletismo, en los gimnasios y en las oficinas de pediatras.

—Y unas camisetas…. —interrumpió con un tono de voz imponente Josh Cosgrove, quien estaba sentado frente a Valeria con ambos codos recostados sobre la mesa, una mano agarrándose la barbilla y el cuerpo reclinado hacia delante.

Como un depredador velando a su presa, pensó Valeria, pero descartó inmediatamente sus pensamientos. No era momento para dejarse llevar por alucinaciones.

Valeria detuvo su presentación, miró al Sr. Cosgrove directamente a los ojos preparada para responderle, pero decidió ignorar su comentario y prosiguió con la presentación tal y como la tenía planificada.

—La campaña también incluirá un mensaje masivo en publicaciones digitales y revistas de salud con un anuncio de dos páginas los primeros tres meses y luego se reducirá a un anuncio de una página por un mínimo de tres meses adicionales. En la internet se monitoreará el impacto de los anuncios y se irán rotando según su efectividad. Esto combinado, claro está, con la visita previa de los propagandistas a cada oficina médica para presentar la vacuna —y dirigió estas últimas palabras al Director Ejecutivo de Planificación, a cargo de la división de vacunas, quien asintió con la cabeza—. Deben comenzar con los pediatras y luego con los médicos generalistas…

Pero no pudo terminar la frase porque Josh Cosgrove volvió a interrumpir, pero esta vez en un tono más impropio, como el de un padre regañando a su hija de cinco años.

—Dije que quiero unas camisetas que podamos repartir a los pacientes.

La miró desafiante con ojos de serpiente y luego pasó revista lentamente por cada una de las caras que se encontraba en el salón de reunión.

—Sr. Cosgrove, si me disculpa. No creo que las camisetas sean el medio más efectivo —prosiguió Valeria no dándose por aludida de que prácticamente le habían dado una orden.

Mercedes se hundió en su asiento. Le estaba empezando un ataque de vergüenza ajena.

—Srta. Loperena, ¿podemos hacer unas camisetas? ¿Sí o no? —insistió Cosgrove.

—Pero ¿quién va a querer ponerse una camiseta que hable de enfermedad? —cuestionó Valeria a la vez que se lamentó, pues se percató instantáneamente de que hacía varios minutos debió haberse quedado callada, aún cuando eso iba en contra de su naturaleza.

—Para eso la contraté a usted, para que busque la manera —contestó Josh esta vez inmisericorde en su expresión y se levantó dando la orden final.

—Para la semana que viene quiero ver como incorporan la idea de las camisetas a la campaña. Todo lo demás me parece bien. Puede dejárselo a Mercedes que ella me lo hará llegar. Lo revisaré en el avión de camino a Londres. Nos vemos la semana que viene.

Salió del salón dando grandes zancadas sin mirar atrás. Su cuerpo hermético, su traje a la medida como una coraza de hierro gris, impenetrable.

Este hombre es un guerrero y no me contrató para que le dé sugerencias, sino para recibir órdenes, concluyó Valeria en su mente.

El problema era que Valeria estaba acostumbrada a dar ella las órdenes… Choque de titanes… En esta ocasión tenía todas las de perder… Con un cliente así, sólo podía hacerle reverencia y sonreír. Algo que Valeria le daba trabajo aceptar.

—Si quiere un mojón sobre la cabeza, eso le daremos. El mojón más creativo que haya visto jamás —dijo con voz burlona Valeria a todo su personal cuando los empleados de MagMell Laboratories abandonaron el salón y dejaron a todos los de la agencia recogiendo el material y el equipo de la presentación.

———

—¿Qué le dio con las camisetas? —preguntó Valeria a Mercedes cuando despachó a su personal y entró a la oficina de su amiga.

—No tengo la menor idea. Nunca había estado tan presente en una campaña como hasta ahora. Es la primera vez que viene a las reuniones con la agencia. Eso siempre le toca a mi departamento. Cuando ya está bastante pulida la campaña y todos los cambios preliminares han sido establecidos, entonces se le presenta a él. No entiendo la insistencia con las camisetas —respondió Mercedes desconcertada.

—Merci, las camisetas sólo apelan a un mercado usualmente joven, que no se va a poner una camiseta anunciando una vacuna….¿No podrías averiguar si esta idea es imprescindible?

—Eso te lo puedo decir desde ahora. Si no le presentas algo con camisetas, corres el peligro de perder la cuenta.

—¿Tan inflexible es? —preguntó Valeria incómoda, porque rara vez se encontraba en la situación donde el cliente la intentaba pisotear en vez de colaborar.

—Cuando se le mete una cosa entre ceja y ceja, sí. Esto no es una democracia como la que gozas en tu agencia donde casi todo el mundo tiene derecho a una opinión. Aquí hay una cadena de mando y comienza en Josh Cosgrove hacia abajo…. y al que no le guste….

—Sí, ya sé —interrumpe Valeria completamente decepcionada con la situación.

—Sabes que esto implica volver a empezar. Otro eslogan, otro encabezamiento, otra idea que engrane toda la campaña para que sea coherente. Si no va a parecer un desmembramiento…. Todas las partes separadas, sin un cuerpo central que las dirija. Si eso es lo que él quiere, que me lo diga desde ahora, porque entonces soy yo la que renuncia.

—Dale pensamiento, Vale. Sé que podrás hacer una campaña educativa como la que quieres, añadiendo una camiseta como parte de los elementos. Las ideas que presentaste hoy están muy buenas. Es cuestión de moldearlas.

—Bueno, se me ocurre que podemos hacer una página de Internet con una frase capciosa en vez del nombre del medicamento y que la camiseta entonces anuncie la dirección de la página con un diseño bien llamativo para que la gente vaya a la Internet a buscar más información sobre la vacuna.

—Ves, ya te están fluyendo las ideas. Estoy segura de que no tendrás ningún problema.

—Deja ver que me invento. Eso no quiere decir que no sigo pensando que tu jefe es un ….

—Ni pierdas tu tiempo —la interrumpió Mercedes antes de que terminara la oración—. Cada adjetivo que piensas usar, ya yo lo he usado y requete usado miles de veces en estos pasados seis meses.

Se despidieron con un beso en la mejilla cuando se abrió la puerta del elevador que llevaría a Valeria de regreso a las caminatas frente al Lago Michigan para estimular los sentidos, a las copas de vino frente a la chimenea con cientos de papeles sobre el MRSA acompañándola en cada trago y a un baño relajante con agua caliente en la bañera donde las barreras del día eran disueltas por el jabón. Todo en búsqueda de la inspiración. En búsqueda de la gran idea.

Una vez dentro del elevador, una pantalla digital en la esquina superior le resumió las noticias más importantes del día, la hora, la temperatura actual de 28 grados y que se esperaba nieve por la tarde. *"Mucho frío para ponerse a caminar por la ciudad. Tanto frío que probablemente encontrarán al menos a un perro adherido a una boca de incendios por causa de la pata que levantó en el aire para orinar"* Valeria rió de la ocurrencia del reportero.

Llamó a su oficina y le pidió a su secretaria que le enviara a su apartamento su maletín y la carpeta de MRSA que tenía sobre su escritorio. Se encerraría toda la tarde si era necesario. Josh Cosgrove la había retado públicamente. Ahora le tocaba a ella demostrar quién era.

Josh Cosgrove está muy equivocado. No sabe que yo sé más de farmacéuticas de lo que él piensa y lo que no sé, lo averiguo ha como de lugar. No hay piedra que no mueva para encontrar la respuesta, se dijo Valeria para sí mientras recordaba el año que se dedicó como reportera especializada en la industria farmacéutica.

Eso fue justo cuando salió de la Universidad y no estaba segura de lo que quería hacer. Su bachillerato en mercadeo le permitía trabajar en varias vertientes y la primera oportunidad se le presentó en la revista especializada donde trabajaba su profesor de Mercadeo Internacional. Pero fue un empleo de corta duración, porque las noticias no le atraían. Su jefe la criticaba porque le daba mucho énfasis a las adquisiciones que las grandes farmacéuticas hacían de pequeñas industrias innovadoras, en lugar de los lanzamientos de nuevos medicamentos.

—Los lanzamientos son noticia de todas formas. Mandan un comunicado a todos los medios —le refutaba a su jefe, quien no entendía porque le atraía tanto la psicología detrás de una compra, de ser absorbido por una gran industria—. La emoción está en hacer interesante una noticia para los lectores —le decía.

Pero eso no era un reto en el cual Valeria encontrara satisfacción. Así que tomó la decisión más sabia de su vida: renunció a la revista.

Le tomó más de seis meses poder conseguir trabajo en el competitivo mundo de las agencias de publicidad en Chicago, donde la psicología detrás de las compras era la orden del día. Pero una vez entró, su ascendencia fue fulminante, emocionante, todo lo que siempre soñó.

Ahora se le presentaba quizás el reto más grande para un publicista. Poder trabajar mano a mano con un cliente exigente, difícil, acostumbrado a tomar todas las decisiones, sin demasiado insumo de sus empleados, suplidores y agentes. Aunque ésta era su primera campaña para una farmacéutica, no era la primera vez que se le presentaba un cliente con el ego de Tutankamón o más bien de Ramsés II el Grande. A la postre, Valeria les daba la vuelta, les subía el ego a esferas estratosféricas y finalmente imponía su criterio de la manera más sutil jamás vista. Todo sin incurrir en sus dotes femeninos. Eso sería muy bajo. Era más bien un juego de ajedrez entre dos profesionales, cada cual con su ego como fichas que proteger.

Lo que Valeria no sabía todavía era que en el caso de Josh Cosgrove había más que ego envuelto.

———

Josh escuchaba la conversación que tenía Sam con un empleado de la Administración de Drogas y Alimentos (FDA por sus siglas en inglés) en Silver Springs, Maryland. Hacía meses el menor de los hermanos Cosgrove lo había contactado, luego de espiarlo a lo largo de varias semanas para saber los sitios que frecuentaba. La primera conversación fue en el gimnasio a donde acostumbraba a ir todas las noches por no tener esposa que lo recibiera. Ahora se comunicaba con él directamente a través del teléfono privado de su casa.

—¿Tiene noticias para nosotros? —preguntó Sam intentando sin mucho éxito de ser cortés.

—Sí, está a punto de recibir la aprobación. Ya pasó las pruebas de efectividad y las revisiones de los estudios clínicos. Me aseguré que no hubiera ningún percance. No fue difícil porque este producto es sólo para una cosa. Quiero decir que tiene una sola indicación. Si hubieran solicitado más de una indicación, hubiera sido más difícil.

Será imbécil, pensó impaciente Josh Cosgrove. Sam, leyéndole la mente a su hermano, le dijo al hombre del FDA:

—Estaría usted en presencia de un milagro si hubiéramos descubierto una vacuna que pueda prevenir más de una enfermedad. No, ésta sólo puede prevenir el contagio con MRSA.

El filo del sarcasmo fue percibido al otro lado del auricular.

—Discúlpeme, Sr. Cosgrove, es que esa es la explicación estándar para los medicamentos. De repente, me sobresalté. Es que estoy un poco nervioso. Usted sabe, yo nunca he hecho esto.

Ante las señas de Josh de que se tranquilizara, Sam volvió al tono paciente que tanto trabajo le daba.

—No tiene por qué ponerse nervioso. No le pido que haga algo ilegal, ni que se salga del protocolo de la agencia, nada por el estilo. Lo que necesito es acelerar el proceso lo más que se pueda, para beneficio de los ciudadanos.

—Sí, sí, lo entiendo. Los empleados que escogí están bien acoplados a la cultura del FDA. Son empleados bastante nuevos, que ingresaron luego de la última revisión del PDUFA en el 2007.

—¿Qué es eso? —le preguntó Sam a Josh y tapó el auricular para que el hombre al otro extremo no pudiera escuchar.

—El *Prescription Drug User Fee Act* —le contestó entre dientes—. Es un acta que aprobó el Congreso para que las farmacéuticas paguen una tarifa a cambio de la revisión de la solicitud para medicamentos nuevos. Luego te explico.

Y le hizo señas para que volviera a hablar por teléfono.

—Me avisa cuando tenga más noticias —finalizó Sam y trató de ser afable.

—Sí, no se preocupe. Cuente con eso. En cuanto… —el hombre se detuvo porque no sabía como preguntar, mientras la frente le comenzó a sudar y las manos a temblar.

—El pago lo recibirá personalmente en el gimnasio pasado mañana según acordado —volvió a su voz fuerte, macabra.

Bastaba ya de amabilidad. Tiró el auricular contra el teléfono para no seguir escuchando la voz debilucha de otro hombre más que le vendía su integridad por dinero.

—¿Qué es eso de Pufa, Puta, qué se yo? —preguntó Sam tan pronto se tranquilizó de su exabrupto.

—PDUFA. Es un acta gubernamental que nos benefició muchísimo, porque lo que realmente le dijo a los empleados del FDA fue "queremos que revisen las solicitudes para nuevos medicamentos más rápido, porque de no hacerlo dejan a la población desprovista de medicinas que pudieran salvarles la vida". Debido a esa acta, las evaluaciones de rendimiento de los empleados básicamente están basadas en cuantas solicitudes aprueban al año. Los empleados deben seguir el plazo de tiempo establecido por el PDUFA como razonable para que un medicamento reciba la aprobación del FDA. En otras palabras, mientras más medicamentos apruebe cada empleado, mejor será su evaluación. Las farmacéuticas ya no tienen que esperar tanto…

—En otras palabras, los obligaron a darnos las nalgas, como las PUTAS —interrumpió Sam excitado con su ocurrencia—. ¡Qué me dices de esto como incentivo! —y se agarró el miembro a través de los pantalones.

—Tú siempre tan grosero, Sam.

—Y tú siempre haciéndote pasar por fino, educado, señor de señores. Ese es el rol que te tocó a ti. El de protagonista. Déjame a mí con mi papel secundario, de hombre de bajo mundo, que es el que me gusta. El que no necesita actuación de mi parte, porque me crié con los mejores. El papel que pudieras representar tú de igual manera, porque te criaste en la misma calle. Si no te hubieras casado con aquella, la primera, la vieja bellaca que te dio riqueza y poder a los diecinueve años.... ¿A qué no te pareció grosera la manera en que la saqué de tu vida?

Josh empezó a aplaudir desde el otro extremo de la habitación.

—Me alegro de que no quieras ser actor, porque después de ese monólogo, pensaría que querrías dejar de ser un atorrante para dedicarte a las artes —le dijo Josh a su hermano con el tono más irónico que pudo entre bocanadas de tabaco.

—No te preocupes. Siempre que me sigas pagando bien, me tendrás de aliado. Prefiero este estilo de vida donde me acicalo con Armani para los cócteles, pero me pongo vaqueros, camiseta y guantes para el trabajo.

Y subió su vaso de whisky en las rocas para brindar con el aire antes de tomárselo de un solo trago.

Capítulo 16

Valeria llevaba más de cinco horas sentada en el piso frente al sofá de su sala. Revisaba papeles, leía noticias, buscaba en la Internet, hacía garabatos en su libreta de líneas y leía revistas de moda femenina. La inspiración a veces provenía de los sitios menos esperados y en las revistas de moda había muchas camisetas de diseñadores. *Quizás me inspire una de esas que favorecen los artistas por el módico precio de ciento veinticinco dólares cada una,* pensó mientras se detenía en un anuncio de DKNY. Quizás allí encontraría la respuesta para la dichosa camiseta de Josh Cosgrove.

Por ahora, no había tenido resultado. Toda la información técnica sobre el MRSA le tenía la creatividad fundida. Así que decidió concentrarse en la campaña educativa, en el gancho para atraer a los doctores y luego pensaría en cómo atacar de una forma creativa a los jóvenes.

Se levantó del piso con la espalda entumecida desde la segunda vértebra hasta el principio del coxis, así que parecía la Jorobada de Chicago de camino a la cocina en busca de una botella de vino.

Gracias a Dios que James no está aquí acostado en el sofá como hace todos los sábados para ponerse al día con las noticias de la semana, se dijo Valeria a sí misma para disfrazar con un pensamiento positivo la melancolía que le daba cada vez que pensaba en James—. Tendré que ir al gimnasio mañana, aunque sea domingo. Si no, esta postura será mi nuevo *sex-appeal* si sigo usando el piso como escritorio favorito.

Abrió la botella de Merlot Blue Pyrenees que le trajo uno de sus clientes de Australia y se recostó de la cimera a leer tres hojas que se había traído consigo desde el piso. Eran parte de un informe de más de veinte páginas redactado por el Departamento de Mercadeo de MagMell. Las hojas eran una copia de un memo escrito por Mercedes en el 2002 cuando Josh Cosgrove llegó a la presidencia de la compañía y dirigía MagMell desde Londres. El memo era una mísera parte del informe que resumía el mercado de las farmacéuticas en los Estados Unidos para beneficio de su nuevo jefe, quien por haber estado principalmente a cargo de las gestiones de la empresa en Inglaterra y Europa, tendría que ponerse rápidamente al tanto de los acontecimientos en el mercado norteamericano.

El documento detallaba estadísticas, informes de ingresos por categoría de productos, gastos relacionados a investigación y desarrollo, gastos de mercadeo y publicidad, entre otros temas de importancia para el ejecutivo. A diferencia de todos esos informes, el memo de Mercedes hablaba del futuro, no del pasado.

"De las sobre quinientas drogas que están ahora mismo en desarrollo en la industria farmacéutica, sólo cinco son antibióticos. Ya nadie quiere dedicarse al negocio de los antibióticos porque es muy caro y riesgoso. Prefieren el mercado de las estatinas para bajar el colesterol y los inhibidores o bloqueadores para la hipertensión. Ese es el mercado más rentable ahora mismo en el área de las farmacéuticas. Pero hay un nicho que puede ser una oportunidad de negocio para MagMell que las demás farmacéuticas están abandonando y es el de las vacunas.

El año pasado, en los Estados Unidos, hubo varios períodos en los que no hubo suministros de ocho de las once vacunas infantiles, incluyendo la influenza, históricamente la enfermedad infecciosa más devastadora del Planeta. Esta estadística no incluye otros países del mundo donde los medicamentos no están accesibles y donde la falta de vacunas no se contabiliza, para detrimento de la población.

Es una oportunidad para MagMell adquirir compañías de manufactura de medicamentos y especializarlas en la producción de vacunas. De esta forma, podremos manufacturar nuestras propias vacunas, podremos ser subcontratados por otras farmacéuticas e inclusive, podremos adquirir patentes que otras farmacéuticas están dispuestas a vender."

¿Es su amiga Mercedes la responsable del giro en estrategia que ha tomado MagMell? ¿Había tomado en serio Josh Cosgrove su evaluación de la industria?

—Impresionante —dijo Valeria—. Ya sabía yo que Mercedes tiene las garras bien escondidas.

Se echó a reír pensando cómo su amiga había sobrevivido en MagMell haciéndose pasar por la mosquita muerta, según lo que pudo observar en las pasadas reuniones en el salón de conferencias. *¿Es Merci la mente detrás de la cabeza?* Tendría que averiguarlo…. y pronto.

———

Esa noche, para variar, una pesadilla irrumpió el sueño de Valeria y la sometió a una utopía de pura imaginación. Esta vez era James de Arabia, vestido con chaqueta y pantalón de hilo blanco, el pelo pintado de rubio cenizo y la piel tostada del sol. Montado sobre un camello de doble joroba, de los que casi no se veían en los desiertos de Arabia, era perseguido por una docena de jinetes a caballo, con turbantes morados en las cabezas y largas espadas curvas. Ella observaba toda la acción sentada en una duna de arena, con sombrilla en mano y un jugo de limón.

—Por aquí, James —le decía y le mostraba el camino con una delicada señal de su mano—. ¡Bajen esas espadas que no me dejan ver! —ordenaba a los beduinos que perseguían a James.

Cuando vio que los hombres árabes no le hacían caso y James tampoco, se levantó, cerró su sombrilla y les gritó:

—Arréglenselas como puedan.

Abrió sus ojos y despertó. Por unos segundos consideró encender la luz, pero se volvió a dormir, pues faltaban cuatro horas para que amaneciera y todavía no era oportuno levantarse de la cama.

El lunes bien temprano Valeria llamó a la secretaria de Mercedes para que le dijera si la esperaba en horas de la mañana.

—Mercedes nunca falta al trabajo —fue la respuesta de la secretaria.

Eso bien lo sabía Valeria, pero como no había podido comunicarse con Merci el sábado ni el domingo, tenía duda si se había ido de vacaciones cortas sin avisarle.

Luego de varias horas en su oficina atendiendo llamadas y dando instrucciones a sus empleados para la campaña de la pasta dental que debía irse para producción esa semana, llamó a Mercedes al celular.

—Estoy en medio de una reunión, te llamo luego —le contestó agitadamente antes de que pudiera saludarla.

—¿Estás en la oficina? —le dio tiempo a Valeria preguntar antes de que le colgara.

—Sí —contestó e incomunicó la llamada.

Dos segundos más tarde, Valeria recogió su maletín de cuero y su abrigo azul oscuro y se dirigió al estacionamiento para buscar su carro, pero al ver las calles mojadas y congestionadas, prefirió dar media vuelta y llamar a un taxi. Mejor llegar sana y salva. Odiaba conducir en el invierno. Cuando llegó el taxi, corrió entre la lluvia fría, entró en el auto y cerró con toda su fuerza la puerta de pasajeros.

—A 234 LaSalle —ordenó—. ¡De prisa!

El taxista complacientemente aceleró de sopetón lo que provocó que la cabeza de Valeria saliera disparada hacia atrás y se chocara contra el asiento. *Eso le pasa por tener tanta prisa*, pensó sonriente el taxista.

Al llegar a la oficina del Departamento de Mercadeo de MagMell, Valeria trató de interrumpir con señas a Mercedes, pero su amiga estaba inclinada leyendo un documento y su cascada de pelo negro y lacio que le caía por los hombros no le dejaba ver hacia el costado, por lo que no pudo percatarse de que Valeria llevaba unos segundos observándola.

—¡Psss! —le pitó desde la puerta.

Mercedes dio un brinco intenso que provocó que Valeria se riera a carcajadas mientras se sentaba frente a su amiga.

—Todavía te asustan mis silbidos —le dijo sonriente y Mercedes se esforzó en esbozar una sonrisa, aunque su cuerpo, su rostro, sus brazos y sus piernas estaban tensos como hilos de colgar ropa lavada.

—No te esperaba —fue lo único que alcanzó a decir.

—Bueno, es que estuve llamándote todo el fin de semana y no te conseguí —le salpicó cómicamente Valeria y acto seguido preguntó—. ¿Te acuestas con Josh Cosgrove? ¿Te fuiste con él a Londres a pasar el fin de semana?

—¿Quueeeé? —contestó Mercedes con un chillido que retumbó contra los cuadros y las paredes.

Ella estaba acostumbrada a que los hombres le hicieran proposiciones deshonestas todo el tiempo, como moscas acechando la comida, pero que su amiga interpretara que ella las aceptaba estaba completamente fuera de lugar, así que le gritó:

—¡Estás loca! ¿A qué se debe esa pregunta?

—Es que encontré este memo de hace par de años donde delineas un plan estratégico para la compañía y si no me equivoco es el que siguen actualmente, así que alguna influencia debes tener para que Josh Cosgrove siga tus impulsos— le contestó Valeria con una parsimonia alarmante.

—Que sádica eres, Valeria. A veces se me olvida.

—No sádica, realista…

—Pues esa no es la realidad. Déjame ver ese memo —y se lo arrancó de la mano.

Mercedes leyó detenidamente el documento. Lo recordaba bien. Esa que lo escribió era la joven Mercedes, la embajadora de grandes oportunidades, de sueños altruistas, la que pensaba que las farmacéuticas tenían el don de curar enfermos. La que existía antes de lidiar con la incongruencia de que al fin y al cabo todo era un negocio, que todo giraba en torno a hacer dinero y que si no se montaba en ese barco, se quedaría sin trabajo. Con una niña pequeña a cuestas, su querida hija

Gabriela, ese no era un lujo que ella podía darse en ese tiempo.

Así que se acopló. Aunque le pareciera injusto. Aunque no estuviera siempre cien por ciento de acuerdo. Si el gobierno, el supuesto gran protector, no intervenía, ¿por qué ella debía tomar las riendas? Entonces dejó de soñar que las farmacéuticas quieren el bien de los pacientes y se acostumbró a la idea de que mientras más medicamentos vendan, más alto será su cheque. E ignoró todo lo demás, por lo menos superficialmente.

De nuevo con Valeria, dejó atrás a la joven Mercedes y explicó el significado del memo escrito por ella años atrás.

—Vale, la industria farmacéutica, igual que cualquier otra industria, tiene que estar adaptándose constantemente a las exigencias del mercado, eso no tengo que explicártelo. Lo que sí debes saber es, que al igual que las mini faldas y los capris vienen y van en la moda, así mismo pasa con los medicamentos.

—¿Qué me estás diciendo? Que las vacunas vuelven a estar de moda. No sabía que se habían ido. ¿No es requisito que todos los niños estén vacunados? —preguntó Valeria más intrigada que nunca.

—No, nunca han pasado de ser relevantes, si a eso te refieres, pero han dejado de ser lucrativas individualmente. Hoy son otros medicamentos los que están de moda, porque son nuevos. Cuando se descubrieron las vacunas, había millones de personas para vacunar, así que el mercado era enorme. Ahora está reducido a sólo los nuevos nacimientos, por lo menos aquí en los Estados Unidos. Es por esto que hoy día sólo cuatro de las grandes farmacéuticas se dedican a hacer vacunas.

Valeria escuchó con mucha atención el tono frío y calculador con el cual Mercedes le daba la explicación. El mismo que usaba cuando trataba de abogar sus decisiones en cuanto a la crianza de Gabriela. Todo fríamente calculado, sin espacio para errores. Como si tuviera doble personalidad. Cálida y amable cuando iban a desayunar, cuando Valeria le contaba de sus problemas y de sus inseguridades, cuando le daba ánimos para que sobresaliera en sus presentaciones. ¿Dónde estaba esa Mercedes ahora? Era como si se pusiera una coraza cuando de su trabajo y su familia se trataba.

—¿Esto ha provocado que la escasez de las vacunas existentes sea cada vez más común? —preguntó Valeria volviendo sus pensamientos al tema.

—Exacto. Las farmacéuticas no pueden suplir la demanda. Han surgido varias compañías biotécnicas pequeñas para cubrir algunas de las necesidades, pero no son suficientes.

—Pero esta escasez no siempre sale reportada en la prensa, ¿verdad?

—Algunas veces, sí. La mayoría no.

—¿Es ocultada por el gobierno y por las farmacéuticas?

—No te sé decir con certeza el papel del gobierno. Pero la razón es que no hay un sistema centralizado para que los doctores informen sus necesidades, así que cuando están cortos de vacunas, lo informan a las propias farmacéuticas. El gobierno se percata incidentalmente y cuando lo confirma, no hace mucho al respecto, sólo pedirle a las farmacéuticas que produzcan más —dijo Mercedes, a lo que Valeria opinó:

—Y a los médicos no les queda mas remedio que sentarse a esperar a que las farmacéuticas se las suplan. Los pacientes tienen que esperar. 'Vuelva el mes que viene para ver si ya me llegó la vacuna contra el polio'. ¿Qué significa esto, Merci?

—Que la situación puede tornarse crítica. ¿Imaginas un brote de influenza en nuestros tiempos por falta de vacunas? Ya muchos especialistas han propuesto la posibilidad de que una epidemia de grandes proporciones surja pronto. A mi entender, no estamos muy lejos. Con esto del MRSA es la misma cosa. El gobierno no presta la atención rápida que se necesita. El Centro para Control de Enfermedades trata de pasarle la mano al ciudadano hablándole de prevención y de la importancia de lavarse las manos, que lo único que provocó es que se dispararan las ventas de los desinfectantes de mano, pero no ha detenido la propagación del contagio en los hospitales. Los medios noticiosos ponen una noticia un día y luego la olvidan. Nadie hace un esfuerzo conjunto porque los intereses privados son los que tienen el control. Los hospitales esconden sus estadísticas de muertes por MRSA. Es más, ni tienen que esconderlas porque nadie se las pide.

Luego de que se levantó en tribuna, como quien dice, Mercedes súbitamente se quedó en silencio. Valeria igual. La vieja joven Mercedes estaba presente ahora ante ellas dos. Se rompió la coraza, el coraje la destruyó. Los ideales volvieron y la inocencia que quería ser rescatada, prosperó entre las palabras, los pensamientos y los sentimientos.

—Con este mismo coraje que tengo ahora fue que escribí este memo hace años, Vale. Quería que se hiciera algo al respecto y eso fue antes de que surgieran los casos con MRSA. Pero nadie me escuchó. Josh Cosgrove lo echó a la basura.

—¿Entonces cómo explicas la vacuna contra el MRSA? —indagó Valeria.

—Eso es nuevo, Vale. No lleva ni un año. Por cinco años fueron ignoradas mis sugerencias y de repente, todo cambió. Un giro de trescientos sesenta grados. Josh compró una compañía manufacturera de medicamentos en Puerto Rico con tres plantas en distintos pueblos de la Isla y contratos para producir medicamentos para las farmacéuticas más importantes y consiguió que le autorizaran la producción de vacunas a nivel mundial. Nunca nos lo informó, ni tan siquiera informalmente, ni tampoco habló de los estudios clínicos que se hacían con MRSA en Londres, hasta que los resultados estuvieron completados.

—Pero, ¿eso no siempre es así?

—No. Todos los vicepresidentes y directores van a reuniones donde se discute lo que está en el *pipeline* para poder hacer proyecciones, a veces hasta con dos años de anticipación. Nunca me enteré del giro hacia vacunas hasta que tenía que comenzar a planificar su distribución. Para mi fue insólito e inaudito. Josh alegó que como él tenía su oficina en Londres y sólo venía esporádicamente a nuestras oficinas, le había delegado la labor de informarnos al gerente general, quien automáticamente se convirtió en el inculpado y fue despedido. Fue en ese momento que decidió dirigir las oficinas en Estados Unidos. ¿Te acuerdas, aquella reunión el primer día de clases de Gabriela?

—Claro que me acuerdo —contestó Valeria mientras pensaba, *cómo olvidarlo, si así fue que conocí a James.*

—En esa reunión fue que nos informaron la finalidad de los planes y por eso estuve casi cuatro meses sin salir de esta oficina. Llegué a pensar que pasaría el día de Navidad con Josh y compañía.

—Pero dándole un tono positivo, ahora trabajan para lograr lo que pensaste que era lo más apropiado. Asegurarse que las vacunas estén disponibles —le tocaba el turno a Valeria de darle apoyo a su amiga.

—Supongo —fue la respuesta de Mercedes, no muy segura de estar contenta.

—Y me tienes a mi a tu lado para ayudar —prosiguió Valeria, ahora en un tono más alegre, tratando de que la jovialidad dominara la escena.

—Por eso fue que te pedí que presentaras tu agencia, pues entre las dos podríamos darle el giro apropiado, la importancia que necesita. Pero tengo que serte bien sincera, Vale. No sé si es que me he puesto dura, con tantos golpes y decepciones, que no puedo quitarme la idea de la cabeza de que sin este lanzamiento, la farmacéutica está en peligro.

—Claro, Merci, ni te creas que Josh lo está haciendo para salvar al mundo. Lo está haciendo estrictamente por dinero.

—Sí eso ya lo sé. No me queda la menor duda, porque eso no es algo que él ha ocultado.

—¿Qué quieres decir?

—Que hay algo que se esfuerza en ocultar y no puedo descifrar qué es.

—Pues usa tus encantos, muñeca —le dijo Valeria con voz de mujer de mala muerte.

—¿Por qué siempre asumes que voy a usar el sexo para mi beneficio? Tú no lo usas. Siempre ha sido nuestro código de conducta. ¿Por qué quieres ponerme el sello a mí? Yo no me acuesto por ahí, sólo lo hice una vez. Error de juventud, pero es algo que tú, ni mi madre, me pueden perdonar.

—Yo sí te lo perdono. Y tu madre piensa que es lo mejor que te ha pasado en tu vida, pues gracias a esa unión nació Gabriela. Al revés, Merci, la que no te lo perdonas eres tú. La que siempre está a la defensiva sobre el tema eres tú. ¡Lo de tus encantos te lo dije en tono de broma!

El silencio que surgió luego de ese ataque evaporó el aire de la oficina.

¿Cómo la conversación dio un giro tan dramático? Asuntos sin resolver entre ellas. El pasado siempre interponiéndose en el presente. Las vidas tanto tiempo entrelazadas ahora resultaban una barrera en el nuevo caminar.

—Fue sólo un chiste, Merci. ¡Qué fuerte! Eso no fue lo que quise decir. No fue mi intención implicar que te acuestas con los hombres para sacar ventaja profesional. Si yo sé que no te acuestas con nadie. Lo dije sólo a manera de chiste— se disculpó Valeria al recobrar conciencia de lo que había dicho.

Se levantó de su silla y cruzó al otro lado del escritorio donde se detuvo frente a su amiga y le acarició el pelo. Cuando vio que Mercedes no movió ni un músculo de su cuerpo, se bajó y la abrazó fuertemente, para derretir sus defensas y reclamar su amistad.

———

A la misma hora que Valeria y Mercedes discutían, los hermanos Cosgrove hablaban en voz baja.

—¿Desde cuando no escuchas sus conversaciones? —preguntó Josh.

—Desde ayer. Desconecté todo el equipo.

—¿Por qué?

—Porque son las pájaras más aburridas que he conocido en mi vida. Ninguna de las dos tiene novio, esposo, amante o amigo que las visite. Ninguna habla por teléfono, sólo con sus respectivas mamás cada dos días y en español para colmo. Se acuestan temprano como las gallinas. ¿Qué puedo decirte? Que no hay nada en las cintas, así que se acabó.

—Está bien, cálmate. Lo único que yo quería saber era si compartían los secretos de la compañía con sus parejas.

—Esas dos son pozos secos que piden agua a gritos —se mofó el menor de los hermanos y todavía con la sonrisa cínica en los labios preguntó —¿Quieres que las rocíe?

—Sam, por Dios. Son mis empleadas. Ya te dije que a Valeria ni a Mercedes te atrevieras a tocarles un pelo.

El timbre del teléfono sonó en ese instante.

—Hablemos luego sobre eso —dijo Sam a su hermano justo antes de colocar el auricular en su oreja y contestar el teléfono con un saludo sobrio.

—¿Sr. Cosgrove? —preguntó tímidamente el hombre al otro lado de la línea telefónica.

—¿Tiene noticias para mí? —dirigió Sam la pregunta para no perder tiempo en conversaciones superfluas.

—Sí. Le tengo buenas noticias. Ya es final la aprobación de la vacuna. Le enviarán la comunicación esta próxima semana. Pensé que le gustaría saberlo hoy mismo.

—Para eso es que le estoy pagando —le contestó bruscamente, molesto con el tono fastidioso en que el hombre conducía la conversación.

Sam hubiera preferido decirle: "¿No se conforma con el pago substancial que la farmacéutica le hizo al FDA, ese que le llaman fondo PDUFA para que suene más formal y no se vea como un soborno, ese que se paga para que la solicitud de aprobación para un nuevo medicamento sea revisada? Ese es el fondo que paga su salario, ¡animal! No se da cuenta de que su trabajo depende de las farmacéuticas. Que sin las farmacéuticas no son nada. Lo menos que pueden hacer es aprobarnos los medicamentos." Pero se retractó rápidamente al recordar la advertencia que le había hecho Josh. Necesitaban a este hombre para proyectos futuros. Había que mantenerlo de buenas.

—¿Algo más? —le dijo Sam e imitó el tono de hablar de Josh cuando se dirigía a un empleado.

El hombre continuó:

—Una pregunta. ¿Está seguro de que la vacuna es segura? Y perdone la redundancia.

—Yo no estoy a cargo de eso.

No es el tipo de seguridad que hago, pensó decir Sam, pero en vez preguntó:

—¿Por qué?

—No, porque usted sabe que nuestro enfoque es probar que el medicamento o la vacuna es efectivo, que haga lo que dice que va a hacer, en este caso, prevenir el MRSA. Pero en cuanto a seguridad, las pruebas no son tan contundentes, pues se parte de la premisa de que es segura porque de lo contrario la empresa no hubiera solicitado aprobación. Asumimos que la farmacéutica se va a asegurar que cumple con los requisitos de seguridad porque les conviene. De lo contrario, se prestarían para demandas y cosas así.

—Sí, eso lo sabemos —le contestó Sam de manera cortante, pero cuando estaba a punto de colgar, oyó al hombre continuar.

—Es que quería estar claro, porque en nuestras oficinas no hicimos muchas pruebas de seguridad. No da tiempo de hacerlas extensivamente con todos los productos. Así que asegúrese de que sus pruebas clínicas demuestran a cabalidad que es un producto seguro para que no tengan problemas futuros. Es mi deber decírselo.

—Muy amable —le contestó Sam Cosgrove antes de colgar y apretando los dientes le dijo a su hermano— Me dan ganas de meter mis manos por el auricular para apretar el cuello de este insípido hombre, empleado de gobierno, monigote de la Administración de Drogas y Alimentos, quien ahora, luego de vender el alma, quiere rectificarse, sentirse mejor, dando consejos de moral.

Valeria entró al elevador de MagMell Laboratories, el mismo que había utilizado tantas veces en las últimas semanas, pero esta vez se iba francamente afectada. Su conversación con Mercedes terminó en una nota discordante. No estaban enojadas una con la otra, pero sí se quedó un sentimiento de incomodidad entre ambas. Valeria nunca debió insinuarle a Merci que utilizara su sexualidad a su favor. Sin embargo, lo hizo vilmente, sin darse cuenta de que sin querer heriría a su amiga.

Al volver a su oficina, Valeria citó una reunión de emergencia con el personal creativo, redactores, artistas gráficos y editores. Estaba completamente atascada con la idea de las camisetas y el enfoque para los jóvenes.

¿Es ésta una indicación de que me estoy poniendo vieja, que me he convertido en un vejestorio fuera de tono con los gustos y las preferencias de la próxima generación? ¿Qué ya no puedo relacionarme con los menores de veintidós años? Me niego a pensar eso, razonó Valeria mientras esperaba por sus empleados.

Lo que necesitaba era más tiempo para idear la campaña. Menos tiempo para pensar en Mercedes, en Josh Cosgrove, pero sobre todo, menos tiempo para dedicarle a James aunque fuera en sueños. Las horas del día la ocupaban sus preocupaciones profesionales. Las horas de la noche las pasaba en pesadillas constantes donde James enfrentaba peligros inimaginables. Todavía era la hora que no sabía de él y ya no estaba preocupada, sino desesperada, angustiada, furiosa como una bestia. Era hora de escaparse. De concentrarse en ella y en la tarea asignada. Era tiempo de irse para San Juan, Puerto Rico.

Lo primero que haré en Puerto Rico será tomarme una piña colada bien fría bajo el sol caliente y acostarme frente al mar en una hamaca entre dos palmeras. Allí recargaré baterías, volveré a ser Valeria, con nuevos bríos. ¿Cuánto extraño los meses que creé campañas completas entre los adoquines y las plazas antiguas del Viejo San Juan? Volveré a esos tiempos.

Dejaré que el viento caribeño me inserte nuevas ideas por las orejas, pensó a la vez que colocaba en su maletín todos los documentos que necesitaba.

—No me llevaré ni el celular. Si me quieren conseguir, déjenme mensaje en la oficina o en mi apartamento, como en los viejos tiempos. Devolveré las llamadas a su debido momento —le anunció a su secretaria.

Mientras abordaba el avión de trescientos pasajeros con destino a San Juan, el teléfono de su apartamento comenzó a sonar. "Hola, te has comunicado con el apartamento de Valeria Loperena. Por favor, deja un mensaje."

—Valeria… Valeria…. Es James.

No había nadie para contestarle.

PARTE 6
Relación entre variables

Capítulo 17

Valeria se acomodó en el asiento 18C, ubicado en el pasillo del Boeing 737 que en cinco horas la entregaría a su destino. Prefería los asientos en el pasillo para tener acceso fácil al baño, además de que se sentía más libre, con más espacio, aunque tuviera que esconder los pies y los codos cuando pasaban los asistentes de vuelo con los carros llenos de refrescos.

Justo cuando comenzó a ponerse el cinturón, reconoció a Gabriela y a Mercedes abordando el avión. No la habían visto a ella aún, pero Valeria sí podía distinguirlas claramente. Buscaban el número de sus asientos. Valeria se quitó el cinturón, se puso de pie y llamó:

—¡Gaby, Merci!

La cara de asombro de las dos no se hizo esperar.

—¿Qué haces aquí? —preguntó Mercedes cuando la alcanzó en el pasillo, entre asientos, maletas y pasajeros.

—Voy a San Juan a recargar baterías. ¿No te lo dijeron en la oficina? Te dejé mensaje.

—No fui a la oficina. Te explico ahora por qué —le contestó Mercedes y le abrió los ojos grandes en señal de que no hiciera más preguntas—. Deja que consigamos nuestros asientos. Luego del despegue nos vemos, ¿ok?

Media hora más tarde y luego de la activación del permiso de quitarse los cinturones, Mercedes se levantó de su asiento, le hizo señales a Valeria y dejó a Gabriela escuchando música en su iPod, con los ojos cerrados, muy apretados, como si rezara. *Quizás lo está*, pensó al separarse de su hija.

Las amigas se detuvieron al final del pasillo, al frente de la estación de los asistentes de vuelo, pero casi no pudieron hablar. A cada rato tenían que darles paso a las personas que querían ir al baño. Una de las azafatas, al ver el dilema en que se encontraban, les ofreció dos asientos vacíos algunas filas más adelante.

Una vez se sentaron y amarraron sus cinturones, comenzó la conversación o más bien Mercedes pudo contestar al fin las preguntas que Valeria le había hecho en el pasillo.

—¿Para qué vas a Puerto Rico? —pero una señora con un niño pequeño se les había cruzado en el camino y no pudo contestarle—. ¿Gabriela no tiene clases? —y ahí fue cuando la asistente de vuelo las movió de sitio.

Ahora con calma, Mercedes contestó la primera pregunta, que a su vez, contestaba la segunda.

—El hijo de mi tía Lourdes murió. Gabriela está devastada. Era su primo favorito, aunque no se veían a menudo y se llevaban varios años. Cada vez que íbamos de visita los veranos a Puerto Rico jugaban juntos de todo un poco. Siempre fue bien atento con Gaby a pesar de que se veían sólo una vez al año. Le escribía e-mails y le mandaba poesías y dibujos por correo el resto de los meses.

Mercedes se detuvo abruptamente. Un taco le contenía las palabras.

—¡Óyeme! —continuó—, ya me estoy refiriendo a él en el pasado aunque hace sólo unos días que se fue. Directo para el cielo, seguro.

Las lágrimas comenzaron a correrle por las mejillas. Valeria callaba por respeto.

—Este niño era un ángel, Vale. No tienes idea —continuó Mercedes entre sollozos desoladores.

—¿Cuál era?, Merci. Tú tienes muchos primos y sobrinos y todos encantadores.

—El que tenía fibrosis quística.

—¿Miguel? —preguntó Valeria en total estado de asombro.

—Sí. Miguel. ¿Te acuerdas de él?

—Como no me voy a acordar si siempre fue bien cariñoso conmigo. Me aferré a su recuerdo, especialmente cuando me dijiste de su enfermedad. Pensaba mucho en él aún meses después de esas fabulosas vacaciones en Puerto Rico. Mis últimas por cierto. ¿Cuándo fue eso?

—Hace tres años, Vale.

—¡Tanto tiempo! ¿Cómo es posible que haya pasado tanto tiempo? Y ¿vas a ir al funeral?

—Sí, lo entierran mañana. Lo traen de Londres.

—¿Cómo de Londres? —preguntó Valeria.

—Miguel estaba allí participando en un estudio clínico para pacientes de fibrosis quística —explicó Mercedes y miró hacia el suelo para contenerse las lágrimas.

—¿Su mamá lo acompañaba?

—No, murió solito. Ni su noviecita Ana que vive en España se enteró a tiempo para poderlo acompañar. Eso tiene a Gabriela desconcertada. Llora todo el tiempo, Vale. Tuvo pesadillas anoche pensando que Miguel estaba solo. 'Solo en ese hospital. Sin compañía. Sin nadie con quien hablar. Nadie que lo abrazara.' me decía cuando le prendí la luz del cuarto al escucharla llorar a las tres de la madrugada. Ya no sé como consolarla.

El abrazo consolador entre amigas fue instantáneo.

—¡Qué tristeza, Merci! ¿Por qué se fue solo si sabía las complicaciones de su enfermedad?

Mercedes se separó del abrazo para contestar.

—Su mamá no lo podía acompañar. Trabaja día y noche para pagar los medicamentos y el cuidado médico. Todo ese tratamiento es muy costoso. Y eso que en la familia hicimos un fondo y todos aportábamos una mensualidad. Pero mi tía Lourdes nunca nos dijo que Miguel iría para Londres. Mi mamá me dijo que le explicó que no quiso molestarnos porque solamente serían tres meses. Que su médico le había costeado los gastos y le garantizó que era seguro. El médico es muy amigo de la familia y me cuentan que está destruido, que se siente responsable.

—¿Y tu mamá como está?

—Igual de devastada. Ya está en Puerto Rico. Se fue ayer en el primer avión que consiguió. ¿Sabes lo más irónico de todo esto? —preguntó Mercedes.

—¿Qué?

—¡Aguántate! —le dijo Mercedes y le apretó a Valeria el antebrazo antes de continuar—. Miguel no murió de fibrosis quística, sino de una infección con MRSA. ¿Puedes creerlo?

—¿Cómo? ¿Cuál es la probabilidad de que estemos cerca de lograr mercadear una vacuna contra este mismo tipo de infección y que un familiar tuyo muera justo de eso?

—Eso mismo pensaba yo anoche sin parar. Di tantas vueltas en la cama. No tienes idea. Tenía ganas de llamar al presidente de los Estados Unidos, al presidente de la American Medical Association, al director del CDC, a Josh Cosgrove. ¡A todos! ¡Y cagármeles en la madre!

—¡Merci!

—Sí, Vale, yo, la más refinada de todas tus amigas. Así de descontrolada me sentía anoche. Hubieras estado muy orgullosa de mi —dijo Mercedes desafiante.

—Jamás hubiera deseado esto para ti.

—Lo sé, amiga —contestó bajando la guardia— pero no pude resistir aprovechar la ocasión para hacerte sentir mal por lo que me dijiste ayer.

—No he parado de sentirme mal. Hoy mismo te llamé para disculparme de nuevo, pero no te conseguí. Por eso te dejé mensaje. ¿Me perdonas? —suplicó Valeria.

— Ya te perdoné.

En eso vieron que Gabriela se levantó de su asiento y se dirigió hacia ellas. Tenía los ojos rojos y los cachetes mojados. Había llorado todo este tiempo. Valeria y Mercedes hicieron ambas un esfuerzo sobrehumano para contener sus propias lágrimas. Niños sufriendo, madres sufriendo, corazones apretados, muerte injusta.

—¿Cuánto falta para llegar? —preguntó Gabriela y se sentó entre ambas mujeres.

—Poco mi amor —contestó Mercedes y le limpió las mejillas con las manos.

La sentó en su falda como si tuviera seis años y Gabriela se dejó consolar. En par de horas estarían en la Isla del Encanto para celebrar la vida de Miguel.

—Eso es lo que hubiera querido él. Porque si alguien amaba la vida era este muchacho, quien estuvo al borde de perderla tantas veces. Quien la apreció en vida más de lo que posiblemente la aprecian los que están sanos, quienes se creen infalibles —le susurró Mercedes a Gabriela a la vez que se lo decía a ella misma.

Valeria escuchó el amor entre madre e hija. El amor desprendido vuelto a nacer. *Unos mueren, otros nacen. Así es la vida: adioses y bienvenidas.*

Mientras Valeria filosofaba un poco, se dio cuenta de que una vez en Puerto Rico tendrá que decir adiós a las horas creativas en la hamaca debajo de las palmeras. Adiós a la piña colada y a los bacalaitos fritos en la playa de Loíza. Tendrá un adiós más importante que manifestar, una despedida trascendental. Irá directo a las montañas de Naranjito junto a su amiga Mercedes para ser acogidas por el arrullo del coquí. Allí soñará con colibríes y yaguas. Allí verá el espíritu de Miguel confundido entre el viento y el platanal. Le dirá un último adiós. Un adiós terrenal. El único del que somos capaces los humanos.

La ceremonia en la iglesia del pueblo estuvo preciosa. Los compañeros de escuela de Miguel cantaron varias de sus canciones favoritas y en tributo citaron un párrafo de la canción de salsa *Adán García* de Rubén Blades. En esencia, un resumen del ideal de vida de su amigo de la infancia.

**"Para vivir con miedo,
prefiero morir sonriendo,
con el recuerdo vivo."**

El entierro fue muy difícil, especialmente para Gabriela. Valeria se la llevó justo cuando terminaron la primera oración. A la niña le aterraba la idea de ver el ataúd bajar a la tierra, por más que le explicaron que eso ya no lo hacían frente a los familiares. ¿Pero quién la culpaba por querer salir corriendo? La propia Valeria no podía con la tristeza y Miguel sólo era un niño que conoció una vez. No podía imaginar el sufrimiento que sentían Gabriela, Mercedes y el resto de sus familiares cercanos.

Se sentaron juntas en la capilla. Gabriela se arrodilló por lo que le pareció a Valeria un tiempo interminable. Rezaba el rosario. Su abuela le había enseñado. Diez cuentas por cada Ave María, cinco misterios, cada uno con un Padre Nuestro. Cincuenta y cinco oraciones en total. Gabriela las recitaba con tanto fervor, que Valeria no pudo ocultar la emoción y en la capilla rezó también, como hacía cuando era niña. A pesar del tiempo que había pasado desde la última vez que hizo un rezo, las frases las pudo decir sin que se le trabara la lengua. Su memoria las había retenido milagrosamente.

Justo cuando Gabriela terminó sus oraciones, Mercedes entró a la capilla. Era hora de despedirse.

Llegaron al aeropuerto de San Juan pasada la una de la madrugada. En cinco horas estarán de regreso a Chicago. Valeria consideró quedarse en Puerto Rico durante un par de días y tomarse el tiempo para crear, pero su amiga la necesitaba. ¿Qué podía ser más importante? Aunque si perdía la cuenta de MagMell, posiblemente Mercedes también perdería su trabajo por haberla recomendado, así que se necesitarían mutuamente. Por alguna razón esta idea no perturbó a Valeria en este momento. Antes, perder una cuenta, perder un trabajo, era el fin del mundo. Ver la muerte de cerca tenía ese efecto. Ponía las cosas en su justa perspectiva.

Antes de montarse en el avión, decidieron comer algo en la única cafetería del terminal del aeropuerto que se encontraba abierta a esa hora. De repente, Valeria y Mercedes vieron pasar a Josh Cosgrove. ¿Llegaba o se iba de Puerto Rico? No lo sabrían por el momento, porque no lo llamaron ni le hicieron señas para averiguar.

Capítulo 18

El contraste entre el calor de Puerto Rico, donde gozaron temperaturas de 90 grados en pleno febrero, y el frío espeluznante que azotaba a la ciudad de Chicago ese mismo mes del año, fue una sacudida impresionante.

¿Por qué tengo que vivir en una de las ciudades más frías de Estados Unidos, cuando puedo comprarme una casita en el campo de Puerto Rico o un apartamento frente a la playa y trabajar en las oficinas de la agencia en San Juan?, se dijo Valeria a sí misma a la vez que amarraba su abrigo a su cintura y se tapaba las orejas con un sombrero. *¿Significan estos deseos que estoy lista para un cambio?*

Eliminó esos pensamientos de su cabeza, se despidió de Gabriela y de Mercedes y tomó un taxi rumbo a su edificio de oficinas. Estaba deseosa por compartir con sus compañeros creativos las ideas que se le habían ocurrido en el avión de regreso desde Puerto Rico, mientras Gabriela y Mercedes dormían. Sintió la presencia de Miguel junto a ella mientras ideaba la campaña. Él era la fuerza que la impulsaba y ella sentía que se convertía en su vengadora. Su campaña tenía que advertir a todas las personas de los peligros del MRSA. Ningún otro joven debería morir a causa de una infección.

Fue la primera en llegar a las oficinas de C2 Advertising, pues el taxi la dejó en la puerta justo a las siete de la mañana. Tuvo que esperar más de una hora en lo que llegaron todos sus empleados. Cada vez que llegaba uno, lo empujaba hacia el salón de conferencias sin casi darle tiempo de soltar sus abrigos, bultos y carteras en sus escritorios. Quería ver sus reacciones ante el nuevo proyecto que les aguardaba.

Primero delineó las ideas para que el departamento creativo preparara un folleto.

—Debido a todos los casos de futbolistas, jugadores de *soccer* y atletas en general que se han contagiado con el CA-MRSA, el que se transmite en la comunidad en lugar de los hospitales, debemos crear un folleto con las medidas que hay que tomar para evitar el MRSA en las escuelas, en las universidades y los gimnasios.

Hizo una pausa para que todos tomaran notas.

—Podemos poner fotos de un equipo de fútbol en la portada u otros equipos atléticos. Ellos son los más expuestos hasta el momento porque reciben abrasiones durante el juego y la higiene en los casilleros no es la mejor. ¿Puedes encargarte de esto?

Valeria le dirigió la pregunta a Lenny, el Jefe de Producción.

—Claro, considéralo hecho. ¿Quieres que contratemos modelos o buscamos un equipo de jugadores de fútbol que se haya contagiado, pero que haya vencido al MRSA? —contestó Lenny.

—Uh, ¡tremenda idea! No lo había pensado. Sería fabuloso tener un caso de la vida real. De sobrevivientes. Así me gusta, todo el mundo aportando.

Observó que el resto del grupo se veía entusiasmado y hablaban entre sí sobre las posibilidades. Eso era lo más que apreciaba de su trabajo. Estaba rodeada de gente competente, que amaban su trabajo, que se emocionaban igual que ella ante cualquier idea que les pareciera digna de elaborar hasta el final. Continuó:

—Lenny, en mi carpeta encontrarás los nombres de las escuelas afectadas. Puedes pedirle ayuda a Millie para comunicarse con la administración para ver que les dicen.

Una de las redactoras levantó la mano.

—¿Sí Margaret? —dijo Valeria y le sonrió para animarla a hablar.

—Si vamos a contactar a chicos que ya han estado expuestos, ¿por qué no los usamos a ellos para dar los consejos?

—Sí, sí… chicos hablándole a chicos. ¡Excelente! —dijo Valeria—. Inclusive, cuando le hagan el acercamiento, Lenny, verifica si consideras que son apropiados para anuncios de televisión, y tantea la idea con ellos para ver si se atreven a aparecer en un comercial. No hagas muchas promesas, porque los anuncios de televisión son para la tercera etapa de la campaña y todavía no he recibido aprobación de Josh Cosgrove.

Valeria siguió con las explicaciones y las instrucciones:

—En cuanto al interior del folleto, podemos poner fotos de los estudiantes en los escritorios de sus salones de clase, frente a los casilleros y en los baños de la escuela. La forma de prevenir el contagio se explicará claramente de forma visual, con listas numeradas y flechas, que resalten las frases: Lavarse las manos. Mantener sus escritorios y sus pertenencias limpias. Ducharse inmediatamente luego de un juego. No ponerse ropa de otro. Limpiar bien su equipo de juego… Tú sabes, Paul, para chicos, pero no tan infantil que no lo puedan leer los adultos. Recuerda que este mensaje es también para los padres —le dio instrucciones a uno de los artistas gráficos.

—Margaret, para el texto, busca frases impactantes, que se le queden a los chicos en la mente. Que los impresione —le comentó a la redactora y prosiguió dándole recomendaciones—. Además, deberás tener al menos dos recuadros para resaltar algunas frases del texto. Me parece que uno de los recuadros debe decir algo como: "La bacteria MRSA puede vivir en las telas hasta noventa días y en las superficies hasta diez días." A mi me chocó ese dato. Se imaginan, las bacterias en los escritorios de los niños hasta por diez días. Eso es un montón de tiempo para que la bacteria pueda penetrar en el cuerpo de cualquier niño con un golpe o herida abierta. Yo, si fuera madre, estuviera en estado de pánico.

Valeria se quedó pensando en ese hecho por unos segundos y le preguntó a su personal.

—¿Pueden creer que en el material que leí dice que los médicos pueden pegarle el MRSA a su propia familia?

En todos los presentes aparecieron caras de asombro y de duda, por lo que Valeria no dilató su explicación.

—En ocasiones los doctores salen de los hospitales y de las clínicas con sus batas de trabajo. La bacteria vive en la tela por días, o sea que cuando van a sus casas y abrazan a sus hijos y esposa, los ponen en riesgo. Algunos hospitales prohiben a sus médicos salir con batas de trabajo por eso mismo. Pero algunas clínicas más pequeñas no son igual de estrictas. En Europa algunos hospitales han implementado el uso de batas desechables y de cortinas divisorias en las habitaciones con filamentos de plata, porque aparentemente la plata destruye la bacteria. No estoy segura si esta práctica se ha implementado en Estados Unidos. Si no, no sé que están esperando para ser más agresivos con la prevención. Debería ser una prioridad, ¿no creen? Que nadie salga de un hospital, sea paciente o médico, con la posibilidad de contagiar a otro ser humano.

Todos los presentes estallaron en un aplauso entre risas y gritos de "Valeria para Presidente…"

—¡Qué graciosos!!! A trabajar… Váyanse a trabajar. A la tarde discutiremos las otras ideas.

Varias horas más tarde, los mismos creativos se reunieron en el salón de conferencias para recibir los pormenores de la campaña de las camisetas que prepararían para chicos adolescentes y universitarios.

—Ok, piensen —comenzó Valeria obligando a sus empleados a concentrarse en lo próximo que les iba a decir y a imaginarse las frases y las imágenes, a darles forma y vida en sus mentes.

—La frase C O N T A G I O I N E S P E R A D O… —dijo lentamente, casi letra por letra e hizo una pausa para darle tiempo a los oyentes a que escribieran la frase en sus subconscientes.

—Las dos palabras se entrelazan en un dibujo abstracto de una pareja… —volvió a decir y esperó—. Amarrados los cuerpos… Visualmente impresionante, pasmoso. El dibujo impreso en una camiseta de corte moderno —terminó de plasmar el arte en sus mentes.

—A primera vista, los jóvenes pensarán que se trata sobre el VIH. Pero unas letritas pequeñitas debajo de la ilustración dirá… *Y no hablamos del SIDA* —finalizó Valeria, al dar mucho hincapié en la frase final.

Entonces el tono de la reunión cambió por completo. Valeria comenzó a hablar apresuradamente como si estuviera en una carrera contra el tiempo.

—Se creará un rumor. Mucha curiosidad. Intriga. Se preguntarán: *¿De qué caramba están hablando?* —y le dio una entonación juvenil que hizo a sus empleados sonreír.

Mientras hablaba, sus manos volaban por el aire, sus pies no se detenían ni un segundo, ágilmente cruzándose entre las sillas de los espectadores.

—Los invitamos a hacer grupos en Facebook. Que todo el mundo trate de adivinar de qué se trata. Dos días más tarde, a través de Facebook, los invitamos a ir a una página de Internet para participar en un concurso. Aquéllos que acierten de qué se trata el dibujo y la frase en la camiseta, recibirán un premio. Nada complicado, un incentivo para participar. Automáticamente con su participación recibirán información del MRSA y de la vacuna, todo atado con la frase: Contagio Inesperado.

Los oyentes en el salón de reunión comenzaron a ponerse ansiosos, se les veía en las caras, en los rostros iluminados, en las posiciones en las que comenzaban a moldear sus cuerpos. Valeria continuaba su disertación:

—Entre todos los participantes que acierten, se rifará un premio diferente según la región. Una motora acuática en Chicago y áreas adyacentes, por ejemplo. Otros premios apropiados según los deportes más populares en cada ciudad. Podemos conseguir premios de auspiciadores, tipo co-op, así la farmacéutica no tiene que pagar por los premios, pues los auspiciadores se enganchan a la promoción.

—¿Yo puedo participar? —preguntó Lenny sin poder contener su imitación de un chico de veinte años, y uno de los creativos le respondió siguiendo el juego.

—Tú, viejo… hace tiempo que te pasaste de la edad límite.

—No, en serio, Valeria, está perfecta la campaña. Vamos a movilizar a miles de jóvenes, sin duda —

continuó Lenny ahora de vuelta al tono profesional que le caracteriza—. Ya pensé unos cuantos clientes a quienes podemos invitar para participar con los premios.

—No se queda ahí —lo interrumpió Valeria—. En la región que más chicos inscritos tenga, no importa si acertaron o no, les regalaremos taquillas para un concierto de una banda reconocida, los cuales podrán redimir a través de Ticketmaster. Ya hablé con la gerencia y les encantó la idea.

—Por último —declaró Valeria—la campaña en televisión mostrará toda la euforia de los jóvenes en los conciertos. Fotos modelando las camisetas. Todos gritando: 'No te contagies… tú eres más inteligente que eso.'

Se detuvo un momento para que todos asimilaran la información.

—La página de Internet la diseñará Paul y sus secuaces —continuó—.Lenny, vete informándole a los programadores las especificaciones, porque deberán programar para diferenciar entre respuestas acertadas e incorrectas y luego separar la muestra entre los chicos inscritos. Además, deberán preparar una base de datos para publicar todas las fotos que se tomen de los jóvenes en los conciertos con las camisetas puestas.

Los oyentes trataban de absorber toda la información recibida. Estaban acostumbrados a la ligereza de Valeria, pero había algo que todavía no estaba claro y sus caras transparentes se lo dejaron saber.

—Ah, porque se me olvida la mejor parte… — e hizo una pausa como para coger aire, a la vez que pensó la mejor manera de darle la próxima noticia a su personal.

—Repartiremos las camisetas GRATIS en conciertos a través de toda la nación. La idea es que los jóvenes se pongan la camiseta ahí mismo… Tendrá un impacto terrible. Imagínense a todo el mundo cambiándose. El truco es tomarles una foto durante el evento que se publicará en la página interactiva de la campaña. Los que se pongan la camiseta recibirán una contraseña para poder participar en el concurso. También se filmará durante el concierto para los anuncios de televisión. Mientras más muchachos consigamos que se pongan la camiseta, mejor. La logística va estar brutal, porque no sólo tenemos que repartir las camisetas y tomarles las fotos, sino que tienen que firmar una hoja de consentimiento dándonos permiso para publicar la foto. Todo esto antes de que empiece la banda a tocar. Así que chicos, a trabajar, a trabajar.

Les dio palmadas a todos por la espalda, cariñosamente invitándolos con el gesto a levantarse de sus puestos e irse hacia sus oficinas.

Tanta algarabía y emoción por la nueva campaña fue como una inyección de energía pura que le permitió a Valeria ser muy productiva el resto del día. Por eso no encontraba como irse. Quería terminar. *Una cosa más y me voy*, se prometía en vano a ella misma, pues al terminar esa tarea, comenzaba otra. Salió tardísimo de la oficina y una vez fuera, le comenzó la ansiedad, las ganas rabiosas de llegar al apartamento para ver si había alguna llamada de James.

¡Cuál fue su sorpresa al escuchar la voz de James entre los mensajes! Le dijo que llegaría a Londres por la noche y que la llamaría nuevamente mañana.

—¡Qué bárbaro! ¡Ninguna explicación de en donde ha estado en todo este tiempo! —exclamó en voz alta.

Esa noche, en vez de soñar con su amante, Valeria tuvo pesadillas con el MRSA. Ya sabía que James estaba a salvo y que era *un irresponsable, atrevido y sinvergüenza. Por esa razón no le cederé ni un segundo de mis pesadillas. No es digno de tener presencia alguna en mi mente.*

Posiblemente, como se acostó maldiciendo a James, el tema del MRSA se sintió en libertad de apoderarse de su cerebro y mandó sondas alucinantes que la hicieron trasnocharse una vez más. En su delirio nocturno entró a la cafetería de una escuela parecida a la que asistió de niña. Todos los niños la miraban como un ser extraño y llamaban a las maestras para que vinieran a verla de cerca. Se le aproximaron poco a poco, curiosos, mirándole el cuerpo y la cara de arriba abajo. Uno que otro niño estiraba su brazo como para acariciarla, pero antes de que pudiera hacerlo, las maestras le gritaban:

—¡No la toquen!

—¿Por qué me rechazan? ¿Por qué me tratan como un ser de otro planeta? —preguntó en tono de súplica y con voz dulce e inocente.

Al no recibir respuesta, Valeria levantó su brazo de niña de ocho años y vio que el color de su piel no era el de siempre. Estaba pintada de plateado. Era una niña de plata. Su mamá le tiró un cubo de pintura con filamentos de plata esa mañana para protegerla del contagio con el MRSA y su intención era hacerlo todos los días desde ese día en adelante.

—He tenido el sueño más anormal de mi vida —le confesó por teléfono a Mercedes a la mañana siguiente —. Mi mamá me convirtió en una niña de plata para que el MRSA no pudiera entrar a mi cuerpo. ¿Estaré obsesionada con el tema o qué? Esto es culpa tuya Mercedes. ¿A que tú no tienes pesadillas con el MRSA?

—¡Te crees tú! Lo que pasa es que las mías no son tan creativas como las tuyas. Cambiando el tema, ¿pudiste hablar con Josh?

—Sí. Lo llamé al celular. Le pregunté donde estaba y si podíamos reunirnos. Sólo me contestó que no estaría disponible. No me mencionó nada de Puerto Rico.

—¿Nada? —insistió Mercedes.

—No. Me evitó la pregunta por completo. Entonces le dije que tendría que escuchar la explicación de la campaña de las camisetas por teléfono porque era complicada y la queríamos comenzar lo más pronto posible.

—Te dijo que prefería verte en persona —trató de adivinar.

—No, me dijo que mientras más pronto mejor. Le explique que tú la habías aprobado ya, pero que necesitábamos su aval.

—Y ¿entonces? Avanza que me tienes en suspenso —apresuró.

—Le encantó. Inclusive me dijo que era más de lo que esperaba. Que era perfecta. Que me pedía disculpas si había sido terco con el asunto, pero que sabía que no lo defraudaría.

—¿Estás segura de que hablabas con Josh Cosgrove? —preguntó Mercedes tan incrédula como una audiencia engañada por un mago mediocre.

—En serio, Merci. Te podría decir que hasta sonaba emocionado… en el sentido de eufórico, si ese es un adjetivo que podría caracterizar una reacción del Sr. Cosgrove… Definitivamente estaba sonriendo. Lo podía percibir aún por el teléfono.

—Te felicito, Vale —le dijo tratando de sentirse contenta, pero una sensación de desasosiego la perturbó. *¿Qué provocó ese cambio en su jefe?*

Últimamente Cosgrove no reaccionaba de la manera acostumbrada. Antes de que entrara Valeria al panorama y se empezara la preparación de la campaña contra el MRSA, su jefe nunca mostró emoción, siempre frío y calculador. Los números, o más bien las cifras numéricas relacionadas con dólares y centavos, eran lo único que lo hacía sonreír, y recientemente no había muchas de esas sonrisas porque las reuniones con Contabilidad y Finanzas habían sido bastante deprimentes en los últimos trimestres. O por lo menos así se lo habían contado, porque a esas reuniones ya no la invitaban y Mercedes no tenía ningún problema con esa nueva realidad.

Para oír gritos y malas palabras salir de la boca de hombres adultos, mejor se quedaba sin ser convidada. El hecho de que hombres profesionales usaran la blasfemia para dirigirse unos a otros todavía le daba trabajo acostumbrarse. Demasiada testosterona junta, como si estuvieran en la hora de recreo de la escuela intermedia protegiendo cada cual su territorio. Ahora en vez de canchas de baloncesto o los bancos debajo del arbolito, se peleaban por quién tenía la culpa de que las cosas fueran mal en la compañía. Por lo menos no usaban los puños, o no los habían usado hasta el momento.

¿Llegaremos a eso en algún momento?, se preguntó Mercedes para sí luego de terminar su conversación telefónica con Valeria.

Al mismo tiempo que Mercedes se maravillaba de las ineptitudes masculinas en las reuniones de personal de MagMell, Josh Cosgrove tenía una reunión privada con su hermano, donde en vez de blasfemia, fluían las buenas nuevas.

—Sam, ¿no tienes idea de quién me acaba de llamar?

—¿Quién?

—La Srta. Loperena. Cuando te cuente la idea que tiene con las camisetas, no lo vas a creer. Prepárate para recibir la bonificación del siglo.

Capítulo 19

Esa noche el teléfono de James continuaba desactivado, su cuenta de banco y sus tarjetas de crédito sin tocar, sin usar, y su novia Valeria, sólo podía esperar en el apartamento a tener noticias suyas. Esperar a ver si se comunicaba con ella desde Londres como prometió en su patético mensaje telefónico. Recostada del espaldar de su cama, con bocetos de diseños para la camiseta de MagMell en su falda y en posición de espera, Valeria se quedó dormida.

Media hora más tarde, el teléfono de la habitación comenzó a sonar, pero Valeria se encontraba profundamente dormida y pensaba que era parte de la acción que ocurría en su imaginación nocturna. Al tercer timbre se dio cuenta de que no había ningún teléfono en el precioso valle por donde se deslizaba en una danza moderna entre una siembra enorme de girasoles. Se despertó desorientada, pero suficientemente alerta como para levantar el auricular con su mano derecha.

—¿*Sweetie?*

—¿James?

—Sí, amor, soy yo.

—Espera. ¿Me acabas de llamar *Sweetie*? ¡Ni te atrevas a *sweetie me*! —le dijo lo más apaciguada que pudo, aún cuando internamente quería gritarle a toda voz al punto que todos sus vecinos la escucharan y tocaran alarmados a su puerta.

—Pero, *Sweetie*, así es como siempre te digo —contestó James, paciente como una ostra, esperando a que su preciosa perla se limara ella sola.

—Pudiste haberme llamado *Sweetie* hace veinte días, pero ahora no —le contestó Valeria esta vez más alterada.

—*Swee...* Vale, perdóname. No pude llamarte antes… — y se detuvo en su explicación.

¿Qué iba a decirle? Por más que había tratado de pensar en el avión alguna mentira piadosa de esas que su trabajo le obligaba a decir para proteger una investigación, sabía que Valeria no se la tragaría. El silencio en la línea ya era muy sórdido. Así que continuó.

—Me raptaron.

Aunque el auricular se interponía entre ellos y miles de millas también, Valeria por poco se le ríe en la cara y de paso le escupe en los pies.

—Claro. Muy conveniente esa excusa en esta época de terroristas.

—Valeria todavía raptan a los turistas en algunas partes del mundo. Esta vez me tocó a mí.

—Pues a mí no me llegó ninguna nota de rescate —dijo ella despiadadamente.

Silencio.

—Me raptaron en El Cairo —continuó James luego de unos segundos en los que tuvo que hacer un esfuerzo milagroso para mantenerse ecuánime, porque reconocía lo absurda que sonaba su historia, por más cierta que fuera.

—Ay si claro, en El Cairo, la ciudad mística, la ciudad de Indiana Jones. James ¿por qué me quieres tomar el pelo? ¿Crees realmente que me voy a comer este cuento? Si quieres romper conmigo sé lo suficientemente hombre para decirlo. En persona hubiera sido mejor, pero puedo aceptarlo por teléfono…

—Valeria María… —la interrumpió diciendo lentamente su nombre como si fuera a amonestar a una niña pequeña.

—James Penton —respondió Valeria sin darle mucha oportunidad para continuar, pero él la ignoró y prosiguió con su explicación.

—No te estoy mintiendo. Me robaron las cámaras, el celular y estuve inconsciente no sé cuantos días. Luego te explico los detalles. Ahora lo que necesito es que apuntes mi número de teléfono nuevo antes de que se corte la comunicación.

Le dictó los números sin saber si ella los escribía al otro lado de la línea.

—De ahora en adelante, te llamaré todos los días a las siete de la noche —le prometió James—. Si para las siete y diez no te he llamado, me puedes llamar…

—No, no lo haré —lo detuvo ella indignada.

—No tendrás que hacerlo —contestó él dulcemente y rió antes de decir— Es por si me raptan de nuevo, para que llames a la policía británica y lo informes… —y se le salió la carcajada que no pudo contener de sólo imaginar la cara de Valeria al escuchar lo que le decía por teléfono.

—¿O sea que sólo estás velando por ti? —le preguntó rabiosa.

—Contigo no hay como ganar, ¿verdad? —dijo James todavía entre risas.

—No, porque…

Palabras tras palabras y reproches sutiles mezclados con frustraciones salieron de la boca de Valeria. Habló por un minuto corrido sin respirar, sin percatarse que entre sus quejas también incluía pequeñas muestras de suplicio.

—Valeria María Loperena —de nuevo habló James lento, dándole énfasis a cada palabra.

Firme e impávido le sopló al auricular, tal y como si le susurrara al oído:

—Te amo….

Valeria calló de inmediato, pero cuando al fin reaccionó, la frase que le vino a la mente y que dijo inmisericorde repleta de incredulidad fue:

—¿Qué? ¡Qué truco barato! Si tú pensabas que yo…

—*Goodness*, Valeria. Te amo, te digo te amo aún hoy cuando me estás haciendo la vida cuadritos —interrumpió James jocosamente esta vez para impedirle que volviera a sus reclamos penosos que le rompían el corazón.

Su intención era amarla, no hacerla sufrir. Su designio era hacerla reír y su propósito que ella fuera feliz.

—¿Por qué me dices esto ahora? —dudó Valeria su sinceridad al reconocer que era la primera vez que le declaraba su amor.

No sabía qué pensar, qué sentir.

—Hubiera preferido decírtelo en persona en vez de por el teléfono desde un aeropuerto a cientos de millas de distancia.

—¿En cuál aeropuerto? ¿Ya vienes a casa? —preguntó y olvidó la declaración de amor.

De vuelta a los menesteres. De vuelta la mujer de hierro.

—No. Estoy en Londres y todavía tengo que hacer uno o dos trabajos que me pueden tomar unos días más, pero te llamaré todos los días, Vale. Ya no tendrás de que preocuparte.

—Yo no estaba preocupada —mintió.

—Claro que no. Pero yo sí y quiero saber de ti todos los días. ¿Está bien eso contigo?

Valeria dudó por un segundo, pero terminó diciendo.

—Sí… está bien. Pero si te olvidas, te prometo que te olvido.

—Hasta mañana, Vale. Recuerda que te amo —se despidió.

Esperaba poder cumplir su promesa de llamarla todos los días. Por lo menos esa era su intención.

Silencio.

—¿James? —se oyó la voz de Valeria.

—Ya pensaba que no ibas a despedirte de mí —le contestó James con una risa infantil entre sus palabras.

—Yo también te amo… —dijo Valeria finalmente y colgó tan rápido como le permitieron sus reflejos.

Se sentía recargada. Como una niña de dieciocho años en vez de una mujer hecha y derecha. Este hombre la tenía de pies a cabeza.

Ojalá no sea otro error, pensó para sí.

———

Londres recibió a James con calles mojadas y una penumbra imperdonable, pero el cuadro no fue lo suficientemente deprimente para mitigar su alegría de estar de regreso. Por alguna curiosa razón, justo en el momento en que pisó la acera frente a las oficinas en donde debía reportarse a sus superiores, su mente retrocedió y le trajo recuerdos vivos de su niñez, de su adolescencia cuando jugaba fútbol en el equipo de la escuela, de su juventud universitaria en Trinity College y de sus primeros intentos como agente del NCIA, como si tuviera la necesidad de pasar revista de su vida.

Cincuenta minutos más tarde, luego de un interrogatorio intenso y poco placentero, en el cual su jefe lo aplastó como cucaracha en medio de una alacena, se dirigió a su oficina para preparar los informes de la investigación de Sam Cosgrove, los cuales serán su única llave de salida de la mazmorra en la que se hallaba encajonado. Detallar en papel los acontecimientos era la hazaña más detestada por casi todo investigador, y James no era la excepción, pero entendía su importancia. El hecho de tener que depositar los hallazgos en algo concreto como un papel lo obligaba a que pusiera los datos en orden, atara cabos y viera las cosas desde lejos, pues en su cabeza muchas veces se arremolinaban como tornados despiadados obstaculizando la visión y la razón.

A mitad de la preparación del informe, el cual acompañaba con enigmáticas fotos de Sam y Josh en el bazar de El Cairo rodeados de cantinas, teteras y telas, James recapituló el último incidente en Londres que lo llevó a tomar un avión a la ciudad egipcia.

En su mente se observó a sí mismo vigilando la boutique en North Kensington que visitaban Josh y Sam. Como si fuera miembro de la clase criminal, James se mantuvo encubierto, esperó sin ser visto, atento. Los hermanos Cosgrove llevaban media hora adentro, cuando de repente los vio salir junto a una mujer. Sobresaltado se ocultó más en el costado exterior de la tienda, pero todavía podía escuchar la conversación.

—Alice, gracias por toda tu ayuda —dijo Josh Cosgrove y se alejó en dirección a un automóvil negro estacionado frente a la tienda.

—Sí, eres un amor —dijo Sam sarcásticamente.

Unos segundos más tarde se oyó un alarido de dolor proveniente de la mujer quien sólo tuvo oportunidad de decir:

—La próxima vez que me pellizques….

—¿Qué? ¿Qué? Anoche no te quejaste —bramó Sam Cosgrove como león que despedaza a su presa.

James escuchó la inconfundible voz de Sam cuando continuó en un tono tajante y despiadado urgiendo a la mujer a que no se atreviera a seguir hablando. Se lo imaginó mirando despectivamente a la mujer, quizás hasta amenazándola con la mano. Alice no volvió a hablar.

Sam siguió a su hermano y el chofer del auto le dio una leve reverencia con la cabeza al cerrar la puerta. James esperó unos segundos más en el callejón y entonces salió de su escondite, caminó rápidamente por la acera para acercarse a la escena y llamó:

—¡Sam, Sam!

Se detuvo a dos pasos de Alice, al saber de antemano que los hermanos Cosgrove no le escucharían porque el vehículo ya estaba a toda marcha por la calle. Sin embargo, logró su cometido, el cual en ningún momento fue alertar a Sam.

—¿Ese era Sam Cosgrove, verdad? —se viró para hacerle la pregunta directamente a Alice.

La mujer no le contestó.

—¡Qué pena que no pude detenerlo! Somos mejores amigos de escuela superior, pero hemos perdido contacto —declaró James, aunque no era cierto.

Sam era al menos tres años menor que él.

—¿Ya no se ven? —preguntó ahora la mujer.

Alice Felsen era su nombre completo. Así lo indicaba la vitrina de su tienda de ropa, según se había percatado.

—No tanto como me gustaría. ¿Sabrá hacia donde se dirige? ¿Quizás puedo darle la sorpresa? —preguntó James en un tono jovial, como si estuviera muy contento ante la posibilidad de toparse con un viejo amigo.

—Si está dispuesto a seguirlo hasta El Cairo —le contestó la mujer.

—¿El Cairo? ¿El Cairo, Egipto?

—Sí. Van al aeropuerto ahora mismo.

—*Jeez*, no. Yo pensaba más bien en tomarnos un café aquí cerca.

Aunque sí estaba dispuesto a seguirlo hasta El Cairo, pero eso no tenía que saberlo la mujer.

—¿Tendrá su teléfono? Me gustaría llamarlo cuando regrese de El Cairo.

Pero ya Alice no se sentía cómoda. Se le notaba en la expresión de los ojos, en la rigidez que transformaba su rostro y como estocada final, cuando situó sus brazos sobre su pecho para proteger la información que llevaba dentro.

—Está bien, no se preocupe. Yo lo tengo apuntado en casa. Gracias —finalizó James y se despidió dando grandes zancadas hacia su carro estacionado en la callecita detrás del edificio. Debía dirigirse lo antes posible hacia el aeropuerto.

Ya sabía James el desenlace de ese fatídico viaje a El Cairo. Todavía no se reponía del hecho de que había perdido tres semanas de su vida.

¡Tres semanas! ¿Tú sabes todo lo que se puede hacer en tres semanas?, se hablaba a sí mismo mientras conducía de regreso a su apartamento en Londres. *Ver quince juegos de fútbol, leer al menos tres libros, atrapar a uno o dos maleantes, procrear un hijo....*

Miles de posibilidades. Pero él no hizo nada de eso. Estuvo inconsciente recostado entre cojines de colores, sin memoria de lo que había hecho. De momento le vino la duda si había la posibilidad de que hubiera procreado un hijo sin saberlo.

Recordó levemente las manos femeninas que le dieron comida, le afeitaron la barba y le dieron baños con paños mojados. ¿Habría alguna mujer abusado de su hombría estando él en estado de delirio provocado por hierbas y té con poderes asombrosos? Si así había sido, él ni por enterado se había dado, así que continuaba siéndole fiel a su Valeria.

Sus tiempos de tener una amante en cada puerto habían terminado. No por Valeria, pues lo había decidido antes de conocerla. Una madurez repentina lo atacó cuando súbitamente le dejó de apetecer acostarse con mujeres con las cuales no tenía nada en común y con las cuales no podía establecer una conversación, algunas porque ni tan siquiera hablaban inglés. Le dio curiosidad conocer, verdaderamente conocer de nuevo a las mujeres. No había tenido una relación seria desde que su prometida le rompió el corazón hacía diez años, informándole que no se casaría con él. Así nada más, sin darle una explicación.

—No somos compatibles, mi vida —fue su razón, sin ejemplos ni pormenores.

Al año se enteró de que su ex novia se había mudado para Australia y que se había casado con un hombre veinte años mayor.

—Ella buscaba estabilidad y contigo no la encontraría —se cansaron de decirle sus compañeros agentes.

Pero él no le perdonaba que le hubiera negado la oportunidad, aunque sabía que esa no era una posibilidad. Su trabajo demandaba que viajara constantemente, igual que todavía lo hacía, y en ese momento no estaba inclinado a dejar la emoción de ser agente para establecerse.

En aquel entonces pensaba que su novia entendía eso perfectamente. Nunca le ocultó su fascinación por lo que hacía, aunque ella creía igual que Valeria que era sólo un fotógrafo, y por los seis años que estuvieron juntos James creyó que a ella le parecía fascinante también. Obviamente, la realidad de verse sola durante semanas la hizo reconsiderar justo antes de la boda. Factor que marcó a James por la próxima década de su vida.

Después de ese desagradable incidente, su desconfianza hacia las mujeres llegó al extremo. A lo largo de casi ocho meses luego del desplante no quiso tener contacto alguno con el sexo femenino hasta que su necesidad de amor estrictamente físico lo llevó a una serie de relaciones de una sola noche, en la mayoría de los casos, o de varios días en otros, aunque nunca más de dos semanas, con mujeres que conocía en los aeropuertos, en los aviones, en las barras, en los hoteles o en los restaurantes de los países que visitaba. Siempre las llevaba a un cuarto de hotel diferente al que se hospedaba o las convencía de que lo llevaran a su apartamento o casa si eran residentes de la ciudad. No quería mujeres tocando sus pertenencias, inmiscuyéndose en su intimidad.

Cuando conoció a Valeria, llevaba dos meses de celibato en su nuevo afán de darle una oportunidad a una relación seria. Llevaba escasamente una semana en Chicago, simplemente matando el tiempo entre asignaciones, esperando a que lo llamaran para su próximo trabajo con la esperanza de que fuera al fin investigar a Sam Cosgrove. Se pasó los días visitando las pizzerías, las cafeterías y los gimnasios. Hasta averiguó sobre un gimnasio de boxeo en donde podía practicar sus habilidades pugilísticas y despojarse de sus frustraciones en las noches. También llevó a su sobrino Dean al cine y a un museo y se ofreció a llevarlo a su primer día de clases.

Ese día que vio a Valeria por primera vez, sin pensarlo, siguió el mismo patrón que había llevado por años. No pudo evitarlo. La atracción fue tal que terminó en el apartamento de Valeria esa misma tarde. Pero hasta ahí llegó la similitud en su comportamiento anterior.

Desde que le vio la intensidad en los ojos, que escuchó su pasión al hablar de su trabajo, de su familia y de sus amistades, que observó como sus manos se movían a la par que sus palabras como si fuera una directora de una orquesta sinfónica, dando instrucciones a sus frases e ideas de cómo organizarse en su cerebro, quedó prendado. Quería volver a conocer a una mujer. Quería conocer a esta mujer.

En sus planes estaba nunca separarse de ella a menos que ella así lo decidiera y lucharía para no darle ninguna razón para que eso pasara. Sin embargo, por poco el asalto involuntario en El Cairo le cambiaba sus planes y perdía a Valeria en el proceso. Por miedo a volver a quedarse solo, resolvió que era el momento de sincerarse. En su segunda llamada a Chicago le explicó lo que había sucedido en su ausencia, le confesó que era investigador especial del *National Crime Investigating Agency* (NCIA) y que estaba detrás de un maleante por soborno y otras fechorías más graves. Sin darle detalles de Sam Cosgrove, le dijo que era un hombre peligroso, mentiroso y tramposo. Le explicó que unos egipcios lo habían raptado para protegerlo de ese malhechor. Le aseguró que él no corría peligro. Le pidió que mantuviera en secreto su confesión. Luego de todas estas explicaciones, todo estaba de vuelta a la normalidad. A la normalidad según la realidad de James Penton, amante novio de Valeria a larga distancia por las noches, investigador a tiempo completo el resto del tiempo.

—¿*Sweetie*? —James llamó por tercera vez a Valeria sentado sobre el colchón vacío de su cuarto contemplando como el día se despedía del sol.

Estaba muy impaciente para esperar a las siete, la hora acordada, así que la llamó una hora antes. Quería escuchar su voz, sentirla cerca.

—James, ¡ayer no pude contarte lo que me pasó! Presenté la campaña de las camisetas en la que estoy trabajando y me la aprobaron.

—No tengo la menor duda de que si la hiciste tú, está genial.

—Es que no tienes idea de los nervios que tenía con este cliente. Hasta ayer había sido muy árido y exigente… No estaba segura de que podría complacerlo.

—Amor, ¿desde cuando te dan nervios?

—Aparentemente desde que Josh Cosgrove entró a mi vida.

James sintió que se le iba el color de la cara.

—¿Quién dijiste? ¿Josh Cosgrove? —preguntó tan informalmente como pudo.

—Sí, ese es el cliente del que te he hablado. El presidente de MagMell Laboratories. Un hombre muy distinguido y reconocido en la industria farmacéutica...

—Sé perfectamente quien es Valeria —interrumpió James severamente porque la noticia le cayó como un balde de agua fría por la cabeza.

Salió de su apartamento con el teléfono en la mano. Por el tono con el que interrumpió a Valeria le dejó saber que no tenía buena impresión del hombre en cuestión.

—¿Lo conoces?

¿Qué si lo conozco? Si es el esposo de mi hermana. Si estoy investigando a su hermano por soborno y otros delitos criminales, le quiso decir, pero prefirió no darle detalles porque sabía que este cliente era muy importante para ella y no quería ponerle más presión de la que ya sentía.

—Sí, bastante bien —optó por decirle.

Necesitaba un trago.

—Y tienes razón. Es un hombre muy seco e impaciente. Me alegra saber que está complacido con tu trabajo. ¿Sabes en dónde estoy en estos momentos? —le preguntó en un intento por atraer su atención y cambiar el tema.

Puso el teléfono en el aire para que Valeria pudiera escuchar el ruido a su alrededor.

—¿Estás en Archie's? —reconoció al animador que presentaba al próximo cantante de kareoke.

—Sí, acabo de entrar. Voy a ver si me encuentro con Vincent. Su esposa cumple años hoy. Seguro, seguro la ponen a cantar. Vincent dice que canta precioso en la ducha, pero fuera de ella se desentona, así que hoy será su prueba de fuego. No paro de reírme de solo pensar la cara que pusiste cuando te llamaron para cantar la vez que vinimos. Todavía me duele el golpe que me diste en la cabeza con la cartera.

—Fue horrible, esa nunca te lo perdonaré. Yo te dije que odiaba el kareoke. Lo encuentro la manera más horrible de divertirse —recordó Valeria cuando James la llevó de sorpresa a Londres un fin de semana para que conociera sus lugares favoritos.

Archie's quedaba justo en el primer piso de su edificio de apartamentos, y hacia allí había corrido tan pronto escucho el nombre de Josh Cosgrove.

—No lo hiciste mal, amor. Solamente desafinaste en tres de las cinco estrofas —rió James sin contenerse.

—¡Qué gracioso! —le dijo Valeria entre bochorno y risa.

—Ya casi no te escucho. Te hablo mañana y te cuento. *Hello, Hello...* ¿Vale? Si me estás escuchando, recuerda que te amo. Cuídate las espaldas del viejo zorro de Cosgrove —y colgó el teléfono.

Al otro día, James se levantó con un poco de jaqueca. Había bebido más cervezas de las que debía y ahora pagaba las consecuencias. Se sentía todo dolorido y al ver su cuerpo y pelo desaliñado en el espejo del cuarto, se percató de que su imagen iba a tono a como se sentía por dentro. Hasta el calzoncillo lo tenía torcido, posiblemente en su lucha por quitarse los pantalones la noche anterior para dormir más cómodo. De milagro se había quitado los pantalones. Inmediatamente le vino a la mente el día que recobró la conciencia en El Cairo y fue corriendo a buscar su teléfono celular.

No, no se ha perdido ni un día. Es más, hubiera podido seguir durmiendo, porque sólo eran las diez de la mañana y no tenía nada nuevo que reportarle a sus superiores. Pero parte de la conversación con Valeria la noche anterior le había dejado una espina en su subconsciente, la cual prefería sacar lo más rápido posible antes de que siguiera molestándole.

Encendió su computadora y buscó el teléfono de Alice Felsen.

—Alice Felsen Designs, ¿en qué puedo ayudarle?

—Sí, ¿pudiera comunicarme con Alice por favor? —preguntó James como si fuera su amiga de toda la vida.

—Alice, te procuran —escuchó a la dependienta gritar en la trastienda.

—Alice al teléfono —contestó la mujer con voz armoniosa.

—Hola, Alice, te habla James, el amigo de Sam. Te conocí hace varias semanas frente a tu negocio.

—Ah, sí — pero la voz gatuna ya no sonaba amigable como antes.

—¿Usted se dedica a hacer camisetas? —le preguntó James rápidamente para tratar de obtener una respuesta sincera por la sorpresa de la pregunta.

Pero la mujer guardó silencio y James cambió de estrategia.

—O mejor dicho Alice, quería mandarle a pedir unas camisetas para una actividad para la empresa para la cual trabajo. Digamos unas mil quinientas camisetas...

—Yo no me dedico a hacer camisetas ni camisas, trajes o ropa alguna por cantidades —le contestó molesta—. Mis creaciones son únicas, piezas individuales. ¿De donde sacó esa idea? Se ve que no conoce de modas ni de estilos. Con la pinta de bohemia que tiene mi tienda.

—Perdóneme Alice, no quise ofenderla, pero es que como Sam compró tela de algodón en El Cairo por yardas y yardas, pensaba que eran para usted.

—Eso no tiene nada que ver conmigo. Yo no dejaría que Sam me comprara ni una yarda de tela. Es más, la próxima vez que lo vea, le puede lanzar un huevo podrido de mi parte y decirle que por aquí ni se atreva a asomar un dedo.

Le colgó el teléfono de tal forma que James lo sintió físicamente en su oreja.

Las preguntas volaron por su mente: *¿Para qué quiere Sam la maldita tela? ¿Por qué compra tela en el extranjero? ¿Trata de hacer trabajo legítimo por un tiempo para borrar su rastro? ¿Está en período de invernadero, ese tiempo que se toman los criminales cuando tienen a los investigadores en una racha caliente, siguiéndoles pie y pisada? ¿El tiempo cuando de repente se convierten en personas decentes, con trabajos dignos y sueldos fijos hasta que se enfría la investigación con su nombre y apellido?* Lamentablemente sus preguntas no serían contestadas por arte de magia, y Bakran no le traería noticias nuevas por el momento, por lo que James decidió matar el tiempo y a su vez su dolor de cabeza llamando a Valeria.

—*¿Sweetie?*

—¡Hola! ¿Cómo la pasaste anoche?

—Bebí dos cervezas de más.

—Ja, y todavía te duele la cabeza, ¿verdad?

Valeria sabía muy bien que su hombre no aguantaba muy bien el alcohol. Muchas veces lo había visto arrastrar sus pies, su cuerpo y su cabeza en dirección al baño luego de una noche de copas.

—Esta década no está fácil, amor. Lo que antes me bebía como agua, ahora me hace efectos inapropiados e impropios. No es como que no estoy en forma, o algo así, ¿verdad?

—Oh no, tú estás en mejor forma que algunos muchachos de veinte —le dijo Valeria para hacerlo sentir mejor, a la vez que revivió en su memoria la primera vez que vio a James desvestirse frente a ella, sin que él supiese que ella lo observaba.

Ese día, cuatro días luego de que se conocieron, Valeria estaba acostada en su cama, desnuda bajo las sábanas. James había salido bien vestido por primera vez desde que tomaron la decisión de quedarse encerrados en el apartamento con la excusa de que hacía mucho calor afuera y no se podía ir a trabajar.

Al rato regresó cuando ella dormitaba postrada entre las sábanas. Él entró sigilosamente a la habitación para no despertarla y dio un tirón a su corbata para deshacer el nudo que la sujetaba a su cuello. Entonces removió su camisa y la dejó resbalar discretamente por sus brazos. Justo cuando estaba a punto de caer al piso, la arrebató en el aire y luego caminó en la punta de sus pies para depositarla suavemente en la silla de la esquina.

Valeria observaba con un solo ojo, el resto de su rostro sumergido en la almohada semiescondida entre sus propios brazos. Su única mejilla expuesta delataba su rubor. Había visto a varios hombres desvestirse anteriormente, pero ninguno tan atractivo como James. Cuidadosamente él desabrochó la hebilla de su correa, usó sus propios pies imperceptiblemente para quitarse los zapatos y dejó caer las medias sobre la alfombra. Sólo faltaban los pantalones. Sacó su celular del bolsillo y lo puso encima de la mesita de noche. Valeria podía ver la curva protuberante de sus hombros anchos, los músculos gentiles de su pecho, su estómago endurecido, con las marcas que hacen derretir a las mujeres, el hueso de la pelvis sobresalido formando un triángulo, marcando el camino….

Una vez desnudo, James se deslizó bajo las sábanas y fue en ese instante que se percató de que ella estuvo observando todo ese tiempo. Sus brazos musculosos la tomaron por la cintura y la atrajeron hacia él. Recostó su cara sobre la almohada, bien cerca de la de ella. Ambos estáticos por unos minutos, mirándose los ojos, cada línea del rostro, cada poro. Hasta que la rodilla masculina sigilosamente se resbaló entre sus muslos. La besó en la frente y sonrió con los ojos cerrados. "Nos tomaremos nuestro tiempo esta vez" le susurró al oído y la acurrucó en su pecho. Los recuerdos de Valeria fueron abruptamente interrumpidos por la voz de James al otro lado de la línea telefónica.

—Gracias a Dios que tú estás en la misma década, pero aún con el precioso cuerpo de una diosa —le dijo James ahogando la risa y titubeó antes de terminar —por eso me entiendes bien.

—¡Qué gracioso! James, ¡Qué gracioso!

Definitivamente ésta se había convertido en la frase favorita de Valeria en estos tiempos. A todo lo que le decían en tono irónico, ella respondía con la misma frase: ¡que gracioso! Se la copió de un chiste que le había hecho Miguel hacía tres años en Puerto Rico y el cual recordó cuando fue a su funeral.

—Oye, se me había olvidado decirte que el día que me dejaste mensaje en la grabadora, ¿te acuerdas? ¿Cuándo no me conseguiste? —preguntó Valeria.

—Sí —le contestó él impetuoso, loco por saber.

—No te contesté porque estaba en Puerto Rico.

—Y yo que sufrí tanto pensando que nunca jamás me volverías a hablar —le dijo en tono jocoso, el cual tornó serio rápidamente al percatarse que necesitaba más información   —. ¿Te volvieron a dar la posición de directora en Puerto Rico?

—No, fui a trabajar en la campaña de MagMell, pero resultó que terminé yendo al funeral de un primo de Mercedes...

—¡Qué mal rato! —dijo James.

Pero Valeria estaba en todo su apogeo haciendo el cuento por lo que no se percató de que él había comentado.

—… quien murió en Londres por contagio con la bacteria MRSA. ¿Te acuerdas que te dije que estaba trabajando con la campaña de MRSA para la farmacéutica?

—No. Me dijiste que estabas haciendo una campaña de camisetas —objetó James.

—Pues es lo mismo. Estamos haciendo una campaña de camisetas para orientar a los jóvenes sobre el MRSA. Pero, eso no es lo que te quería decir…

—Y ¿qué me quieres decir, amor? —le preguntó riéndose para su interior, fascinado de nuevo con la forma de hablar de su novia, un tema tras otro, todo organizado en su cabeza, una orquesta sinfónica tocando una sonata sin fin.

—Que mires cómo son las cosas. El primo de Mercedes, Miguel, muere por un contagio con MRSA que es el tema de la campaña que ella y yo estamos trabajando. No sólo eso, sino que muere en Londres que es donde estás tú, cuando originalmente vivía en Puerto Rico de donde es mi familia.

—Me perdí —dijo James.

—Que la vida está llena de coincidencias. Creo que Mercedes y yo teníamos que vivir la muerte de Miguel. Que nos tocaba ir a ambas a Puerto Rico ese fin de semana, quizás para poder inspirarnos, para ponerle una cara humana a las consecuencias del contagio con MRSA, para rendirle tributo en nuestra campaña educativa y así evitar que mueran otras personas por lo mismo. ¿No crees impresionante cómo todo siempre está conectado de una manera u otra? Vivimos en un círculo y no me estoy refiriendo a la Tierra.

—No. Me imagino que te estás refiriendo a Marte —vaciló.

—James, deja de burlarte. Es en serio. No deja de asombrarme cómo todo está interrelacionado, cómo todo pasa por algo.

—Esta es una teoría que tenemos que seguir explorando, Vale. Por ahora, yo estoy agradecido de que te interrelacionaras conmigo ese fabuloso día en que coincidimos a la misma hora y en el mismo lugar aún cuando no era un sitio que acostumbrábamos frecuentar. Es más, al que ninguno de los dos ha vuelto a visitar.

—¿Te sigues burlando de mí?

—No. Te estoy diciendo que es una magnífica forma de ver las cosas —contestó James.

—Que de la pedrada que te toca, no te salva nadie.

—¿Ummm? —preguntó James perdido nuevamente.

—Nada, nada. Es un refrán que usaba mi mamá. Quiere decir que lo que está para ti, está para ti y punto; no te salva nadie. Pero hablemos de eso otro día. Ya me tengo que ir.

—Recuerda que te amo.

—Yo también, aunque hoy estuviste tan burlón que voy a reconsiderarlo —le dijo riendo y de repente le mandó un beso por el teléfono.

—Hasta mañana, Vale.

—Hasta mañana, James.

———————

Al día siguiente James persiguió una pista inconclusa que asociaba a Sam Cosgrove con el intento de soborno de un profesor del Imperial College para conseguir documentos relacionados a un estudio clínico que se efectuaba en los predios del importante centro universitario londinense. Pero dicho profesor dijo que nunca habló con la persona, sólo por teléfono y que el listado de los documentos que necesitaba le llegó anónimamente a su oficina. Una estudiante fue la que identificó a Sam como la persona que dejó el sobre en la oficina del profesor, pero las cámaras de seguridad no captaron a ningún hombre parecido a Sam en constitución, estatura y peso. Así que la investigación de este suceso se encontraba en un callejón sin salida.

Los dos agentes que vigilaban al sospechoso en Chicago le indicaron que en ese instante Sam estaba en las oficinas de MagMell Laboratories y que diariamente se presentaba a su trabajo de ocho de la mañana a siete de la noche y siempre en compañía de su hermano. Inclusive, se quedaba a dormir en la casa de huéspedes en la mansión de Josh o más bien, allí se hospedaba, pues no parecía dormir mucho por las visitas femeninas que recibía casi todas las noches, a veces en grupos de dos y de tres. *Definitivamente indicios de que está en periodo de invernadero*, pensó James. Al momento, sólo podría arrestarlo por prostitución si era que vendía su cuerpo o por solicitar sexo si los agentes confirmaban que las chicas eran profesionales. Pero aparentemente no lo eran.

Por otro lado, James tenía que esperar a que Sam volviera a suelo británico para hacer algún tipo de arresto por los cargos de soborno y demás si no quería tener que lidiar con litigios de jurisdicción. Así que como se le habían acabado las pistas en cuanto al intento de soborno, y las ideas tampoco le sobraban, se entretuvo explorando la teoría de interrelaciones de Valeria.

Mercedes mercadea una vacuna para combatir la misma bacteria que mata a su primo Miguel. Su primo vivía en Londres, de donde soy yo, cuando es originalmente de Puerto Rico, de donde es Valeria. Vivía en Londres de donde son Josh y Sam. Vivía en Londres… ¿Por qué Miguel vivía en Londres?

Oraciones y preguntas le pasaban por la cabeza apresuradamente.

Era muy temprano para matar su curiosidad llamando a Valeria, así que decidió buscar el periódico en donde le pareció ver la noticia.

—Sí, sí, sí… —dijo excitado al encontrar la portada del viejo periódico con la noticia de primera plana que anunciaba la muerte de Miguel.

Todos los periódicos y la correspondencia de las tres semanas en El Cairo se los guardó el portero del edificio. James los había dejado en una silla al lado de su puerta de entrada y allí se quedaron sentados desde que regresó a su apartamento hasta hoy. Ahora estaban todos esparcidos por el suelo, porque recordó vagamente que había visto algo así en uno de los periódicos y el hecho de que Valeria lo mencionara la noche anterior junto a su teoría de las interrelaciones, lo había puesto a pensar en la relación entre Valeria trabajando para Josh Cosgrove y él tratando de arrestar a su hermano Sam.

¿Qué otro tipo de interrelación puede haber que me ayude con esta maldita investigación?, pensó James y comenzó a leer el titular de la noticia.

CONTAGIO FATAL CON MRSA
Un laboratorio clandestino podría ser el causante

Una foto de Miguel en su cama del hospital acompañaba el artículo del periódico.

Ojos hundidos, pelo negro bien corto, piel grisácea, pómulos salientes, brazos lánguidos estirados sobre la sábana blanca que cubre su cuerpo hasta el pecho. Semi sentado sobre varias almohadas, mira directamente a la cámara, una leve sonrisa en su rostro, pero sin mucho rastro de vida.

James describía a Miguel en su mente como si fuera el cadáver de esos casos de asesinato que en ocasiones tenía que investigar cuando no había suficientes oficiales para cubrir los crímenes en las calles, las casas y los apartamentos de la ciudad. Esos crímenes en los cuales los agentes inmunizados se acercaban a los muertos sin emoción, sin ataduras, sin remordimiento de conciencia, y describían a las víctimas como si fueran un maniquí sin pensar en el ser, en el humano que habitaba ese cuerpo unas horas antes.

De repente, vio otra cosa en la foto.

—Este es un muchacho con una misión.

Lo podía ver claramente en sus ojos. Aún cuando su cuerpo se asemejaba al de un cadáver, había tenacidad en su rostro, algo que quería transmitir antes de morir, aunque fuera con sus últimas gotas de energía. En el momento en que le tomaron la foto, todavía era el primo de Mercedes, el novio de Ana, el amigo de Paco. Ahora, a través del artículo en el periódico era el confidente de James.

—¿Qué quieres decirme Miguel? ¿Por qué te has aparecido en mi camino? ¿Por qué nuestras vidas se entrelazan, se interrelacionan?

James continuó leyendo la noticia, pero no habían muchos detalles. Decía que Miguel escribió una carta, mandó su fotografía, y advirtió del contagio de los empleados de un laboratorio donde se estudiaba la bacteria conocida como *"superbug"*.

"Cinco empleados en total murieron contaminados por el MRSA. La policía investiga quién está a cargo del laboratorio, quién lo financió."

Otra noticia anunciaba la muerte del Dr. Francis Fowler a causa de un accidente de ambulancia.

"Se sospecha que el Dr. Fowler, experto bacteriólogo con especialidad en MRSA, iba camino al hospital también a causa de la infección. No se ha podido corroborar si el Dr. Fowler era la persona a cargo del laboratorio."

La noticia estaba firmada por el reportero Paul Claron del London Daily.

Media hora más tarde, James se encontraba en las oficinas del legendario periódico. Esperaba por el editor a cargo de la publicación quien había aceptado recibirle. Tuvo una reunión muy cordial, donde el editor le permitió entrevistar al reportero y ver el archivo con la carta y la foto de Miguel. Le permitió escuchar las transcripciones de las entrevistas que habían hecho a las enfermeras y al personal del hospital. Le explicó que cuando fueron a entrevistar al muchacho y a los empleados del laboratorio la misma tarde en que leyeron la carta, ya todos estaban muertos. Entrevistaron a los familiares cercanos, pero ninguno tenía detalles del proyecto en el que trabajaban. Sólo la carta de Miguel mencionaba que una farmacéutica estaba involucrada, pero no pudieron corroborar esta información, a pesar de que el reportero se presentó en varias de las farmacéuticas que tenían oficinas en Londres. Ninguna admitió tener un laboratorio en Paddington.

—¿Visitaron a MagMell? —preguntó instintivamente James.

—Por supuesto —fue la respuesta del editor—. Completamente amables, pero herméticos, igual que todas las demás farmacéuticas. Nos dieron listas de todos los laboratorios que tienen alrededor del mundo, por si queríamos proseguir con la investigación.

Entre los papeles y las notas del reportero, James encontró los nombres de los chóferes de las ambulancias que llevaron a las víctimas al St. Mary's. El editor le explicó que ambos chóferes indicaron que una tercera ambulancia había llegado al lugar y le ofrecieron al reportero la dirección del laboratorio donde recogieron a los empleados. El London Daily luego compartió esta información con la policía.

—Cierto. Me llegó un informe esta mañana —señaló James—. ¿Fueron a ver las facilidades antes de informarlo a la policía?

Esta fue la primera vez que el editor no contestó inmediatamente, pero fue respuesta suficiente.

—¿Encontraron algo que valiera la pena? ¿Algo que debamos continuar investigando? —preguntó James en tono de súplica.

—No. Después de echar el primer vistazo y no encontrar nada ni nadie que nos diera más información, lo reportamos a la policía. Obviamente la policía no nos va a llamar expresamente para mantenernos al tanto, así que tenemos a nuestro reportero todavía buscando debajo de las piedras, aunque le tengo que admitir que no es su única noticia. Si aparece algo, bien. Si no, ya tendremos otras noticias que publicar.

Entonces la mirada del editor reveló un acuerdo tácito que quería establecer entre ambos: *Tú me ayudas y yo te ayudo.*

De vuelta en las oficinas centrales de NCIA, James averiguó con su contacto en la policía que el laboratorio estaba sellado para evitar más contagio y que sería inspeccionado con la ayuda del NHS. El informe de los hallazgos podía tomarse varios días. Frustrado, cerró con fuerza el archivo de la investigación de Sam y miró el reloj de la pared. Era hora de llamar a Valeria.

—¿*Sweetie*?

James siempre la llamaba por el apodo que escogió para ella cuando se comunicaban por teléfono.

—¿Quién más va a ser, James? —le preguntó Valeria burlona, riéndose ampliamente—. ¿Por qué siempre me dices *sweetie* en forma de pregunta?

—Yo no te pregunto para saber si eres tú. Te pregunto para saber si estás *sweetie* porque de lo contrario estás *sourie* y entonces prefiero no lidiar contigo.

Se le salió una carcajada que le ahogó las palabras y casi no le permite terminar la oración.

—¡Qué gracioso!

—¿Cómo te va con tu cliente? —le cambió James el tema rápidamente.

—Creo que bien. A veces tengo pesadillas con él o con su hermano. Sueño que me persiguen. Como la vez que nos lo encontramos en el aeropuerto en Puerto Rico. Te juro que me sentía que me estaba persiguiendo.

—¿Qué dices? —preguntó medio atragantado.

—James, Merci y yo vimos a Josh Cosgrove en el aeropuerto de Puerto Rico —le contestó Valeria fogosamente como si estuviera dando testimonio en un juicio.

Continuó:

—Nunca nos dio explicaciones. Asumimos que fue a visitar las plantas manufactureras de la farmacéutica, pero Merci dice que averiguó con su secretaria y que no tenía esa visita en su agenda —se detuvo.

James no hizo preguntas, procesó la información.

Valeria le dio más detalles, sin él pedírselos:

—Y a Sam, el hermano, lo vemos a cada rato en sitios que frecuentamos para comer. ¿Estoy paranoica, verdad?

—Definitivamente. Este cliente le está haciendo daño a tu salud mental —trató James de disimular el pánico que sentía por dentro.

Su próximo vuelo: Chicago, Illinois. De vuelta a casa. De vuelta a los brazos de Valeria. Ahora no sólo a buscar a un maleante, sino a proteger sus intereses.

———

Tan pronto despertó al otro día, aún cuando el sol intentaba defectuosamente aparecerse entre la neblina matutina, James llamó a Bakran a su celular.

—¿Hay forma de rastrear la tela? ¿A dónde fue a parar? Por favor, dime que sí.

Esta fue la última conversación que tuvo con Bakran cuando se despidieron en el aeropuerto de El Cairo. Ahora escuchaba de nuevo a su informante, a su amigo, al hombre que le había salvado la vida, en quien confiaba más que cualquiera de sus otros compañeros investigadores.

—James. Te conseguí la información que me pediste —escuchó la voz en el teléfono.

—Bakran, ¿cómo estás amigo? ¿Ya tu esposa te cortó las bolas?

—Todavía no, pero me las tiene bien agarradas.

Rieron ambos.

—¿Qué tienes para mí? —preguntó James.

—El rastro de la tela termina en Puerto Rico.

—¿En Puerto Rico? ¿Estás seguro?

No podía entender porque de repente Puerto Rico le salía hasta en la sopa. Las interrelaciones, las coincidencias, todo pasa por algo.

—Sí. En Colossal Mills, una fábrica de ropa. Llamé y como di el nombre Cosgrove me confirmaron que la tela había llegado bien, pero no me quisieron dar más detalles. Lo primero me lo dijo un empleado, pero, en eso, aparentemente uno de los supervisores intervino y colgué el teléfono antes de que se diera cuenta por mi querido acento que de Cosgrove no tengo un pelo.

Por lo menos James ya tenía la respuesta de lo que posiblemente hacía Josh Cosgrove en Puerto Rico y obviamente no era persiguiendo a su novia Valeria.

¿Estaré ya tan paranoico como ella? ¿Será la edad o el amor el que me tiene obsesionado? —dijo para sí y se rió solo mientras se duchaba.

Solamente faltaba una hora para montarse en el taxi que lo llevaría al aeropuerto. No para viajar en un vuelo directo a Chicago, como era su plan original. Tendrá primero que hacer una parada corta en San Juan, Puerto Rico. Una fábrica de ropa lo aguardaba.

PARTE 7
Hipótesis nula

Capítulo 20

San Juan, Puerto Rico. James siempre había querido visitar esta isla en el Caribe, pero nunca se le había cumplido el deseo. Desde hacía años Puerto Rico era destino turístico favorito de los europeos, por sus playas y palmeras y por la calidez de sus personas y de su temperatura, la cual era de 85 grados promedio en cualquier época del año. Ahora desde el cielo James se dejó arrastrar por la curiosidad, se asomó por la ventanilla y fue testigo de su belleza, del azul de los mares, del verdor de sus colinas, de la ciudad vieja rodeada de murallas, de la ciudad nueva de modernos edificios y casas hacinadas. Una urbe llena de acción enmarcada por bella naturaleza.

A punto de arribar a este paraíso se encontraba sin esperanza alguna de poder disfrutar de sus paisajes. Eso era lo que pasaba cuando se visitaba un lugar con una agenda muy comprometida. Además, él necesitaba los sentidos alertas para investigar sin distracciones. *Al menos podré mirar un poco por la ventana del taxi en lo que me lleva de un sitio a otro*, concluyó James sus pensamientos sobre el destino que le aguardaba.

Unos minutos más tarde una guapísima asistente de vuelo le preguntó si se le ofrecía algo más antes del aterrizaje. Era una de esas aeromozas que ya no se veían comúnmente en los aviones, pero que fueron el rigor en la década de los sesenta, con el cabello perfectamente arreglado y el maquillaje aplicado en cada rasgo del rostro para resaltar sus atributos, todos a la vez. Tanto maquillaje le imposibilitaba al pasajero saber en qué concentrarse, si en sus ojos agrandados con una fuerte aplicación de sombra y rímel o en sus labios delineados de color rojo carmesí.

—No, gracias —contestó James a todas sus preguntas.

Se aseguró que todas las interrogantes que tenían que ver con los servicios que ofrecen en los aviones y las que nunca salieron de su boca femenina, pero que expresó con su batir de ojos, su sonrisa coqueta y sus manos depositadas en el hombro de James, fueran contestadas de la misma manera.

—No, gracias, no gracias, no gracias —respondió una y otra vez.

Luego del intercambio de frases con la asistente de vuelo, James volvió su mirada a las notas que había dejado a un lado mientras pensaba en Puerto Rico. Sus apuntes le recordaban su misión, a lo que había venido. A seguir el rastro de una misteriosa tela comprada por los hermanos Cosgrove, lo cual no era usual, inconcebible incluso. No tenía cómo atar la compra a los quehaceres diarios de los Cosgrove. El caso se volvía más intrincado. ¿Por qué habían ido personalmente ellos a adquirir una tela cuando Josh Cosgrove tiene miles de empleados que trabajan para él, no sólo en un país, sino en varios países del mundo?

—No tiene ningún sentido. Ninguno. Ojalá encuentre la respuesta pronto, porque esto ya me está volviendo loco —reflexionó con la esperanza de encontrar una pista activa en la Isla del Encanto, como comúnmente se le conoce a Puerto Rico.

La primera pregunta del taxista no tardó en llegar luego de que James le indicó la dirección a donde quería ir.

—¿Ha visitado anteriormente Puerto Rico? —dijo el hombre en un inglés perfecto mientras manejaba su automóvil por el puente Teodoro Moscoso para cruzar la laguna San José que divide el sector donde se encuentra el aeropuerto del resto de la ciudad capital. Cientos de banderas de Puerto Rico y de Estados Unidos enmarcaban los costados del puente, como anuncio de que la Isla tenía dos dueños: sus habitantes y sus socios financieros desde 1898.

Justo cuando el taxista se disponía a darle una explicación de la trayectoria política de la Isla, el teléfono de James comenzó a vibrar, por lo que le hizo un gesto amable al hombre para que detuviera por un momento su narración.

—*Nancy boy*, ¿llegaste? —escuchó James la voz tosca de su compañero.

—Sí, Bakran, ¡qué oportuno eres! Estoy ahora mismo de camino para la fábrica. Perdona que te pedí este último favor… ¿Estás seguro de que me conseguiste la cita? ¿Me están esperando?

—Sí, James. La nueva secretaria de nuestro jefe consiguió la cita. Está muy bonita, por cierto.

—¿Cómo sabes? ¿Estás en Londres, mamón?

—Llegué hace una hora. Idea de nuestro querido jefe. Me sacó de mi retiro voluntario. Dice que tiene algo para mí aquí en Londres. Ya pronto me entero.

—¿De qué retiro hablas si desde que me fui de El Cairo no has parado de llamarme para ver en qué puedes meter la cuchara? O sea, que ahora oficialmente no podrás seguir ayudándome.

—¿Cómo que no? ¿Si el jefe dice que necesitas mi ayuda? ¡Qué sin mí no puedes vivir! —dijo Bakran para mortificarlo como sólo él lograba hacerlo.

Pero ahí dejó la broma y en un matiz más a tono con la seriedad del trabajo asignado explicó:

—Entiendo que la idea es que te asista. Ayer surgió una pista en Paddington. Aparentemente los dueños de un pequeño restaurante del área vieron a Sam y a varios hombres vestidos con ropa de laboratorio cenar una noche en su local. Dicen que los comensales trabajaban en el edificio donde se encontraba el laboratorio clandestino.

—¿Por qué no me avisaron? Ayer todavía estaba en Londres. Pude haber ido contigo a investigar —reclamó indignado.

—Ya lo de Puerto Rico estaba arreglado, James. De milagro aceptaron recibirte. Imagínate. Una fábrica de ropa involucrada en una investigación con la NCIA de Londres. ¿Cómo se hubiera visto si le cancelábamos? Si le damos tiempo a que lo piensen, nunca nos darán una cita. Es más, prepárate, porque si se sienten muy incómodos, llamarán a la policía local o al FBI.

—No van a llamar al FBI para nada. ¡Eres un exagerado! ¿Y para qué van a llamar a la policía? No es como que yo voy a llegar allí apuntando mi pistola. ¿Me van a llevar arrestado por hacer preguntas? —dijo como si hablara con su amigo de lado a lado de una mesa en un café, inmerso por completo en la conversación.

—Lo que te quiero decir es que tú no tienes ningún tipo de jurisdicción. Para ellos, tú eres meramente un entrometido.

—Ahí no están muy equivocados, pues ¿qué realmente somos, Bakran? Unos oportunistas, unos entrometidos….

James detuvo su comentario a mitad porque se percató de que el taxista escuchaba claramente su conversación.

—Husmeando y chismeando por el bien de la humanidad —terminó Bakran sin darse por enterado de que su compañero no había terminado la oración por desconocer cómo hacerlo, sino por precaución.

—¡Qué gracioso! —le dijo James copiándose de la frase de Valeria que tanto le gustaba—. Te llamo luego.

El taxista lo miró por el retrovisor con cara de pocos amigos. En sus ojos James vio sospecha y escasas ganas de continuar la conversación sobre los encantos de la Isla. El resto del camino la pasó en silencio absoluto, ese que incomoda hasta a los mudos. La historia de Puerto Rico la tendría que aprender otro día.

———

Le tomó escasamente cuarenta y cinco minutos llegar a la fábrica de camisetas y efectivamente, tal y como le dijo Bakran, lo estaban esperando. Dos hombres de mediana estatura, pelo oscuro y ojos marrones, casi idénticos en peso, postura y semblante, lo recibieron en la recepción. *Los hermanos Canabal, sin duda.* Rodrigo y Manuel. Dueños de un almacén de catorce mil pies cuadrados en el pueblo de Manatí. Las sonrisas cálidas de oreja a oreja de cada uno de los hombres contagiaron a James, quien les ofreció su mano tan efusivamente como se la ofrecieron a él.

Lamentablemente, toda esta muestra amable de cortesía fue sofocada al James mostrar su identificación de agente NCIA. Inmediatamente sintió como la expresión y la postura de ambos hombres se tornó rígida y se percató de que una tensión inmanejable trataba de escapárseles del cuerpo.

—¿Usted sabe muy bien que nadie nos obliga a hacer esto? —dijo Rodrigo y clavó en el agente una mirada penetrante en busca de una sola respuesta: Quería saber si podía confiar en él.

—Oh, definitivamente. Les estamos sumamente agradecidos y quiero asegurarles una vez más que su empresa no está bajo investigación. Seguramente esta charla de hoy no nos lleve a nada concluso sobre nuestro sospechoso, pero queremos descartar todas nuestras pistas —aseguró James en un tono calmado, acorde con la mirada que le dirigía a cada hombre, sin pestañear, sin desviarla a ningún otro lado.

—Nos causa mucha ansiedad el defraudar al Sr. Cosgrove. Él es un cliente muy importante y es la primera vez que nos pide una orden. Esto significa mucho para nosotros.

—No se preocupen por nada. El Sr. Josh Cosgrove tampoco está bajo investigación. Es su hermano, Sam Cosgrove. Además, nadie se va enterar de que estuve aquí. Como ven, vine solo, para no hacer mucho ruido, para no alarmar a nadie.

Los hombres, sin requerir más explicaciones, le señalaron hacia el pasillo por donde comenzarían el recorrido. Los hermanos Canabal poco a poco volvieron a ser anfitriones afables mientras le explicaban a James los comienzos de la fábrica en la década de los 1950, cuando su abuelo la convirtió en la fábrica de ropa más importante del país, con contratos millonarios gracias a las exenciones contributivas que propulsaron la manufactura en Puerto Rico. Comentaron que hasta los uniformes del ejército de los Estados Unidos se preparaban en la Isla en esa época.

—Pero todo eso quedó atrás. Ahora sólo sobrevivimos —concluyó Rodrigo, el mayor de los hermanos.

—¿En qué consiste la orden del Sr. Cosgrove? ¿Es algún tipo de uniforme? —comenzó James el interrogatorio.

—No, no, no. Nada de eso. El necesita camisetas para una promoción de la farmacéutica en varios estados.

—¿Por qué creen que fueron escogidos para hacer esta producción del Sr. Cosgrove? ¿No les parece que era más prudente que fabricaran las camisetas en los Estados Unidos, más cerca de donde las van a utilizar?

—En Estados Unidos sale muy costosa la mano de obra. Aquí en Puerto Rico también… —comenzó a explicar Manuel Canabal.

—Igual que en Inglaterra y casi todos los países —interrumpió su hermano Rodrigo.

—Sí, en todos los países está pasando lo mismo excepto en aquellos que han sido más listos que nosotros y se han llevado todos los empleos de masas. ¡Y eso que los consideramos países de inferior categoría! A ver ahora como el presidente y nuestro gobernador van a crear empleos para estimular la economía. Eso lo quiero ver yo. Van a tener que bajar el salario mínimo o volver al plan de incentivos industriales, algo así, porque de lo contrario, no sobrevive nadie —dijo sin parar Manuel Canabal como si estuviera en una tarima en pleno discurso político con sólo su hermano y el agente inglés de audiencia.

—Disculpe, agente Penton —interrumpió Rodrigo y sonrió al decir— es que hablar de política es el pasatiempo nacional de los puertorriqueños. ¿No sabía usted eso?

—No, pero ya me doy cuenta. El taxista intentó darme una clase sobre lo que significa el Estado Libre Asociado. Mitad puertorriqueños, mitad americanos…

—No exactamente, pero algo así —dijo Manuel, pero se contuvo de darle la versión larga de la explicación y continuó el recorrido.

Llegaron a la sala de producción. Se toparon con decenas de operadores, cada uno con una máquina de coser de frente, en filas organizadas como una banda sonora en un desfile de honor. Líneas amarillas pintadas en el piso marcaban el camino entre las filas y separaban las estaciones. Cada operador con una bobina de hilo de colores diferentes, con pilas de camisas, pantalones o faldas cortadas esperando su turno para pasar por la máquina, y al otro extremo de su mesa de trabajo, una cesta con ruedas que recibía cada pieza terminada. Al final del área de producción, otro salón gigante albergaba los materiales. Enormes rollos de tela de todos los colores posibles adornaban hilera tras hilera de andamios blancos.

Los hermanos Canabal se dirigieron hacia uno de los andamios y allí, sin distinguirse de todas las demás, encontraron la tela encargada por Josh y Sam Cosgrove en El Cairo. Uno de los rollos al menos, que era lo que quedaba, pues los otros ya habían sido convertidos en camisetas de manga corta enviadas a Chicago para comenzar la promoción.

—¿Por qué trajo su propia tela? ¿Por qué no escogió alguna de las que ustedes tienen aquí disponibles? —preguntó James y acarició las otras telas de algodón con su mano derecha.

—El Sr. Cosgrove nos dijo que no fue bien asesorado. No quería la tela estándar de algodón que se usa para fabricar camisetas —explicó uno de los hermanos, a lo que el otro añadió:

—No sabía que teníamos telas de tan buena calidad aquí. Ya había comprado la tela cuando llegó a nuestras facilidades.

—¿El Sr. Cosgrove vino solo o vino acompañado?

—Vino solo.

—¿Mencionó a su hermano, Sam Cosgrove, en algún momento mientras estuvo aquí?

—No, pero al final de su visita le habló por teléfono para decirle que había decidido hacer el trabajo con nosotros y le dio la dirección para que nos hiciera llegar la tela. Supimos que era su hermano porque al colgar nos dijo 'Yo también trabajo con mi hermano.'

—¿En algún momento el Sr. Cosgrove les mencionó cómo se enteró de su fábrica?

—Dijo que había venido por una visita de rutina a las instalaciones de la farmacéutica que se encuentran aquí en Puerto Rico y que su gerente de mercadeo en Chicago, quien también es puertorriqueña, le había hablado de nosotros.

—¿Por qué no vino ella? —preguntó James con la seguridad de que se trataba de Mercedes.

—No le pregunté, pero me imagino que para matar dos pájaros de un tiro —explicó el menor de los hermanos Canabal.

—¿No les pareció extraño que el presidente de la farmacéutica viniera personalmente a hacer la orden en vez de enviar a un empleado de mercadeo, por ejemplo, o de su propia agencia de publicidad, quienes tienen más experiencia en este tipo de transacción?

—No, no nos pareció extraño. Aquí viene todo tipo de persona. Desde presidentes de empresas hasta chamacos de dieciséis años que quieren probar suerte con una línea de camisetas con el logotipo que dibujaron en la marquesina de su casa —dijo Manuel.

Rodrigo también dio su versión:

—Algunos jefes son más sosegados. Otros son más impetuosos y controladores. Ese me parece ser el caso del Sr. Cosgrove y déjeme decirle que vino muy preparado. Él sabía exactamente el estilo de camiseta que quería, la cantidad, los tamaños, el tipo de estampado. Las tintas de colores ya las había adquirido y nos las envió también su hermano Sam.

—¿Por qué? ¿Es eso un procedimiento normal?

—Dijo que las había mandado a procesar según las especificaciones del artista gráfico, porque tienen una pizca de brillo en la mezcla. No es la tinta genérica que se usa a diario en el estampado. Es la primera vez que un cliente nos trae su propia tinta. Pero nosotros encantados de complacerle.

Algo cambió en la expresión de James, las cejas se le unieron, los ojos se le achicaron, pero no dejó que las hipótesis le volaran por el cerebro. Aún no. No era el momento si quería seguir obteniendo información. Así que para evitar asustar a los hermanos Canabal, quienes ya lo miraban con sospecha, dijo jovialmente:

—¡Válgame! Una *t-shirt* que brilla. Yo quiero una de esas…

Capítulo 21

Varias horas más tarde, en su habitación de hotel, James trabajaba en el informe de la investigación sobre la fábrica de camisetas. Aparte de aprender bastante sobre el proceso de estampado y la diferencia entre *silk screening* y *digital imprint,* no obtuvo más respuestas que preguntas. Todavía no sabía por qué Josh y Sam supervisaban este proyecto de mercadeo. Al cabo de muchas vueltas, tampoco obtuvo respuesta de por qué compraron la tela en El Cairo, excepto que fueron mal asesorados. Igualmente le parecía inverosímil el hecho de que no hicieran las camisetas directamente en Egipto donde la mano de obra era mucho más barata y para colmo, el asunto de traer sus propias tintas.

—No averigüé nada nuevo, sólo que aparte de la tela, también compraron la tinta para estampar las camisetas. ¿No te parece ridículo que estos hombres estén comprando telas y pinturitas? —se desahogó James con Bakran cuando lo llamó esa noche.

—Sí, pero que te puedo decir: Excentricidades de la gente millonaria. Que este es su proyecto del momento y quieren que quede perfecto. Que como no tienen más fórmulas para medicinas nuevas están considerando adquirir un negocio de camisetas. Que se declararán diseñadores de moda en la próxima conferencia de prensa.

—Todas tus teorías me parecen muy acertadas —respondió James fastidiado y sin parar comenzó a gritarle por el auricular—¿Con cuál de ellas es que vamos a encausar a Sam Cosgrove?

Nunca supo en qué momento la diversión se le convirtió en ansiedad, pero era evidente que su humor estaba de mal en peor.

—Obviamente no estás para bromas *Nancy boy* y en realidad yo tampoco —concedió comprendiendo la frustración de James.

Era la misma desilusión que sufren los agentes más a menudo de lo que debieran, especialmente cuando los casos se convierten en encrucijadas indescifrables.

—Yo también tuve un día pésimo —admitió Bakran—. Tuve que interrogar a un par de ancianos que me partieron el alma.

—¿A los dueños del restaurante?

—A los mismos. ¿A qué no adivinas por qué se acordaron de Sam?

—Porque era el único que no tenía puesta una bata de laboratorio.

—¿Cómo lo sabes? —preguntó Bakran sorprendido.

—Porque tú me lo dijiste, desgraciado… 'Sam y unos hombres vestidos de laboratorio', ¿te acuerdas?

—Sí, ahora me acuerdo. Ya no sé ni lo que digo, ni hago. Pero a eso no es a lo que me refiero. La razón es porque la mesera que los atendió, quien también era hija de los dueños del restaurante, murió una semana más tarde de una infección con MRSA.

Luego de esa aseveración, el silencio fue inevitable. Otra víctima. Otra razón para que los investigadores desatinados se sientan culpables. Otro motivo y fuente de energía para acelerar la investigación. Bakran continuó:

—Los ancianos, por el dolor causado por la muerte de su hija y su falta de comprensión de cómo se infectó, supusieron que los hombres del laboratorio traían la bacteria en sus batas de trabajo, o algo así.

—Y como suena bastante estrambótico, nadie les hizo caso en los canales hasta que llegó a oídos de nuestro jefe, ¿correcto? —indagó James al imaginar la burocracia maldita y la complejidad humana en manifiesto.

—Más o menos —continuó Bakran—. Excepto que no llegó a sus oídos por los canales policíacos, sino que lo leyó en el periódico.

—¿Qué? —dijo James sin poder reprimir su incredulidad.

—Sí, el mismo reportero que sacó la noticia de Miguel en primera plana, puso el nombre de Sam en el periódico como parte del grupo de hombres del laboratorio. Sam cometió un error gravísimo, ¿no te das cuenta?

—¿No me digas que pagó la cuenta del restaurante con tarjeta de crédito?

—No, tú y yo sabemos que Sam es demasiado hábil para eso.

—¿Entonces?

—Aparentemente citó a la chica para verse más tarde y su número apareció registrado en el celular de la mesera. El reportero en cuestión obviamente es muy minucioso o está buscando ganarse un premio. La cosa es que cuando oyó que había otro caso de muerte por MRSA fue a investigar y se encontró con la noticia de su vida. Los hombres del laboratorio que visitaron el restaurante son los mismos que murieron en el hospital junto al chico de la primera plana. Los dueños del restaurante los identificaron con unas fotos que se tomaron en el hospital para la autopsia.

—Pero yo no vi nada de esto en el periódico… —comenzó a replicar James, pero se acordó al instante por qué estaba ajeno a la noticia.

Le había pedido al portero que detuviera sus periódicos en lo que se ponía al día con los que tenía ya en la casa. Tampoco había tenido tiempo de leer los titulares en Internet. Grave error, gravísimo. Sin embargo, aún al reconocer su fallo, se regocijó por dentro. Se abría una puerta en la investigación.

Fue durante la noche cuando se sintió traicionado por sus instintos. Puso en duda sus acciones desde el comienzo de la investigación. Algunos actos suyos no parecían acordes con la imagen de detective experto que tenía de sí mismo. Al parecer perdía sus reflejos y nadie le había informado al respecto. Esa inquietud le desbocó los nervios. Dio vueltas en la cama y sudó frío. No podía contenerse. Las dudas le flotaban en el cerebro. Temió sobre su capacidad para lograr su cometido. Desconfiaba del camino a recorrer. Inquietudes, preguntas, análisis minuciosos que lo encaminaban a dejar de pensar en sus habilidades y a discutir más detalles del caso. ¿Cuántas personas más morirán por la bacteria MRSA a causa del contagio en el laboratorio clandestino? ¿Será cierto que no fue un accidente o serán especulaciones de una persona sentenciada a la muerte quien, sin nada que perder, acusó al diablo antes de morir? Y ese diablo, ¿resultaría ser Sam Cosgrove por ser estrictamente el empleador o realmente estaba involucrado?

Al otro día, era tal su estado de alarma, que James se levantó a las cinco de la mañana dispuesto a arreglar varios pormenores. La hora no estaba de su parte, pues aún las gallinas dormían en la Isla del Encanto. El sol no había asomado su cara, los gallos no habían cantado aún en el campo.

Su plan era ponerse en contacto con la madre de Miguel y el doctor que lo atendía en Puerto Rico. Quizás ellos tenían respuestas si el chico tuvo oportunidad de comunicarse desde Londres y dar detalles del trabajo que realizaba en el laboratorio. En lo que daba tiempo al tiempo y con el apetito arruinado por la pesadumbre de la noche, James caminó por las calles sanjuaneras que despertaban poco a poco con el pasar de los minutos. Hasta que una vitrina llena de confituras, donas y mallorcas conquistó sus sentidos y consiguió hacer crujir sus entrañas. El apetito se le activó de un sólo vistazo.

A pesar del espectacular desayuno que se devoró en media hora y de la manera positiva en que comenzó su mañana, James terminó el día con dos entrevistas logradas, pero nada fructíferas.

—Miguel nunca contó ni comentó detalles de su trabajo en Londres —contestó el médico.

—El tío fue quien le consiguió el trabajo —explicó la madre.

—Miguel hablaba más de su novia Ana y de cómo le iba en los estudios clínicos del Imperial College —abundó el médico—. De vez en cuanto contaba de las ocurrencias de su compañero de cuarto, un español buena gente con el que había compaginado muy bien —añadió.

Pero ni la madre ni el médico recordaron el nombre del chico español.

Así, con las notas inservibles en mano y los pasos rasos, James volvió a su cuarto de hotel para esperar noticias de Bakran. En el ínterin, llamó a Valeria con la esperanza de contagiarse con su energía positiva. Quería tenerla cerca, sentir los soplidos de su respiración. Que su llama le ardiera por dentro. Agraciadamente ese fue el remedio santo.

Una hora con Valeria en el teléfono ahuyentó todas sus incomodidades, le fortaleció el espíritu, le devolvió la confianza escurridiza con la que había jugado al esconder desde la noche anterior. Entre risas reprimidas, ella le achacó sus inseguridades a la falta de descanso, al bajón de té egipcio que todavía lo atacaba de vez en cuando y a la falta de amor físico. Sobretodo a esa última razón, la cual Valeria se sentía capaz de resolverle sin problema cuando llegara a su puerta en la ciudad de los vientos.

Cuando Bakran llamó, le contestó el James de siempre. Enérgico, firme, seguro de sí, con nuevos bríos para seguir adelante y con prontitud en su consciente, pues su subconsciente anhelaba con urgencia volver a Chicago.

—*Nancy boy…*

Sin más saludo, su compañero comenzó la explicación de los acontecimientos del día.

—Los últimos tres pisos del edificio están completamente vacíos. Asumo que en espera de remodelación según un letrero que hay en la entrada. El primer piso lo ocupan oficinas privadas aunque ninguna está rotulada excepto por números. Ya tengo la lista de los inquilinos, por lo que pronto me entero qué tipo de negocios son.

—¿Y el laboratorio? —preguntó más ansioso que curioso.

—En el segundo piso. Pero no pude verlo. No me dejaron entrar los muy…

—Ese es trabajo del NHS —cortó James.

Bakran no le dejó terminar con un ataque de ansiedad propio.

—No vengas, que tú también hubieras intentado verlo. A alguien le hubieras suplicado, pagado, ofrecido favores.

—¡Qué bien me conoces! —le dijo resuelto a no dejarse apoderar por el estrés.

Rió como lo hacía cada vez que entraba en batalla de frases con Bakran.

—Pero tengo que admitir que aunque aprendí del *master*, a mi no me resultó. Esta pinta de saudí que tengo no me ayudó en nada en mis intentos patéticos de convencerlos de que era importante que yo estuviera presente.

—Continúa —interrumpió James para forzar a su compañero a que se concentrara en hablarle de la investigación.

Pero su compañero lo ignoró por completo.

—Para hacerte el cuento largo, corto, me quedé con las ganas de ponerme el disfraz de astronauta. Estaba loco por entrar al área sellada para creerme que caminaba en el espacio y usar el respirador para hablar como Darth Vader. Pero no me quejo, pues ver a los empleados del NHS prepararse con todo el equipo fue un evento de por sí. Por un momento me pareció que estaba en la filmación de la película de E.T.

—Cliché, Bakran, Cliché. Eso es con lo que sueñan todos los niños. Encontrarse con un extraterrestre. Eso y vestirse de astronautas. Cómo te desvías, *mate*. Acaba y dime que encontraron en el laboratorio.

El tono agresivo de James le dejó saber a su compañero que era momento de comenzar a hablar en serio.

—*Ok, Ok. Don't throw a wobbly.* Definitivamente el laboratorio en su momento dado fue una zona caliente.

—¿Encontraron evidencia de la bacteria?

—No.

—¿Entonces?

—Encontraron en los conductos de aire varias placas de Petri vacías. No solamente vacías, sino esterilizadas. Aparentemente en el laboratorio tenían un autoclave. Esto es una suposición porque ya no queda nada en el laboratorio, ni tan siquiera una simple lupa.

—¿Un auto qué?

— Te estoy impresionando, ¿ah? Un autoclave. ¿Tú no sabes qué es un autoclave? —preguntó en tono burlón.

—¡*Bloody hell,* Bakran! Acabas o te juro que me meto por el teléfono para darte una golpiza —amenazó James en broma, pero en serio—. Alargas tanto las explicaciones que le pones los pelos de punta a cualquiera.

—Calma.... Como te explicaba… —se mofó Bakran con aires de superioridad.

—Tal y como te explicaron a ti, por supuesto —replicó James para contrarrestar a su oponente.

—¿Me vas a seguir interrumpiendo?

James guardó silencio esta vez.

—Como te explicaba, un autoclave es parecido a una máquina de presión. Se usa para esterilizar los instrumentos con vapor.

—Un esterilizador, claro. Entonces, ¿cómo el NHS supo que las placas de Petri contenían MRSA?

—Porque estaban identificadas. Tenían una etiqueta que lo decía. Pero aquí lo interesante —dijo Bakran para provocarlo con sus pausas constantes.

—¿Qué hacían las placas de Petri en los conductos de aire? —adivinó James para no darle más el gusto.

—Aparte de eso. Encontraron junto a las placas un marcador negro con que el fue escrita la palabra MRSA en cada etiqueta. La letra no era cuidadosa, aparenta ser que lo escribieron con prisa y en un ángulo incómodo.

—¿Cómo si alguien lo hubiera escrito ya una vez estaban las placas dentro del conducto de aire? —continuó James.

—¡Exacto!

—Pero eso no tiene sentido.

—Tampoco tiene lógica que estuvieran en los conductos porque el MRSA no se transmite a través del aire. Sobrevive en las superficies por mucho tiempo, por lo que contagia por contacto, no por inhalación. Entra al cuerpo por alguna herida y luego viaja por el torrente sanguíneo. Así que si alguien hubiera querido contaminar a los trabajadores, estaba usando el método incorrecto.

A James lo estremeció un pensamiento impreciso, pero muy probable y lo compartió de inmediato con Bakran:

—Las placas de Petri nunca estuvieron en los conductos de aire mientras trabajaban en el laboratorio. Según yo lo veo, alguien muy astuto las escondió para nosotros. Esa evidencia nos la dejaron a nosotros.

—Exactamente lo que yo pienso —confirmó Bakran.

Capítulo 22

———

Muchas semanas tuvieron que pasar desde el fatídico accidente con el MRSA antes de que Paco Beltrán pudiera pisar suelo español. Escapó de Inglaterra con vida, pero llegó al puerto de Barcelona hecho una porquería. Como no se atrevió montarse en un avión por miedo a que lo reconocieran, Armand, el chico con quien hizo amistad en su casa refugio en la campiña, lo llevó en auto hasta la estación del tren y luego lo acompañó a cruzar Francia en tren hasta que se despidieron con un fuerte abrazo. Paco encontró difícil el cruce por barco desde Francia por el Mediterráneo. El mar estaba bravo, la temperatura congelada. Cuando arribó a su destino el chico estaba arrugado, débil y desplomado. A duras penas pudo montarse en un taxi y pedirle al taxista que lo llevara a algún hostal de precio moderado donde el colchón de las camas no fuera demasiado blando.

El taxista le dijo que conocía el sitio perfecto. Era el hotelillo de una amiga de su familia. Le aseguró que allí lo tratarían muy bien y mientras le hablaba, lo miraba por el espejo retrovisor.

—Está muy pálido, muchacho. ¿Se encuentra bien?

—Sí, fenomenal —le contestó Paco a la vez que se acostó de lado a lado del asiento y una lágrima se escapó de uno de sus ojos cuando los cerró con sopor.

Le pareció que sólo tardaron cinco minutos en llegar al hostal, pues en corto tiempo el taxista se bajó del auto y ayudó al muchacho a incorporarse en el asiento.

—¿Prefiere que le lleve a un médico? —preguntó el hombre visiblemente alarmado.

—No, no se preocupe. ¿Me podría venir a buscar mañana a las ocho de la mañana? —preguntó Paco y le extendió el pago.

—Sí. Pero permítame acompañarle para presentarle a Maria Fernanda, la dueña. Es como mi hermana, ¿sabe? —y lo agarró por el brazo y lo ayudó a subir el peldaño.

Una vez le mostró la habitación, le tomó la temperatura con la palma de la mano y lo obligó a tomarse un chocolate caliente, la mujer a cargo del pintoresco hostal lo dejó al fin solo. Nunca había sido Paco recibido con tantos mimos y menos de una mujer extraña.

Tan pronto cerró la puerta de su habitación, buscó en su mochila la dirección de Ana que había encontrado en una de las cartas de Miguel y la apuntó en un pequeño papel. Lo colocó encima de la mesilla de noche al lado de la cama y se giró bruscamente en torno al colchón. Se postró en la cama prometiéndose que sólo se recostaría por una hora, pero esta fue una promesa que no pudo cumplir.

Al día siguiente, una ráfaga de luz entró por la rendija de la cortina, iluminó la esquina de la habitación y señaló un pequeño librero. Un crucifijo de bronce que colgaba de la pared contigua resplandeció al recibir el rayo de sol. Su fulgor causó que Paco tuviera que cerrar sus ojos por un momento en lo que sus pupilas se acostumbraban al resplandor mañanero y su cuerpo entumecido respondía al mandato del cerebro de que se levantara.

El recuerdo de Ana y de que hoy al fin iba a conocerla fue lo único capaz de acelerar el proceso. Se incorporó lo más rápido que pudo y miró la hora en el reloj de la mesilla. Las siete de la mañana. Un respiro de alivio se le escapó de los labios. Tendría tiempo de acicalarse con calma. Fue en ese momento que se percató que estaba desnudo. No recordaba haberse quitado la ropa, pero estaba doblada y limpia encima de la mesilla y él, en medio de la habitación, desnudo como acabado de hacer el amor, sin haber tenido la dicha.

Veinte minutos más tarde y ya repuesto tras la ducha revitalizadora que tomó por mucho tiempo, Paco escuchó intranquilo unos pasos lentos que se acercaban en el pasillo. Parecía que alguien caminaba cautelosamente para no hacer ruido. Acercó su oído a la puerta para escuchar mejor, pero los pasos se detuvieron. Paco aguantó la respiración, sólo para soltarla unos instantes después cuando el golpe en la puerta le reventó el oído.

—Es María Fernanda. ¿Está listo para desayunar? —escuchó con alivio la voz de la amable señora dueña del hostal.

Pero el alivio le duró poco. *¿Será una trampa? ¿Habrá algún hombre apuntando una pistola a la cabeza de la hostelera?*, pensó y se dio prisa en ponerse los zapatos.

—Me estoy vistiendo —contestó para ganar tiempo.

—No tenga prisa. Le dejo la bandeja aquí frente a la puerta.

Así, nada más, Paco escuchó como los pasos de la mujer se alejaban. Luego de cerciorarse de que no había nadie en el pasillo y de caminar en puntillas mirando a ambos lados, llegó al salón recibidor. Preguntó en recepción por María Fernanda. La mujer lo hizo esperar unos instantes, los que Paco aprovechó para sentarse en un gran sofá desde donde podía ver la puerta de entrada del hostal.

—Hoy se ve mejor que ayer, muchacho, pero sigue pálido. ¿Pudo dormir bien? ¿Se le quitaron las pesadillas? —preguntó la hostelera cuando lo vio sentado en el sofá.

—¿Qué pesadillas? —dijo Paco indeciso si le hacía una broma o le hablaba en serio.

—¿No se enteró? —le contestó a su vez con una pregunta mientras le ponía la mano sobre la frente.

—Para nada.

—Estuvo gritando parte de la noche hasta que entré a su habitación. Estaba empapado en sudor y con una fiebre muy alta, así que tuve que hacer todo lo posible para bajarle la temperatura. No podía dejarlo con las ropas mojadas, porque entonces hoy hubiera amanecido con pulmonía —explicó la mujer con la voz autoritaria de las madres que cuidan a sus hijos—. Ya no tiene usted fiebre —terminó de decir al mismo tiempo que removía su mano de la frente de Paco.

—Se lo agradezco de veras. No hacen falta las explicaciones.

En ese momento se asomó el taxista por la puerta de entrada y Paco se despidió de la mujer con un beso en cada mejilla. La mujer lo siguió hasta la salida para preguntarle:

—¿Le espero esta noche para cenar?

—No lo sé aún. Todo depende de cómo me reciban hoy —contestó Paco y se perdió callejuela abajo montado en el vehículo del taxista.

———

El trayecto en el taxi fue corto pero tormentoso. Paco no logró controlar las manos y las rodillas cuando le comenzaron a temblar levemente. Tampoco pudo contener el cosquilleo que le corría por la espina dorsal, ni las minúsculas gotas de sudor que se le formaron en el tope de la frente. Su cuerpo lo traicionaba sin piedad.

Cuando el taxista detuvo el auto y le señaló el lugar, el corazón de Paco pasó por alto uno que otro latido. Estuvo a punto de decirle al hombre que lo llevara de vuelta al hostal. Sin embargo, hizo todo lo contrario. Abrió la puerta del auto y se detuvo como soldado raso frente a la casona. Con una mano le agitó al taxista que acabara de irse para así no tener ninguna oportunidad de arrepentirse.

¿Qué iba a decirle a Ana cuando la viera? No traía palabras de esperanza, ni consuelo. No traía palabras, punto. Diría su nombre, su relación con Miguel, le entregaría las cartas y listo. Saldría de su vida antes de haber entrado tan siquiera.

Resuelto, subió los dos peldaños que daban acceso a la puerta de entrada y tocó el timbre. Se pasó la mano por el pelo, se limpió la frente, hizo carrasperas en la garganta. La puerta se abrió hasta la mitad y un hombre canoso, alto y serio colocó su cuerpo entre el marco y la entrada.

—¿Sí? —preguntó un hombre mayor con voz gruesa e impaciente.

—Hola. Soy Paco Beltrán y vengo a traerle unos documentos a la Srta. Ana...

En ese momento se percató que no sabía su apellido. En sus conversaciones imaginarias siempre la tuteaba, tal y como hacía Miguel en sus cartas, las cuales nunca mencionaban el apellido de su novia. No había formalismos entre ellos y ahora que debía conocer su nombre completo, Paco era incapaz de pronunciarlo.

—¿Cuáles documentos?

La voz femenina que hizo la pregunta lo tomó por sorpresa. No pensaba escucharla hasta que hubiera entrado a la casa. Sin embargo, allí se encontraba Ana en persona, recibiéndolo en la puerta y mirándolo con cara de quién caramba es usted que llama a mi casa con una excusa barata.

Aparentemente la imagen de la chica lo trastornó porque Paco se limitó a ofrecerle una sonrisa tímida. Mientras ella esperaba una respuesta, él contemplaba sus rasgos con la boca seca. Ana vestía unos mahones oscuros y la típica camiseta básica de esas que cuestan varios cientos de euros. Su pelo marrón lo llevaba recogido en un moño suelto que dejaba escapar varios mechones que enmarcaban sutilmente su rostro. Sus ojos almendrados batían largas pestañas y su nariz perfilada exhibía un aire flamenco... *Su cuerpecillo… de gitana… mujer a medio terminar, como sacada de una canción de Mecano,* concluyó en su mente.

Paco sintió que las piernas le flaqueaban por la hermosura de Ana, pero esa no era la única razón. Una debilidad corporal le sobrevino en ese mismo instante. Tuvo que recostarse del marco de la puerta.

—Soy amigo de Miguel Ramírez. Tengo unos documentos de él —fue lo único que alcanzó a decir antes de apoyar su cabeza sobre el marco.

La contestación fue suficiente para que Ana le ofreciera su brazo y lo ayudara a pasar.

El contacto con el cuerpo de la chica fue la electricidad que reanimó momentáneamente sus sentidos. Ya la cabeza no le daba giros. Pudo soltarse y caminar por sus propios pies. Se detuvo en medio del salón sin aceptar el asiento que le ofrecieron y se presentó nuevamente con nombre y apellido.

El hombre mayor tomó la iniciativa de continuar la conversación presentándose como el padre de Ana y forzó al muchacho a tomar asiento. La siguiente puesta en escena fue una serie de preguntas sobre la razón de su palidez y flojera de piernas. Fue así que Paco se enteró de que el hombre era doctor, pero no le contestó a qué atribuía su estado enfermizo. Sólo se resignó a decir que se sentía un poco indispuesto. El padre de Ana se disculpó y salió en busca de su estetoscopio, mientras Paco volvió su atención hacia la figura de la chica que había venido a conocer.

Ana escasamente lo miraba; sus ojos vidriosos buscaban la forma de ocultar emociones. Se cruzó de brazos cuando se percató de que Paco la contemplaba y desvió aún más su vista en dirección a las ventanas del costado de la casa. Con esa postura y sin mediar una palabra le ilustró a Paco que no era bienvenido. Quizás se había arrepentido de ofrecerle asilo. Quizás se sintió ofendida por su mirada incesante. Quizás sólo quería los documentos para poder despedirlo al instante. Quizás.

Capítulo 23

El padre no demoró en volver, ahora en su función de doctor. Paco se sintió avergonzado porque le tomó la temperatura frente a Ana. Le auscultó el pecho, le palpó las amígdalas, lo obligó a toser. Lo hizo sentir como un niño pequeño en su primera visita al pediatra. Su diagnóstico, poco probable:

—Creo que tienes un virus de veinticuatro horas.

¿Cómo decirles a este amable hombre y a su hija que tengo una infección virulenta y que no sé cuánto tiempo me queda de vida? Durante el tiempo que le tomó pensar cómo daría la noticia, el padre de Ana lo dirigió al comedor y lo convidó a desayunar. Y para no pecar de descortés, se lo comió todo. Ana no parecía tener mucho apetito y le daba vueltas a su comida con el tenedor. No participó en la conversación. No preguntó por Miguel.

Al terminar el desayuno, el padre le dio un apretón de manos a Paco y un beso en cada mejilla a su hija y se despidió rumbo a su oficina. Una vez el padre desapareció por la puerta, Ana se levantó apresuradamente, llevó los platos a la cocina y le hizo señas a Paco para que la siguiera.

Volvieron al salón. Dos grandes sofás de tela tupida predominaban en el espacio, al igual que tres ventanas revestidas de gruesas cortinas brocadas. Una habitación bastante sobria. La chimenea no estaba encendida, pero la temperatura en la casa era agradable. Ana no le permitió mucha oportunidad de observar más a fondo, porque una vez se sentaron en uno de los sofás, no tardó en hacerle la pregunta.

—¿Qué vienes a decirme de Miguel? —le dijo en tono desafiante y tajante y lo retó con la pregunta y con la mirada.

Antes de su encuentro, Paco supuso que Ana se daría cuenta de que lo único que quería era arrodillarse frente a ella y decirle cuánto sentía la muerte de Miguel. Sin embargo, ahora sentados frente a frente, no estaba seguro si ella ya sabía de su muerte. Desconocía si lo leyó en la Internet igual que se enteró él una mañana en compañía de Armand. Presintió, para su desgracia, que ahora la chica esperaba a que él se lo dijera y le confirmara sus peores temores: Que Miguel no volvería a ser y que nunca tocaría a su puerta, como lo hizo hoy él.

Muy diferente a la escena que imaginó en su mente cuando tocó el timbre de la casona esa mañana. Paco fantaseó que Ana lo invitaría a pasar, que le permitiría abrazarla fuertemente y que le ofrecería confianza para decirle el terror que había sentido cuando se agachó para asistir a Miguel, al encontrarlo tumbado en el suelo del pasillo del laboratorio. Ahora toda esa ilusión se veía lejana.

Con el pecho apretado, observó cómo unas cuantas lágrimas devastadoras corrían por las mejillas femeninas y dejaban entrever su coraje, su tristeza y miles de otros sentimientos a la vez, conglomerados en una vorágine poderosa, que no se podía considerar melancolía ni lástima, sino pura conmoción, sensaciones en carne viva.

Este comportamiento inesperado por parte de Ana hacía que todo fuera más difícil. Paco buscó en su corazón las palabras correctas para comenzar su relato. Se lo contó todo detalladamente. Cómo se conocieron Miguel y él, su labor en el laboratorio, el accidente que los llevó a todos al hospital, sus sospechas de que habían sido contagiados deliberadamente. Paco sintió que todas las descripciones se le atascaban en la garganta como memorias que no querían ser puestas en libertad. Su voz se quebraba con cada palabra, sus ojos se llenaban de lágrimas mientras hablaba. Al contar como escapó del hospital, cerró sus párpados para esconder la humillación que sentía por haber dejado a Miguel.

Ana sollozó ligeramente. Se notaba a leguas que aguantaba las ganas de llorar profundamente, de gritar por la injusticia, de dar golpes al destino para hacerlo responsable de su sufrimiento. Paco la miró, confundido y abrumado por su valentía, pues estaba sentada, inmóvil, llorando por dentro, evitando que sus ojos y los de él se encontraran.

De repente, sin avisar, la chica se puso de pie y Paco la imitó. Se miraron uno al otro durante mucho tiempo, sin palabras, el aire vacío de sonidos excepto el de sus respiraciones. Con los pulmones colmados por una agonía desarmante, Paco permitió que una avalancha de sentimientos se precipitara en su pecho y pidió perdón aunque no era culpable.

Ana se le acercó, le alcanzó una mano con la suya y con la otra mano le acarició brevemente el pecho. Paco dejó que su mano permaneciera en la de ella por más tiempo del que hubiera soñado. Y la muchacha respondió afablemente, se quedó sujetándola. Al cabo de unos segundos, la atmósfera cambió súbitamente, se impregnó repentinamente de cierta imprudencia. Ambos la sintieron. Sus cuerpos temblaron. Se miraron tímidamente a los ojos, reconocieron la emoción y Ana soltó su mano. Dudó de sí, desconfió de él. Se arropó con un manto que guardaba en el sofá y se volvió a sentar. El hizo lo mismo. Separados. Todo sin hablar. Las palabras sobraban.

Petrificado en la esquina del sofá, Paco anheló poner sus brazos alrededor de Ana y protegerla para siempre de la angustia, pero ahora mismo él no era capaz de protegerse a sí mismo. Aún así, hubiera dado cualquier cosa por tenerla entre sus brazos. Pronto esa ofuscación fantasiosa terminaría. Pronto tendría que irse sin esperanza de volverla a ver. Mientras tanto, pretendería que algo inimaginable ocurría entre ellos dos.

Mientras cavilaba, Ana lo observó. El rostro de joven recto, con su sonrisa leve y cálida, le intrigó. Su cuerpo inverso que se intimidaba en vez de ir al acecho, la enredó. Sus ojos inteligentes con pestañas soñadoras que la esquivaban en vez de curiosear, la conmovieron. En ese momento ella tuvo una revelación y poco a poco, con sigilo calculado, se acercó a Paco escurriendo su cuerpo lentamente en el sofá. Paco, al ver como Ana se movía para aproximarse a él, se tensó sin remedio. ¿Le estaba jugando bromas su imaginación? Pero no era una fantasía. Allí estaba bien cerca de él, pero en vez de abrazarla él a ella, fue ella quien lo abrazó tiernamente. El instinto la obligó a hacerlo. Una corazonada genuina le embistió el alma aliviada.

En ese instante en el sofá, Ana presintió que estaría a salvo en los brazos de aquel muchacho, luego de semanas de incomprensión por parte de sus padres quienes no entendían la profundidad de su aflicción. Comprendió que Paco era un enviado de Miguel, quien lo despachó desde el cielo con una misión. Se lo envió para validar su dolor, para tener a alguien con quien compartir un momento tan difícil, para ayudarla a superar su soledad.

Entre los brazos de Paco, Ana confesó que ya sabía de la muerte de su novio. Se había enterado porque la llamó uno de los conserjes que trabajaba en el hospital. Miguel le había dado su teléfono. Lo más doloroso fue escuchar que su Miguel estuvo varios días postrado en una cama, sin poder casi respirar, tratando inútilmente de alcanzar el aire. Solo. Solo sin ningún ser querido a su alrededor. Solo y ella apenas a unas cuantas horas de distancia.

Su único consuelo fue el saber que Miguel pensaba en ella durante sus últimos minutos de vida. La llamaba en sueños, en sus momentos de delirio: "Ana, Ana, te prometo que estaré bien. Te lo prometo".

Desde entonces había vivido en tinieblas. Escondida del mundo y de sus padres quienes no soportaban oírla llorar, lloró todos los días y a todas horas durante semanas corridas, especialmente cuando no la dejaron ir al funeral.

—Es verdad que era en Puerto Rico, pero yo quería estar ahí —explicó Ana y manifestó otros incidentes que ejemplificaban su frustración hacia sus padres.

Terminó su relato declarando que ya se sentía un poco mejor.

—Ahora solamente lloro por las noches.

Luego de una pausa, seguida por un suspiro, Ana levantó un poco su cabeza recostada hasta ese momento en el pecho de Paco y susurró:

—Pero aún siento que no me he despedido.

Al percatarse de que se separaba del abrazo, Paco inclinó su cabeza y mientras la miraba a los ojos, le enjuagó las lágrimas del rostro. Decidió que era el momento de entregarle las cartas de Miguel.

Las sacó una a una. Ana las releía aunque se sabía cada una de memoria. Paco dejó para el final la más importante, la que escribió Miguel para despedirse y guardó en un sobre sellado que leía: "Para Ana, mi amor. Sólo puedes abrirla cuando tus labios ya no puedan besarme". Ana la leyó en voz baja.

No sufras, ya vendrán tiempos mejores
y la luz del sol iluminará tus días
y las estrellas tu noche.
La luna curará tus heridas
Tendrás nuevos sueños,
todos de hermosos colores.

Supera pronto el desaliento
Y vuelve a encontrar la pasión
que nada sea imposible en tu tiempo
Porque para siempre es sólo un sueño,
Pasajero y sin razón.

Comenzarás bellas ilusiones en tu nueva vida
y todo un mundo de energía
Te aguardará lleno de alegría.
Será así, ya verás,
déjate llevar.
Permítete nuevamente amar.

Las palabras le quemaron el interior. Así era su Miguel: Desprendido. En vida le ofreció un amor sin egoísmo, y ahora, la muerte era testigo de cuánto verdaderamente la amaba. Aún en su hora final, los pensamientos de Miguel no giraban alrededor de su injusta vida. No escribió con rabia; no se despidió molesto por el poco tiempo. Sus últimos deseos se aglutinaron al son de la felicidad de Ana. Quería asegurarse que ella estuviese bien. Le daba permiso para volver a amar, para olvidarlo a él.

—¡Cuán valiente hay que ser para morir en paz rogando que se olviden de ti!

Ana dijo esta frase bien bajo, tan tenue que a Paco le costó escucharla. Pero una vez se percató de lo que dijo, la atrajo hacia sí, la abrazó y lloró junto a ella. Lloraron los dos por la misma razón. Por haber reconocido en el acto de Miguel el verdadero significado del amor.

Luego de calmarse un poco y compartir alrededor de dos horas consecutivas anécdotas de Miguel y cuentos de vida propia, les costó trabajo despedirse cuando llegó el taxista que lo llevaría de vuelta al hostal. Ana le dio a Paco miles de gracias por haber venido. Paco le juró nuevamente que la visitaría al próximo día. Pero aún cuando se habían dicho hasta luego en más de una ocasión, ninguno de los dos se movía para separarse. Hasta que el taxista tuvo que intervenir.

—¿Viene o no? —gritó el hombre desde el automóvil.

—Este taxista no parece tan amable como el que me trajo esta mañana —sonrió Paco.

—¿Tú crees? —se mofó Ana—. Mejor llamas a otro — le dijo medio en broma, medio en serio.

Unos cuantos minutos más con Paco le vendrían bien a su espíritu.

—No, ya me voy. Te veo mañana. Dale las gracias a tu padre por el examen médico. Espero mañana verme mejor.

Al día siguiente Paco se sintió lo mejor que se había sentido desde que comenzó toda la odisea con el MRSA. Su cuerpo recobró gradualmente la fuerza. Su piel retomó el color. Quizás el padre de Ana tuvo razón y los síntomas de ayer sólo se trataban de un virus de veinticuatro horas. Quizás ya el MRSA no corría por sus venas. Quizás las dosis constantes de antibiótico hicieron su trabajo. Quizás.

———

Antes de salir de la cama, Paco se hizo la promesa de que no pensaría más en el MRSA. Se levantó animado. *Vivito y coleando como pez en mar abierto,* pensó. Sin duda superaría la prueba que le tocó vivir estos últimos meses. Se sintió contento. Pero la alegría no le duró mucho tiempo. Cuando llegó a casa de Ana, el padre lo esperaba en la puerta.

—Tiene un minuto para dar media vuelta y nunca más volver. ¿Cómo se atreve a poner a mi hija y a mi familia en peligro? —fue el recibimiento del padre—. Vaya al hospital más cercano ahora mismo a recibir tratamiento. O espéreme en mi consultorio —concluyó ofreciéndole una tarjeta de identificación con la dirección de su oficina médica.

Paco comprendió de inmediato. El hombre sabía los detalles de la muerte de Miguel, el contagio deliberado con el MRSA, la razón de su palidez el día anterior, y le cerró la puerta de su hogar para que no hiciera más daño.

El taxi ya se había ido, así que el chico se quedó un buen rato en la acera, estupefacto.

¿Y ahora qué?, se dijo para sí.

Sus planes terminaban en casa de Ana. Nunca llegó a preparase para nada más. ¿Cuál sería su próximo paso? Mientras divagaba, sus pies comenzaron a caminar sin rumbo. Paso a paso, su cuerpo se alejó de la casa en donde dejó su corazón.

—¡Paco! —lo llamó una voz.

Otra vez su imaginación jugaba con sus sentimientos. Fantaseaba que escuchaba a Ana, que la bella chica le llamaba. No fue hasta que sintió una mano real que lo detuvo por el hombro, que se percató que no eran trucos de ciencia ficción. Detenida frente a él se hallaba la chica gitana.

—¿Qué haces aquí? —exclamó.

—Vine a decirte que esta tarde me voy para Puerto Rico —le contestó Ana exaltada, con un entusiasmo imposible de reprimir.

Pero no obtuvo respuesta de Paco. Estaba mudo. Sus ojos le hicieron la próxima pregunta: *¿Cómo es posible?*

—Sin permiso —dijo Ana para explicar su peculiar plan—. ¿Quieres acompañarme? —insistió al no obtener contestación.

—Ana, ¿puedes viajar sin autorización de tus padres?

—Edad de sobra tengo y dinero también.

—¿Cuántos años tienes por cierto? —cuestionó él.

—Dieciocho, ¿y tú?

— Lo mismo.

—¿Te veo entonces a las seis en el aeropuerto? —preguntó la mujercita.

Le entregó un papel con los detalles del vuelo y comenzó a caminar agitadamente de regreso a su casa, pero mirando hacia atrás esperando la respuesta.

—¡Nos vemos a las seis! —le gritó Paco con una sonrisa que ocupó toda su boca.

Cuando al fin calmó su emoción, la ruda realidad le aplastó los planes. No tenía suficiente dinero para comprar el pasaje a Puerto Rico. El efectivo se le disolvió en un mes de compras por necesidad. Tendría que llamar a sus padres. Si los conseguía a tiempo, podrían enviarle su mesada y un poco más. Eso hizo inmediatamente llegó al hostal. Les pidió el dinero que necesitaba; les mintió como siempre de dónde estaba, qué hacía y cómo se encontraba, y ellos a su vez no pidieron explicaciones detalladas.

El depósito del dinero le llegó a su cuenta de banco dos horas más tarde. Saldó su cuenta en el hostal. Le dio un beso apretado a Maria Fernanda y se lanzó en el auto del taxista con la euforia de un niño cuando se monta en una montaña rusa por milésima vez.

Capítulo 24

Del aeropuerto de San Juan, Ana y Paco se dirigieron directamente al cementerio en un taxi blanco que les brindó la bienvenida a Puerto Rico. Callaban por primera vez desde que se marcharon de España en avión. Llevaban doce horas juntos y la noche la pasaron conversando mientras el resto de los pasajeros dormía. Ahora el cansancio se apoderaba de ellos, pero querían ir primero al cementerio antes de ir a descansar a un hotel. Querían despedirse de Miguel y pedirle su consentimiento, que les confirmara que estaba bien que fueran amigos. Ninguno de los dos había dicho que esa era una de las razones, pero era evidente. La prueba de fuego para esta nueva amistad dependía de este momento. De cómo se sentirían una vez enfrentaran la tumba.

Lamentablemente no obtuvieron la privacidad necesaria para poder ponerse en contacto con sus emociones más profundas. De camino hacia la cripta que guardaba el cuerpo de Miguel, vieron a un hombre arrodillado frente a la piedra rodeada de flores amarillas, blancas y rosadas.

—¿Disculpe? ¿Es usted familiar de Miguel? —preguntó Paco extrañado ante la casualidad de al fin conocer, aún en tan lamentables circunstancias, a algún ser cercano de su amigo puertorriqueño.

—Oh, no —contestó el hombre y se levantó ágilmente del piso—. Miguel era sobrino de una amiga. Vine a ofrecer mis respetos. Mi nombre es James Penton.

James les ofreció la mano a ambos jóvenes en un sorpresivo saludo formal.

—Ana —confesó su nombre la chica y le aceptó el saludo.

Igualmente hizo Paco.

—¿Ana? ¿La novia de Miguel? —preguntó James intrigado, incrédulo y con los ojos bien abiertos.

—¿Cómo lo sabe? —contestó Ana en forma de pregunta, asombrada a su vez con ser reconocida.

James, para suprimir sus sospechas de que lidiaban contra un loco con ínfulas de clarividente, explicó:

—Lo dice aquí mismo —y señaló la inscripción en la tumba.

Se dieron la vuelta al unísono para leer…

Miguel Ramírez
Dieciocho años
Hijo amoroso de Lourdes,
novio fiel de Ana,
amigo de todos

La frase "novio de Ana" tallada en la piedra de la tumba debajo del nombre de Miguel desequilibró a Paco por unos instantes. ¿Reclamaba Miguel a Ana para sí? Con ese titular, ¿se hacía dueño de ella desde la eternidad?

Ana, por su parte, no pudo contener el llanto que le salió a borbotones. Se sentó en el suelo, se abrazó el cuerpo. Dejó que la grama y las flores la acurrucaran. Paco y James instintivamente comenzaron a caminar de espaldas. Se alejaron de la tumba y le dieron su espacio.

Mientras Ana se despedía de Miguel en privado, James intercaló preguntas entre la conversación de cortesía que llevaba con el muchacho. No quería parecer que trataba intensamente en sacarle información. Pero Paco resultó ser más hermético de lo que anticipó, así que no le quedó otro remedio al agente Penton que identificarse como tal y explicarle la razón de su visita a la tumba. Investigaba la muerte de Miguel.

Paco agarró a James por ambos hombros y transfirió el peso de su cuerpo joven en el del agente. Casi al oído, le confesó al agente Penton que podía ayudarlo en su investigación. Que tenía todos los detalles de lo sucedido antes de la muerte de su amigo Miguel. Instintivamente se libraba de su carga.

En eso, vio como Ana se incorporó del suelo para acercarse lentamente a ellos. El agente sacó una tarjeta de su bolsillo y apuntó en la parte de atrás el hotel y la habitación en donde se hospedaba. Le pidió amablemente a Paco que se reuniera con él más tarde. Y se dieron la mano para sellar el trato.

—¿Y si es un impostor? —le preguntó Ana a Paco tres horas más tarde.

Ya estaban situados en la habitación de un hotel de la capital. El mismo donde se hospedaba James.

—Llamaremos al NCIA en Londres y procuraremos al Agente Penton. Pero te digo desde ahora Ana, vi sus credenciales y esas no son fáciles de duplicar. Creo que debemos confiar.

—Después de todo lo que te ha sucedido, ¿cómo puedes confiar?

—Porque en el corto tiempo que llevo en esta odisea, he visto los dos lados de la moneda, Ana. Gente malvada, dispuesta a matarte, y gente buena, dispuesta a dar la vida por ti —contestó Paco y pensó en Armand—. Si esta mala experiencia me hubiera hecho perder la fe en la humanidad, si hubiera perdido la perspectiva de que existen los dos tipos de personas conviviendo unos con otros, no hubiera ni tan siquiera ido a conocerte.

—¿Confiabas en que yo sería una de las buenas? —le dijo Ana con cierta timidez que hacía verla más coqueta sin ella pretenderlo.

—Por supuesto —replicó y por poco se le escapa que ya la conocía a través de sus cartas.

La llamada que hicieron los jóvenes al NCIA confirmó que sí existía un agente llamado James Penton, así que se dispusieron a visitarlo a su habitación. Paco pensaba que era mala idea que Ana viniera también a la reunión, pero no hubo forma de convencerla de que lo esperara en la habitación.

Testaruda la chiquilla, concluyó Paco en su interior y una pequeña sonrisa se le escapó de los labios.

—¿De qué te ríes? —le preguntó Ana cuando se percató de su sonrisa.

—De nada. Son los nervios —le contestó al llegar a la puerta de la habitación de James.

—¿Estás nervioso? —lo molestó Ana, cucándole la lengua para que admitiera que el cuerpo le temblaba de ansiedad.

—Sí. Por ti. Ahora tengo que preocuparme por ti y en cómo protegerte si pasara algo malo —le contestó Paco fastidiado.

—¡Ay, qué macho! Como los que a mi me gustan —le dijo burlona.

Luego frunció el ceño y apuntó un dedo hacia la cara de Paco para añadir:

—No tienes que protegerme de nada. Yo sé cuidarme sola.

—¿Qué? ¿Sabes karate, yudo o piensas que las clases de baile aeróbico te ayudarán a pelear contra los malhechores? —le preguntó burlonamente Paco, apuntándola él también con el dedo, imitando sus gestos.

—Para tu información, soy cinta negra en karate. ¿Es eso algo que puedas tú escribir en tu currículo? —lo desafió.

—No —admitió él abochornado.

—Entonces, silencio —ordenó Ana con seriedad.

—*Match made in heaven?* —preguntó sarcásticamente James al abrirles la puerta y rió abiertamente al aceptar que escuchó el coloquio desde su habitación.

La contestación a esa última pregunta, el tiempo lo diría a su debido momento, pero en este instante permanecerá sin respuesta. ¿Podría su unión inocente y recién nacida, acechada por la muerte y la intriga desde sus comienzos, sobrevivir los azotes del tiempo sin una intromisión de los cielos?

La habitación de James era la típica de los hoteles: dos camas, una mesa y dos sillas, un mueble para el televisor. Excepto que esta habitación tenía una vista espectacular del Océano Atlántico. Observado desde el trópico, este océano presentaba otro color, un aire distinto al que se apreciaba desde el continente americano o el europeo. El reflejo intenso del sol en el

Caribe provocaba que sus aguas se volvieran de tonos azules y verdes sólo vistos en piedras preciosas. En algunos lugares, el mar se tornaba tan cristalino que se podían ver los peces y las estrellas de mar a simple vista.

Ana, quien nació en una ciudad costera, apreciaba el mar como si fuera una segunda piel porque la había abrigado desde su infancia. Por esta razón no se imaginaba viviendo en otro sitio que no fuera frente al mar. El Mediterráneo de su país natal tenía un color distinto al Océano Atlántico. Era azul oscuro, profundo, con secretos imperiales de procedencia romana, griega, turca y africana, escondidos entre su oleaje. El mar del Caribe, aunque igual de antiguo, parecía un niño, era juguetón. Se comportaba diferente, se expresaba de otra manera y sus aguas calientes embriagaban los cuerpos a la par de refrescarlos. El Mediterráneo, sin embargo, congelaba hasta los huesos del que no estaba acostumbrado a sus abrazos.

Ana no podía resistir el magnetismo del mar, de cualquier mar, y se quedó absorta en la vista de la ventana de la habitación del agente Penton desde donde se apreciaba la orilla del litoral norte con sus millares de granos de arena dorada. Embelesada, abrió la ventana y dejó colar el viento y la sal, y se inclinó hacia el frente para sentir más de cerca todo su esplendor. Como si llevara una cuenta interna de las distintas maneras en que rompía cada ola en la arena, se dejó cautivar una vez más.

Mientras, James y Paco comenzaron a hablar sobre el laboratorio en Londres.

—Sólo estuvimos tres meses trabajando —confesó Paco a la primera pregunta.

—¿Cuándo comenzaron?

—En noviembre pasado.

—¿Cuál era la función del laboratorio?

—Investigábamos la relación entre la bacteria MRSA y distintas telas que se usan habitualmente en la confección de ropa.

James cambió abruptamente la línea del interrogatorio.

—¿Tú fuiste el que nos dejaste las placas de Petri en los conductos de aire del laboratorio?

—¿Las encontraron? —preguntó Paco, ahora con su usual cantar juvenil, en vez de la actitud de testigo de la fiscalía con la que había contestado hasta el momento—. No estaba seguro de que alguien las encontraría, pero tuve que arriesgarme. Quería dejar una pista por si todos moríamos en el hospital. Cuando entré a llamar a la ambulancia, coloqué las placas de Petri vacías. Las que utilizamos durante el experimento con las bacterias vivas, ya Sam se las había llevado.

—¿Sam Cosgrove? —interrumpió James.

Aunque la pregunta le causó a James un remolino maligno que devastó su estado emocional, por razones obvias, como la de no espantar al testigo, permaneció calmado y en control.

—Sí, la persona que nos contrató se llama Sam Cosgrove —prosiguió Paco—.Y si me permite hacer conjeturas, entiendo que el culpable de la contaminación. Nosotros fuimos sumamente cuidadosos durante los experimentos.

James no podía creer su suerte.

—¿Entiendes que fue a propósito? ¿No fue un accidente? —interrogó a la vez que se frotó los menudos vellos de la barba que engalanaban su cara.

—Cuando juegas a diario con bacterias que pueden causarte la muerte, no hay lugar para errores ni accidentes. Estoy convencido de que alguien nos puso en contacto con la bacteria —afirmó Paco con el porte y la seriedad de un legendario científico de cincuenta años.

—¿Podrías testificar en corte? —preguntó James como si fuera una pregunta de rutina, como si testificar en corte no fuera nada del otro mundo.

A propósito ignoró el hecho de que enfrentarse con un jurado en corte era el cuco de miles de habitantes de la Tierra, uno de los grandes temores, aunque era una experiencia resbaladiza para la mayoría de las personas. Paco igualmente no se inmutó.

¡Seguro que testificaré! Hoy mismo si quiere. Creo que es la única razón por la que sobreviví. Para que los responsables paguen por esas muertes —garantizó con la determinación de que quería hacer lo correcto.

Su frente fruncida por el señalamiento y la estrecha separación entre sus ojos, fueron la muestra que ofreció de que no se echaría para atrás.

—¿Cómo fue que tú sobreviviste, Paco, y los demás no? —reflexionó James en voz alta para desviar la atención del juicio hacia la interrogante que le dio vueltas en la cabeza desde que conoció a Paco en el cementerio.

—No lo sé. Me suministré el antibiótico que teníamos en el laboratorio y tomé la dosis indicada hasta que se terminó. Eso fue todo lo que hice. No recibí tratamiento médico, no fui a un hospital. No entiendo cómo los otros murieron. Eran hombres jóvenes y saludables. Ese no era el caso de Miguel….

Y no quiso abundar por cortesía a Ana, quien seguía en la ventana, pero a poca distancia de la conversación.

—Los demás hombres debieron haberse recuperado igual que hice yo.

—¿Con qué propósito fueron contratados? ¿Cuál es la relación entre el MRSA y las telas? —indagó James y presionó a su joven testigo a que le relatara cada detalle.

Era el único sobreviviente. El único que podrá contestarle todas sus preguntas. Y el agente se las haría una por una aunque tuviera que dedicarle tres días al proceso.

Pero James no tenía de qué preocuparse. Al paso que iba, obtendría todas sus respuestas en menos de lo que caía el sol. Paco era un testigo ejemplar. No había que presionarlo, porque ofrecía la información a borbotones. Contestaba cada pregunta sin quejas y sin aspavientos y sin remordimientos. Ya esos últimos los había dejado atrás y los convirtió en determinación.

—Buscábamos en cuáles telas el MRSA sobrevive más tiempo y en cuáles no sobrevive. El Dr. Fowler quería encontrar los tipos de telas en las que las células viven más de veinticuatro horas, que es lo mínimo que sobreviven en cualquier tela o plástico.

—¿Y encontraron la respuesta? —preguntó James y colocó sus codos sobre sus rodillas y sus manos entrelazadas en un puño debajo de su barbilla.

—Sí. Hicimos una tabla comparativa que mostraba el tiempo de supervivencia en distintas telas. En la mayoría de las telas como algodón, seda, seda cruda, hilo, nilón, fibras térmicas, de las que se usan en la ropa de hacer ejercicio para mantener el calor y repeler la humedad, el MRSA sobrevive entre uno y tres días. La ganadora fue el poliéster con supervivencia entre uno a cincuenta y seis días. Fue muy interesante hacer este experimento, pero más me gustó el de las tintas —expresó Paco entusiasmado porque por un instante olvidó el contagio provocado por dichos experimentos y recordó vivamente su pasión por la investigación científica.

—¿En qué consistía ese? —indagó James.

—Ese estudio se basó en comprobar si el MRSA sobrevivía en sustancias líquidas con altos niveles de colorante, como las tintas que se usan en los bolígrafos y en las impresoras. Teníamos tintas de todos los colores y marcas disponibles. A los técnicos nos encantó este experimento, pues era como pintar con acuarelas. Resulta que el MRSA se propaga rápidamente en ambientes húmedos, como es en el caso de los baños y las duchas. Por eso sobrevive en la nariz y es ahí donde los médicos buscan primero evidencia de que el paciente tiene la bacteria en el cuerpo. Además, en las aguas del mar se ha encontrado la presencia de la bacteria. El año pasado se reportaron varios casos de surfistas que tuvieron que batallar serias infecciones con la bacteria….

Estas últimas oraciones las dijo en voz baja, porque le había prometido a Ana una zambullida en el mar y no quería asustarla. Un sonido hosco interrumpió repentinamente la conversación. Alguien tocó la puerta de la habitación de forma brusca y apresurada.

—¿Usted pidió servicio de cuarto? —preguntó Paco con los ojos muy abiertos.

James no se inmutó externamente, pero internamente la sangre comenzó a palpitarle más aceleradamente por las venas.

———

James se levantó lentamente de su silla y con la cabeza le hizo una señal negativa a Paco para dejarle saber que no había pedido nada al cuarto. Al ver que la contestación a su pregunta era que no, el chico se levantó precipitadamente, agarró a Ana por un brazo y se escondió con ella en el baño.

James se rió de buena gana y le dijo con la voz más calmada que pudo:

—Está viendo mucha televisión, Paco. Eso no es necesario.

Paco no le prestó atención y cerró la puerta del baño con seguro. Entonces James se acercó a la puerta de la habitación, pero se detuvo a una distancia prudente y una vez allí se aseguró de tocar con su mano la pistola que escondía entre su hombro y su axila.

—¿Sí? —preguntó.

Una voz de hombre haciéndose pasar por mujer contestó:

—*Room service*.

Paco salió del baño y aguantó a James.

—No abra por favor.

—Tranquilo, muchacho. Además, ¿quién es el agente aquí, usted o yo?

Paco corrió hacia la ventana abierta, pero al asomarse se percató de que ocho pisos lo distanciaban del suelo y de que no había parapeto cerca para amortiguar la caída. Además, no se imaginaba lanzar a Ana al vacío. Volvió a encerrarse en el baño.

—¿Qué quiere? —preguntó James.

Se oyó de nuevo la voz afeminada y ronca a la vez:

—Limpiarte el trasero, *Nancy boy.*

—Desgraciado —gritó James al abrir la puerta y abrazar entre risas a Bakran.

Paco salió del baño con Ana todavía agarrada en sus manos. Ambos miraron a los hombres y comenzaron a reírse ellos también. Soltaron el nerviosismo que habían sentido unos instantes antes.

—Mira que estos dos por poco se descargan en los pantalones del susto que se dieron cuando escucharon que tocaban a la puerta. Y eso fue antes de que te vieran la cara —dijo James y le zumbó a Bakran una palmada sólida en la espalda.

—¿Por qué tanto susto? ¿Los está persiguiendo la policía infantil porque se escaparon de sus casas? —preguntó Bakran y los dos agentes estallaron en risas necias.

—No —alzó la voz Ana por encima de la hilaridad masculina—. Ya el hombre que perseguía a Paco se encuentra tres pies bajo tierra comiéndose sus palabras y sus mofas con el diablo —contestó furiosa, su cara torcida de coraje; sus ojos, dos cuentas negras azabache.

Los agentes contuvieron la risa al instante y voltearon sus cuerpos casi al unísono para enfrentar a Paco. El chico, con cara de susto ante los ojos acalorados de los agentes, dijo:

—No me dio tiempo de explicarle que me persiguen desde el accidente en el laboratorio.

El comentario justificador iba dirigido sólo a James, sin embargo, ambos agentes comenzaron a disparar preguntas y por un instante dejaron de tutearlo:

—¿Su vida ha corrido peligro desde el accidente del laboratorio? ¿Lo han amenazado de muerte? ¿Han contactado o amenazado a alguno de sus familiares? ¿Quién era el hombre que lo perseguía? ¿Sabe para quién trabajaba?

Una vez más, Paco procedió a contar la persecución en Londres, tal y como le había detallado a Ana previamente, pero esta vez a dos agentes ingleses que mantuvieron caras largas desde que el muchacho empezó a hablar. Se acabaron los chistes y las risas. Sólo la chica reía en su interior orgullosa de haber puesto a dos machos, machotes, en su lugar. *Ahora escuchan a Paco como Dios manda... con respeto.*

—Estás en tremendo apuro, señorito —dijo Bakran a Paco al terminar su narración de los hechos.

—¿Tienes idea si todavía te persiguen? —preguntó James.

—No desde que salí de Londres, pero mantengo la guardia por si acaso. No tengo la menor idea si me siguen el rastro.

—Hiciste bien en suponer que todavía te persiguen. Bakran y yo nos encargaremos de conseguirles protección a Ana y a ti —aseguró James y les lanzó una sonrisa alentadora.

—¿En algún momento te viste amenazada Ana? —preguntó Bakran.

—No. Pero la verdad es que no he salido de la casa de mis padres desde que murió Miguel.

—Quizás no les diste oportunidad o quizás nunca te localizaron —dijo Bakran y se detuvo a pensar, no por falta de claridad en sus teorías, sino por el sentido de pesadumbre y de malos augurios que lo embargó.

—Si empecé a recibir e-mails donde me pedían mi información personal para hacerme llegar unas pertenencias de Miguel, pero luego descubrí que eran de Paco cuando me trajo sus cartas.

—¡Míos no! Yo nunca te envíe e-mails.

—Es posible que Sam Cosgrove piense que sabes mucho más de lo que sabes, Ana. Obviamente encontró tu dirección de e-mail en la computadora del apartamento. Bakran, llama a la oficina. Definitivamente estos chicos necesitan mantenerse ocultos por un rato más.

—¿Vamos a quedarnos aquí en Puerto Rico? —interrumpió Ana.

—No creo. Será más fácil si regresan a Londres porque en nuestro país tenemos a todo un grupo de agentes que les ofrecerán vigilancia veinticuatro horas al día en lo que se resuelve este caso —afirmó James y puso su mano sobre el hombro de la chica para darle confianza.

Ana miró incesante a Paco.

—¿Londres? Mi padre ya aceptó la idea de que estoy en Puerto Rico, pero me matará si no regreso pronto a España. Me tomó unos buenos veinte minutos por teléfono confirmarle que estoy bien, pedirle perdón por haberme escapado y convencerlo de por qué fue necesario. ¿Qué razón le daré ahora de por qué es importante ir a Londres?

Paco entendió perfectamente su razonamiento.

—No podemos volver a España, Ana. Estarás más segura en Londres. Podemos quedarnos en el apartamento de mis padres.

—Mi padre me irá a buscar con escopeta en mano.

—¿O sea que después de todo sí tendremos que enviar a la policía infantil? —dijo Bakran, pero se contuvo de cualquier otro comentario o gesto al recibir el flechazo de muerte proveniente de las miradas punzantes de los dos jóvenes a quien de ahora en adelante debía proteger con su propia vida.

Esa noche, Paco y Ana durmieron en su habitación bajo la protección de Bakran. Los agentes temían grandemente por su seguridad, aunque se reprimieron de expresarlo en esas palabras. James se quedó en su cuarto para hacer varias llamadas. Ahora la investigación en contra de Sam Cosgrove se volvía más inminente, más peligrosa. Tenía a dos sobrevivientes a quien proteger y quién sabía a cuántas personas más, que directa o indirectamente, estaban involucradas con lo que fuera que Sam Cosgrove se traía entre manos.

Su primera llamada: Las oficinas centrales del Departamento de Salud en Richmond House, Whitehall. Con la ayuda de Sir William Richardson, Director Médico de la División de Enfermedades Contagiosas del DS tendría que entender el MRSA y sus repercusiones en un abrir y cerrar de ojos. James pasaría toda la noche en un curso intensivo de microbiología. Su segunda llamada, la que lamentablemente tendrá que esperar a tempranas horas de la mañana, será a los hermanos Canabal.

Tan pronto verificó que Paco y Ana ya dormían, James aprovechó para llamar a Valeria con la esperanza de que no estuviera en el quinto sueño. Pero aparentemente sí lo estaba porque no le contestó la llamada. Con el tumulto de la narración de Paco y sus implicaciones en la investigación contra Sam, se le pasó la hora de llamar a Valeria por primera vez desde que le juró que la llamaría todos los días. Aún así, como no pasaban las doce de la noche, le envió un mensaje de texto como evidencia de que ese día la había llamado. *¡A lo que he llegado! A reportarme diariamente con una mujer. ¡Pero con gusto!*, concluyó para sí y se pasó la mano por la cabeza para alejar por hoy su añoranza cerebral de tocar, sentir, besar, apretar y abrazar a su Valeria. Un día más…

"Sweetie, stoy en PR por trab con Bakran. Ms cerca de ti. T llam mañ cndo lleguemos a Chi. ORD Vuelo 1821 7:50 pm. Luv."

Capítulo 25

Valeria hizo arreglos para que una limosina buscase a James y a Bakran en O'Hare a la hora que le indicó en el mensaje de texto. *¡Será una sorpresa!* El chofer lo transportaría directo del aeropuerto al concierto esa noche y de ahí a su palco privado en el AllStar Arena donde Valeria lo esperaría con champaña, fresas y la música de fondo de una banda de rock en español que los haría sentirse al menos diez años más jóvenes. Como el concierto empezaba a las ocho, ella tendría suficiente tiempo antes de que llegara James para hacer su trabajo y luego esperarlo en el palco. *Es perfecto,* pensó

—Restan treinta minutos para que comience el concierto —anunció el manejador detrás de la puerta del camerino.

Los integrantes de Amuleto Rojo, banda latina en su primera presentación en la ciudad de Chicago, rezaban un Padre Nuestro y tres Ave Marías para darle gracias a Dios y pedirle que los ayudara a ganarse al público una vez más. Un Padre Nuestro y tres Ave Marías, típico de cuando se pedía en el santuario absolución de todos los pecados. La medallita de la Virgen del Carmen también siempre los acompañaba. El cantante se la ponía en la solapa, a simple vista de todos, el baterista en la media del pie derecho con el que golpearía sin piedad la batería durante cada canción y el guitarrista, en el elástico del calzoncillo. "Inmaculado Corazón de María, ruega por nosotros. Ahora y en la hora de nuestra muerte. Amén.", rezaban antes de salir al escenario. Era su amuleto de la buena suerte, su escapulario.

Al parecer la intervención divina ya estaba en todo su apogeo, porque la banda atrajo a miles de fanáticos. Chicas y chicos de todas las edades y colores, la mayoría latinos o de ascendencia latina, se dieron cita allí. Muchos dominaban el español gracias a sus padres que lo seguían hablando en sus casas. Pero aún aquellos que no sabían pizca de español se aprendieron fonéticamente las letras de las canciones de Amuleto Rojo. La realidad era que no importaba si se sabían las líricas de las canciones. Tan pegajosa era su música, que la letra era lo de menos.

Valeria ya había olvidado lo que era ir a un concierto de esta categoría y se sorprendió ante el embudo de gente que se formó al todos tratar de entrar por la misma puerta. Las filas de espectadores, todos caminando en la misma dirección. La cantidad de autos estacionándose uno detrás de otro, siguiendo el orden establecido por los agentes de seguridad. Los vendedores de boletos de última hora, los quioscos de comida, de cerveza, de piña colada…

¿Piña colada? Sólo los latinos, pensó Valeria mientras hacía la inspección de rigor por los pasillos del coliseo en dirección al área de las promociones. Todos los quioscos buscaban la forma de atraer a los chicos para que recogieran sus promociones.

—Una foto, una foto… tómate una foto y búscala luego en *urbanconcerts.com*.

—Afiches de tu banda favorita a sólo diez dólares.

—Camisetas gratis.

—¿¡Camisetas gratis!? —preguntaban los chicos a las promotoras.

—Sí —les contestaban con sonrisas como las que se veían en los anuncios de pastas dentales.

Los invitaban a adueñarse de una camiseta con una sola condición:

—Una camiseta gratis para todo aquel que se la ponga ahora mismo.

Los varones se quitaban sus camisas tan a prisa que parecían paños volando y sus pechos desnudos esperaban la camiseta gratis en medio del pasillo. Las chicas no podían hacer lo mismo sin ser arrestadas, así que las promotoras se las entregaban en las entradas de los baños para que se cambiaran discretamente. Sin ningún miramiento, esas mismas chicas que estuvieron horas y horas en sus casas escogiendo la camisa perfecta para ir al concierto, ahora las guardaban todas arrugadas en sus carteras para poderse ganar la camiseta.

—Es una camiseta gratis, hay que ponérsela. Está súper *cool*. Me encanta el diseño —se decían las chicas unas a otras dentro del baño de féminas.

Las camisetas de las mujeres eran distintas a las de los hombres. Más pegadas al cuerpo, con la manga más corta y el cuello más bajo, como les gustan a ellas. Además, se rumoraba que filmarían el concierto y que enfocarían a todos aquellos que tuvieran la camiseta puesta. *¡Hay que ponérsela!*

Valeria observaba todo el revuelo con mucha emoción. En una de las estaciones de las promotoras se encontró con Mercedes, Gabriela y su amiga de doce años, Olivia. Empujó a la gente para hacerse camino y llegar hasta una de las promotoras. Ya Valeria, Mercedes y Gabriela lucían sus camisetas. Se las pusieron en la casa porque eran unas muestras adicionales que ordenó Mercedes. Inclusive, eran únicas, porque las mandó a hacer de color rosa fucsia como un chiste entre ella y su hija. Serán ellas tres "pink ladies" por una noche.

Olivia estaba desesperada por una camiseta para ser parte del clan, aunque fuera de otro color. Su mamá la dejó ir al concierto con Gabriela a última hora porque se le presentó un compromiso de trabajo y no la podía llevar. Olivia trajo la taquilla de su madre en el bolsillo para venderla fuera del coliseo, pero con tanta emoción, se le olvidó. Ciento veinte dólares perdidos.

Al fin llegaron donde las promotoras, a quienes el gentío casi les arrancaba las camisetas de las manos.

—Nadie sale del baño sin la camiseta puesta —amenazó riéndose una de las preciosas promotoras.

—¡Traigan más camisetas! —ordenó una de sus compañeras de promoción desde el otro lado de la muchedumbre.

Su estatura de casi seis pies le permitía destacarse entre todas las chicas que le suplicaban por una camiseta, entre ellas Olivia, quien estaba a punto de ser tumbada al piso. Aún así seguía forcejeando, con fuerza que sacaba entre los dientes, que le permitía empujar con los hombros a cualquier chica que intentaba ganarle espacio. Estaban todas apretadas como peces menudos en redecillas de pesca, pero ninguna se quejaba.

—El baño está lleno. Dejen que se vacíe un poco y les doy la camiseta para que se cambien. Hay para todas —les dijo la promotora pausadamente para tratar de que se calmaran y dejaran de empujar.

Al fin, cinco minutos más tarde, le tocó el turno a Olivia.

—Te esperamos aquí —le dijo Mercedes y Gabriela puso cara de alivio.

Mercedes estuvo a punto de identificarse y pedirle a la promotora que colara a Olivia. Técnicamente ella era la que pagaba su salario, por lo que en teoría podía pedirle ese favor. *Pero Gracias a Dios que no fue necesario*, pensó Mercedes mientras miraba a su cómplice Valeria con cara de felicidad por el aparente éxito rotundo de la promoción que entre ambas desarrollaron.

—Voy a ver como están las cosas en la otra entrada —le dijo Valeria a Mercedes y se despidió con un beso.

—¡Qué disfrutes del concierto! —le comentó a Gabriela y le pellizcó un cachete.

La niña le respondió con más picardía de la apropiada para su edad:

—Tú también —y le guiñó un ojo.

Obviamente sabía del regreso de James y los planes del palco privado.

Mientras tanto, James estaba a punto de un colapso nervioso. Las asistentes de vuelo ya le había llamado la atención varias veces porque caminaba de un lado a otro sin parar, dando zancadas de soldado alemán por el pasillo del avión.

———

—Señor, incomoda a los demás pasajeros. Tome asiento por favor —le indicó a James una de las asistentes de vuelo en el avión que le llevaba de regreso a Chicago.

Desgraciadamente, sentarse no le resolvía el problema. James brincaba en el asiento para buscar acomodo, daba golpes leves con su pie en el asiento del frente mientras su mente lo volvía loco, bajaba la bandeja para recostar la revista de cortesía y entretenerse con un crucigrama, pero se arrepentía y la volvía a guardar. Todo esto para el espanto del pasajero del frente quien sentía en su espalda y en su trasero un reflejo de cada uno de los movimientos bruscos de James.

—Señor, tiene que tranquilizarse. Ya está poniendo nerviosos a los demás pasajeros. ¿Hay algo en lo que lo pueda ayudar? —preguntó la asistente de vuelo.

Bakran contestó por él.

—No hay nada que una buena chica no pueda resolver.

La muchacha no escondió su cara de agravio, pero antes de que pudiera contestar, Bakran continuó:

—Pero no sueñes con eso, pues éste ya está casi casado. Va de camino a visitar a su prometida a quien no ve hace más de treinta días. Eso es lo que lo tiene ansioso. ¡Está loco por verla!

—Eso suena muy bonito y todo, pero todavía no llegamos a Chicago, así que prométame que se calmará. Si no, me veré obligada a denunciarlo con el Air Marshall —dijo la asistente de vuelo.

Esta vez le habló firme y directo a James y le clavó una mirada de repudio a Bakran cuando se alejó.

—Nada que puedas hacer. Tenemos que esperar a aterrizar para alertar a Valeria —le aseguró Bakran con firmeza.

—¿Por qué no lo abrimos antes? —preguntó en un intento de mermar su angustia.

—Porque nos lo entregaron tarde, porque por poco perdemos el vuelo, porque no nos quedó más remedio que leer los resultados en el avión —contestó su compañero.

James se haló el pelo y bajó su cabeza hacia sus piernas en desesperación. Bakran trató de tranquilizarlo.

—Mucho hicimos. Entregamos a Paco y Ana a los agentes para que los escolten a Londres. Pedimos a los hermanos Canabal que llevaran la tela y la tinta a un laboratorio de referencia y que nos enviaran los resultados lo más pronto posible.

—¿Cuánta gente va a estos conciertos, Bakran? ¿Diez mil, doce mil, veinticinco mil? —demandó.

Tan pronto dieron el permiso para usar los teléfonos celulares dentro de la cabina del avión, James llamó desesperadamente a Valeria consciente de que el tiempo se le agotaba.

—¿James? ¿Ya llegaste mi vida? —contestó ella el teléfono sin contener la emoción.

Pero no escuchaba bien su respuesta.

Valeria estaba en el pasillo de la entrada general del coliseo y caminaba apresuradamente entre la gente. Como el concierto estaba a punto de empezar, los chicos se desesperaban para tratar de entrar, por lo que se encontraba en el medio de miles de jóvenes que habían llegado en último momento y tenían prisa, mucha prisa.

—No te escucho, James. Te estás entrecortando.

—*Sweetie*, necesito que suspendas la promoción de las camisetas.

—¿Qué?.... Habla más fuerte —gritó Valeria entre el alboroto.

—¡Qué suspendas la entrega de camisetas!

—No te entiendo, mi vida.

—Vale, escucha…. Hay problemas con las camisetas.

—Todo ha ido bien con las camisetas, mi vida. Gracias por preguntar. Ven pronto y lo verás tu mismo.

—¡Las camisetas están infectadas! ¡Las camisetas están infectadas con MRSA! —gritó James y repitió la misma frase una y otra vez.

Valeria no estaba segura si entendió bien. Se quedó petrificada procesando las palabras cuando el grupo de gente que caminaba junto a ella le hizo un cerco debido al embudo que se formó al llegar todos a la vez a la entrada. Allí, en medio del gentío, Valeria escuchó en su mente a Josh Cosgrove insistiendo en que hiciera camisetas para la promoción, repasó todo lo que había leído sobre el MRSA, el hecho de que los latinos y los negros eran las poblaciones más vulnerables, recordó cuando Josh sugirió que empezaran la serie de conciertos con una banda latina que estuviera bien de moda y cuando Mercedes le aseguró que no sabía nada de una imprenta en Puerto Rico y que nunca había hablado con Josh al respecto.

Se acordó de todas esas conversaciones hasta que la ola de gente entre la que estaba enrollada empezó a empujar. El movimiento fue demasiado brusco y el teléfono salió disparado de su mano. Otro empujón por la espalda y la gente apiñada a su alrededor le impidieron ver donde estaba el teléfono. Los guardias de seguridad empezaron a pitar y a vociferar:

—No empujen, todos podrán entrar.

Valeria gritó por encima del ruido y las voces para que le dieran su teléfono. Lo vio pinchado entre el hombro de un chico y la espalda de una muchacha. Un emparedado de cuerpos, y entre todo ese berenjenal, su celular flotaba casi en el aire.

—No puedo ayudarte, porque tengo los brazos pinchados. Trata de cogerlo tú— le dijo el muchacho que tenía justo al frente, al que Valeria le sobaba la espalda involuntariamente con sus senos.

Valeria subió poco a poco uno de sus brazos haciendo presión entre su cuerpo y la espalda del muchacho para hacer espacio. Cuando su mano al fin llegó al hombro del chico, el teléfono se deslizó y cayó al suelo. Valeria ejecutó un gesto brusco con su cuerpo para tratar de alcanzar el celular, pero fue lo peor que hizo.

La gente siguió empujando y como ella estaba en proceso de doblarse, en esa posición se quedó atascada, con el tope de su cabeza tocando la correa del pantalón del chico del frente. Sus nalgas expuestas como para recibir un correazo quedaron prisioneras contra la cartera de la muchacha que tenía detrás. Su espalda terminó paralela al piso como una mesa. Sus ojos lo único que veían eran pares de zapatos y los tobillos de todos los que estaban a su alrededor.

Valeria comenzó a gritar y a hacer fuerza para incorporarse, pero no podía moverse. Estaba bajo la merced de la muchedumbre que manejaba su cuerpo a su gusto. Gritó aún más fuerte, pero nadie hacía nada para ayudarla a enderezarse. La siguieron empujando hasta que presintió que le partirán el cuello en cualquier momento y perdió por completo el sentido de orientación. Cuando comenzó a sentir que le faltaba el aire, que iba a desmayarse, el único pensamiento que le pasó por la mente era que moriría aplastada si se dejaba caer al suelo, por lo que hizo un intento sobrenatural para resistir el desplome.

Justo cuando ya creía que no le sobraban fuerzas, que el dolor en el cuello era intolerable, una mano extraña le agarró la camisa por la espalda y de un tirón fuerte, la enderezó. Uno de los guardias de la entrada la vio cuando el tumulto que la aprisionaba le pasó por el lado. La haló hacia él y colocó su cuerpo vestido de uniforme entre la muchedumbre y la pared. Estiró sus brazos para hacer una barrera y así la protegió de más daño.

—¿Se encuentra bien? —le preguntó el guardia al ver la palidez de su rostro.

Valeria tenía el pulso acelerado, la respiración atormentada y los sudores desajustados similares a los de un adicto a drogas. Aturdida y sin saber qué contestar, sólo asintió con la cabeza y se frotó el cuello.

En ese instante, empezó el concierto. Las luces se apagaron, el suelo empezó a vibrar. Los gritos espontáneos y el estruendo de la fanaticada agitada ensordecieron a Valeria y al guardia de seguridad. Miles de personas que gritaban de placer era un ruido fabuloso cuando tu adrenalina estaba al mismo nivel, pero cuando lo escuchabas desde afuera, no era la misma sensación.

—Todos juntos —gritó el cantante con los brazos extendidos como si estuviera colgado en una cruz para alentar a los espectadores a cantar junto a él.

Miles de voces le respondieron: "He, he, he," mientras brincaban y levantaban sus brazos al aire. El cantante entonces osciló el micrófono como si fuera una lanza y corrió de lado a lado del escenario como un niño que trata de llegar a la meta antes de que sus amigos le ganen. El público respondió. Vibraciones, éxtasis grupal. Dosis enormes de Dopamina y Oxitocina puestas en libertad en los cuerpos de miles de jóvenes que sentían la euforia de la música aniquilar sus inhibiciones.

"Tú…. Eres mortífero… Mortal.", cantaban todos a coro la primera canción. El éxito del momento.

Capítulo 26

Valeria salió de su estupor y corrió por el pasillo del coliseo hacia la estación de las promotoras.

—¿Cuántas camisetas repartieron?

—Todas —le contestaron llenas de orgullo y esperaron ansiosas las felicitaciones de su jefa.

Valeria las ignoró por completo y corrió nuevamente, esta vez en dirección a la otra estación de promotoras.

—¿Cuántas camisetas repartieron aquí? —apresuró la pregunta entre los silbidos de su aliento.

—Todas —fue la respuesta.

La contestación que en otras circunstancias la hubiera puesto a brincar de alegría, ahora era como si la hubieran rociado con una manguera de bomberos.

—¡Dios mío! Todos estos chicos.

Valeria dio media vuelta y corrió por los pasillos ahora vacíos del coliseo y subió a toda prisa las escaleras que ascienden al área de los palcos. Tenía que llegar al tope lo más pronto posible, así que cruzó los escalones de dos en dos.

—Mercedes, préstame tu teléfono —le gritó al oído a su amiga cuando llegó al palco reservado para los empleados de la farmacéutica, donde estaban algunos de los empleados de MagMell acompañados por sus hijos, sus esposas, sus mejores amigos. Valeria buscó con su vista al jefe mayor hasta que lo divisó.

Josh Cosgrove, trajeado tal y como iba a la oficina todos los días, disfrutaba del concierto acompañado por su familia. Su esposa estaba preciosa en un conjunto de chaqueta de lamé dorado que la hacía resaltar entre todos los invitados.

—¿Cuán diferentes pueden ser dos hermanos? —se dijo Valeria por un instante al apreciar a la hermana de James.

Ella sólo preocupada por la apariencia, el dinero y la posición social. James preocupado por el mundo y el bienestar común.

También en el palco estaba Dean, el hijo único del presidente de la farmacéutica. El niño con los mismos ojos de James, por quien su tío veía luces y añoraba a que se pareciera a él en forma de ser. El mismo Dean, compañero de grado de Gabriela, quien tenía a la hija de Mercedes prendada y ahora muy contenta porque se encontraba justo a su lado cantando las canciones de Amuleto Rojo. Dean tenía puesta una camiseta clásica de Mötley Crüe debajo de una chaqueta de cuero negra.

Definitivamente ni Josh ni su familia tendrían puesta la camiseta de la promoción, pensó Valeria, y se le acercó a su cliente. Una vez a su lado, se pegó lentamente al costado de su rostro y le dijo entre dientes tratando de ser jovial para beneficio de los demás empleados:

—Josh, ¿qué pasó? ¿No que a ti te encantó como quedó la camiseta? ¿Por qué no se pusieron las que mandé a la oficina? Había para todos, para ti y tu familia.

—No me dio tiempo de recogerlas. Tú sabes como es: en casa de herrero, cuchillo de palo. A Dean ya le dio un disgusto grandísimo.

El chico agarró a Valeria por el brazo para bajarla a su nivel y le dijo al oído para asegurarse que lo escuchara:

—Cuento con que tú me conseguirás una de esas camisetas antes de que se acabe el concierto, porque si espero por mi papá…

Valeria se sonrió y asintió con la cabeza. Pero esa camiseta nunca le iba a llegar a Dean. No porque quisiese protegerlo para beneficio de su padre y de su madre. Quería protegerlo porque era el sobrino de James. *Y si Dios permite, pronto será mi sobrino también. El niño no tiene la culpa de lo desgraciado que es su padre.*

Valeria salió del palco hacia el pasillo interior del coliseo donde las paredes amortiguaban el ruido y llamó apresuradamente a James, quien contestó del primer timbre.

—¿Mercedes?

—No, es Valeria —respondió, pero antes de poder dar una explicación de por qué usaba el celular de su amiga, James preguntó:

—¿Por qué no me llamaste antes? ¿Entendiste lo que te dije?

—Sí, pero todos los chicos ya tienen las camisetas puestas. ¿Estás seguro de que están infectadas?

—Sí. Lamentablemente. Mandamos la tela y la tinta a un laboratorio de referencia. Están contaminadas con MRSA. Ya alertamos a los hermanos Canabal, los dueños de la imprenta. Enviarán a sus empleados mañana a hacerse las pruebas en el hospital.

—¿Pero cómo es posible?

—Fueron contaminadas deliberadamente a través de la tinta —explicó James.

—¿A quién se le ocurre semejante barbaridad? —gritó Valeria atónita con la noticia que escuchaba.

—A los Cosgrove, ¿a quién más?

—¿Tienes pruebas contundentes, James?

—Estoy en eso.

Al colgar el teléfono, Valeria se sintió confundida, no sabía qué hacer. ¿Suspendía el concierto? ¿Anunciaba por los micrófonos a todos que debían quitarse las camisetas inmediatamente? ¿Provocaba un pánico capaz de matar a muchos si los chicos trataban de escapar como sucedía en los fuegos?

Decidió esperar a que James llegara, porque le dijo que estaba en las puertas del coliseo y le dio instrucciones de que volviera al palco de la farmacéutica para no perder de vista a Josh.

Pero Josh ni su familia estaban ya en el lugar.

—¿Qué pasó con Josh? —le preguntó a Mercedes cuando se adentró en el palco congestionado de personas que bailaban y cantaban sobreexcitadas.

—No sé —contestó Mercedes con cara de confusión.

Ambas mujeres gritaban para hacerse entender. El volumen de la música estruendosa hacía imposible una conversación.

—Dean dijo que lo llevarían tras bastidores —ofreció Gabriela quien escuchó todo por estar abrazada a su madre.

Valeria no lo pensó y salió a toda prisa hacia los bastidores. Ella tenía pase especial de VIP, así que no confrontaría problemas para entrar.

———

Afuera del coliseo, una limosina negra se detuvo frente a una de las entradas. Los agentes salieron cada uno por una puerta y corrieron hacia la entrada lateral del edificio.

—¡Está cerrada! —anunció Bakran.

—¡No! —gritó James y salió disparado en la otra dirección con su compañero pisándole los talones.

Una sola entrada quedaba abierta en el lugar con dos empleados que habían dado por terminado su trabajo de la noche. Todos los fanáticos estaban adentro, excepto por los dos hombres que venían corriendo hacia ellos a toda velocidad. Les pidieron los boletos, los cuales los agentes ya tenían listos en la mano.

—Están bien tarde. Ya al concierto no le queda mucho —dijo uno de los empleados.

—Sí, lo sabemos —contestó James de mala gana y apresuró a los empleados para que les validaran la entrada.

—Mientras no terminen de cantar, estamos a tiempo. Casi siempre dejan las mejores canciones para el final —dijo Bakran jovialmente para calmar al otro empleado quien ya hacía señas a uno de los guardias de seguridad para que se acercara.

Algo en el lenguaje corporal de James no le había gustado, pero cuando James se percató, añadió con una sonrisa fingida:

—Nuestras esposas nos van a matar.

Aún con la explicación del porqué de su prisa, el registro anti-armas se tardó más de lo usual para un concierto. A ambos les pareció que estaban de nuevo en el aeropuerto de San Juan, donde les quitaron zapatos, correas y el contenido de todos sus bolsillos. En el coliseo en Chicago, poco les faltó para que les pidieran sus prendas íntimas de vestir, pero los empleados se limitaron a pasar la cinta magnética con mucha calma, sin dejar espacio entre piernas y brazos.

No tenían nada en su poder que activara la cinta magnética. Todas sus posesiones, incluyendo el menudo y las correas, las dejaron en la limosina que los aguardaría en el estacionamiento hasta que terminara el concierto. Al anticipar que serían rebuscados, inclusive dejaron sus armas de reglamento, aunque aprensivamente. Todavía no tenían autorización de su jefe para encausar a un residente inglés en territorio americano. Por el momento, ese era trabajo del FBI, y hasta que *Home Office* no le informara a las autoridades americanas que se presentarían dos agentes ingleses en gestiones oficiales, su validez como agentes del NCIA estaba desprovista.

Cuando al fin los empleados del coliseo los dejaron en libertad, James y Bakran corrieron en dirección al palco de la farmacéutica según las direcciones que les dieron en la entrada. Al acercarse al área de palcos privados, se encontraron en los pasillos a personas que bebían champaña y hablaban en grupos como si estuvieran en una fiesta social en vez de un concierto de rock. Tuvieron que pedir permiso para pasar entre la gente que los miraban con cara de ¿quiénes son éstos? Así de deplorable era la facha que llevaban James y Bakran.

Sin dejarse intimidar por las miradas de superioridad, James abrió súbitamente la cortina del palco privado reservado para MagMell Laboratories, pero una empleada los detuvo para verificar sus boletos.

Luego de varios segundos de suspenso en los que trató de penetrar su mirada entre la cortina para buscar a Valeria, la empleada les informó que podían pasar. En un principio, no vio a su novia. Ni aún cuando entró de lleno al lugar. El palco estaba oscuro y abarrotado de siluetas. Sólo contaba con las luces giratorias del escenario para identificar las caras. De vez en cuando un rayo de luz pasaba cerca y podía ver los rostros de todos, pero ninguno era Valeria. Tampoco estaba Josh. James no reconocía a nadie hasta que vio a Mercedes abrazada a su hija Gabriela, brincando juntas y cantando a toda voz.

—¿Dónde está Valeria? —le gritó y aguantó a Mercedes por un hombro para que dejara de brincar.

—No sé. Estaba aquí hace unos minutos.

James se pegó a la baranda y comenzó a mirar al público. Eran hormigas en un agujero gigante, todas moviéndose al mismo tiempo, con la única tarea de menearse al ritmo de la música. Cuerpos sin rostro en pleno frenesí. Desde allá arriba nunca iba a reconocer a Valeria. Su frustración le hizo golpear la baranda que lo separaba de la fanaticada.

—Debe estar en el baño —le dijo Mercedes, esta vez agarrándole ella el hombro a James para que se calmara y comenzó a buscar con la mirada entre la gente a su amiga.

—O tras bastidores…Está buscando a Josh —divulgó Gabriela.

James le dio un beso en la boca a la chica de doce años y le dio las gracias con una sonrisa de las que hacía que las niñas grandes sintieran cosquillas en sus partes íntimas. Gabriela comenzó a gritar y a brincar junto a su amiga Olivia. Su madre, al escuchar los gritos, volvió su atención a las chicas, y pensó que su algarabía se debía a la emoción del concierto, no a que su hija celebraba su primer beso.

———

Bakran y James bajaron las escaleras a toda velocidad sin perder un paso, sin fallar un escalón. Planeaban enseñar sus credenciales de NCIA cuando llegaran a la entrada de los bastidores para que los dejaran pasar. El ser agentes británicos debería funcionar en América aunque fuera para que un guardaespaldas se dejara deslumbrar y les permitiera pasar al área VIP, aunque no estaban cien por ciento seguros de que su artimaña funcionaría.

Sin embargo, no fueron los guardaespaldas de la banda de rock, ni los guardias de seguridad del área del los bastidores los que les detuvieron el paso. Fueron las cámaras de televisión y los miles de chicos que trataban de impresionar para que los filmaran mostrando sus camisetas. El pasillo cercano a la tarima y a la entrada de los bastidores estaba completamente bloqueado.

—*Fuck.* ¡Qué más! —exclamó James.

Cuando fue obvio que no podían traspasar la barrera de cuerpos excitados, Bakran empezó a bramar, a agitar sus brazos y a brincar de manera sobresaltada:

—Quítense las camisetas, quítense las camisetas —vociferó y comenzó a levantarle las camisas a chicas y chicos por igual.

Pero no pudo gritar más de dos veces, porque fue derribado inmediatamente por un hombre que pesaba más de trescientas libras. Era un guardia de seguridad que le aplastó el pecho contra el suelo. Bakran sintió que su corazón le dolía debido a la presión y a la falta de espacio para latir, pero siguió batallando al hombre que intentaba dominarlo. Cientos de ojos miraban lo sucedido.

James aprovechó el revuelo para hacerse camino entre el espacio que surgió cuando la cámara dejo de filmar a los chicos para hacer una toma de Bakran en el piso. Unos segundos más tarde llegó a la entrada del bastidor. Mientras hablaba con el guardia de seguridad y le enseñaba su carné, vio a Valeria a lo lejos. Los nervios lo empezaron a atacar al pensar que ella tenía el MRSA rozándole la piel. Al percatarse de que tenía una camiseta de la promoción puesta, sintió pánico y su respiración comenzó a agitarse salvajemente.

De repente, sintió la necesidad de parpadear varias veces. Miró hacia los espectadores. La banda se despedía. Se apagaban las luces del escenario y los músicos abandonaban sus instrumentos y micrófonos. "Otra, otra", gritaba el público para que volvieran. Aplaudían, gritaban, pitaban. Todo esto mientras la súplica de que cantaran otra canción retumbaba entre paredes y asientos. James siguió observándolos. Miles de chicos alegres. Sus camisetas todas iguales. Color verde chatré, como las que vio en la fábrica en Puerto Rico.

Volvió a buscar a Valeria con la mirada en el bastidor. La camiseta que llevaba era diferente. Era de otro color. Era rosa, no verde. James respiró profundamente.

La banda apareció de nuevo en escena y los chicos gritaron aún más fuerte. Las guitarras empezaron a resoplar y gimotear en un gran lío de sonido. La última canción se derramó rápida y furiosamente para el placer de sus oyentes.

Cuando James llegó al fin donde Valeria, la abrazó como si en vez de treinta días la hubiera dejado de ver por un año, como si ella se hubiera muerto y regresado milagrosamente a la vida. Y ahora que su Valeria estaba a salvo, podía continuar con su agenda: Confrontar a Josh Cosgrove para arrestarlo.

———

—¿Dónde está el maldito? —fue la próxima pregunta de James a Valeria en el área de bastidores del concierto, luego de interrogarla con las preguntas típicas de cómo está y de asegurarle que la extrañó.

—Lo perdí James. Cuando volví al palco, ya no estaba. Lo he buscado por todos lados —contestó ella con pesar, con la quijada desencajada y un rubor fácil en el rostro.

—Vale. Hay que avisarle a toda esta gente. Ahora mismo, tan pronto se acabe esta canción —la apresuró.

Un suspiro fuerte que le salió de las entrañas delató que sentía que batallaba una contienda estéril contra el mal.

—¿Y qué les vamos a decir? ¿Qué tienen que quitarse las camisetas? ¿Qué la farmacéutica los ha engañado y los ha contaminado? —preguntó Valeria escandalizada.

—Sí, eso mismo.

—¿Estás seguro de que están contaminadas? —insistió.

—Segurísimo.

Con esa afirmación contundente, detuvo la duda de Valeria para siempre.

—¿Y sabes que el MRSA puede sobrevivir hasta noventa días en algunas superficies? —le preguntó Valeria.

James asintió con la cabeza y contestó:

—En esta tela puede durar horas, días, semanas… Hasta que la laven. La bacteria está atrapada en la tela y en la tinta. Mientras más tiempo las tengan puestas los chicos, más probabilidad de que se contagien.

—Aún así, James, vamos a pensar esto racionalmente. El MRSA no entra fácilmente al cuerpo por los poros. Es posible, pero… —dijo Valeria y para tranquilizarse concluyó— Necesita una herida abierta.

—Ok. ¿Y cuántos niños ahí afuera crees que tienen sus pieles intactas como las de un bebé? Al menos uno de cada diez tendrá un golpe, Vale, una herida en el codo, una laceración en una mano, un arañazo por rascarse bruscamente, un granito de acné que se le explotó en la espalda. ¿Cuántos se darán un golpe mañana? —habló James con el aliento agitado.

Valeria no sabía qué decir, pues todo esto lo comprendía bien. Una angustia absoluta la invadió. Se imaginaba cada una de las heridas en los cuerpos juveniles. Eran comunes en estas edades. Cada una abierta. Y visualizó a las células del MRSA, como monedas de oro, en busca de un lugar seguro dentro del cuerpo humano donde guardar su tesoro y expandir su riqueza.

—¿Y si mueren más de uno de cada diez cuando causemos una histeria colectiva al darles la noticia? —

preguntó Valeria e imaginó la estampida de chicos en un intento fallido por salir del coliseo.

—Está bien. No tenemos que decirles la verdad. Sólo que deben entregar las camisetas en la salida para que sea válida la promoción.

—No nos van a creer. En todo momento se les explicó que necesitan la camisa para ganar los premios —explicó Valeria con un abatimiento visible.

—¿Podemos intentarlo? —imploró James a la vez que agarró a Valeria por ambos brazos y la sostuvo firmemente entre sus manos dándole ánimo para que se uniera a él en el esfuerzo de hacer todo lo posible por detener el daño.

¿Qué otra opción le quedaba a Valeria que contestar afirmativamente a esta pregunta capciosa? Su naturaleza le impedía no intentar algo. ¿Cómo iba a dejar ir a los jóvenes que insospechadamente podían ser víctimas de un contagio mortal? Al menos tenía que tratar….

Capítulo 27

La banda se despidió por última vez. Ahora sí se acabó el concierto y se encendieron todas las luces. Valeria subió apresuradamente a la tarima y tomó el micrófono mojado que dejó el cantante en el estrado. Convencer a quince mil chicos que devolvieran sus camisetas no iba a ser tarea fácil, ni tampoco conseguir trabajo cuando acabase, porque con esta acción seguramente echaría por la borda su reputación.

—CON EL PERMISO —gritó por el micrófono—. Hola a todos. ¿Cómo les gustó el concierto?

Valeria habló lo más animada posible y haciendo un esfuerzo increíble por dominar el temblor en su voz.

—*¡Yeah!* —respondió el público que ya había comenzado a irse, pero que se detuvo al escuchar la voz de Valeria a través de las bocinas.

—¿Cómo les gustó la promoción de las camisetas? —preguntó Valeria a viva voz y sonrió para esconder cualquier pesadumbre que pudiera notársele en el rostro.

—*¡Yeah!* —volvió a responder el público.

Ahora la parte difícil.

—Bueno, pues a todos los que se pusieron la camiseta hoy, y se tomaron fotos y vídeos, busquen en el *website* los premios por los que estarán participando —dijo Valeria en el tono más animoso de lo que fue capaz.

—Woooo jooo —contestaron emocionados los espectadores.

Valeria comenzó a sentir que su propia adrenalina se elevaba. Presenció en su propio cuerpo el impacto de estar de pie encima de una tarima.

—Y aquí, lo interesante —continuó gritando a pulmón—. Todos aquéllos que sean valientes de verdad, esos que son bien entregaos, deberán devolver su camiseta y a cambio les regalaremos boletos para el próximo concierto donde podrán recibir otra camiseta y más oportunidades de participar en los sorteos.

—*¡Yeah!* … —gritó el público esta vez más eufórico y algunos de los varones se quitaron inmediatamente las camisetas.

Cuando las voces cedieron un poco, Valeria continuó:

—Por favor, quédense en sus asientos para que las promotoras les entreguen sus boletos gratis a cambio de sus camisetas. Por favor, todas las promotoras, repórtense a los bastidores.

James lo pensó al momento: *Las promotoras tendrán que ir al hospital inmediatamente luego del concierto.*

Pero era genial la idea del intercambio de camisetas por boletos. *Mi Valeria es genial.*

Muchas personas volvieron a sentarse en sus asientos para esperar el trueque. Lamentablemente, no todas. James vio como grupos completos comenzaron a salir del coliseo, aunque la gran mayoría se quedó. Algunas chicas corrieron al baño a cambiarse, pero las demás féminas dispuestas a ganarse una taquilla gratis y una nueva oportunidad de participar en el concurso se quedaron en sus asientos y sentadas hicieron maniobras con sus brazos para quitarse la camiseta verde chatré a la vez que se ponían sus camisas por encima, todo esto sin que se les viera ni un trozo del sostén. Esta era una maniobra que a los varones les da trabajo entender, pero que las chicas dominan a la perfección. Tenían práctica… cada vez que se cambiaban en los carros, fuera para quitarse la ropa de la escuela y ponerse algo más bonito si van directo al cine o para ponerse el uniforme de su deporte favorito cuando van directo de la escuela a un partido.

Mientras tanto, las promotoras llegaban al bastidor junto con Mercedes quien preguntó con voz temblorosa, como si tuviera miedo de escuchar la respuesta:

—¿Qué pasa con las camisetas? y comenzó rápidamente a repartirle a las promotoras las entradas del próximo concierto. Los administradores del coliseo se las habían entregado antes de comenzar la función de Amuleto Rojo, pues eran parte del acuerdo de promoción, taquillas gratis para el concurso, aunque originalmente estas se iban a rifar por Internet.

—¡Están contaminadas! Te explico ya mismo —le contestó agitadamente Valeria y le señaló con ojos bien abiertos que continuara con su labor. Mientras Mercedes le daba instrucciones a las promotoras, Valeria se acercó lentamente a James.

—¿Después de esto, qué? —le preguntó mientras le daba un abrazo.

—Rezar que los que se fueron no tengan rasguños ni arañazos —le contestó James mientras le correspondía el abrazo.

—¿Y Josh? —interrumpió Valeria el encuentro.

Se soltó de inmediato. James la miró. Con sus ojos varoniles le pidió permiso para dejarla de nuevo, para irse en busca de un maleante ejecutivo.

—De eso me encargo yo —se oyó la voz de Bakran cuando entró al bastidor con paso firme a pesar de que cojeaba de una pierna.

—¿Con esa pierna que te trituró el hombre de ochocientas libras? *Nice one!* —le dijo James al recordar la escena de su amigo aplastado por el guardaespaldas.

—Creo que me la partió en varios pedazos. En serio, James. Te digo.

—Entonces te irás en el autobús con las promotoras directo al hospital —ordenó su compañero fingiendo que imponía un castigo.

—Lo que usted diga mi capitán —contestó Bakran risueño con el saludo oficial de soldado raso a su comandante en mando.

—¿Y Josh? —interrumpió Mercedes ansiosa con solo pensar que su jefe se saldría con las suyas.

Desde que vio a su amiga Valeria en la tarima, y luego del pasme de escuchar lo que le proponía al público, instintivamente supo que algo malo pasaba y que su jefe estaba involucrado. Se lo confirmó la pregunta sobre el paradero de Josh que le hizo Valeria a James unos segundos antes. Los detalles se los proveerá su amiga cuando terminasen su labor en el coliseo, pero mientras tanto, comenzó a pensar cómo le daría la noticia a la Junta de Directores y cómo escribiría el comunicado de prensa para alertar al público sobre el peligro, e instruirles que se deshagan de las camisetas o al menos, que las lavasen inmediatamente.

—Josh no tiene a dónde escapar —explicó James—. Ahora mismo hay varios agentes del FBI esperando en las cercanías de su casa y él no sospecha que estamos tras su rastro. Cuando se presente a su hogar, no volverá a salir. Tendrá que esperar a que yo llegue y entregarme de una vez las pruebas que me faltan para arrestarlo. Están en su casa, estoy seguro.

Pero no debió apostar a eso.

—Te veo en una hora —se despidió de Valeria—. Voy a hacerle una visita sorpresa a mi querida hermana.

———————

—El sospechoso no ha regresado a la casa —le informó a James uno de los agentes del FBI estacionado dos casas más abajo de la mansión de los Cosgrove en el exclusivo sector de Lincoln Park.

Por estar en territorio americano, los agentes ingleses tenía que trabajar con sus contrapartes del FBI para poder hacer el arresto de Sam y Josh Cosgrove. No era la primera vez que el NCIA y el FBI trabajaban juntos un caso como éste. Los agentes ingleses cooperaban con los americanos cuando necesitaban asistencia en el continente europeo y viceversa. Un intercambio de información, de inteligencia y de recursos. Y ahora, unidos en un caso que comenzó con un simple sospechoso de fraude de grandes proporciones hasta escalar a un crimen de bio-terrorismo como jamás visto, con la propagación de una bacteria inusual en este tipo de ataques, el MRSA, no el ántrax, la viruela o la contaminación de alimentos para causar botulismo, que en el pasado se han usado como armas biológicas.

—¿Cómo que no está en la casa? —preguntó incrédulo y perplejo James al agente—. ¡Tiene que haber regresado! Está con su esposa e hijo —afirmó.

El agente Gordon no tenía otra cosa que contestarle, sólo que la casa continuaba vacía y Josh Cosgrove no había regresado aún.

—Les dije que era necesario vigilarlo todo el tiempo. Debieron haber asignado a varios agentes a seguirlo desde el coliseo —informó James y maldijo todas las oportunidades perdidas.

Gordon se cruzó de brazos y se mantuvo callado. A lo hecho, pecho. Nada podían hacer ahora.

—¿Y Sam Cosgrove? —preguntó impaciente James.

—Tampoco. Hace una hora hablé con Patterson y McCormack y dicen que no hay movimiento en la casa de huéspedes —contestó el agente.

La próxima vez que James preguntó por los agentes Patterson y McCormack, la respuesta fue que los encontraron colgados de dos árboles en la parte trasera de la mansión Cosgrove.

A Sam le dio mucho placer utilizar nuevamente su método favorito de quitar la vida. Su inicio en la carnicería humana fue a los diecisiete años cuando ahorcó a su novia en la escalera de su propia casa, mientras los padres de la chica dormían en el dormitorio adjunto. Hizo que pareciera un suicidio. Fue la primera muestra de su talento diabólico, el de pasar desapercibido.

Todas las noches desde que se hicieron novios, Sam se infiltró en el cuarto de su novia sin ser detectado por los padres. Una de las noches preparó todo el escenario. Llevó una soga y se aseguró que las huellas de su novia quedarán impresas en la cuerda. Habían jugado a que ella lo amarraba a la cama antes de hacerle el amor. Ella no pudo amarrarlo por completo; la soga era demasiado gorda, pero aún así ella fue el jinete y él se dejó cabalgar. Al terminar el pasional ruedo ella quedó exhausta y relajada en la cama. El pidió permiso para ir a la cocina a buscar agua. Sin que ella se diera cuenta, se llevó la soga.

Una vez regresó al cuarto de su novia, la despertó y le vendó los ojos con la excusa de que le daría una sorpresa. Le levantó los brazos y le deslizó la bata de dormir por la cabeza para cubrir la desnudez de su cuerpo. Le agarró cariñosamente ambas manos para guiarla al borde del primer escalón de la escalera. Le colocó la soga en el cuello, la cargo en brazos y le dio un beso apasionado antes de lanzarla al vacío a la vez que le quitaba la venda de los ojos para que enfrentara el precipicio. Le fascinó ver el revoloteo de sus delicados pies en el aire, al quedar suspendida de la cuerda amarrada a la lámpara central del techo de la escalera.

Los únicos que sospecharon que no había sido un suicidio fueron los padres de Sam, pero no dijeron nada a la policía cuando vinieron a interrogarlos. Aseguraron que pasó toda la noche en su cuarto y que no tenía vicios raros, aunque a su hijo Sam le encantaba jugar con sogas y nudos desde que era pequeño. En varias ocasiones lo encontraron con una soga al cuello simulando que se ahorcaba él mismo. Lo llevaron al pediatra, pero éste despachó la situación diciéndole a los padres que no se preocuparan, que era una etapa pasajera común en todos los niños. Obviamente, Sam todavía no había superado esa etapa y ya habían pasado bastantes años desde eso.

Cómo se las arregló para entrar al patio de la mansión Cosgrove sin ser visto, será para siempre un misterio para los agentes que vigilaban el perímetro, y un desliz que le costó la vida a los dos investigadores que no lo vieron venir. Sam no sólo demostró una habilidad increíble para entrar, sino para matar. Ahora no se sabía dónde se encontraba. Escurridizo, aún cuando la luna a mitad de cielo y a mitad de luz iluminaba tenuemente la noche, y no era el mejor momento para que un hombre tan buscado vagara por las calles.

———

La mansión de la familia Cosgrove era un fuerte de piedra caliza, enorme y majestuoso, con una verja de hierro y cemento que rodeaba todo el terreno, y árboles maduros que cubrían el área con sombra y follaje en el verano. En el invierno, era un castillo blanco dentro de un bosque siniestro, compuesto por desolados troncos con cuerpos de espantapájaros. Sam muy bien podía estar escondido en cualquier cobijo en el patio. Otra posibilidad era, que hubiera logrado acceso al interior de la casa sin ser detectado. O simplemente, salió de la propiedad sin ser visto, tal y como entró. Todo era posible en este momento, y esta noticia tenía a James al borde del desquicio.

Mientras los agentes revisaban las calles aledañas buscando su paradero, Sam Cosgrove caminaba lentamente dentro de la mansión en plena oscuridad. Conocía la casa a la perfección. La posición de cada mueble, los ángulos de las paredes. No necesitaba luz que le guiara el camino. Sam había repetido el ejercicio de caminar en la oscuridad una y otra vez mientras dormían Josh, su familia y los sirvientes, porque le gustaba estimularse en la butaca de piel de cordero de la sala formal. El olor de la butaca y el roce de la piel del mueble en su piel de hombre le levantaba el miembro de una forma espectacular, por lo que no pasaba trabajo tratando de excitarse en su casa de huéspedes cuando no tenía visitas femeninas. Iba directo a su butaca amiga, se desnudaba completamente y se sentaba a darse amor.

Esta noche su plan no era ofrecerse placer pasajero, sino buscar el MRSA escondido en la oficina de Josh para llevarlo a un lugar seguro, fuera de las manos de la policía. Continuó su recorrido en la oscuridad hasta que pasó el salón de estar y una vez en el vestíbulo frente a la habitación que servía de oficina, dio tres pasos un poco más acelerados porque no había obstáculos en esta parte de la casa con qué tropezarse. Pero tuvo que detenerse súbitamente. La luz de una linterna se asomó por una ventana.

No esperaron a tener una orden de registro, pensó Sam y corrió a esconderse en el medio baño que se encontraba detrás de la cocina, el baño de los sirvientes. Había contado con que tendría tiempo de sobra en lo que los agentes conseguían autorización para adentrarse a la propiedad, pero obviamente ese no había sido el caso.

—Al menos uno de los agentes se ha pasado la ley por donde no le da el sol. Debe ser James, seguro. Me tendré que encargar personalmente de ese cabrón —dijo en voz baja.

Sam se pegó a la pared posterior del baño para mirar por la ventana pequeña que daba al patio trasero. La luz tenue de la luna menguante le iluminó parte del rostro y reflejó el brillo de la transpiración que humedecía su piel. Diez gotas de sudor aparecieron en su frente, más Sam no se percataba de su sudor. Se concentraba en conectarse con la luz lunar para obligarla a mostrarle momentáneamente el paso entre los troncos esqueléticos y permitirle salir de la propiedad sin dejar huellas de su presencia.

Miró su reloj. Eran las 2:24 de la madrugada. Volvió a mirar por la ventana. Los vecinos dormían a sus anchas. Las calles vacías eran amigas del que buscara un escondite silencioso. Sam apostó a que encontraría su refugio tan pronto cruzara el patio y brincara la verja de cemento.

Agarró la manecilla y abrió cuidadosamente la ventana de cristal. Se detuvo un momento a analizar si era posible utilizar esta salida. El era delgado, pero no tanto. El ser fornido no le daba una ventaja en este caso, y temió por un segundo que la ventana no le abriera el paso, que no fuera lo suficientemente ancha para dejar pasar sus caderas o peor aún, sus hombros. Pero su fuerza bruta lo salvaría, no tenía duda, aunque tuviera que arrancar con sus propias manos el marco sellado en la piedra. Sin embargo, esto no fue necesario.

Se deslizó, sin problemas, como ratón atrapado entre paredes, hasta pisar a salvo el suelo del patio. De ahí en adelante, ni el mejor detective del mundo hubiera podido distinguir su celaje. En menos de un minuto, estaba dos mansiones más abajo, en la casa de un reconocido productor de espectáculos con cuatro hijas de distintas madres. Ya las hijas no vivían en la casa, pero Sam pensó que quizás una de ellas estaba de visita y él le podía hacer un favorcito. Por delante, por detrás, por donde le diera la gana. Sam Cosgrove se sentía complaciente en la madrugada de hoy.

En el interior de la mansión Cosgrove todo seguía en orden. James se acercó a las ventanas con una linterna luego de ignorar las órdenes y los insultos de los agentes que le acompañaban esa noche. Unos minutos antes les dijo:

—Sólo me voy a asomar un segundo. No voy a entrar —aunque sabía bien que el mero hecho de pisar un centímetro dentro de la casa ya era una violación.

—Háganse de la vista larga. Si me meto en un lío, me deportan al instante y se libran de mí. Además, es la casa de mi hermana, siempre puedo decir que estoy de visita —añadió y saltó la verja con la linterna en mano.

Casi logró su encomienda. En la oscuridad, miró intensamente el interior de la mansión desde la ventana. Prendió la linterna justo cuando recostó su frente en el vidrio. Su intención era sorprender *in fraganti* al que se encontraba dentro refugiándose entre las paredes de la casa. Estaba seguro de que Sam se escondía en el interior luego de asesinar a los agentes Patterson y McCormack. El único motivo para arriesgarse con una matanza de esa índole tenía que ser la necesidad de buscar algo dentro de la mansión.

Sin embargo, James no obtuvo los resultados esperados. No vio a nadie correr. Ningún cuerpo se paralizó en su sitio. Ninguna sombra se reflejó en las paredes de la escalera. Ningún agente vio a Sam salir de la propiedad.

Media hora más tarde, frustrado con la misión, James habló con Bakran por teléfono.

—Tenemos que asegurarnos que no salgan del país.

Capítulo 28

Al día siguiente, Bakran se encontraba a tres mil novecientas sesenta y tres millas de James, en una barra londinense de mala muerte, que probablemente permanecía abierta veinticuatro horas, en contra de las leyes de la cuidad y sobretodo, las de decoro. Eran las cinco y media de la mañana y los ocupantes de la noche seguían bebiendo alcohol como si fuera café de desayuno.

Bakran llevaba horas sin parar trabajando en el caso Cosgrove desde que pisó suelo inglés. Nunca acompañó a las promotoras al hospital, ni pidió que le examinaran la pierna aplastada por el guardaespaldas de Amuleto Rojo. En vez, abordó un avión en O'Hare, se reportó a la casa de su jefe en Londres, quien lo puso al día sobre los logros de la investigación del laboratorio vacío, las muertes de MRSA en el hospital y el posible vínculo de Sam en todo el asunto. Era su turno hacer que James se enterase y lo llamó desde la taberna.

—Tenemos la transcripción de las llamadas de Sam. El menor de los hermanos Cosgrove siempre se aseguró que las oficinas de MagMell y los teléfonos en la mansión Cosgrove no tuvieran micrófonos. Aparentemente, por manía más que por necesidad, verificaba cada uno de los aparatos telefónicos y nunca hablaba por teléfono celular. Sin embargo, no fue tan cuidadoso en Londres, donde pensaba que estaba a salvo porque no tenía residencia fija, se mudaba a menudo, o se quedaba durante una sola noche en apartamentos ajenos. Desde un apartamento que rentó por sólo dos días, fue que hizo unas llamadas que muy bien pudieran incriminarlo en el caso contra él —concluyó Bakran.

James escuchaba en silencio. Esperaba paciente a que Bakran terminara su informe.

—Llamé a un teléfono en los Estados Unidos con quien Sam se comunicó en dos ocasiones y resulta que el hombre estaba esperando mi llamada —informó Bakran

—. En realidad, no la mía en particular, pero de alguien de las autoridades. No hice nada más que identificarme y el hombre estalló en una verborrea de información. Alega que es empleado del FDA y que Sam Cosgrove lo sobornó, que le pagó grandes cantidades de dinero para asegurar la pronta aprobación de una vacuna contra el MRSA.

—¿Tiene algún recibo de depósito, alguna firma de los Cosgrove, algo que nos sirva aparte de su testimonio? —preguntó James trastornado por la audacia criminal.

—¡Este es un soplón cagao! Tiene el maletín de dinero todavía en su casa porque no se ha atrevido a depositarlo. Y no quiere testificar, tendríamos que obligarlo. Pero alega que tiene una cinta en donde grabó la primera conversación, cuando le hicieron el acercamiento y la oferta.

—¿Cómo lo hizo? —cuestionó James.

—Usó una grabadora pequeña, de esas que venden en las tiendas de materiales de oficina. Las que usan los reporteros. Cuando se le acercó en el gimnasio un hombre vestido de civil en lugar de ropa de ejercicios, le pareció sospechoso y tan pronto comenzó a proponerle actos indecorosos relacionados con su trabajo, activó la grabadora.

—¿Por casualidad la tenía en un bolsillo? —preguntó escéptico. *¿Quién lleva grabadoras en los bolsillos?*

—La tenía escondida debajo de una toalla. Esto que te voy a contar no lo vas a creer, pero el tipo se lleva la grabadora al gimnasio para grabar los gruñidos de los atletas que levantan pesas…. Ahí te lo dejo —contestó Bakran.

—No, no ¿Cómo va a ser? —fue la reacción de James y escuchó la risa divertida y mal pensada de su compañero al otro lado de la línea—. ¿Y te admitió eso así porque sí? —preguntó para saber más detalles del asunto.

—No necesariamente. Un poco de coerción fue necesaria —admitió Bakran.

— Me imagino —contestó James y sonrió por dentro.

—Pasado mañana estaré de regreso a los Estados Unidos para coordinar la entrega de la grabación —informó Bakran de vuelta a un tono formal.

James no tenía más nada que decir. De alguna manera se le cerraban puertas y se abrían otras. Mientras Sam y Josh se escondían de la justicia, los agentes ingleses obtenían pistas, claves y evidencia que pondrían tanto peso en el caso Cosgrove, que los hermanos no escaparían de la cárcel jamás. Al menos eso esperaba James. Se tranquilizó pensando que pronto todo caería en su sitio. Se fue a dormir por primera vez en setenta y dos horas, al auto del agente Gordon, quien siempre estaba cruzado de brazos como sargento del ejército, y le dio instrucciones de que le avisara si había alguna novedad.

———

Mientras James descansaba, Bakran se dio un lujo que no se había dado en toda la noche. Acompañó a los borrachos mañaneros y se tomó un trago de vodka con limón en la mesa sucia de la barra oscura, que le sirvió de oficina en la madrugada de este sábado no tan glorioso. En menos de cuarenta y ocho horas había cruzado el Océano Atlántico en dos ocasiones y aunque cerró los párpados por par de horas en el avión, su cuerpo se sentía como si hubiera dejado su espíritu en las Américas. Al menos par de órganos ya no le funcionaban, y su cerebro era uno de ellos. Ya no podía pensar más en Sam Cosgrove, en Josh, en el MRSA, en el laboratorio, en los muertos, en el concierto con miles de jóvenes eufóricos, en…. se quedó a mitad de pensamiento. Se le cerraron los ojos, se le cayó la cabeza sobre los documentos que tenía sobre la mesa, se le salió un poco de baba por la boca, se le escaparon los ronquidos desde los pulmones, garganta para afuera.

Una hora más tarde lo levantó el estruendo de un vaso que se despedazó en el piso al ser desplazado accidentalmente por un borracho que llevaba treinta minutos sentado en la mesa de Bakran sin que el agente se percatara. Al parecer, el hombre se aburrió en la barra y en absoluto silencio dedicó esos treinta minutos a hacerle nudos en el pelo al agente, quien ni cuenta se dio de que le sobaban la cabeza o si se dio cuenta, pensó que era su amante esposa. Un codazo indebido acabó la diversión cuando cayó el vaso de vodka al suelo para sorpresa del borracho y sobresalto del agente.

—Lárguese, animal —gritó Bakran al pobre hombre, quien sólo rió y se tocó el pelo grisáceo, lleno de nudos también, mientras caminaba de espaldas sin dejar de mirar la cabellera de Bakran.

Observaba la copia de su propio peinado. Ahora ambos hombres eran casi gemelos. El instinto de detective hizo que Bakran reaccionara inmediatamente ante la expresión del hombre. Se tocó la cabeza. Allí estaban, miles de nudos en su pelo.

—Maldito, maldito —amenazó Bakran enfurecido y se levantó de sopetón de su silla con los brazos extendidos listos para ahorcar al borracho cuando lo alcanzara.

Pero la suerte del borracho lo salvó del asalto, pues sin querer, el agente le dio un caderazo a la mesa y los papeles, los documentos y las fotos de la investigación de los Cosgrove salieron disparados en todas direcciones.

—¡Maldita sea! —exclamó Bakran y mientras recogía los papeles, le gritó al borracho—: ¡Váyase! ¡No me ayude! ¡Sálgase de mi camino! No entiende que no quiero que me ayude —y le arrancó los papeles de las manos.

El borracho insistió en ayudarlo a recoger el desorden, hasta que Bakran perdió la chaveta por completo, lo empujó hacia la barra y lo despidió con el siguiente exabrupto:

—Váyase a beber! Ahóguese en alcohol! Ahóguese en su propio meao!

El hombre quedó confundido con el último mandato. Se miró la bragueta del pantalón, se la abrió y empezó a mear el piso del salón, casi encima de los papeles de Bakran. Una foto estuvo a punto de ser bañada en orín, pero el mismo borracho la salvó de su destino, apuntando para otro lado y recogiéndola del piso mientras continuaba meando. La nueva puntería le llegó a las medias y a los zapatos de Bakran, quien recibió el chorro caliente como un toro embestido. Ahora si iba directo a estrangular al tipo.

Sin embargo, al poner sus manos sobre el cuello del apestoso hombre, el borracho, en vez de protegerse del ataque, comenzó a hacerle señas al agente para que mirara la foto que tenía en la mano. Justo donde el hombre ponía su dedo mugriento se distinguía a lo lejos el rostro de Sam Cosgrove vestido de doctor.

Capítulo 29

———

El cuento de Bakran de lo que le había sucedido en la barra con el borracho meón fue el chiste del día en las oficinas del NCIA en Londres, en las oficinas del FBI en Chicago y en la calle al costado de la mansión Cosgrove. Todos los agentes se enteraron casi al mismo tiempo. James no podía parar de reírse mientras Bakran se lo narraba por teléfono y a la vez le contaba la anécdota a sus compañeros agentes.

—Todavía me apestan los zapatos —dijo Bakran al terminar la narración del incidente.

—Me imagino. Ahora son de piel curada en meao. Menos mal que no te apuntó a la cara —afirmó James y volvió a estallar en risas.

—Eso no es lo peor. James. Este hombre estaba tan y tan intoxicado, que no me sabía decir su nombre y mucho menos si conocía al hombre de la foto. Lo único que decía era: 'Yo tomé esta foto, yo tomé esta foto'. Así que tuve que bañarlo para quitarle la petronca y darle toneladas de café para que pudiera darme su versión.

—Espera, espera, ¿cómo que bañarlo? ¿En la misma barra?

—¿Desde cuándo hay duchas en las barras, *Nancy boy*? —le contestó impaciente y continuó— No. Me lo llevé para mi cuarto. Ya puedo imaginarme los rumores de todo aquel que me vio cargándolo casi en brazos. "Ese es un hombre de malas costumbres que abusa en las noches de los pobres borrachos."

—El que te vio y el que no te vio. Ya aquí se rumoraba de tu idilio de anoche antes de saber que te lo habías llevado al cuarto…

—Me tiene sin cuidado lo que digan ustedes y todos los demás. Yo estaba haciendo mi trabajo —interrumpió Bakran con un grito de defensa que a James le pareció tan jocoso que empezó a dar golpes en el techo del carro mientras se reía de su amigo.

Cuando pudo coger aire para parar de reírse, le preguntó a su compañero, quien respingaba de rabia al otro lado de la línea telefónica:

—¿Y entre sábanas y suspiros pudiste obtener la información que buscabas?

La paciencia de Bakran se secó como la fuente de pozo durante una larga sequía y le contestó lo más irónico que pudo:

—Sí, huevón, justo después de revolcarnos por horas, me confesó que había tomado la foto en el Hospital St. Mary's el día que murió Miguel.

Luego del exhabrupto por teléfono, Bakran prosiguió hablando, ahora molesto con los chistes y la pérdida de tiempo. James se contuvo de continuar el dime y direte. Comprendió que la falta de sueño lo había puesto de un humor tonto y que era momento de detener las burlas y volver a la investigación.

—El viejo hombre narró como había conocido a Miguel. Me explicó que era conserje en el hospital, que Miguel le pidió que le tomara una foto, así que llevó la cámara digital de su hija, pero como no la sabía usar, se puso a tomar fotos en los pasillos para probar cómo salían.

James escuchó en silencio absoluto, por fin todos sus sentidos orientados en la explicación.

—Le señalé a Sam en la foto y le pregunté si conocía a ese hombre. Me dijo que no, pero que en ese momento asumió que era un doctor nuevo porque más tarde ese mismo día lo vio en la habitación 1221 inyectando un medicamento en el suero del paciente. James, ¿sabes que los otros empleados del laboratorio murieron en las habitaciones 1221 y 1222?

—Sí, lo leí en el informe que me enviaste —contestó James y prosiguió de inmediato porque su cabeza se le llenó de preguntas.— Y este hombre, ¿está seguro de que el doctor que inyectó en el suero es el mismo hombre de la foto? ¿Cómo podemos confiar en el testimonio de un borracho?

—Le pregunté eso mismo, *Nancy boy* y me dijo que él no era un borracho de la vida. Alega que, sencillamente, luego de la muerte de Miguel y de los otros hombres, sintió una culpabilidad terrible, porque Miguel en todo momento le había dicho que los intentaban matar y él no le había creído. Cuando trató de advertir a la gerencia del hospital y llevó las fotos como evidencia de su sospecha del hombre de la bata blanca, lo despidieron de su trabajo por tratar de hacer un escándalo y dañar la reputación del hospital. Claro que esa no fue la razón que le dieron para su despido, pero él sabía muy bien. Entre la culpabilidad y la depresión de no tener trabajo y sentirse inútil, comenzó a beber en su apartamento, hasta que se le fue de control. Llevaba días sin tener noción de donde estaba, ni a donde iba, hasta nuestro encuentro en la barra de la esquina.

—¿Te pidió disculpas por haberte meado? —preguntó James sin poder evitar volver al tema.

—No, ¿puedes creerlo? Me dijo que fue culpa mía, porque los borrachos son muy obedientes y él sólo había obedecido mis instrucciones.

Cuando terminaron de comentar sobre el testimonio del conserje, James y Bakran hablaron varios minutos más para aclararse dudas uno al otro y planificar los próximos pasos en la investigación. James pidió a su compañero que fuera a interrogar a los administradores del hospital para ver si hicieron algún análisis de los sueros. Las videocintas de la seguridad ya estaban en manos de la policía. Debían buscar en las imágenes a Sam Cosgrove confundido entre los médicos. James se despidió:

—Bakran, este es un testigo que no podemos perder de vista. Imagino que ahora le diste la instrucción de no moverse de tu lado ni por un minuto —e hizo alusión a la aseveración del nuevo testigo estrella sobre la obediencia del borracho.

—¿Qué comes que adivinas? Eso fue exactamente lo que le dije antes de llamarte por teléfono.

Luego de colgar, James se sintió agobiado por un segundo. Tantos cabos sueltos lo tenían malhumorado. Tantas pistas incompletas. Necesitaba una prueba contundente de que Josh y Sam estaban directamente relacionados con el accidente en el laboratorio y con las camisetas infectadas. También necesitaba saber el motivo. Su mente no asimilaba ninguna razón obvia para exponer a una población inocente a una bacteria mortífera, aparte de la avaricia. Y que el dinero fuera el único móvil le revolvió las entrañas. Cuántas vidas inocentes a merced de unas bestias egoístas y ególatras.

Decidió que era momento de actuar, de obtener una respuesta inmediata, pero la suerte no estaba de su parte. Involuntariamente tendría que esperar para enfrentar directamente al responsable. Mientras tanto, no sólo tendría una población inocente por la que preocuparse, sino víctimas reales, tal y como lo leyó en el periódico unos días después.

Cinco jóvenes mueren por MRSA
en hospital de Chicago
La quinta víctima lo fue una niña de doce años

Chicago - Olivia Robinson, de doce años y residente de Highland, murió víctima de una infección con la superbacteria MRSA (Methicillin-resistant Staphylococcus aureus por sus siglas en inglés) en el Children's Memorial. La misma bacteria cobró la vida de otros cuatro adolescentes esta misma semana. Previo a la infección, la niña aparentaba tener excelente salud. Sus síntomas comenzaron con fiebre alta e irritación en la piel, igual que los que sufrieron las otras cuatro víctimas. No se tienen noticias de cómo y dónde estos pacientes pudieron haberse contagiado. Se sospecha que son casos aislados quienes pudieron haber tenido contacto con la bacteria en sus escuelas u hogares. Ninguna de las víctimas ha estado hospitalizada o ha visitado una oficina médica recientemente, por lo que se ha descartado que sea el MRSA-HA, el cual es común en los hospitales y temido en las salas de operaciones.

"Este es un caso claro de MRSA-CA, o comunitario. Lo adquirieron fuera de una facilidad médica, en su propia comunidad. Usualmente estos casos, siempre y cuando los pacientes no tengan alguna deficiencia en su sistema inmunológico, son tratados efectivamente. Sin embargo, aparenta ser que la bacteria MRSA que atacó a estos jóvenes sufrió una mutación y le ha permitido resistir todo el tratamiento agresivo que hemos utilizado", explicó el Dr. Brian McAfee, director clínico de Children's Hospital, quien eludió la pregunta de cuántos casos de MRSA se ven en su hospital mensualmente.

A los hospitales no se les requiere informar el número de pacientes que mueren de una infección bacteriana mientras están hospitalizados. Algunos estados tienen programas voluntarios a través de los cuales los hospitales ofrecen esta información, pero en Illinois no es requisito. En algunos hospitales se exige hacer una prueba de MRSA de rutina, tanto a los pacientes como al personal, sin embargo, no es una práctica común en la mayoría de los hospitales en Estados Unidos.

"La prueba para saber si un paciente que ingresa al hospital o que es dado de alta tiene contagio con MRSA es bien sencilla", explicó la Dra. Jane Phillips, epidemióloga. "Consiste en pasar un hisopo o algodoncillo por el interior de la boca o de la nariz del paciente y analizar las secreciones en el laboratorio. De esta forma, estamos previniendo la propagación de las infecciones en el resto de la población y protegiendo a los pacientes que visitan nuestros hospitales", concluyó Phillips.

El MRSA es una bacteria que debido a su actual resistencia a los antibióticos y a las mutaciones que ha sufrido, se ha convertido en una bacteria muy potente, difícil de erradicar del cuerpo una vez invade a través de cortaduras, golpes o piel abierta. El primer síntoma es una roncha o una marca en la piel parecida a una picada de araña. Sobre 18,000 personas mueren anualmente debido a infecciones con esta bacteria, más que las que mueren de SIDA.

La noticia fue leída por todos los residentes de Chicago. El hecho de que fueran víctimas jóvenes conmovió a toda la ciudad. El despliegue de indignación y de preocupación fue tal, que movilizó al Centro de Control de Enfermedades (CDC) y a la junta de gobierno a lanzar una campaña de prevención bien agresiva y los forzó a enviar un comunicado de prensa pidiendo calma a la población, porque comenzaron a hacer marchas frente a las escuelas demandando que fueran esterilizadas. Veinticinco escuelas cerraron voluntariamente para hacer limpieza, incluyendo la de Gabriela y Dean. Ninguno de los dos niños hubiera asistido al plantel escolar de todas formas. Ella por la muerte de su mejor amiga Olivia, la quinta víctima, él porque desde el concierto de Amuleto Rojo no había regresado a su casa.

—Desde hace varios años se reportan esporádicamente noticias sobre muertes relacionadas al MRSA, la más impactante sobre un grupo de atletas de una misma escuela que se contagiaron y uno de ellos murió. ¿Te acuerdas? —preguntó Mercedes.

—Pero en cada ocasión las personas sólo hablan del tema por varios días luego de correr a las farmacias y a los supermercados a comprar desinfectante de manos. A pesar de la histeria momentánea, estas precauciones son olvidadas tan pronto la noticia deja de ser noticia —terminó Valeria.

—Sale la noticia, la gente se pone histérica, compran antisépticos, medicinas, y una semana más tarde se olvidan de las precauciones e inclusive de la posibilidad de ellos mismos contagiarse—coincidió Mercedes.

—Es un círculo vicioso sin fin —concluyó Valeria—. Nadie quiere pensar en enfermedades todo el tiempo, Merci y por eso las olvidan.

—Pero nadie quiere perder un hijo, ni ver a sus hijos llorar —interrumpió Mercedes, preguntándose cuantas personas no habrían visto la noticia sobre la contaminación de las camisetas en el concierto.

Entonces, miró a su hija Gabriela desde lejos, quien compartía con varios compañeros de escuela en la cocina de la casa. Todos tenían los ojos rojos, vidriosos y llorosos. Habían asistido juntos al funeral. Chicos de doce años, todos agarrados de manos y abrazados entre sí, lloraron desconsoladamente la muerte de Olivia. El momento fue desgarrador.

—Primero Miguel y ahora Olivia. Cómo consolar a estos espíritus juveniles que todavía ven el mundo color de rosa, a quienes la malicia y la maldad todavía no les corrompe el alma, a quienes se les hace difícil entender los desaires, las fatalidades y el porqué de las cosas y quienes incluso creen ciegamente en que los adultos que tiene el poder siempre hacen lo correcto, ya sean médicos, gobernantes, policías o ejecutivos de grandes empresas. Pocos han vivido la avaricia en carne propia, algunos han sentido celos, pero no hasta extremo de hacer mal. Entonces, Valeria, dime pues, ¿sería justo romperles esa burbuja de cristal a esta corta edad?— terminó Mercedes su monólogo.

Pero Valeria no supo cómo contestar su pregunta. Pensó en su niñez y en cómo una vez adulta se percató, por cuenta gotas, mientras le pasaban las cosas, que había estado protegida del mal por unos padres fabulosos que la vistieron con una capa protectora invisible para que ella no viera la cruda realidad. Quizás por eso ahora era cínica con casi todos los temas que atañaban el bienestar social. Quizás debería pedirle a sus padres que le devolvieran la capa protectora que le quitaron cuando cumplió dieciocho años de edad, para ver si el amor que sentía por James y la esperanza de formar al fin una familia le hacían ver el mundo con nuevos ojos.

Al estar rodeadas de jóvenes, fue inevitable que Mercedes y Valeria recordaran y hablaran un largo rato sobre su juventud y cómo sus padres las ampararon de las vicisitudes cotidianas. Y recordaron su propia inocencia y cómo soñaban, porque la vida era un sueño en esos tiempos. Todas las metas alcanzables, nada de violencia ni ultrajes. Un mundo perfecto para dos damiselas indomables.

Claro que ese mundo de fantasía que recrearon en sus mentes por unas cuantas horas era la burbuja que les permitía continuar viviendo aún de adultas.

Al otro día de la noticia de la muerte de Olivia, no les quedó más remedio que enfrentar la realidad. La Junta de Directores de la farmacéutica tuvo que hablarle a la prensa. Hasta el momento, la contaminación de las camisetas provocó una parálisis general entre los directivos, quienes evitaron hasta lo último hacerse responsables del asunto. Amenazaron a Valeria y a Mercedes con fuertes alegaciones de litigio y demanda, según establecido en su contrato, el cual les impedía divulgar cualquier conocimiento que tuvieran sobre el incidente. Llamaron a decenas de consultores, abogados y relacionistas públicos para discutir la situación y llegar a un acuerdo de cómo mejor lidiar con el escándalo y notificar al público sobre la posible contaminación. ¿Dirán que fue accidental? ¿Culparán al suplidor? Así, entre reuniones y falta de acuerdos, dejaron a la población al descubierto, hasta que Mercedes y Valeria tomaron la iniciativa de irse por encima de los directivos y redactaron un comunicado de prensa más agresivo para que las personas se protegieran contra una infección con el MRSA.

El comunicado instruyó a todas aquellas personas que asistieron al concierto a que tomaran las precauciones debidas y que visitaran inmediatamente los hospitales de la ciudad para que le hicieran una prueba bucal de MRSA. Ya los hospitales habían sido advertidos previamente de que recibirían una gran cantidad de pacientes solicitando esta prueba y la razón por la cual era necesario que los trataran con la mayor urgencia posible.

Luego de enviar el comunicado a todos los medios de prensa escrita, televisión, radio e Internet, Valeria y Mercedes esperaron en la oficina de MagMell Laboratories las llamadas de los reporteros y pensaron en las consecuencias que dicho comunicado traería a sus vidas profesionales. No se arrepentían de haberlo enviado, al contrario, salvaban vidas. Aún así, un sabor amargo se les quedó en las gargantas. Les resultaba muy fuerte la idea de quedarse sin trabajo. Justo en el momento en que comentaban sobre distintos planes para rehacer sus vidas en caso de verse desempleadas, entre los que estaba irse a refugiarse a una casa de playa en Puerto Rico o abrir su propia agencia de mercadeo y relaciones públicas, una llamada de James les interrumpió la conversación.

—Oh, James —estalló Valeria mortificada—. El año pasado una mujer murió por participar en un concurso para ganarse una consola de juegos, no me acuerdo si un Wii o un Playstation, uno de esos. La cosa es que los participantes tenían que tomar grandes cantidades de agua sin ir al baño y la mujer murió de intoxicación por agua. ¿Puedes creerlo? En la agencia nos burlamos durante una semana al pensar en el pobre tonto que se había inventado la campaña. Ahora nosotras somos culpables de lo mismo. De matar a los participantes de nuestro concurso— dijo Vale mofándose de sí misma.

Se lamentó de la ironía y de la crueldad de la situación. Intentó hacer más ligera la conversación para que la rabia no se la comiera por dentro. Para que la abominable acción no la sepultara en vida.

—Ustedes no son las culpables —afirmó James.

— Eso no es lo que dirán en las agencias —contestó Valeria impulsivamente.

—Que digan lo que quieran, Vale. Cuando apresemos a los verdaderos criminales, terminarán los chismes infundados —dijo convencido de que sus palabras aliviarían por sólo cinco minutos la ansiedad de su novia.

Hasta que los hermanos Cosgrove no estén en la cárcel, el sentido de culpa de Valeria y de Mercedes estará merodeándolas sin parar. Siempre al acecho, levemente en las mañanas, pero en las noches, en todo su apogeo. Se reprocharán a sí mismas, igual que hace él en sus momentos de soledad, el no advertir de antemano el plan maligno y de no percatarse a tiempo de que no eran lógicas algunas de las acciones y peticiones de los hermanos Cosgrove. De no ocurrírseles antes de que estaban siendo utilizadas como títeres de teatro en una obra de tres actos.

Tan pronto Valeria colgó la llamada, Mercedes le dijo:

—Hasta ahora hemos pensado en el efecto fatídico del concurso en nuestras carreras, pero esto va más allá, Vale. Recuerda que esta campaña se ideó para promocionar una vacuna. Y esta vacuna es real, es efectiva y segura. La pregunta es: ¿Sigo intentando llevar el mensaje positivo de que hay una vacuna contra el MRSA? ¿Cómo empleadas de MagMell, somos parte de la cura o de la enfermedad? Tenemos una vacuna que mercadear que es efectiva, pero nuestra compañía a propósito contaminó a chicos adolescentes….

Valeria la interrumpió:

—Merci, tenemos que echar eso a un lado. ¿Qué va a hacer la gente? ¿No ponerse la vacuna? A la hora de la verdad las personas querrán asegurarse que ellos no mueren, que no corren la misma suerte que los niños del concierto. Patrocinarán la vacuna.

—Eso porque hasta el momento somos los únicos con el producto, pero al menos dos farmacéuticas comenzarán a desarrollar vacunas para el MRSA. ¿Entonces qué? ¿Cuál escogerías tú? ¿La de la farmacéutica con muertes en sus hombros? ¿Y qué me dices de nuestros otros medicamentos? Toda esta situación afecta adversamente la reputación de la compañía, punto.

Ambas callaron por unos minutos, pensativas. Mercedes miró el interior de su taza de café. Al levantar la vista, vio que las cejas de su amiga se pronunciaron en un ceño.

—¡Ya sé! —casi gritó Valeria de un sobresalto a la vez que dio un aplauso con sus manos.

Valeria se levantó de su silla y empezó a caminar apresuradamente de lado a lado de la oficina y sus manos se empezaron a agitar como abanicos mientras decía:

—Lo que tenemos que hacer es volver a reunirnos con la Junta y convencerlos de que no pueden seguir esperando por Josh Cosgrove. Que es importante comenzar la campaña para aminorar los daños mañana sin falta. Esta puede incluir un comunicado que anuncie el despido de Josh Cosgrove como presidente de MagMell. También podemos preparar un anuncio de página completa donde la farmacéutica se responsabiliza de lo sucedido a la vez que se exonera al explicar que fueron acciones de un individuo y no de la empresa. En otras palabras, separar a Josh Cosgrove de la empresa.

Respiró antes de continuar:

—Tenemos que desacreditarlo y destruirlo hasta el punto de que cuando este caso llegue a corte, ningún jurado en el mundo le crea ni una palabra que salga de su boca.

—Quisiera estar frente a Josh Cosgrove y verle la cara cuando se entere por las noticias de que ha sido despedido —aprobó Mercedes la idea.

—Por la primera fase de su castigo —dijo Valeria y chocaron sus tazas de café.

Esa tarde Valeria dio vueltas en su apartamento, sin poder entender por qué. Iba de la cocina a la sala, de la sala al cuarto, del cuarto de vuelta a la cocina. Un sólo pensamiento la aturdía: *¿Y si no fue Josh Cosgrove? ¿Qué pasaba si Sam era el culpable de todo y Josh estaba ajeno a las acciones de su hermano?*

Llamó a James, quien en ese momento compraba una jarra de chocolate caliente, otra de café y muchas, pero muchas, donas de Krispy Kreme. Se preparaba para la larga noche que le esperaba frente a la casa de los Cosgrove. Los agentes del FBI ya revisaron la mansión. El juez les otorgó la orden de registro y los sirvientes amablemente les abrieron la puerta. Sin embargo, la búsqueda por seis agentes durante once horas consecutivas fue infructuosa. No se encontró nada que sirviera de evidencia para el caso. James también hizo su propia búsqueda. Fue en calidad de hermano, con la excusa de que se le quedó algo la última vez que estuvo de visita. Los sirvientes le dijeron que la familia Cosgrove estaba de viaje en Europa, pero James sabía que era mentira. No habían salido del país. Estaban cerca.

—¿*Sweetie*? ¿Pasó algo? —contestó intrigado por la llamada de Valeria, pues se dijeron buenas noches apenas unos minutos atrás y no esperaba hablar con ella hasta el próximo día.

—James, estoy preocupada. ¿Y si Josh no es culpable? ¿Sabes que si te equivocas mancharemos una carrera envidiable? Además, afectarás de por vida tu relación con tu hermana y no verás nunca más a Dean.

—Lo he pensado. Miles de veces, créeme, y por eso es que estoy aquí estacionado frente a su casa. Tengo pruebas contundentes contra Sam, pero sólo especulaciones contra Josh. Pero estoy seguro de que está involucrado… no me queda la menor duda, y la evidencia está en su casa.

—¿Cómo puedes estar tan seguro?

—Ah, eso es un secreto de estado —le dijo riéndose para tratar de aliviar sus nervios—. Tengo mis contactos.

Y muy bien que los tenía. El contacto perfecto, aunque no lo sabía aún.

Capítulo 30

Las palabras de James no tranquilizaron a Valeria. Continuó caminando por el apartamento. Caviló. Exploró teorías en su cabeza como si fuera ella la agente de los servicios de inteligencia de Inglaterra, en lugar de su amante valiente. En su mente, le reclamó respuestas a Josh Cosgrove con una autoridad impresionante. Lo insultó. Le dijo: *Mezquino, desgraciado, infeliz.*

De vuelta a la realidad, todo ese ejercicio mental y físico le provocó una angustia espantosa, una impotencia terrible, hasta que sucumbió al sueño. El cansancio interno convirtió su sangre en frío líquido y paralizó sus extremidades al momento. Lamentablemente las tormentas que la embistieron cuando cayó en un sueño profundo no fueron maravillosas, e indudablemente la transformaron en Valeria en el País de las Pesadillas, donde las fantasías inverosímiles eran la orden de la noche y las horas parecían interminables.

En un mundo esponjoso, fabricado con cojines de seda, Valeria vio a lo lejos a una mujer vestida de blanco de pies a cabeza, la cual saltaba de loma en loma acercándose a ella con mucha prontitud.

Era una enfermera. Valeria se percató cuando la tuvo tan cerca que se le hizo casi imperceptible el momento cuando la mujer la lanzó a un lago azul, el cual se abrió como precipicio, en lugar de salpicar y mojar. Valeria cerró los ojos instintivamente para descartar el vértigo y los abrió cuando sintió que su cuerpo se detuvo suspendido en el aire como un trapecista. Rió ante sus nuevas habilidades hasta que se percató que se encontraba dentro de un moridero, donde las personas esperan para morir.

Un cuerpo lívido cubierto de sábanas fue lo que le dejó saber que se encontraba en este pavoroso lugar. El moribundo le pidió ayuda tan pronto la divisó. Le habló directamente a ella con voz de ultratumba, en un esfuerzo espantoso por resistir la última sacudida de la muerte. Era Josh Cosgrove, quien se encontraba postrado en una camilla de hospital con el pecho abierto, consciente y todavía vivo. Valeria apenas alcanzaba a distinguirlo porque tenía aspecto de náufrago, de pordiosero decrépito. Las bacterias entraban y salían de su cuerpo como si fuera una fiesta. Una música escandalosa vibraba en sus venas. Las bacterias bailaban sin clemencia.

De repente, Valeria se percató de que él estaba rodeado de enfermeras y doctores que se reían, se burlaban, se mofaban. Señalaban la herida abierta y se enorgullecían de haber iniciado la fiesta en el moridero.

Llegó una enfermera nueva.

—Pero, doctor, ¿no va a hacer nada al respecto? —preguntó la novata al ver la muchedumbre de bacterias alborotadas impactar el pecho abierto del Sr. Cosgrove.

El doctor aludido cogió una jeringuilla para pinchar indiscriminadamente a una bacteria. Luego de inyectar el medicamento en la primera bacteria, alegó:

—No puedo hacer nada. Es resistente —y rió junto a sus compañeros doctores—. Deja ver esta…

E inyectó a otra bacteria juguetona a la cual el medicamento parecía hacerle cosquillas.

—No. Otra resistente.

Las burlas atronadoras de todos los presentes perturbaron a Valeria, quien se alejó un poco de la escena. Sin embargo, aún cuando se distanció, pudo ver claramente como las bacterias continuaban su danza mortal y cómo la mano del médico trataba de alcanzarlas y debilitarlas con un antibiótico inservible. Los demás doctores y enfermeras saltaban de emoción ante los intentos fallidos.

Detrás de las paredes acolchonadas, se escuchaban las voces histéricas de los parientes de todos los pacientes que se encontraban en distintos morideros, cada cual con bacterias en sus cuerpos. Entre la multitud, Valeria reconoció las voces de la esposa de Josh y de su hijo Dean.

—¿Cómo es posible que lo estén dejando morir? ¿Si sólo lo trajimos al hospital por una indigestión estomacal?

Ningún doctor o enfermera contestó las preguntas implorantes. Una voz sobria de viejita apenada era la única que respondía:

—Ármese de valor, guapa señora, pues ya yo perdí a mi esposo que vino por una operación del corazón, a mi hija quien vino por un bajón de insulina y ahora pierdo a mi nieto de diez años a quien traje porque se pinchó un dedo corriendo bicicleta. Los tres terminaron sus días con una bacteria fatal.

En medio de este cataclismo, Valeria escuchó una voz lejana. Alcanzó a reconocerla en el tumulto. Era la voz suplicante de Josh Cosgrove:

—Sálvame, Valeria.

Ella, desde la cuerda floja en la que se balanceaba, instintivamente le tendió su mano helada, presa de pánico. Uno de los doctores le agarró la mano bruscamente antes de que tocara el cuerpo del casi difunto y le dijo en un tono acusatorio:

—¿Vas a ayudarlo? Decídete. ¿No querías que este hombre pagara por sus pecados? Pues aquí está. Le estamos dando de su propia medicina…. Ahora están a mano.

Las carcajadas libertinas de doctores y enfermeras estallaron a diestra y siniestra. El impacto de la mano y de las palabras salvajes le afectó la vista a Valeria por un instante. Toda la escena se le fue borrando. Sacudió su cabeza y al volver a enfocarse pudo ver claramente que era James, su querido James, el que se encontraba ahora acostado en la camilla y el doctor se transmutó en Sam Cosgrove con jeringuilla en mano y vestido de médico elegante.

—Ciérrenlo ya —ordenó Sam al resto de los doctores—. Las bacterias se encargarán de él.

Acto seguido se dirigió a ella:

—No te importa quedarte sola, ¿verdad, Valeria? Siempre puedes contratarme para hacerte compañía.

Un ataque de furia la turbó. Quería hacer picadillo a este insolente hombre capaz de semejante atrocidad, que hacía alardes de grandeza por su pericia en pronunciar la muerte. Sintió que un torrente de sangre le atropellaba los glóbulos blancos y rojos de sus venas y cuando uno de los doctores cumplió las instrucciones terminantes y cosió el torso de James, quien cada vez se ponía más pálido y alucinaba con comer pescado y papas, Valeria se encomendó en cuerpo y alma a la Divina Providencia para que le diera la fuerza para salvar a James.

Pero su cuerpo de bailarina aérea estaba amarrado con los cordeles del trapecio y le imposibilitaron moverse por más que ella luchó por desatar sus ligaduras.

—Es ineluctable. Inevitable —dijo uno de los médicos.

—No. ¡Es insólito! —replicó Valeria.

Observó perpleja la descarada discusión entre los médicos.

—¿No era mejor dejarlo abierto más tiempo para que las bacterias siguieran disfrutando? Se divertían tanto —observó uno de los doctores más jóvenes.

—Pero es que mi esposa me espera y quiero ir a jugar golf por la tarde. No puedo perder más tiempo —le contestó el mayor de los galenos.

Desde el aire, Valeria gritó a pulmón para soltar estrepitosamente una pregunta compuesta:

—¿Pero no se puede hacer nada para evitar que las bacterias entren a los cuerpos de los humanos? ¿No que supuestamente el aire acondicionado bien frío contiene su propagación y por eso es que hay tanto frío en los hospitales?

El galeno mayor replicó que eso sólo era posible en teoría.

—La realidad es que lo único contra las bacterias es la esterilización y usted no pretenderá que estemos cada cinco minutos desinfectando instrumentos, camillas, tubos, máquinas, paredes, extractores… Imagínese. De esa forma los empleados de limpieza ganarían más que los doctores. Inverosímil sugerencia, ¿no cree usted?

—Bueno si los conserjes son los que al fin y al cabo salvan las vidas de los pacientes, puedo entender que se merezcan mejor paga —contestó Valeria todavía en una lucha contra los cables que le sostenían piernas y brazos.

—¡Qué graciosa!—exclamaron todos los doctores y enfermeras a la vez.

Se burlaron crudamente. Rieron hasta más no poder…

—¡Qué graciosa!

—¡Qué graciosa!

El eco de su frase favorita le desgarró internamente el alma a Valeria, pero cuando quiso gritar: *"No es gracioso, no es gracioso…"*, sus palabras no correspondieron al movimiento de sus labios, se alejaron del lugar en una ininteligible jerigonza, hasta que dejaron de escucharse.

Al verse inmovilizada de cuerpo y de palabra, Valeria comenzó a lanzar una ristra de improperios que escandalizaron a las enfermeras y a los doctores, no por las palabras, porque no las entendían, sino por la vulgaridad de sus gestos. Acto seguido, le dieron la espalda para darle sus últimas atenciones a James: Cerrarle los ojos y tapar su cuerpo falto de vida con una sábana blanca caída del techo como un paracaídas.

En ese instante, entró al moridero el administrador del hospital vestido de sacerdote para absolver a los doctores y a las enfermeras.

—Te limpio de toda culpa —le dijo a cada uno, a la vez que marcó sus frentes con la señal de la cruz.

Valeria sintió que se sumergía en un espejismo de revelaciones inaceptables y comenzó a forcejear con la cuerda que sostenía sus pies, de la cual se liberó de una vez y cayó apabulladamente al suelo de su apartamento. Despertó con los ojos inyectados por el cansancio y con el habla trastornada. Permaneció despierta con los ojos cerrados pensando en el significado de su sueño y con la rara sensación de haber presenciado la dura realidad.

Tan pronto la claridad del alba asomó su cara entre las cortinas de las ventanas, Valeria volvió a casa de Mercedes y allí se quedó durante días seguidos para tener compañía que le quitara de su cabeza los malos pensamientos.

Capítulo 31

———

Justo en el momento en que James terminó su primera taza de café del día, entró la llamada del agente Gordon que lo obligó a concluir los pensamientos que lo mortificaron durante toda la noche: El alegato de Valeria de la posible inocencia de Josh Cosgrove.

—Agente Penton. Están llegando varios camiones de compañías. Están haciendo entregas de champán, bizcochos y cosas así. Es como si estuvieran preparándose para una fiesta —informó el agente Gordon, quien regresó a su turno de vigilancia frente a la mansión Cosgrove luego de varias horas de descanso.

—¿Pero ya llegó el Sr. Cosgrove o su familia? —preguntó James sobresaltado.

—No señor, no los hemos localizado. Hemos visto claramente a cada uno de los empleados de entrega que ha entrado a la casa y ninguno es el Sr. Cosgrove o su esposa.

Horas más tarde, James recibió otra llamada cuando vigilaba la parte trasera de la casa, mientras Gordon y otros dos agentes observaban la entrada principal.

—Una veintena de limosinas llegan a la casa. Todas a la vez, una detrás de la otra, en caravana. Cada una transporta entre seis a ocho personas vestidas en trajes de gala y etiqueta. Una de las limosinas trajo a la familia Cosgrove. Josh y Sam Cosgrove están en la casa, junto a aproximadamente doscientos invitados.

—¡Malditos! —exclamó y lanzó contra el suelo su teléfono.

Lo menos que James esperaba era que se les ocurriera organizar una fiesta. Al llegar con doscientos invitados, en otras palabras rehenes ajenos al peligro que corrían, tenían el escudo humano perfecto que les permitiría a los Cosgrove buscar lo que necesitaban.

—¡Me cago en ellos mil veces! Consíganme una etiqueta. ¡Ahora! —ordenó James y se montó en el coche en dirección a la entrada principal de la mansión.

Entraré a como de lugar, pensó, aunque la etiqueta nunca llegó o por lo menos James no tuvo la paciencia para esperarla.

Debido a su cabellera ondulada, sus intensos ojos marrón y su físico de sobre seis pies de altura, James Penton no era un hombre que de por sí pasara inadvertido. Pero esta noche, entre pingüinos de etiquetas negras y sus parejas con brillo hasta en los tacos de los zapatos, fue su indumentaria estrafalaria la que lo delató. Entró a la fiesta de la familia Cosgrove tal y como estaba vestido en la calle, con pantalón casual, mocasines y camisa de manga larga. Dejó sus guantes y su abrigo en la entrada con el mayordomo y se adentró en la fiesta como si estuviera modelando una etiqueta de Armani.

Su hermana lo recibió cuando había alcanzado dar sólo diez pasos.

—Tenemos una fiesta privada, querido hermano —explicó entre dientes para que nadie más la escuchara y lo escoltó a la cocina. Un agradable olor a ajo y especias perfumaba el aire mientras los cocineros y los mozos se entremezclaban en un baile seductor entre el humo de las ollas y el brillo de las bandejas, cuchillos, copas, vinos y cervezas.

Uno de los cocineros con cuchillo en mano levantó su vista y miró a James de arriba abajo. James se desplazó entre el grupo de sirvientes, escasamente prestándole atención individual a alguno y a la vez mirándolos a todos. Instintivamente se aseguró que su pistola no fuera percibida y mucho menos interceptada, por si alguno de los cocineros no era un maestro en la cocina, sino un guardián a sueldo.

Al llegar al otro extremo de la cocina, le dijo a su hermana:

—Tengo una cita para hablar con Josh. Me está esperando. ¿Podrías decirle que ya llegué?

La expresión en la cara de la elegante mujer se transmutó dramáticamente de una exteriorización de sorpresa a una mirada de preocupación. El comportamiento errático de su marido en los pasados días la había puesto sobre aviso de que algo extraño pasaba y el tono de voz de su hermano le confirmó que éste no era un asunto entre cuñados.

Se acercó a James y lo abrazó fuerte, como jamás había vuelto a hacer desde que se fue de la casa de sus padres para casarse con Josh. James esperó lo peor. Su hermana iba a suplicarle, iba a pedirle que se alejara, que no se inmiscuyera en su vida, que la dejara en paz. Lo mismo que le había gritado cuando él trató de interceder para que no se casara tan joven engatusada con promesas de amor.

—Destrúyelo, James y a su hermano también —le susurró al oído y se separó tan bruscamente como cuando se abalanzó sobre él para abrazarlo minutos antes.

Le dio la espalda, se compuso, se apropió de una copa de champán de una de las bandejas, hizo un gran esfuerzo para parecer divertida y caminó de vuelta a la fiesta en línea recta.

No que necesitara su permiso, pero el hecho de tener a su hermana como su aliada, hizo que el agente se sintiera dueño y señor del territorio. Empujó con fuerza la puerta de la cocina y miró uno a uno a los invitados de la fiesta sorpresa. Eran todas personas importantes que pretendían tener conversaciones importantes. Políticos, presidentes de empresas, gente de negocios, admiradores de Josh Cosgrove… marionetas vestidas con disfraces de gala.

Sus miradas se cruzaron simultáneamente. Josh y James, cuñados, se miraron a través del salón. Josh y James, enemigos, dieron pasos lentos para acortar la distancia entre los dos. Josh y James, criminal y policía, a punto de enfrentarse en un duelo de palabras. El examen glacial entre los hombres congeló la sangre de todo aquel que se percató de la situación.

Josh lucía imponente y guapo con su gabán oscuro entallado a la medida y su par de zapatos italianos de quinientos dólares. Sin ninguna preocupación en el mundo. Tranquilo. Engreído. Volátil. Su cuerpo pareció inflarse, las venas en su cuello se hicieron visibles, los músculos de su espalda se ensancharon.

Al ver su aire de grandeza, James sintió escalofríos en su espina dorsal. Llevaba una semana pensando exclusivamente en cómo terminaría el encuentro con los hermanos Cosgrove. Alucinaba con que le enterraba un cuchillo por el cuello al menor de los hermanos para lograr que el presidente de la farmacéutica confesara su delito. Pero no veía a Sam ni a su sombra por ningún lado, a pesar de que estaba siendo bien asiduo en su exploración.

Josh continuó avanzando por el salón y al llegar a una columna, desvió su camino, sin dejar de mirar a James e invitándolo con su expresión a que lo siguiera. Llegaron casi al mismo tiempo frente a dos grandes puertas de roble, con paneles excéntricamente tallados. Adentro, una oficina, biblioteca y barra en un mismo salón. En una mesa entre dos sofás, varios libros, entre ellos *Racing Style – A tribute to Goodwood, the legendary English racing venue,* encasillado en un estuche fabricado con una goma Michelin auténtica. En uno de los costados de la oficina, una pantalla retractable y un proyector digital y colgados estéticamente cerca del sofá, unos audífonos Bose a prueba de ruidos externos. Un apartamento de soltero perfecto para cualquier joven adinerado si estuviera localizado en un edificio de la ciudad. Aquí, en la mansión Cosgrove, servía de refugio varonil para su amo.

Este fue el primer sitio que escudriñó James días antes cuando entró a la casa a buscar la evidencia que tan desesperadamente necesitaba. La oficina también fue el lugar donde más tiempo pasaron los agentes cuando hicieron su búsqueda para refutar la teoría de que el sitio más obvio era donde nunca buscaba la policía. Ahora James se encontraba de nuevo entre las cuatro elegantes paredes de la oficina.

Josh se sentó en la silla de su monumental escritorio. El mueble dominaba la parte posterior del salón y dos puertas francesas de techo a piso flanqueaban su posición. Se inclinó hacia el frente en la silla y colocó sus codos sobre el escritorio. Sus palmas permanecieron abiertas, extendidas, como si acariciaran la madera pulida. En esa postura, Josh parecía el presidente de los Estados Unidos conversando con el Jefe de Estado en la Casa Blanca. James sintió que un coraje repugnante le irritaba las paredes de su estómago.

—Tengo varias preguntas para ti —comenzó la conflagración antes de que la repulsión le hiciera perder la cabeza.

Se mantuvo de pie, a mitad de distancia, en medio del salón. De todas formas su cuñado no lo había invitado a sentarse, aunque James denegaría la exhortación si se diera el caso. No estaba allí para socializar. No estaba en calidad de familia y Josh lo sabía muy bien.

—Adelante. Espero que tus preguntas sean tan importantes como para que hayas tenido que venir corriendo sin bañarte, sin comer y sin casi dormir —contestó Josh, haciendo énfasis en examinar la facha de James y aludiendo al hecho de que sabía que había estado estacionado por días fuera de su casa.

El primer impulso del agente fue decirle: "Estás bajo arresto por ser un hijo de la gran puta, por ser un mal padre y mal esposo, por darle pesadillas a mi novia y a su mejor amiga, pero sobre todo, porque eres el culpable de un número indefinido de muertes sospechosas relacionadas a una bacteria minúscula que utilizaste como arma mortal."

Pero no podía decirle eso, no podía arrestar a Josh, sólo pedirle que se presentara en el cuartel general de la policía para un interrogatorio. Si estuviera en Inglaterra, podría arrestarlo sin una orden judicial, pero en los Estados Unidos necesitaba una orden de arresto y esperaba que el Agente Gordon se presentara en cualquier momento con una en su mano. Mientras tanto, necesitaba validar sus sospechas de que Josh estaba involucrado en el crimen, debido a que la evidencia que tenía hasta el momento era circunstancial. Estaba demasiado impaciente para esperar por la orden de arresto para llevar a Josh a la oficina de interrogación para tratar de extraerle una confesión. El quería interrogarlo ahora mismo y así lo hizo. Gordon podría repetir todas su preguntas en el precinto policíaco más tarde, leerle sus derechos Miranda y grabar su confesión. Por el momento, James consideraba que solamente tendría una conversación informal con su cuñado.

—¿Dónde guardas los resultados del laboratorio del Dr. Francis Fowler, las placas de Petri con el MRSA? —preguntó James sin pensarlo dos veces.

No tenía tiempo para merodeos. Directo al hígado era mejor, sin tapujos.

Josh sacudió su cabeza y bramó una carcajada tan fuerte que si no llega a ser porque la detuvo el grosor de las puertas de roble, hubiera retumbado por toda la casa.

—James, James —comenzó a decir Josh a la vez que se levantó y caminó en dirección a la barra—. ¿Quieres algo de tomar? ¿Un whisky, un vino?

—No, gracias —contestó y añadió— Por si acaso, no fue un chiste lo que te hice. Contéstame la pregunta.

—Pero es que esa pregunta te la pude haber contestado en la oficina, o te la pudo haber contestado cualquier ejecutivo de la farmacéutica. MagMell no tiene, ni ha tenido ninguna relación con los estudios del Dr. Francis Fowler —dijo Josh.

Antes de que James respondiera, se le acercó en medio del salón, le puso el dedo índice sobre el pecho y le preguntó:

—¿Por qué vienes a interrumpirme en una fiesta en mi casa? Te atendí porque pensé que tenías una pregunta personal que hacerme, cómo qué hacer para satisfacer a una mujer en la cama.

Si James hubiera podido ver su cara en un espejo, se hubiera percatado de que se había puesto rojo por un segundo, al cabo del cual, su rostro comenzó a motearse hasta que perdió todo el color y se transformó en hincho fantasmal. No podía creer la soberbia del hombre que tenía de frente.

Mientras cambió de colores, Josh volvió a su asiento y tomó un sorbo de su trago, sin apartar la mirada del pecho de James en ningún momento. Parecía inspeccionar un blanco, midiendo la distancia que necesitaba para aniquilarlo de un solo balazo. Un instante de preocupación estalló en la mente de James. *¿Podría responder el ataque si Josh decidía sacar una pistola?*

Sabía que Josh Cosgrove no poseía un permiso para portar armas, pero esto nunca había impedido que los malhechores las usaran sin remordimiento, por lo que James no tenía seguridad de que su cuñado no guardaba una pistola a su alcance. Hacía unos días no había ninguna en su escritorio, pero eso fue días antes. Hoy, ahora, en este mismo instante, Josh podía tener una pistola amarrada en su pierna y él no tenía manera de saberlo hasta que fuera muy tarde.

James confió en su entrenamiento, en sus años de experiencia y sacó toda preocupación de su mente. No había forma de que Josh fuera más rápido que él, a menos que practicara diariamente en un campo de tiro.

—¿Alguna otra pregunta? —disparó Josh Cosgrove a la vez que tomó otro sorbo de su trago.

—¿Por qué contaminaste las camisetas del concierto? —contraatacó James sin misericordia.

Josh puso su vaso sobre el escritorio. Su expresión denotaba un poco de diversión y luego de una pausa que pareció durar madrugadas enteras, contestó:

—Cada cierto tiempo tiene que haber una epidemia. Algo que destruya a gran parte de la población. Si no son las guerras, son las enfermedades. Es la manera en que se balancea el mundo. Históricamente ha sido así. Las medicinas y los adelantos tecnológicos en esta rama han alterado dramáticamente este balance. Hay demasiada gente viva. Pronto no habrá suficientes abastos para todos. La Tierra no está hecha para poblaciones tan grandes y exigentes. Hay que exterminar… Así que las farmacéuticas básicamente les estamos haciendo un favor. Matamos unos cuantos por aquí y por allá. Curamos a otros por aquí y por allá. De todas formas no podemos proteger a todo el mundo. Para nosotros son cuerpos sin caras, sólo números, sólo signos de dólares.

¿A quién le tocó? Ups, mala suerte… Es como una ruleta.

James no lo podía entender. Con una sola pregunta Josh Cosgrove había estallado en un monólogo de ideas de manejo global. De superioridad. *Este hombre indulgente juega a ser Dios*, pensó James y dijo "Dios" en voz alta.

—Aún Dios destruye de vez en cuando para asegurarse que no nos olvidemos de Él —comentó Josh con ojos victoriosos aún cuando no había sido cuestionado.

La furia en James no tenía paralelo y comenzó un ataque masivo contra su enemigo, a quien consideraba el diablo en persona.

—¿Estás jugando o hablando en serio? ¿Estás tratando de convencerme de que esto es una simple conspiración como pasó con la teoría de que el SIDA fue creado en un laboratorio por el Gobierno de los Estados Unidos? ¿Me estás diciendo que todas las farmacéuticas matan a propósito a sus clientes? ¿Qué hay un consorcio que se reúne anualmente para ver cuál es la enfermedad que puede balancear la población del mundo por los próximos meses? ¿Quieres que me crea ese cuento?

—Cada cuál cree lo que quiere creer —dijo Josh pausadamente y no esperó la contestación de su cuñado para proseguir —. Querido James. ¿Crees que lo que pasó con la producción de medicinas en China hace dos años, cuando se descubrió que eran sólo pastillas de azúcar en vez de medicamentos, fueron unos chinitos tratando de hacer dinero? ¿Quién crees que financió esa operación, James? ¿Cómo piensas que pudieron copiar el empaque, las etiquetas y duplicar las pastillas en corto tiempo? Menos de dos meses luego de que un nuevo medicamento salía al mercado, la operación china tenía lista su contraparte en forma de placebo. ¿Crees que fue pura coincidencia? ¿Qué los chinos son más astutos que el resto de la población?

—Obviamente no, pero…

—Claro que no, mi amigo —continuó Josh en tono despampanante—. Es todo puro negocio, es ley de vida.

Las personas mueren todos los días a pesar de que se toman una pastilla diaria religiosamente. ¿Por qué crees que pasa eso? Con todos los laboratorios de investigación trabajando simultáneamente alrededor del mundo, con cientos de científicos y doctores a su disposición, ¿no crees que en los últimos cincuenta años hubiéramos podido lograr más o crees que nuestra generación de científicos es más bruta que la anterior? Tanto progreso que se alcanzó en la medicina entre 1900 y 1950 con nuevas vacunas, nuevos medicamentos. ¿Por qué no tenemos ya una cura para el SIDA, para el cáncer, el cáncer que fue descubierto hace más de cincuenta años? ¿Crees que nos ponemos más brutos cada año? ¿No crees que cincuenta años sea suficiente tiempo para que los científicos hayan encontrado más curas?

—¿Me estás diciendo que todos los científicos son parte de una conspiración? —interrumpió James más que para obtener una respuesta, para detener su cabeza.

Tantas preguntas revoloteando en su cerebro lo estaban volviendo loco. En una fracción de segundo Josh logró desarmarlo, lo hizo dudar de su confianza en los sistemas, inhabilitó sus valores y creencias. La confusión era obvia en su rostro, detalle que no le pasó desapercibido a Josh quien aprovechó el momento de incertidumbre de James para continuar con su disertación.

—Lo que te estoy diciendo, James, es que algunas personas en posiciones de poder pueden opacar los esfuerzos de los científicos. Todo lo que necesitas es un informante en cada laboratorio saboteando. Lo llamamos la Unidad Especial, tal y como el FBI tiene sus fuerzas especiales para trabajar con los casos secretos y complicados. Nosotros tenemos una de esas unidades también.

A James todo le parecía inverosímil. No podía ser cierto, ¿o sí? Tenía que aclarar esto de una vez y dijo:

—¿Me estás diciendo que todas las farmacéuticas son parte de este supuesto consorcio para impedir encontrar las curas?

—No, James, te estoy diciendo lo que quieres escuchar….

Una pausa larga y amarga detuvo la conversación por unos segundos.

—Tú quieres que te diga que soy culpable. Que te diga que las farmacéuticas tienen la culpa de las muertes de las personas. Eso es lo que todo el mundo quiere escuchar. Conseguir un culpable de los males e injusticias del mundo, y las farmacéuticas *tienen* que ser las causantes. Con lo poderosas que son, no hay manera que no lo sean, ¿verdad? ¿No es eso lo que quieres escuchar, James? —preguntó Josh fascinado ante la sensación perturbadora que se evidenciaba en el perfil de James, quien no pudo evitar girar su cuerpo en medio del salón para no encararlo.

Pero James lo asimiló instantáneamente. Josh le había jugado un juego de dudas y suposiciones. Retó a su mente a convertir en ciertas todas las aseveraciones que había escuchado cientos de veces en las oficinas, en la televisión, en cualquier lugar en donde se hablaba de enfermedades y las causas y las razones de las muertes diarias de los seres queridos. Su mente quiso creer, porque era más fácil pretender que había una entidad malévola y que no era obra natural.

Al James no contestar, Josh prosiguió:

—Yo sé por qué viniste esta noche. Quieres que te diga que MagMell Labs y por lo tanto yo, somos culpables de las muertes de esos pobres niños que confiaron en nosotros y terminaron contaminados con una bacteria fulminante.

—¿Estás negando cualquier participación en el asunto? ¿Estás negando que tu plan consistía en crear una epidemia para que al gobierno no le quedara más remedio que cambiar de opinión y hacer una moción para que la vacuna del MRSA de MagMell fuera obligatoria *ipso facto*? —preguntó James, esta vez acercándose al escritorio y enfrentando cara a cara a su cuñado.

Lenta e inexplicablemente, vio como la hostilidad en el rostro de Josh desapareció. La fachada de hierro se disolvió.

—No, James. A la hora de la verdad sigo siendo responsable de esas muertes. Yo fui quien pidió la campaña de las camisetas. Pero de ahí a ser culpable de contaminarlas son dos asuntos distintos.

———

Un minúsculo titileo de duda sobrecargó a James y lo dejó sin habla por unos minutos luego de la confesión de Josh de que no estuvo al tanto de la contaminación con MRSA previo al concierto. Antes de entrar a la mansión Cosgrove esa noche, James estaba convencido de que su cuñado era el celebro detrás del plan de contaminar a los jóvenes a través de las camisetas. Todo estaba claro en su hipótesis. Si hubiera escrito la justificación, diría lo siguiente:

"En las últimas décadas los mercados de las farmacéuticas se han diluido tanto, que los directivos han tenido que buscar maneras de reinventar su modelo de negocio. Debido a que han perdido mercado porque ya no tienen el respaldo de las patentes, ahora buscan nuevas formas de usar los medicamentos. Si antes la medicina era solamente prescrita para niños, hoy la mercadean también para adultos, y viceversa. Otras empresas, en vez de atacar el mercado de los adultos, vuelven a los mercados ya descontinuados, como el de las vacunas. Este es el caso de MagMell Laboratories y su presidente el Sr. Josh Cosgrove, quien tomó la determinación de provocar una histeria y estimular las muertes provocadas por la bacteria MRSA, para que la demanda por la vacuna que desarrollaron fuera inminente y el gobierno tomara acción inmediata de clasificarla como obligatoria"

Antes de su conversación con Josh, James no tenía duda de que ésta era la verdad de lo sucedido. Su teoría le indicaba que Cosgrove contaminó a propósito las camisetas para que la demanda por la vacuna del MRSA fuera tan grande, que con un solo intento salvaría las arcas del tesoro de su empresa.

—¿Por qué fuiste a El Cairo a comprar la tela? —prosiguió el interrogatorio.

—Porque tuve una pelea con tu hermana esa semana y decidí en último momento acompañar a Sam. Y no me arrepiento, te confieso. Después de desaparecerme por varios días en El Cairo, tu hermana me recibió mansa como una oveja.

—¿Y Puerto Rico? —continuó implacable e ignoró toda referencia a su hermana.

El sólo hecho de imaginarla acostada bajo el yugo de Josh Cosgrove le repugnaba.

—Me encanta ir a Puerto Rico. Voy cada vez que puedo. Visito las fábricas, me como una alcapurria en Piñones, regreso lleno de sol. Tu hermana lo odia. Dice que el calor hace que se le pegue la ropa a la piel. Sólo me ha acompañado una vez —dijo Josh entre sorbos de whisky, como si hablara con uno de sus mejores amigos sobre sus vacaciones favoritas.

—¿Cómo crees que llegó el MRSA a las camisetas? —presionó James para que recapitulara y tomara en serio la conversación.

—En la tinta o en la tela —dijo su cuñado con la certeza de que le había dado cabeza al asunto y continuó — Una de las dos tiene que haber estado contaminada. No hay otra explicación….

—Josh, tú entregaste la tinta… y la tela también —le recordó James levantando su ceja izquierda, y lo acusó entre líneas.

El vaso de whisky permaneció sobre el escritorio, fuera del alcance de Josh quien perdió todo interés en el alcohol.

—Sí, pero yo no le hice pruebas de MRSA antes de entregarla. ¿Quién hace eso? —contestó al fin luego de una cierta pausa.

—Tú y tu hermano. Prepararon las tintas en el laboratorio de la calle Leinster Place en Londres. Tengo un testigo. Un sobreviviente.

James trató de sacar a Paco y Ana de su mente. No quería cometer el error de decir sus nombres, ni que se encontraban sanos y salvos en un hotelillo en Londres esperando noticias del arresto de los hermanos Cosgrove. No quería correrse el riesgo de que la malicia de Josh le invadiera sus pensamientos y robara la información del paradero de Paco y Ana. Escuchó entonces la contestación que lo dejó atónito.

—No tenemos ningún laboratorio en esa dirección, James. Tenemos cuatro oficinas en Inglaterra y muchos laboratorios en toda Europa, pero ninguno de nuestros laboratorios se encuentra en Leinster Place en Londres. ¿Eso no es un área residencial?

James miró a Josh directamente a los ojos y trató de descifrar si alguna mentira formaba una nube de duda en sus pupilas. Lo único que pudo observar fue como el color se desvanecía de sus mejillas y un nudo se le formaba en la garganta y lentamente viajaba por su tráquea. El hombre estaba nervioso por primera vez en toda la conversación. Era el momento de aniquilarlo.

—Tenías que hacerlo, ¿verdad Josh? Era tu responsabilidad, tenías que responderle a los inversionistas. Todo dependía de ti y del éxito de esta nueva vacuna contra el MRSA. Tu futuro, el de tu familia, el de las familias de tus empleados. ¿Tan desesperado estabas?

—Vivimos tiempos desesperados. La gente hace lo que sea necesario para sobrevivir —contestó Josh ahora igual de manso que una paloma empollando sus huevos.

Su mirada se fijó en el infinito, en dirección a la puerta de la oficina a las espaldas de su interrogador.

James se contuvo de maldecirlo. Se quedó en silencio y trató de controlar su coraje. Pero no pudo. Pegó un manotazo contra el escritorio y le gritó a Josh:

—¡Monedas!

Ambos hombres conservaron su postura, las miradas fijas en los rostros serios. James se tranquilizó un poco y dijo:

—La bacteria MRSA luce como monedas de oro bajo un microscopio. ¿No te parece fantástico? Como un símbolo de tu avaricia. Todo por dinero.

El silencio volvió a ocupar la habitación. Sólo una pregunta persistía en el aire: *"¿Tan desesperado estabas?"*

—Yo no estoy desesperado, ni soy culpable de la avaricia de la que me acusas —contestó Josh a la pregunta invisible—. He tomado acción. He puesto la compañía en orden. He revisado prioridades. He reestructurado la empresa. Es más, el solo anuncio de que hemos desarrollado una vacuna contra el MRSA subió nuestras acciones un cincuenta por ciento. Y vuelvo y te repito, no di instrucciones de abrir un laboratorio en Londres y menos en Paddington. Alguien te está tomando el pelo y no soy yo.

No hubo tiempo de seguir conversando. La voz inconfundible de Sam Cosgrove penetró la habitación desde la puerta de roble.

—¿Por qué no me invitaste a esta fiesta?

El hombre había entrado en medio de la conversación, justo cuando se le formó a Josh el nudo en la garganta y fue la razón por la cual había reaccionado de esa manera. Pero a James le fallaron los reflejos para notarlo porque pensó que tenía a su oponente acorralado.

Ahora dentro de la oficina estaba Sam, vestido con una etiqueta similar a la de Josh, y una sonrisa demente en los labios. Ambos hombres se quedaron petrificados como sucedía en los tiempos antiguos en los intensos minutos antes de un duelo. Lamentablemente sólo Sam tenía un arma en la mano.

Josh rompió el hielo:

—Te invité, pero te desapareciste.

—Seguí tu sugerencia de que me divirtiera, que me relajara y eso estuve haciendo todo este tiempo con la esposa de McGovern —dijo Sam y su sonrisa se convirtió en la de un bufón.

—Eres una bestia, Sam —dijo su hermano, obviando la presencia de James.

—Esta vez seguí todas las reglas de etiqueta y le pregunté directamente a la Sra. McGovern si quería saborear mis partes. Ella aceptó la invitación, así que no veo cual es tu preocupación.

El intercambio de palabras entre hermanos se tornó embarazoso y James sintió que estaba entrometido en una riña entre marido y mujer. Sam prosiguió con una cascada de revelaciones impropias, detalles íntimos de su amor maníaco por el periné, mientras Josh trataba de hacerlo callar con el disimulo que ejercen los gobernantes cuando uno de sus ayudantes especiales daba a conocer un secreto político. James decidió que era el momento de salir de la habitación. Se obligó a olvidar que Sam tenía una pistola en mano.

Pero Sam no se había despistado. Colocó el arma en el costado de James tan pronto trató de evadirse por la puerta ancha, la misma puerta que comenzaba a abrirse lentamente desde afuera. Los tres hombres miraron la rendija abierta al exterior y escucharon la música y las voces en el salón contiguo. Una mano juvenil apareció en la rendija y empujó suavemente la puerta. Simultáneamente, los hombres dentro de la oficina contuvieron la respiración. Todas las voces del salón contiguo se disiparon en sus oídos. Esto les permitió escuchar claramente la voz de Dean cuando dijo:

—¿Padre?

—¿Cuántas veces te he dicho que no entres a mi oficina? —dijo Josh en el tono molesto y sangriento con el cual James pensó que le iba a contestar todas sus acusaciones anteriores, pero que nunca usó. Josh se había reservado demostrar su verdadero yo durante el interrogatorio, pero la cotidianidad de la presencia de su hijo Dean lo hizo bajar la guardia y mostró su otro lado a viva luz. James no pudo evitar juzgarlo con sospecha y Sam no pudo impedir su impulso de apretar la pistola contra su costilla.

Dean no se dio por aludido ante la severidad de la pregunta de su padre y continuó hablando.

—Padre, perdone. El Senador Howse quiere hablarle.

Un hombre de setenta años, respetable y venerable, asomó su cuerpo por la puerta, la cual ahora estaba abierta de par en par gracias a la amabilidad del joven Dean.

—Disculpe, Sr. Cosgrove. No sabía que estaba ocupado. Su hijo me aseguró que no interrumpiría.

—No, no se preocupe Senador. Esta conversación ya la di por terminada hace unos minutos atrás. Estábamos despidiéndonos, ¿verdad James? Este es mi cuñado, James Penton, Senador Howse.

Josh presentó a ambos hombres disimulando su incomodidad lo mejor que pudo, a pesar de que se sentía como una sardina atrapada en una lata. Al terminar los formalismos, empujó a Dean y a James levemente por las espaldas obligándolos a salir de la oficina. Por encima de su hombro vio como su hermano Sam guardaba la pistola en el bolsillo. En ese momento Josh respiró profundamente como si la lata de sardinas repentinamente hubiera reventado y lo hubieran puesto en libertad. Por el momento podría estirarse a sus anchas, hasta que estuviera en peligro de nuevo, cuando alguien tratara de comérselo vivo. Ese era el destino de las sardinas.

PARTE 8
La resistencia

Capítulo 32

Dean salió lívido y temblando de la oficina de su padre. James lo notó inmediatamente. Su sobrino le tenía pánico a su progenitor.

—Dean, quiero que vengas conmigo —le dijo tan pronto llegaron a la escalera interior de la casa, la que va rumbo a las habitaciones superiores donde duerme la familia Cosgrove, no siempre pasivamente.

Las escaleras le hicieron recordar a Dean la última paliza que le dio Josh. Llevaba dos horas durmiendo cuando Josh lo forzó a salir de la cama halándolo por el pelo. Lo metió en el baño, le quitó toda la ropa, prendió la ducha y bajo el chorro de agua, le dio correazos que destrozaron su piel. El agua le ardió en las heridas. Sin embargo, esa misma agua le alivió la sensación de que se desangraba al convertir su sangre en un color rosado tan inocente que le hizo olvidar momentáneamente que brotaba de su cuerpo. Amaneció empapado en el fondo de la bañera, en el mismo sitio donde se quedó dormido luego de que su padre desconectó el agua que caía sobre su cuerpo sumiso. Nunca supo porque razón le pegó. Su padre nunca daba explicaciones.

Ni ese día, o el siguiente, Dean fue a la escuela. Dos días más de fin de semana le dieron justo cuatro días a su cuerpo para restablecerse. Sólo una marca fuerte en el cachete izquierdo era visible el lunes por la mañana. Un correazo que se escapó de la espalda y cayó sobre su rostro le abrió la piel como un arañazo de gato. Eso fue exactamente lo que dijo a sus amigos de séptimo grado. 'El gato me arañó.' Por suerte ninguno de ellos sabía que él no tenía gato, ni sus maestras tampoco.

Desde ese día decidió espiar a su padre. Quería vengarse. Quería traspasarle la garganta mientras dormía. Tendría que ser uno de esos días cuando la bebida en el cuerpo de su madre hacía estragos. No quería que ella fuera testigo.

Dos noches más tarde oyó claramente como su madre se tongoneaba de lado a lado dando bandazos contra las paredes. En ese instante Dean decidió que su padre no vería un día más. Los golpes en las paredes no lo provocaba la bebida en el cuerpo de su madre, sino los porrazos que daba cada vez que su esposo le proporcionaba una bofetada o un puño en la cara. La borrachera vendría después. Sería el calmante. La que le permitiría olvidar el dolor y dormir como un lirón con un ala rota.

Después de la tunda y de dejar a su mujer tirada sobre la cama, Josh bajó a la cocina a ponerse hielo en la mano. Dean tuvo cuidado de no hacer ruido al bajar las escaleras y esperó en el último escalón hasta que su padre entró a su oficina. Allí lo siguió a hurtadillas y vio como Josh fue directo a la barra estibada de licores de todas partes del mundo, mientras hacía una llamada por teléfono.

Josh habló entretenidamente. Su voz sonaba increíblemente calmada. Al rato, apretó un botón en el interior de la barra, y de repente una hilera de botellas desapareció como si se hubiera desfondado una tablilla. En ese mismo instante terminó la llamada y se dirigió hacia la puerta. Dean escasamente tuvo tiempo de correr hacia la cocina y esconderse detrás de los gabinetes de la isla central. Entre el ruido de su respiración agitada, Dean escuchó el leve crujir de los escalones de madera de la escalera. Su padre subía al segundo piso.

Una vez se sintió a salvo y solo en el primer piso de su casa, Dean entró sigilosamente a la oficina de su padre. Caminó directo a la barra de madera que decoraba uno de los costados de la oficina. No era un mueble extremadamente grande, pero sí lo suficiente para atesorar botellas de licores provenientes de distintas partes del mundo. El licor preferido de Josh y el cual saboreó durante el interrogatorio de James, era el whisky Linkwood 15 Year Old 50.4%, el cual compraba regularmente en Demijohn, una tienda de licores única en Edingburg, Escocia. El whisky escocés fue embotellado individualmente en una botella de cristal italiana llamada cubana, la cual fue sellada con un corcho portugués. Cuatro países representados en un sólo recipiente.

Dean tenía gran admiración por las botellas de Demijohn de su padre porque cuando tenía siete años, Josh se sentó a hablarle por primera vez en su vida y el tema que escogió fue el concepto de la tienda Demijohn, de cómo llegabas y probabas los licores antes de escoger el que más te gustaba y cómo lo vertían en la botella que escogías en la misma tienda y le inscribían a mano en el cristal el nombre del licor. Su padre le prometió que cuando fuera mayor lo llevaría a Edingburg para conocer la tienda. Otra promesa rota.

La otra colección de botellas favorita de Dean era la que se esfumó al su padre apretar un botón. Esa noche, por más que buscó en la barra, Dean no encontró las botellas escondidas ni pudo hacer que la tablilla regresara a su sitio. Revisó el mueble por delante y por los costados. Abrió el compartimiento que revelaba una hielera en acero inoxidable y la gaveta con el botellero justo para dieciséis botellas de vino. Buscó en todas las gavetas. Presionó el mismo botón que había visto a su padre oprimir para que la tablilla desapareciera, pero no logró ningún movimiento. Inclusive, buscó un destornillador que tenía su madre en la cocina y le quitó el fondo a varias de las gavetas. Nada. Esa noche no encontró rastro de las botellas…. Esa noche. Tampoco esa noche se vengó de su padre… Esa noche.

—Déjame buscar una muda de ropa y mi mochila — le dijo Dean a su tío James al recibir la invitación de abandonar la fiesta en la mansión.

—De acuerdo. Voy a decirle a tu mamá que dormirás esta noche conmigo.

James tendría que mentirle a su hermana. Dean no podría dormir con él porque James no tenía planes de dormir. Tendría una reunión urgente con el FBI para decirles que no logro una confesión de Josh Cosgrove, pero que podían arrestar a Sam por amenazar a un agente con una pistola ya tenían una orden de arresto a su nombre que ejecutarían en la mañana. Luego haría una llamada de emergencia a los cuarteles en Londres para recibir instrucciones de su jefe, hablaría con Paco y con Ana y se pondría de acuerdo con Bakran en cuanto al testimonio de los testigos. Luego de eso, pegaría los ojos par de horas sobre algún escritorio en la oficina central del FBI hasta que la luz cruel del nuevo amanecer lo obligase a darse una ducha de agua fría y a ponerse desodorante y perfume fresco.

Dean no lo acompañará en estos menesteres, porque lo dejará en casa de Mercedes, al cuidado de Valeria. Contaba con ellas para que mantuvieran a su sobrino a salvo.

———

Hacía dos noches que Valeria no dormía en su propio apartamento. Reservó temporalmente una habitación en la casa de Mercedes desde el día en que soñó que las bacterias se comían los cuerpos de los pacientes en los morideros de un hospital. Le desesperaba la quietud en su hogar, le venían pensamientos estremecedores, se impacientaba con la lenta solución del caso contra los hermanos Cosgrove. Sola en su apartamento, la espera le parecía interminable.

En las amplias habitaciones saturadas de incienso de la casa de su amiga, Valeria olvidó los ataques de bacterias invisibles, aunque no los hechos del concierto de Amuleto Rojo. Las amigas se tranquilizaban una a la otra al pensar que hicieron lo que estuvo en sus manos por salvar a los chicos. Se consolaban mutuamente por la trágica muerte de Olivia y los demás jóvenes. Mercedes se preocupaba incesantemente por el efecto psicológico que dicho evento tendría en su hija y Valeria se desvelaba extrañando desesperadamente a James.

Seguir en ese plano no era saludable para ninguna de las dos, así que para distraerse esta noche sacaron una botella de vino y conversaron sin parar. Con el pasar de las horas comenzaron a rememorar el pasado. Valeria se remontó a los famosos *sleepovers* que hacían todos los fines de semana cuando chicas. Una noche en casa de

Mercedes, la próxima en casa de su mejor amiga. Esta noche, mientras esperaban noticias del arresto de Josh y Sam Cosgrove eran chicas en pijamas de pantalón largo de colores sobrios, en vez de los pantalones cortos de colores pastel que de niñas les compraban sus mamás.

Valeria se sentó sobre la encimera de la cocina mientras Mercedes le contaba una anécdota de la vez que un profesor de universidad le dio una F en su clase para obligarla a ir a refutar la nota a su oficina y aprovechar la ocasión para invitarla a salir. Era un profesor joven, soltero y guapo, pero aún así. *¡Qué pantalones!,* pensó Valeria al escuchar el cuento de su amiga.

En ese momento sonó el timbre de la puerta.

—Debe ser James —dijo Mercedes, pero Valeria lo supuso más rápido y fue la primera que llegó a la puerta.

Allí estaba Dean, pero no James. Otro agente acompañaba al chico y ofreció mil disculpas de por qué James no pudo escoltar al chico y de por qué no podía entrar a tomar una taza de chocolate y de por qué le era imposible explicar lo que pasaba con los hermanos Cosgrove. Mil disculpas.

Después de despedir al agente, ofrecerle asiento a Dean y explicarle que Gabriela se quedó dormida antes de saber que él venía de visita, Valeria y Mercedes se sentaron con el chico en el sofá frente al televisor apagado. Dean nunca se había sentido tan incómodo. Las dos mujeres lo miraban, le hacían preguntas y levantaban sus cejas. Esperaban a que él les contestara. Pero a Dean no le parecían preguntas coherentes según su interpretación.

—¿Puedo usar la computadora? —dijo en medio de la próxima pregunta, cortando de plano el interrogatorio y con esto pidiendo permiso para hacer otra cosa que seguir la tortura a que lo tenían expuesto.

—Claro que sí, Dean —contestó Mercedes y con la mirada le dio instrucciones a su amiga de que se callara la boca—. La computadora está en el segundo piso. Ven que te enseño.

La noche sería larga para las amigas, pues estaban demasiado despiertas como para intentar conciliar el sueño. El saber que los hermanos Cosgrove regresaron les provocaba gran expectativa. Por lo visto Dean también estaba sobresaltado porque de ninguna manera quiso aceptar sus insinuaciones de que debía acostarse a dormir.

Alrededor de las doce de la noche, Gabriela se levantó para ir al baño y se encontró con la sorpresa de su vida. Dean Cosgrove estaba sentado frente a su computadora. *¿Será un sueño?*

—Hola —dijo el chico bastante bajo acompañado con un saludo leve de una mano y con cara llena de vergüenza.

—¿Qué haces aquí? —preguntó Gabriela con voz soñolienta.

—Mi tío me trajo. Voy a quedarme esta noche —y bajó la mirada para ocultar su incomodidad.

—Ah, no sabía —dijo Gabriela y se restregó los ojos para espantar el sueño.

—Ya estabas dormida cuando mi tío llamó —anunció Dean y frunció el ceño para tratar de concentrarse en lo que escribía en el teclado.

—¿Y tus padres?

—Tienen una fiesta en la casa —contestó Dean sintiendo que de repente le ardía la cara.

—Ah, no sabía.

Silencio.

—¿Estás usando Tumblr? —interrumpió Gabriela.

—No.

—¿Facebook?

—No.

—¿YouTube?

—No, eBay —le contestó finalmente Dean para que Gabriela dejara de preguntar.

Pero Gabriela ni se dio por enterada que esa era la intención y continuó con las impertinencias.

—¿eBay? ¿Qué estás buscando?

—Estoy vendiendo.

—¿Qué vendes?

—Botellas.

Dean no la miró en ningún momento mientras contestaba con frases cortas con la esperanza de que Gabriela se cansara de preguntar. No sabía lo insistentes que pueden ser algunas niñas.

—¿Coleccionas botellas? —continuó Gabriela.

—No. Mi papá.

—¿Y te las dio para que se las vendieras?

—No. Se las robé.

Dean contaba que con esa aseveración seguramente la espantaría.

—Ah, no sabía —dijo Gabriela sin inmutarse.

Ni tan siquiera cambió de posición en la silla en donde estaba sentada. A Dean le pareció insólito e hizo un último intento por alarmarla.

—Quiero vengarme por algo que me hizo.

No resultó tampoco. Gabriela seguía ahí, haciéndole preguntas.

—¿Qué te hizo?

—No te pienso decir —resopló Dean y le dio a entender que no hablaría más.

—Ok —concluyó Gabriela.

Silencio.

Diez segundos más tarde:

—¿Me dejas ver las botellas?

—¡No! —casi le gritó Dean.

—¿Cómo te las robaste? —persistió Gabriela.

—¿Te crees reportera o algo así? —refunfuñó Dean.

Pero la última pregunta de Gabriela fue como si le hubieran abierto a Dean las puertas del cielo. Estaba loco por contar su hazaña, pero su tío James no estaba de humor cuando salieron de la mansión, aparte de que tenía mucha prisa por llevarlo a casa de Mercedes. A Valeria y a Mercedes ni se le hubiera ocurrido mencionarle nada, pero a Gabriela…. Quizás a Gabriela le fascinaría. Al menos era curiosa como él.

Dean le contó a Gabriela cómo encontró las botellas en el sótano de su casa. La noche que espió a su padre, mientras hacía esfuerzos en vano por dormir, se acordó de un documental que vio sobre los años de la prohibición cuando los bares en Nueva York, Chicago y las ciudades importantes preparaban puertas falsas para esconder el licor y las barras se activaban para tirar todas las botellas al alcantarillado por túneles secretos bajo el edificio. Él fue testigo de que las botellas desaparecieron de la barra de su padre y fue al sótano de su casa esa misma noche para confirmar sus sospechas. Se encontró que la misma idea de la prohibición había sido duplicada. Aparentemente un sistema similar tenía la barra de su padre, pero en vez de descartarlas en el alcantarillado, las botellas cayeron al sótano dentro una caja mullida.

Al terminar su relato, Dean contestó la pregunta de Gabriela de por qué su padre quiere esconder las botellas.

—Estas botellas antiguas de mi padre son muy valiosas porque son de coleccionistas. Son botellas de medicinas manufacturadas en los 1800's. Una en específico, la más vieja, la del Bálsamo de Vida Turlington, fue manufacturada en Inglaterra en 1723. Son pequeñas y le caben en el bolsillo a cualquiera, así que quizás quería esconderlas de los ladrones —dijo.

La venganza de Dean será venderlas a un precio ridículo en la página de internet de eBay y privar a su padre de sus preciadas botellas.

—Mi padre se muere cuando se entere... —concluyó Dean su explicación y le hizo a Gabriela una invitación—. ¿Quieres verlas?

Gabriela dudó por unos segundos antes de preguntar:

—¿No será ahí donde tu padre esconde el MRSA?

—¿Quéééé? —preguntó Dean alarmado—. ¿De qué estás hablando?

Gabriela había escuchado las conversaciones entre los adultos, como comúnmente hacen todos los chicos de su edad. Una de las veces que James llamó, Gabriela bajó el volumen de su iPod y escuchó cuando Valeria le preguntó si creía encontrar pruebas del MRSA en la casa de Josh. Ató los cabos de varias conversaciones, algunas entre James y Valeria, otras entre Mercedes y Valeria y no tuvo dudas de que sospechaban que Josh era culpable de la muerte de Olivia y de otros chicos en el concierto.

Escuchó los murmullos de su madre lamentándose de que no hubiera tenido una camiseta rosa añil para Olivia y a Valeria afligirse por no descubrir a tiempo que las camisetas estaban contaminadas.

Gabriela le contó las conversaciones a Dean con lujo de detalles. Al finalizar el recuento ninguno de los chicos tuvo que decir una palabra más para saber lo que tenían que hacer.

Salieron del cuarto de la computadora y en la habitación de Gabriela se pusieron ropa de esquiar, máscaras y guantes de invierno. Dean se puso el traje de nieve color violeta de Gabriela aunque le quedaba súper apretado y esperó las burlas de la chica, pero éstas nunca llegaron. Gabriela estaba muy seria. Sus ojos y su frente casi mostraban sus pensamientos.

—¿Tocaste las botellas en tu casa? —preguntó al fin Gabriela, exponiendo su peor miedo.

—No. Estaban en una caja y así mismo las vertí en mi mochila —contestó él y con gestos le demostró como guardó las botellas en su bulto.

—¡Qué bueno! —dijo ella aliviada.

Volvieron al cuarto de la computadora y tal y como habían aprendido en la clase de laboratorio de ciencia, sacaron las botellas medicinales de la mochila agarradas por los costados con sólo dos dedos, como si fueran placas de Petri, aunque realmente no hacía falta que las manejaran de esa manera.

Con esmero Gabriela guardó algunas botellas en una bolsa de tela que le había dado su madre hacía unos años y que usaba para guardar una de sus muñecas de porcelana. Dean colocó otras en la bolsa plástica de la basura del cuarto y luego cada uno puso su bolsa dentro de la caja de la consola de juegos que guardaba Gabriela a insistencias de su madre para que si se le dañaba el aparato digital pudieran devolverlo.

En lo que Dean cerraba la caja, Gabriela bajó a la cocina a buscar cinta adhesiva gruesa sin saber que se encontraría a Mercedes de frente.

—Gabriela, ¿qué haces despierta? ¿Y qué haces así vestida? —preguntó Mercedes al verla vestida con atuendo de esquiar de pies a cabeza.

—Nada —contestó la niña y siguió con su plan como si su madre no la hubiera visto.

Aprovechó a que su madre se despedía de Valeria y que entre ambas apagaban las luces de las lámparas para subir las escaleras a toda velocidad. Dean la esperaba ansioso. Le arrancó la cinta adhesiva de las manos y comenzó a cubrir la caja. Un pedazo de izquierda a derecha… criss, cortó la cinta. Un pedazo de costado ha costado, criss, cortó la cinta. Un pedazo de arriba abajo…criss, volvió a cortar la cinta. Repitió cada movimiento. Cuando ya iba por el sexto corte, Gabriela desesperada le gruñó:

—¿Cuánto más la vas a sellar?

Dean miró la caja. No quedaba un trozo que no estuviera cubierto por cinta adhesiva.

—OK. Creo que ya es suficiente.

Ellos no sabían si el MRSA dentro de las botellas medicinales estaba vivo o no. Si les podía hacer daño o no. Lo que sí sabían era que posiblemente tenían en sus manos la única evidencia de que Josh Cosgrove tuvo en su posesión la bacteria y más importante aún, el testimonio de su propio hijo de que trató de esconderla.

—Si no hubiera tratado de ocultar las botellas, nunca hubiéramos sospechado —dijo Dean.

Una colección de botellas medicinales en exhibición en la barra de su casa no era algo que el FBI hubiera podido utilizar en su contra. Así fue como Dean se convirtió en el contacto perfecto de James, otro de sus testigos estrellas, tan pronto se comprobaran los rastros de MRSA en las botellas.

—Seguramente el día que me dio la paliza por estar husmeando con unas placas de Petri 'peligrosas', fue el día que transfirió el contenido a las botellas medicinales. Debe haber usado las jeringuillas esas especiales que se ven en CSI para estudiar el DNA —dijo Dean al sentarse junto a Gabriela en el pequeño sofá al lado del escritorio de la computadora.

Gabriela se quedó en 'me dio una paliza…' Con esa frase, sin querer, Dean le contestó porque quería vengarse de su padre y Gabriela quiso preguntar más, pero esta vez no se dejó arrastrar por la curiosidad. Esta vez guardó silencio y recostó su cabeza contra el hombro de Dean.

—¿Por qué querría tu padre conservar el MRSA? ¿Puede el MRSA sobrevivir mucho tiempo en algún líquido especial? —preguntó Gabriela.

—No tengo la menor idea —afirmó Dean.

Capítulo 33

Bakran instaló a Paco y a Ana en un hotel discreto en uno de los suburbios de Londres. Escogió la localidad por ser frecuentada asiduamente por personas con vicios dudosos, por lo que era muy vigilada por la policía y por los agentes de narcotráfico. De esta forma, los españolitos tendrían doble seguridad a su disposición, la ofrecida por los agentes asignados por Bakran y por media docena de policías que merodeaban constantemente el área en busca de sus maleantes favoritos.

—En esta olla de grillos estarán más a salvo que en un hotel cinco estrellas, donde nadie sospecha de nadie y los inquilinos son menos frecuentes —les dijo al entregarles las llaves del cuarto, a la vez que les pidió que no asomaran nunca sus cabezas fuera de la puerta.

El agente Bakran se despidió un lunes y al cabo de tres días, Paco y Ana ya trepaban paredes. Desde el principio se sintieron con los corazones encadenados por el encierro y pensaron que no era justo pasar su juventud entre cuatro paredes. El primer día no pararon de quejarse. Al segundo día lo mismo. Al final del tercer día, decidieron que era preferible hacer lo mejor posible de la situación. El día cuatro, para matar el tiempo, le pidieron a los agentes a su cargo comida a todas horas, jugaron cartas, escucharon música, hicieron chistes, hablaron del futuro, hablaron del pasado. Hablaron. Y sin querer, escucharon los gemidos de pasión de los vecinos de cuarto. Se comieron las uñas. Tortura lenta, poco piadosa. Adoptaron los hábitos carcelarios de todos los que se encuentran encerrados en contra de su voluntad.

La quinta noche el ocio tomó forma maligna y se transformó en angustia. El humor de ambos se tornó rancio y taciturno, hasta el punto de que en vez de compartir durante la cena, cada cual se mantuvo en esquinas opuestas de la habitación dándose la espalda sin hablar, sin moverse, casi sin respirar.

El silencio infernal duró más de una hora, hasta que fue desterrado por la siguiente expresión de Ana:

—Siempre pensé que estaba preparada para su muerte —dijo refiriéndose a Miguel—. ¡Cuán equivocada estaba!

Hacía días que la chica no mencionaba a Miguel y Paco lo tomó como un indicio que su corazón sanaba. Sin embargo, ahí estaba de nuevo, una estocada a los sentimientos. Paco se mantuvo callado, pero giró su cuerpo para mirar el perfil estoico de Ana.

—Me empecé a preparar para su muerte desde la primera vez que hablamos de la posibilidad de un transplante de pulmones, la última alternativa cuando se padece de fibrosis quística. Las complicaciones son muchas, las posibilidades de que el cuerpo rechace los órganos son altas, sin hablar del hecho de infectarse con una bacteria durante la operación o durante la etapa de recuperación. En fin, sabía que Miguel podía nunca salir vivo del hospital —dijo con la autoridad de una mujer de sesenta años, hasta que la voz quebrada hizo necesario que se tomara una pausa.

Paco se acercó y se sentó junto a ella en el borde de la cama.

—Lo siento —le dijo.

Ana estaba a punto de llorar. Al verla sufrir Paco sintió que se hundía y se estremeció de sólo pensar que Ana solamente viera en él el rostro del consuelo. Aún así le dio permiso para llorar, para expresar con lágrimas el lenguaje de su dolor.

Ella asintió con la cabeza e instantáneamente lágrimas inagotables brotaron de sus ojos almendrados hasta que sus párpados inflamados y su nariz tapada la obligaron a parar. Al contenerse sintió como su pecho se desinflaba del apretón que el llanto provocó en su pecho y que por unos instantes le había hincado las costillas y torcido los hombros. Con un agudo suspiro terminó la expresión triste de su alma. Enderezó su cuerpo y limpió su rostro de los estragos.

—Nada alivia como el llanto —dijo con voz apagada mientras enjuagaba sus ojos—. Gracias por escucharme —añadió y sonrió tímidamente.

—De nada. Cuando quieras —le dijo él.

Pero Ana se propuso nunca más pensar en cosas tristes. Fue la última vez que lloró abiertamente por Miguel.

Una hora más tarde, agotados de tanto hablar, los jóvenes se quedaron dormidos en la misma cama.

A mitad de noche, Paco despertó azorado. Encontró a Ana entre sus brazos y no pudo volver a dormir. Sin saberlo, Ana, acurrucada con piernas y pies de niña entrelazados entre los de él, era la culpable de su falta de concentración y le impedía conciliar el sueño.

Paco trató de volver a cerrar sus ojos, pero percibía el calor del cuerpo femenino desplazándose cerca de él como una llama ardiente imposible de resistir. Al tratar de alejarla, se percató de la sombra de sus pezones debajo del camisón. Instintivamente se separó un poco más, porque su pijama de flores casi le tocaba su pecho desnudo y le rozaba su piel tan vulnerable en este momento.

Ahora que la tenía más lejos, se dejó llevar por sus deseos y miró esmeradamente la sombra oscura que se formaba en la tela. Trató de dibujar con la vista el contorno del seno como si la tela fuera un papel de calcar y él fuera un niño delineando su figura favorita. Y suspiró. Se tapó la boca para que ella no lo escuchara y con ese lamento se admitió a sí mismo que una lucha de poderes batallaba en su interior. Una parte de sí daría lo que fuera en ese mismo instante por ver esos pechos desnudos y otra parte, a la vez, se resistía desesperadamente para no verlos.

Sacudió los malos pensamientos y se percató de algo inverosímil que lo hizo sentirse orgulloso de sí mismo. Sus manos se comportaban. Se mantenían pegadas a su cuerpo, no acariciando el de Ana. Así tenía que ser, porque no quería ser acusado de una infidencia.

Pero una cosa eran sus manos y otra era la protuberancia debajo de sus pantalones. Esa no se estaba comportando de ninguna manera permisible, atormentada por el desorden de los instintos. Así que, antes de flaquear y con el firme propósito de defender su honra y la ajena, Paco decidió lanzarse abruptamente de la cama para engancharse en amores solitarios en el baño.

Sin embargo, justo cuando se disponía a bajarse la bragueta, oyó la voz de Miguel tan nítida como si estuviera con él en el baño y se detuvo. "Ni te atrevas a pensar en ella mientras" Paco se detuvo. Se mantuvo tranquilo y valiente por los próximos quince minutos durante los cuales, con respiraciones péndulas, logró dominar el asunto. El truco era viejo y funcionó una vez más. La calma volvió sin derrames, aunque por un instante Paco pensó que esta vez llegaría accidentada. Al pasar la odisea, dio gracias a Dios.

Cuando salió del baño, Ana estaba enredada apaciblemente entre sábanas y almohadas y así se quedó, ensimismada en sueños plácidos, hasta que amaneció. Lo mismo no se pudo decir de Paco, quien en la cama contigua y sólo en las postrimerías de la noche, durmió dando brincos como caballo salvaje.

Pasaron varios días más desde el incidente del encierro en el baño, el cual agraciadamente no se volvió a repetir. Desde entonces, Paco adquirió poderes mentales que le permitieron pasar el tiempo sin la preocupación de que las necesidades de su bajo vientre tomaran el control del cuerpo. *Estoy madurando*, se decía a sí mismo todas las noches antes de dormir.

Agraciadamente, la tensión de los primeros días dio paso a un sosiego restaurador, en el cual los jóvenes se regodeaban mañana, tarde y noche.

—Somos dichosos de hacer lo que nos venga en gana, excepto salir de aquí —se decían uno al otro.

Así que empezaron a ponerse más estrambóticos en sus ideas de cómo pasar el tiempo. Pidieron a los agentes que les trajeran comida de restaurantes exóticos, alquilaron películas extranjeras en idiomas jamás escuchados por ellos, pero que gracias a la magia de los subtítulos pudieron disfrutar como si estuvieran en una gran sala de cine. Pidieron cada uno una libreta para usar de diario, idea que robaron de la versión de 1959 de la película Diario de Anna Frank. Pero, sobretodo, pidieron antojos de su patria. Todo pago por el gobierno inglés.

El día que llegó la caja de España, gritaron como aves en nido. Castañuelas, zapatos de taconeo, una falda ancha para Ana y dos peinetas de gitana. Paco recibió música flamenca de la vieja guardia: Tomatito, Diego el Cigala, Paco de Lucía y el maestro de maestros, la leyenda, Camarón de la Isla.

Sin esperar a que se enfriara la emoción del momento, Ana agarró un peine y se hizo un moño pegado a la nuca, con una raya en el medio y el pelo bien tenso, excepto por un bucle en cada oreja. Se tiró la falda ancha por la cabeza y la resbaló hasta su cintura, donde la ajustó a la vez que acariciaba sus caderas. Vistió sus pies descalzos con los tacones y comenzó a bailar al son de la guitarra de Tomatito con un empeine perfecto cada vez que aletea la falda hacia el frente para dar una vuelta. Sus brazos curvos enmarcaron cada paso, uno en la cadera como si sostuviera un jarrón invisible, el otro frente a los senos erguidos. El cuello siempre estirado. La cabeza de gacela. Toda ella, menuda y ágil. En cada movimiento soltaba una risa, un gesto de gozo, un jaleo proveniente de las entrañas.

Al cabo de unos minutos, Paco se le unió en el deleite. Con una asombrosa fluidez de pareja de baile profesional, y moviéndose ambos dentro de un ámbito propio, acompañaron con sus cuerpos el ritmo encendido de las castañuelas, los cajones y las palmas de fondo. Estaban más que acostumbrados al sensual baile español, porque por años seguidos, en las reuniones con sus respectivas familias andaluzas, a cada cual lo obligaban a bailar las coplas sevillanas, con la excusa de que no perdieran la costumbre y no olvidaran el patrimonio.

Hoy, Paco y Ana, con el pretexto de revivir su patriotismo en la habitación londinense que les servía de hogar hacía exactamente dos semanas, juntaban y despegaban sus torsos y sus rostros, a la vez que navegaban sus brazos cruzados muy cerca de sus cabezas, casi tocándose mutuamente el cuello sin desviar la vista de sus perfiles, excepto al momento justo de dar una vuelta rápida con la cual volvían a caer con gran matiz en posición uno frente al otro.

Al terminar la cuarta copla, se miraron efusivamente a los ojos y jadeantes mantuvieron el desplante por varios minutos fijados al suelo por una barra imaginaria que les cruzaba el cuerpo y les impedía cambiar la postura. Hasta que Ana bajó levemente la mirada como si escondiera un preámbulo de amor.

Esta visión turbó intensamente a Paco y menguando su voz en susurro, dijo:

—Eres tan hermosa.

Pero igual que lo dijo, se arrepintió.

Ana le devolvió el cumplido con una sonrisa tímida y a paso ligero alcanzó una de las sillas de la habitación y se tiró en la misma alegando que estaba muerta de cansancio. Desde allí observó a Paco. Trató de entenderlo en silencio y ese escrutinio lo puso más nervioso. Ana estaba mirándolo profundamente y parecía analizar cada uno de sus motivos. Husmeando desde lejos su cuerpo, la chica atravesaba su alma y por un momento él llegó a pensar que se había adentrado a su cerebro y podía leer sus pensamientos.

Imposible evitar si ella se proponía adivinarle los pensamientos. Lo único que le restaba a Paco por hacer era esperar a que ese presagio no se cumpliera pronto y que el sudor que bajaba por su rostro fuera visto como un síntoma del esfuerzo durante el baile y no como una señal de lo intranquilo que se encontraba.

Unos segundo más pasaron y justo cuando Ana se disponía a hablar para interrogarlo, para enfrentarlo sobre sus intenciones, la alarma del reloj del cuarto les anunció despiadadamente que era la hora acordada con Bakran para visitar las oficinas del NCIA. Paco tenía una misión en el día de hoy: identificar unos frascos de tinta que fueron entregados al agente como basura proveniente del laboratorio.

La versión recibida fue que uno de los empleados de sanidad conservó los frascos sin razón aparente, excepto para usarlos en su dormitorio. Cuando leyó en los periódicos sobre los casos de MRSA y su aparente conexión con un laboratorio clandestino ubicado en el sector correspondiente a su ruta de trabajo, el pánico lo consumió de inmediato y entregó los frascos a las autoridades.

Paco confirmó las sospechas del empleado de sanidad, aseguró que efectivamente eran los potes de tinta utilizados durante los estudios con la bacteria MRSA y estuvo presente cuando una huella digital del Dr. Fowler fue identificada. Luego de su participación en la investigación, volvió junto a Bakran y Ana a la habitación del hotelucho, que ya le tenía aspecto de una prisión.

Justo cuando la chica entró a la habitación, Paco agarró al agente por un brazo y lo retuvo en el pasillo lóbrego del hotel. Se le pegó al oído y le dijo:

—¿No hay forma de que nos quedemos en habitaciones separadas?

Antes de que Bakran contestara, Ana abrió la puerta y anunció:

—Me voy a bañar. ¿Tienes tu llave?

Al recibir una afirmación, la chica cerró la puerta de la habitación y segundos más tarde la puerta del baño.

—No poder tocarla me está volviendo loco. Esto es peor que estar huyendo de Sam Cosgrove —le admitió Paco a Bakran con una intensidad desgarradora.

—¿Estás enamorado de la novia del chico que murió? —preguntó suspicaz el agente.

—Gracias por ponerlo tan penoso —contestó él, lamentándose internamente de haber admitido las desgracias de su corazón.

—La única cura para eso que padeces muchacho es… —pausó Bakran, antes de terminar frívolamente — …una inyección fatal de MRSA. ¿Quieres que te consiga una? Mira que tengo a mi disposición todo el MRSA que quieras.

—No, gracias, ya he tenido suficiente con esa maldita bacteria —contestó ácidamente Paco, obviando la intención de Bakran de hacerle un chiste para despejar la tensión.

—Relájate, muchacho. Si sobreviviste a eso, sobrevivirás a los males del amor.

Acto seguido, abrió la puerta de la habitación, empujó a Paco en su interior y se fue pasillo abajo sonriéndose por dentro y moviendo su cabeza de lado a lado.

Capítulo 34

La mañana fue tan cruel como James se la imaginó la noche anterior. Sólo durmió dos horas luego de que se empeñó en ir a levantar de su cama al técnico del laboratorio que le habían asignado para la investigación. Quería que le confirmara inmediatamente el contenido de las botellas medicinales que le hizo llegar Mercedes a la una de la madrugada. Cómo llegaron a las manos de su sobrino Dean, todavía lo tenía impresionado.

—Si utilizo un medio cromogénico, tomará al menos dieciocho horas de incubación para poder identificar cepas de MRSA en la muestra —le explicó el técnico—. Vaya a dormir un rato y luego hablamos.

—No hay otro proceso que sea más rápido.

—Podría utilizar el método molecular para analizar la presencia del gen mecA, que es el que le confiere al estafilococo resistencia a los antibióticos...

—¿Cuánto tiempo demora este método?

—Mucho menos, pero aún así, varias horas.

—Varias horas pueden ser diez, quince. ¿Podría ser más específico, porque no dispongo de varias horas?

—No sé exactamente cuántas horas —declaró y miró a James con ojos vacíos.

—*Wrong!* Contestación rechazada. Vuelva a intentarlo —dijo James imitando las expresiones de los presentadores de los programas de juegos que transmiten por televisión.

—Hay una prueba nueva, pero está diseñada para usarse con especímenes nasales húmedos de pacientes sospechosos de colonización MRSA. Puedo intentar con esa prueba para ver si funciona.

—¡Bien pensado! —exclamó James apretando los dientes, pues verdaderamente lo que tenía ganas era de insultarlo, porque se empeñaba en hablarle en términos técnicos y darle un puño, porque no se le había ocurrido antes la alternativa más rápida.

—Es que todavía estoy dormido... —añadió el hombre como si hubiera adivinado sus pensamientos.

La dureza del escritorio que le había servido de cama mientras esperaba los resultados de laboratorio la sentía en cada pulgada de su cuerpo. *¡Y pensar que de chico dormía de lo más cómodo en el suelo, sin almohada, sin frisa, y amanecía fresco como el rocío! Nuevo.* Ahora podía decir lo contrario. Amaneció apagado como el moriviví, vencido por el peso de las noches sin sueño, igual que el peso de las ramas vence a esta curiosa planta que se echa a dormir cuando la tocan.

Agraciadamente aún con el paso del tiempo, una ducha de agua fría todavía tenía el mismo efecto. Restauraba sus músculos. Lo único era que ahora le tomaba más tiempo. Antes su musculatura se vitalizaba del primer impacto del agua sobre su espalda. Ahora despertaba poco a poco y lenta... lenta... lentamente.

—¿Qué pasa? —preguntó James al hombre que tocó la puerta y le interrumpió el baño.

—Tiene llamada del agente Gordon.

Ah, la ducha no había terminado de hacer su trabajo...

—Dime Gordon —dijo James mientras se secaba el cabello con una toalla azul marino que le regaló Valeria en las navidades, junto con un estuche completo de accesorios de uso personal para usar en sus viajes.

—Los sospechosos están en movimiento —informó Gordon.

—¿Ambos? ¡Deténgalos! No los dejen salir —impartió las instrucciones y con el teléfono al oído comenzó a vestirse, aunque la toalla azul no había tocado ni una pulgada de su cuerpo.

—Muy tarde —dijo Gordon—. Estamos en persecución.

—Intercéptenlos —exigió James.

Pero antes de continuar dando instrucciones de que detuvieran el auto en que transitaban Sam y Josh, pensó detenidamente. Las órdenes de sus superiores fueron que los detuviesen para hacerles un interrogatorio. Esta orden la iban a llevar a cabo James y Gordon, junto con otros dos agentes del FBI, esa mañana, pero Josh y Sam se les adelantaron.

—¿Cómo van vestidos? —preguntó a Gordon.

—Con chaqueta y corbata de trabajo.

—¿Van en dirección al *Downtown*?

—Sí —aseguró Gordon por el teléfono.

—No los pierdas de vista —ordenó James y preguntó— ¿Hay otros agentes en la persecución?

—Sí, estamos en contacto por radio.

James terminó de ponerse los zapatos y dijo:

—Perfecto. Te encuentro en las oficinas de MagMell.

—¿Cómo sabes que van para allá? —preguntó Gordon, a lo que James le contestó:

—Porque Josh está jugando a actuar como hombre inocente y nosotros le permitiremos que juegue un rato más.

———

James se detuvo frente a Josh Cosgrove, con el pelo despeinado y aún un poco húmedo, pero con el rostro sosegado y ecuánime. Se recostó del marco de la puerta de la oficina del Presidente de MagMell Laboratories y plantó una pierna sobre la otra, despreocupadamente. Su labio superior no pudo resistir subirse en un intento fallido de suprimir una sonrisa, porque encontró a Josh envejecido, amargado y abatido. Sus ojos inyectados de sangre y su rostro lánguido daban la impresión de refugiado de las Naciones Unidas.

Antes de que pudiera emitir palabra, Josh se adelantó:

—¿James? ¿Vienes a ayudarme a sacar las cosas de mi oficina? —y le dio la espalda para recoger del suelo su maletín y ponerlo sobre la silla de su escritorio.

—¿Te mudas?

—No necesariamente. Me marcho —contestó mientras bajaba una reproducción del cuadro *Diana y Endymion* que adornaba la pared detrás de su escritorio.

—¿Te echaron? —siguió James y sus facciones emitieron una expresión de satisfacción.

—Como si tú ya no supieras eso —contestó Josh vagamente sin mirarlo.

Estaba entretenido abriendo y cerrando gavetas en su escritorio. Buscaba todo aquello que le pertenecía personalmente.

—¿No pudiste convencerlos de tu inocencia? —preguntó James perspicaz y cruzó los brazos sobre el pecho.

—Inocente o no, el daño está hecho. La empresa no puede sobrevivir si me retienen a mí —dijo con una voz suave y fatigada.

—De presidente a chivo expiatorio —continuó James con una sonrisa despectiva.

—Exactamente.

Josh levantó la vista por primera vez en toda la conversación y clavó su mirada en los ojos sonrientes de su cuñado.

—Lamento tu caso —contestó James con un cinismo incisivo.

—No, no lo lamentas, James.

Por un segundo más miró inexpresivamente hacia el frente, sin demostrar interés en continuar la conversación, y volvió a bajar la mirada. Acomodó un pisapapeles y una carpeta en una esquina del escritorio.

—Es verdad, no lo lamento —afirmó James—. ¿Dónde está Sam? Tu sombra, tu cómplice— persistió ahora en un tono más agresivo, amenazante.

—Buscando cajas vacías en el departamento de personal —contestó Josh actuando como si no tuviera ningún conflicto de conciencia merodeándole en el cerebro, según pudo percibir el agente.

—*Rubbish!* —vociferó James con la desagradable sensación de que la sangre le hervía por todo el cuerpo ante las idioteces de Josh y su empeño ridículo de proteger a Sam—. ¿Sabes que vengo a arrestarlo por posesión ilegal de armas?

James preguntó, sin saber que también podía acusar a Sam de destrucción de evidencia en el caso de homicidio. El menor de los hermanos Cosgrove trituró recibos de compra de tela, tinta y materiales de laboratorio. Además, desvaneció los informes del Dr. Francis Fowler, los acuerdos de confidencialidad firmados por Paco y sus compañeros de laboratorio, los recortes de periódico de la muerte de Miguel, la carta original de Miguel a los periódicos.

—Sam es un poco temperamental. Siempre lo ha sido. No sé porque sintió la necesidad de protegerme de ti con su arma, pero lo que si sé es que tiene permiso para portar armas. ¿Cómo podría ser jefe de seguridad sin una? —preguntó Josh con aspecto aturdido.

Sus ojos se estrecharon y revelaron cierta incomodidad.

—¿Conoces todos sus movimientos y acciones? —preguntó James en un esfuerzo por incriminar a su cuñado.

Pronto lo rematará, pero esperará pacientemente la confesión. Mientras tanto, no le importaba que Josh lo siguiera subestimando.

—No, no todos. Sam nunca ha querido seguir mis pasos. Contratarlo este año ha sido mi último esfuerzo de que haga algo decente con su vida —explicó Josh para asumir responsabilidad por su hermano.

—¿Por qué lo defiendes Josh? Sabes bien que está implicado en la contaminación de las camisetas.

Josh le atravesó el cuerpo a James con la mirada mientras colocaba sus papeles dentro de su maletín de cuero. No contestó, pero su rostro le dijo lo que pensaba… *¿Vas a seguir con esto?*

James continuó:

—También tenemos evidencia de que mató a dos agentes federales.

La cara de asombro de Josh, mudo, con la apariencia física de una fatiga mental insoportable, parecía sacada de una telenovela. James se contuvo el asco que la actuación de su cuñado le provocó.

—¿Dónde está el departamento de personal? —preguntó incesante, loco por terminar con la parodia.

—En el séptimo piso —contestó Josh titubeante.

Su voz fue tenue, casi un susurro.

—Gracias —dijo James y se dio media vuelta sin hacer ningún gesto por despedirse.

—Te acompaño —expresó Josh y caminó a paso acelerado detrás de James, quien se detuvo bruscamente para encararlo.

—No es necesario, Josh. Para eso tengo a mi nuevo amigo Gordon.

Le puso la mano sobre el hombro al agente del FBI que en ese momento hizo notar su presencia.

—Y a los amigos de Gordon que esperan mis instrucciones en el vestíbulo por si Sam resiste el arresto.

Josh insistió en seguirles los pasos a James y al agente Gordon. Los tres hombres llegaron a la vez al vestíbulo de los elevadores.

—¿Qué evidencia tienes contra Sam? —preguntó Josh en voz alta.

James suprimió su satisfacción para no delatar sus intenciones. *Ya está cayendo en la trampa. Ya lo estoy halando como a pez en busca de la carnada y* se volteó para contestarle.

—¿Piensas que te la voy a decir?

Se quedó unos segundos de pie, parpadeando fijamente, sin desviar su vista de la cara de Josh, desgarradamente para forzarlo a mover sus labios y soltar la prenda que tenía guardada en su interior: la verdad. Hasta que notó el humo que comenzó a salir por las puertas del elevador.

—¿Qué es esto? —preguntó Gordon.

El olor a cartón prensado quemado y otros materiales flamables que se encuentran en los edificios de oficina abrumó el aire en segundos. Instintivamente ambos agentes buscaron en las paredes cercanas la localización de la alarma contra incendios mientras las puertas del elevador comenzaron a abrirse.

Entre una nube de humo semitransparente salieron del elevador varias personas tosiendo, entre ellas Sam

Cosgrove, pero los agentes no lo vieron porque estaban afanados en la tarea de alertar sobre el fuego a las personas en ese piso que habían llegado temprano a reportarse a sus trabajos.

—Utilicen las escaleras. Rápido, rápido —gritó James y dirigió el camino a la decena de personas que caminaban a prisa y llenaron el pasillo en segundos.

—Sam… ¿hiciste esto? —preguntó entre dientes Josh a su hermano.

—No —y lo agarró por el antebrazo—. Pero tenemos que salir de aquí —y haló a Josh en dirección contraria a donde se encontraban Penton y Gordon.

—¿Destruiste todo? —volvió a preguntar Josh un poco sofocado.

—Sí —dijo Sam.

—Bien hecho —dijo con orgullo y le dio una palmada a su hermano en la espalda.

Sonrieron ambos, un mensaje cruzado entre sus mentes.

Su risa fue apagada por la alarma de edificio que advertía del fuego y el anuncio del departamento de seguridad de que desalojasen el edificio. Ambos hermanos aceleraron el paso para alejarse del área frente al elevador lo más pronto posible. Pero antes de escapar, James tuvo la oportunidad de verlos entre la confusión de cuerpos.

Sólo pudieron intercambiar miradas en vez de balas. Demasiada gente en los pasillos, bastante la distancia entre ellos. Aún así no la suficiente como para que James no se percatara de como Josh y Sam se despidieron con el desliz de una sonrisa en sus labios. Se adentraron en la escalera del este. Machos cabríos en fuga. Hombres culpables salvados por la campana.

———

El sonido de la alarma de fuego resonó en la estación de bomberos de Financial Place. Uno de los bomberos corrió hacia el coche de bombas con la orden de despacho.

—¿Ese no es el banco dónde hubo el fuego hace par de años? —preguntó un joven bombero.

—No —le contestó con la cabeza su comandante y vociferó sobre el ruido de la alarma—. Pero en la misma cuadra.

El joven bombero recordaba bien el fuego en LaSalle Bank, uno de los edificios históricos de Chicago. Veinticinco personas fueron hospitalizadas por un fuego que estalló en el piso veintinueve y no pudo ser detenido a tiempo porque no había rociadores instalados.

Todavía había decenas de edificios en el casco de la ciudad en las mismas condiciones. Edificios antiguos, muchos de ellos monumentos históricos de la ciudad, sin los requisitos de construcción actuales. Esta situación había forzado a la legislatura a proponer una ordenanza para que todos los edificios históricos de la ciudad instalaran rociadores antes de que terminara la década. Lamentablemente todavía la ordenanza no había entrado en vigor y el edificio de cuarenta y cinco pisos donde se encontraba James estaba desprovisto de toda seguridad contra incendios, excepto por dos escaleras para salidas de emergencia, una a cada extremo. El edificio estaba a la merced de las llamas.

El conductor del carro bomba pisó el botón de la sirena y el chillido avisó a los transeúntes que iban camino a apagar un fuego. La luz roja intermitente se reflejó a lo largo de la calle y el crujido y estruendo de la sirena rebotó contra las paredes de los edificios, un eco ensordecedor que provocó que las personas en las aceras levantaran un poco sus hombros como si con este movimiento pudieran apagar el sonido en sus oídos.

Dentro del edificio, la llamarada se dejó sentir en varios pisos, minutos después de que el humo dio su primera señal de vida. De repente, el humo se tornó tenebroso y oscuro con un sólo propósito: Anunciar la destrucción que se avecinaba. A lo lejos James pudo escuchar los gritos de las personas pidiendo auxilio y de las ventanas destrozadas por el impacto de las sillas que fueron lanzadas contra ellas. Las paredes comenzaron a silbar a su alrededor y el humo chasqueaba mientras el fuego se transformaba en una bestia incesante que navegaba por el techo al final del pasillo.

Todos estos sonidos bombardearon y aniquilaron a James. Cada vez los escuchaba más cerca porque su sentido de audición se volvió extremadamente agudo. Sus manos comenzaron a temblar como las de un viejo con la enfermedad de Parkinson. Miró a su alrededor y lo único que alcanzó a ver fue a Gordon respirando tan aceleradamente que impedía que el oxígeno hiciera su función y peligraba en desmayarse en cualquier momento. James vio como el terror arropaba los ojos de Gordon y se vio a sí mismo reflejado en ellos. Le vio la cara a la muerte.

—Gordon, Gordon. Reacciona… —le gritó, pero sus palabras parecían detenidas en el tiempo y no llegaban al otro lado del pasillo.

G O R D O N…. R E A C C I O N A… El conjunto de letras flotaba en el aire y no llegaban a los oídos del agente. Gordon permanecía tieso como si se encontrara en una nevera de hielo en vez de en una cápsula de fuego.

James se le acercó y trató de moverlo en dirección a la escalera. Pero fue en vano. Era un témpano, pesado como roca inmóvil. Entre el sonido ensordecedor y la reacción inesperada de Gordon, James no podía decidir qué debía hacer y temió por su vida.

El fuego revistió el piso de las oficinas.

Capítulo 35

La humareda y la cantidad de gente amontonada en las escaleras por donde bajaban los hermanos Cosgrove, les impedían avanzar rápidamente y mantenerse juntos. Sam se encontraba al menos diez escalones más abajo que Josh, quien podía ver la espalda de su hermano mientras se adelantaba entre las personas más lentas a la vez que escuchaba como lo animaba:

—Avanza Josh, ya queda poco.

Pero de repente Josh no pudo verlo más.

La puerta de uno de los pisos le hendió la frente cuando fue empujada bruscamente por tres mujeres despavoridas. Luego del golpe, Josh quedó bastante aturdido y se detuvo a esperar a que la gente a su alrededor cruzara. Sin darse cuenta los dejó pasar a todos. Parecía haberse quedado solo entre el ruido del fuego que derretía las paredes varios pisos arriba y el sonido del galope de los pasos que bajaban varios pisos abajo. En ese medio se encontraba Josh. Detenido.

Cuando al fin se percató de que debía continuar, dio un paso confundido hacia el frente, tropezó con el borde del escalón y cayó escaleras abajo. Se detuvo al acabarse los peldaños, en el mismo instante en que se le nubló la vida. Estuvo unos segundos en ese estado cuando de repente una presión extraordinaria en su pecho lo hizo recobrar la conciencia, sólo para sentir que se sofocaba, que sus pulmones se desplomaban. La garganta le dolía horriblemente, una agonía terrible y dolorosa que su cabeza, congestionada de sensaciones rápidas e intermitentes, no pudo procesar. Morir asfixiado en un edificio ardiendo no era el final que Josh Cosgrove le veía a su carrera o a su vida.

¡Es ridículo!, pensó por un instante.

La indignación y la incredulidad era tal, que aceleró el efecto del vértigo interno y externo que experimentaba su cuerpo y Josh recobró algo de su juicio. Su mente se concentró en mejores momentos.

Esta mañana estaba bebiendo mimosas y leyendo la revista Fortune. Esto no va a terminar aquí.

Hizo un esfuerzo por ver una salida entre el grueso humo que lo arropaba. Entre las rendijas que se formaban en la pared gris y blanca de humo espeso vió la puerta al tope de la escalera, pero su cerebro no dio instrucciones a su cuerpo de que se levantara. Aspiró a pleno pulmón el aire ardiente. Sintió que su garganta se quemaba. Su corazón comenzó a perder fuerza, sólo revoloteaba débilmente.

Creyó escuchar que otras personas bajaban la escalera. Algunas tropezaron con su cuerpo en el piso y se detuvieron a tomarle el pulso. Pero no sintieron las venas palpitar. Continuaron su camino. Mientras, el humo seguía ennegreciéndose y ocupando cada molécula de espacio, consumiendo el oxígeno, por lo que las personas ya no tenían ni que tropezarse con Josh para colapsar a su lado. Una mujer cayó sobre su cuerpo y le puso las manos sobre la cara. Le temblaban, tal y como le temblaron a Josh minutos antes. La extraña le susurró que se mantuviera tranquilo, que escuchaba las sirenas de los bomberos. Pronto vendrían por ellos. Y recostó su cabeza de cabellera larga y ondulada sobre el corazón débil de Josh.

El subconsciente de Josh comenzó a gritar. Desechó a la mujer hacia un lado y se levantó rápidamente del suelo buscando el aire. Subió los escalones a toda prisa y corrió hacia la puerta. Pero cuando trató de abrirla de un tirón, no logró moverla ni un centímetro porque estaba clausurada. Comenzó a darle puños a la pequeña ventanilla de cristal cuadriculado y a gritar despavoridamente que lo dejaran salir. Que le abrieran la puerta. Al no recibir respuesta, se deslizó al suelo nuevamente. Pero su cuerpo no estaba tendido al lado de la puerta. Continuaba extendido debajo del peso de la mujer sin vida que yacía sobre él, ambos rodeados de otros cuerpos desconocidos.

———

Varios niveles más arriba de donde se encontraba Josh, cerca de la escalera oeste —la segunda escalera de salida que tenía el edificio multipisos— James se arrodilló al lado de Gordon. El hombre jadeaba, congelado en terror, y James trató de sacarlo de su estupor. El problema era que Gordon se encontraba atrapado en otro fuego. El que destruyó su casa cuando era pequeño. Su hermanita de cuatro años lo había levantado. Estaba asustada. Gordon se percató de un olor raro cuando salió de su cuarto. En ese momento, sus padres salieron corriendo del dormitorio principal, semidesnudos, fatigados. El fuego no les permitió bajar al primer piso, porque allí se originió y allí las llamas se manifestaban como un adolescente de fiesta, cuando los padres no están en casa.

Ahora Gordon veía como su padre se deslizaba por la ventana de su dormitorio y se lanzaba al primer piso. El esfuerzo le rompió la pierna derecha. No obstante, se levantó como si nada hubiera pasado y le gritó a Gordon que brincara, que él lo iba a capturar, que no tuviera miedo. En el aire, de camino hacia los brazos de su padre, vio como la cara de terror de su progenitor se descomponía al chillar los nombres de su esposa y de su pequeña hija. Nunca más las volvieron a ver.

Mientras, el fuego en MagMell Laboratories se aproximaba peligrosamente y los gritos de las personas atrapadas en las oficinas traseras ya no se escuchaban, los sonidos de chasquidos, retumbos y silbidos se habían intensificado. Además, se escuchaban teléfonos celulares que sonaban sin cesar. Ya las noticias televisivas debían haber dado el aviso de que se había reportado un fuego en el edificio. Los familiares llamaban sin parar con la esperanza de que sus seres queridos les contestasen que ya estaban a salvo.

Pero lo que desconcertó a James fueron los teléfonos de las oficinas que también sonaban incesantes. *No pueden ser los familiares. Esa no es una llamada que quieren que sea contestada*, pensó. *Quizás son los reporteros pensando que alguien les puede describir qué es lo que está sucediendo. O sí son los familiares para verificar que sus hijos, padres, esposos, amantes y novios, y lo mismo en femenino, saben que hay un fuego y que deben correr a salvarse.*

Sin embargo, James lo único que deseaba en este momento era que pararan de llamar. Ya podrían hablar luego. Ahora la prioridad era salir de allí. Entonces, ¿qué hacía él esperando a que el humo se le acercara? *Esperando por Gordon* se contestó a sí mismo y miró a Gordon quien seguía en estado catatónico hasta que sus labios empezaron a hacer pucheros como un niño de dos años y su mano se incorporó para señalar hacia el frente.

James pegó un brinco al ver lo que Gordon señalaba. Un hombre en llamas se desplazaba por el pasillo hacia el elevador y gritaba de horror. Su cabello, su cara, sus espejuelos, su ropa, todo se derretía mientras corría y se le pegaba a la piel chamuscada. James rompió la caja de un extintor de fuego y roció al hombre tan pronto pudo hasta que apagó las llamas. Pero fue muy tarde. El hombre gemiqueó incoherentemente, se deshizo en el suelo y quedó hecho un cadáver, quemado, entre las dos puertas de lujo que anunciaban el nombre de Josh Cosgrove, Presidente.

James instintivamente sacó su pistola y comenzó a disparar hacia el nombre grabado en el cristal de las puertas y las destrozó luego de varios tiros. Siguió disparando al techo, a las paredes, al humo. Con su Glock 17 como manguera de agua y en posición de bombero valiente en contra del monstruo naranja, disparó al aire y le gritó al fuego a lo lejos:

—Ven, alcánzame, si te atreves.

Siguió en ese frenesí hasta que Gordon le agarró la mano para que detuviera los disparos y lo empujó en dirección hacia la escalera. El agente Gordon ya era él de nuevo. Los disparos lo hicieron salir de su pánico y supo inmediatamente qué hacer: correr por sus vidas escaleras abajo. Eso hicieron ambos agentes persiguiéndose uno al otro por los peldaños como si uno fuera la sombra del otro. Rítmicamente, al unísono, un, dos, tres, cuarenta… bajaban los escalones de dos en dos. De vez en cuando, esquivaban los zapatos de taco alto que fueron abandonados por sus dueñas.

Al salir a la calle se toparon con las cámaras de televisión y Gordon empujó a los reporteros con todas sus fuerzas para hacerse paso. Quería alejarse del edificio lo más que pudiera. James se detuvo en la acera, con las cámaras captando cada uno de sus lentos movimientos. Primero miró hacia el rectángulo de cielo que podía ver entre los rascacielos y luego se dobló y se agarró las rodillas con ambas manos, y en esa posición se quedó descansando, cogiendo el aire, tosiendo, hasta que pudo incorporarse y pasarse las manos ennegrecidas sobre la frente para quitarse el pelo de los ojos.

Entonces caminó hacia el costado del edificio y vomitó las tripas en privado. Allí mismo en el callejón, con una mano apoyada sobre la pared de cemento del edificio en llamas y doblado por la cintura, se deshizo de la bilis. Esa fue su reacción al puro terror que vivió por los minutos más largos de su vida.

—Ya estoy muy viejo para esto —se dijo a sí mismo en voz alta.

—Si nos viera Bakran, se vengaría por las burlas que le hicimos con el borracho meón —oyó que decía una voz detrás de él.

Fue entonces cuando James se percató de que no estaba solo. Gordon estaba cerca, sentado en el suelo, haciendo un intento por secarse el sudor de la frente con la manga de su camisa. Ambos hombres se miraron a los ojos y los apretaron casi simultáneamente. El equivalente a un apretón de manos. Con ese gesto concluyó la conversación. No hacía falta verbalizar las gracias.

Al otro lado del edificio, en el área donde estaban estacionadas las ambulancias, un hombre de seis pies de alto, con un traje de tres piezas gris oscuro y con zapatos negros de piel, se dejaba llevar arrastrando pies y piernas recostado del hombro de un policía. En la cara llevaba una máscara de tela de gasa, especial para quemaduras de la piel. Aparentemente todas las quemaduras las sufrió en el rostro. Sus manos milagrosamente fueron eximidas del calor.

—Yo no sé que es peor, pero quedarte sin rostro tiene que ser horrible —dijo en murmullo uno de los agentes del FBI al ver pasar al hombre.

Los agentes del FBI esperaban infructuosamente a que Sam y Josh Cosgrove aparecieran de un momento a otro entre los sobrevivientes. Esperaban a que salieran con vida. Esperaban.

En lo que aguardaban, Sam prosiguió arrastrando sus pies con la ayuda del policía y se dejó llevar por los paramédicos hacia la ambulancia, donde se confundió entre los pacientes y los curiosos. Luego de que el policía lo escoltó al área y los paramédicos lo dejaron en reposo en una camilla en lo que atendían a un paciente más grave, Sam se levantó como si con él no fuera la cosa y se perdió entre la gente. La máscara de gasa blanca con respiraderos que robó del equipo de paramédicos en el recibidor del edificio y que le permitió permanecer en el anonimato durante su escapatoria, apareció dos horas más tarde tirada en la calle.

Capítulo 36

————

"Hasta el momento once personas han muerto en el misterioso fuego en la torre de oficinas de MagMell Laboratories. La versión oficial de los bomberos indica que el fuego comenzó en el piso veintiocho en una oficina en proceso de remodelación. Los documentos y papeles viejos de la oficina estaban guardados en cajas temporeras en lo que podían ser trasladados a un almacén. El jefe de bomberos explicó que cualquier material seco, como el papel, puede actuar como agente flamable. 'Todo lo que se necesita es una simple chispa para provocar un horrible accidente de grandes proporciones como este' señaló el Jefe de Bomberos, Adam Palusky. Entre las primeras personas reportadas como fallecidas se encuentra el Sr. Josh Cosgrove, presidente de MagMell Labs, conocido filántropo y humanista."

Valeria escuchaba incrédula a la reportera en el televisor de la casa de Mercedes. Minutos antes cruzaba impaciente lado a lado de la sala, dándole tiempo al tiempo hasta que fueran las ocho de la mañana, porque a esa hora comenzaría la conferencia de prensa de Mercedes en MagMell Laboratories para anunciar el despido de Josh Cosgrove como presidente de la empresa. Por esa razón encendió el televisor y para su sorpresa, se encontró con la noticia del fuego.

Ahora estaba sentada en el sofá con sus rodillas juntas a nivel del pecho y las manos cruzadas entre las piernas. Veía estupefacta las imágenes en el televisor, los cristales de las ventanas que estallaban y volaban en el aire hacia la calle, los chorros de agua de los carros bombas en distintas direcciones, los costados del edificio tiznados de negro y las llamas... las llamas que despiadadamente devoraban el interior de las oficinas y asomaban su maldad por las ventanas abiertas. La reportera continuó:

"En estos momentos, mientras ofrecemos este reportaje, posiblemente todavía hay personas atrapadas en sus oficinas o en las escaleras de los pisos superiores."

Las manos de Valeria se entrelazaron en forma de candado. Sus nudillos se pusieron blancos como la leche. Sus dientes trituraron un pedazo de hielo que tenía en la boca. El resto de los cubos de hielo se escurría en el vaso de jugo de naranja, que se tornó intocable en la mesita del costado del sofá desde que encendió el aparato de las malas noticias.

Tres mil personas trabajan en este edificio. ¿Cuántas ya han logrado salir?, pensó mientras contemplaba sin parpadear el fuego en acción. Súbitamente su mente empezó a gritar.

—¿Mercedes? ¿Dónde está Mercedes? —y en el momento preciso que levantó el teléfono, la llamada de su amiga entró para aliviarle sus temores.

—Nunca pude entrar al edificio. Ya la alarma de fuego alertaba del incendio cuando llegué —aclaró Mercedes a Valeria, quien nerviosa le hizo preguntas sobre el incidente.

—¿Ya sabes que Josh falleció? —preguntó Valeria.

—Sí. Vi cuando los bomberos sacaron su cuerpo. Fue uno de los primeros.

Valeria escuchó a la reportera hablar sobre Josh Cosgrove y su muerte prematura, inoportuna, desafortunada.

"Un pilar de nuestra comunidad fallece en los estragos del incendio que destruye las oficinas centrales de MagMell Laboratories."

En su reportaje cuidó muy bien de borrar los defectos del hombre y de magnificar sus atributos. Valeria y Mercedes escucharon en silencio, ambas sintiendo que iban perdiendo el sentido de la justicia. Josh recibía gloria, una muerte memorable, la misma muerte que le permitía esconder su culpa, negar su complicidad y su participación en la contaminación con el MRSA.

Del incendio no haber ocurrido, la noticia sería otra. Si le hubieran dado oportunidad, Mercedes habría explicado al público, a través de la conferencia de prensa pautada para esa mañana, la posición de MagMell Labs en cuanto al contagio de las camisetas y el rol del señor Cosgrove en todo el asunto. Inclusive, si no fuera porque legalmente estaba maniatada, hubiera mostrado las botellas medicinales que se encontraron en el sótano de su mansión y la confirmación del laboratorio de que contenían MRSA con distintas mutaciones y resistencias a antibióticos. También hubiera revelado que algunas de las botellas medicinales contenían dos tipos de tinta contaminadas con la misma bacteria. Mercedes se hubiera abstenido de explicar cómo las botellas le llegaron a sus manos cuando, al ella entrar al cuarto de la computadora, Dean y Gabriela confesaron por qué vestían ropas de esquiar a esas horas de la noche.

Valeria permaneció perpleja en medio de la sala hasta que las cámaras de televisión enfocaron la escena en dos personas que salían del edificio… Un agente del FBI, quien empujó las cámaras para hacerse camino, y otro hombre a quien no se le distinguía el rostro porque estaba encorvado tomando el aire. *Es James*…. Valeria lo vio claramente cuando se incorporó y se alejó del edificio.

Afligida por el hecho de que Josh Cosgrove no pagaría su crimen en vida y de que su James por poco perece en el mismo incendio, Valeria apagó el televisor y se dejó invadir por un nuevo pensamiento. La idea que le cruzó por la mente era algo que podía hacer para reivindicar la situación. Debía responder, reaccionar, inventar algo para arreglar lo ocurrido con el MRSA, o al menos mejorarlo. *Algo que retuerza el cuerpo chamuscado de Josh Cosgrove en el infierno donde seguirá quemándose por la eternidad. Sus crímenes los pagará en la muerte.*

Le tomó una conversación agotadora de cuatro días para convencer a la Junta de MagMell Laboratories de que su estrategia era la correcta. Semanas más tarde, apareció en el noticiario.

"MagMell Labs inició su campaña GRATIS de vacunación preventiva contra el MRSA en todas las ciudades grandes de los Estados Unidos. Un esfuerzo jamás visto por farmacéutica alguna. Miles y miles de pacientes acudieron a los centros de vacunación el primer día. Millones de dólares entraron a las arcas de la farmacéutica, no por la venta de su nueva vacuna contra el MRSA, sino por la venta de su patente. Mercedes Mojena, vicepresidente de MagMell Labs, explicó en una conferencia de prensa que el dinero de la venta de la patente de la nueva vacuna se reinvertirá en una serie de estudios agresivos para combatir la Fibrosis Quística, un mal que aqueja a más de setenta mil niños y jóvenes adultos en el mundo…."

Mientras la noticia de la campaña gratuita inundaba los periódicos, los medios masivos y las redes sociales, Mercedes participó en una reunión del Consejo Municipal de Chicago. Sobre cien personas estaban presentes en dicha reunión para escuchar el informe de la situación en los hospitales de la ciudad.

"A todos los pacientes se les están haciendo pruebas del MRSA obligatorias, antes de ser ingresados en los hospitales públicos, en los hospitales privados y en las clínicas de la comunidad, en un esfuerzo colectivo por detener la propagación de la bacteria. También se han colocado dispensadores automáticos de desinfectante de manos justo en las entradas de los hospitales, para que los pacientes y los visitantes puedan lavarse sus manos antes de tener contacto con otros pacientes o con el personal del hospital. Las evaluaciones mandatorias para descartar la presencia del MRSA antes y después de las operaciones, también han sido implementadas en los hospitales grandes, y en las clínicas de la comunidad pronto serán obligatorias para cualquier procedimiento invasivo, incluyendo visitas dentales."

Antes de idear toda esta campaña contra el MRSA y justo después de reconocer a James salir del edificio en llamas, Valeria recibió una llamada que cambió su manera de ver las cosas.

—¿*Sweetie*?

—¿James? ¿James? ¿Estás bien? Acabo de ver en la televisión cuando saliste del edificio. Tu cara... tu cara negra de humo. Me pareció verte cojear...

—Estoy bien, Vale. Voy para allá —le aseguró por el teléfono con dulzura y seguridad.

Estaba ansioso por verla de frente.

—No…. No vengas.

Valeria se sorprendió ella misma al escuchar que su voz no demostró ninguna señal de alarma, de advertencia, de que algo malo sucedía, ningún margen de insatisfacción, de remordimiento. Nada.

—¿Por qué? —preguntó James incómodo.

—No quiero verte. No puedo verte más.

Al contestar esta vez, su voz fue precisa, triste, desamparada y su cara reflejó en el televisor apagado su angustia, pero se mantuvo firme. Firme en su resolución.

—Vale, encuéntrame en una hora en Oak Street Beach —dijo él igual de determinado y colgó el teléfono.

Capítulo 37

Este año, el frío en la ciudad de Chicago persistió hasta entrada la primavera y por eso las hojas de muchos de los árboles se tardaron tanto en reverdecer. Aún así, esa mañana, el día despertó soleado y con un cielo límpido. La primavera al fin se adueñó del tiempo. Al levantarse ese día, Valeria presintió que algo indescriptible sucedería. Sin embargo, nunca imaginó que el incendio mortal en el edificio de MagMell Labs sería el punto culminante del drama que le había tocado vivir los últimos meses.

—No hay lugar en la ciudad para tener esta conversación —se lamentó, al quitarse los pijamas que fueron su vestimenta durante todo el tiempo que estuvo pegada frente al televisor viendo las noticias del incendio. Ahora debía vestirse para encontrarse con James, para pasar el trago amargo y para eso le hubiera gustado utilizar a la naturaleza como aliada.

Hablar con él en un sitio donde pudieran escuchar el rozar del viento contra las primeras hojas de la primavera, el cantar pausado de las aves sobre los árboles, el batir de las alas de los insectos sobre el perfume de las flores y el hablar de los sapos entre la grama espesa, haría que la conversación fuera menos penumbrosa. Pero la ciudad todavía no gozaba de los rayos candentes del sol y no tenía un sitio que emulara el efecto del campo en el mes de marzo. A menos que visitara el tope del edificio de la alcaldía, que aunque imitaba una pradera y recibía la visita de pájaros y abejas en la primavera, no era el sitio perfecto para que dos amantes se reunieran luego de tanto tiempo sin verse.

James citó a Valeria en Oak Street Beach frente al lago Michigan porque sabía que era su sitio favorito en toda la ciudad.

Valeria llegó primero. El suave murmullo del viento encrespó la superficie del lago. Su cabello largo voló sin miedo mientras sus ojos observaban el magnífico paisaje que comprendía un lago sin fronteras, sin costa en el horizonte que limite su grandeza. Un mar. El paso del viento a través de su cuerpo le provocó un poco de escalofríos. Se abrazó a sí misma buscando calor y percibió la llegada de James a lo lejos. Intuyó su presencia aunque no se viró para saludarlo. La anticipación retumbó en su sangre como un pandero desenfrenado.

Él se acercó con caminar lento. Valeria pudo escuchar sus pasos hundiéndose en la arena. Al llegar, James le resbaló sus nudillos por el brazo y delicadamente recorrió con sus dedos su hombro femenino. Mientras la acariciaba, caminó por su costado y se detuvo justo frente a ella, un obstáculo viviente entre Valeria y el lago. Pero ella no sintió molestia por la interrupción. El paisaje se tornó más real, más accesible, porque no podía atrapar la majestuosidad del lago entre los brazos, pero sí arropar al hombre que amaba y acurrucarlo con un abrazo.

Se quedaron mudos por unos instantes, amarrados, entrelazados, sin permitir que el tiempo les apurara los sentimientos. Los corazones palpitaron a ritmo acelerado, el de Valeria más aprisa que el de James. Ella pensó hasta ahora que lo perdía. Él siempre supo que regresaría. Aún así, verla tan delicada le volcó el corazón. Sólo conocía el lado fuerte de Valeria. Como una roca, tan segura y confiada. Ahora veía lo que el amor provocaba: El derrumbe de todas las defensas y ella estaba poniéndolas a un lado sólo por él. Valeria traicionaba a su verdadero ser y por un instante era vulnerable. Sólo James tendría el privilegio de adentrase en su interior y él aceptaba esa responsabilidad muy en serio. Para siempre. Valeria y James.

—Estoy bien, Vale te lo juro —dijo él, cuando al fin las emociones cedieron el paso a la cordura.

—James, no puedo. Tu trabajo te va a matar y por consiguiente me va a matar a mí. No sé si pueda soportarlo.

Ella prefirió mantenerse a distancia y le empujó el pecho abriendo un espacio entre sus cuerpos.

—Lo sé, *Sweetie*. No es justo…

Pero para variar no pudo terminar de hablar. Valeria se le coló en la conversación. Le robó su turno.

—Yo no soy mujer de sentarse a esperar las malas noticias, James. Admiro a las esposas de los policías y de los bomberos. Son mis heroínas. Pero yo no nací con el mismo gen. Yo necesito paz. Necesito mente abierta para poder crear. Estar pendiente de ti me haría obsoleta —dijo aturdida por la aceptación de la oportunidad que se le iba.

James sabía bien que todo lo que le confesaba Valeria era cierto. Reconocía que era el momento decisivo en su relación y por eso, para evitar que lo echara por la borda, le tapó la boca a su novia con su mano derecha, le pasó el otro brazo por detrás de la nuca y le hizo una especie de candado como si fuera un rehén.

—Tengo unos planes que te van a encantar Vale. Tú vas a abrir tu propia agencia de publicidad y relaciones públicas. Yo voy a sacar, de una vez por todas, mi carné de fotoperiodista. Soy fotógrafo también, ¿sabes? Nunca te mentí sobre eso. Tú me consigues par de trabajos en lo que me establezco. Somos felices para siempre.

Aún cuando le soltó la boca, Valeria se quedó muda y lo miró incrédula, con la cabeza llena de una sola duda: *¿Estás hablando en serio?* Pero no hizo ningún gesto para gesticular la pregunta, así que James tomó ventaja y prosiguió.

—¿Me darías un préstamo para comprarme par de cámaras? Las mías me las robaron en El Cairo —terminó con una sonrisa maquiavélica.

Valeria le dio un golpe con su cartera en el hombro y le preguntó indómita, pero con un remoto rayo de esperanza:

—¿Harías eso por mí?

—No. No haría eso por ti —dijo él e hizo una pausa corta que pareció eterna antes de explicar la razón—. Haría eso por mí —contestó al fin James y la miró profundamente.

Valeria separó sus labios….trémulamente…

—¿Y James Bond?

—Le pegué tres tiros en las oficinas de MagMell.

Y recordó su frustración en medio del incendio.

—En serio, Vale, presentaré mi carta de renuncia mañana por la mañana —contestó seguro de que era tiempo de cortar de raíz su vida pasada. Se quitaba de encima el peso del mundo. Otros héroes discretos tomarían su lugar.

Dos semanas más tarde, en otro continente y en otro idioma, una chica y un chico también se expresaban, pero con seriedad, sin mucha emoción en las palabras. Hablaban de lo cotidiano, y ni tan siquiera eso abiertamente. Ana y Paco eran los interlocutores.

Conversaban en su lengua nativa sobre los acontecimientos en América relacionados al MRSA. Desde la terraza del restaurante con vista a la Plaza Santo Domingo en la azotea del hotel madrileño de cuatro estrellas en donde se hospedaban, comían churros y tomaban chocolate caliente. Bakran los había movido de hotel y devuelto a su país natal.

—Todo está a punto de culminar —les aseguró y admitió que pronto aprehendería a Sam, y que ya no tendrían que esconderse.

Una máscara similar a la que ocultó la identidad de Sam Cosgrove durante el incendio, desgraciadamente también le proporcionó el escondite perfecto para salir de Estados Unidos, por lo que el hombre de la máscara seguía siendo el más buscado. Bakran tardó varios días en encontrar una pista. Una solitaria pista que lo llevó a otra pista y así por el estilo. Hasta que corroboró por una enfermera americana de cuarenta y ocho años, a quien encontró moribunda en un callejón en Londres, que Sam había regresado a la capital inglesa. La enfermera lo ayudó a escapar de Chicago. Le afeitó la cabeza, le curó las heridas de la quemadura en el cuello que se infligió él mismo, a propósito, para aparentar ser un paciente de quemaduras graves. Le consiguió una nueva máscara de gasa, viajó con él como su enfermera personal, todo a cambio de promesas de boda y sexo sano.

—La artimaña de paciente quemado no le durará mucho tiempo. Ya le tenemos el rastro acechado y la cicatriz en el cuello hará que sea más fácil identificarlo —les dijo Bakran a Paco y a Ana al despedirse—. Así que chicos, a divertirse dentro de los confines del hotel. Tan pronto lo apresemos, vengo por ustedes para que continúen sus vidas. Par de días más, denme par de días más.

Paco y Ana soñaban que ese día fuera hoy, porque tan pronto esta odisea pasara, Ana podría regresar a sus planes de ingresar en la Universidad y Paco haría planes serios por primera vez. Ninguno de los dos estaba seguro de su porvenir, sólo que de sus padres se independizarían.

Así pasaron dos horas de formalismos y trivialidades admirando la vista de Madrid, sin ninguno expresarse nada de lo que pasaba verdaderamente por sus mentes. En el ínterin, se tomaron dos tazas más de chocolate caliente con churros, para matar el tiempo. Paco reconocía que lo que realmente quería hacer no dependía de él y por eso callaba. ¿Cómo imponer que quería permanecer para siempre al lado de Ana? Ella tendría que decírselo a él, dejárselo saber. Por lo que pasaban los minutos y ninguno tomaba la iniciativa. La muralla entre los dos no tenía fin.

Cuando se acercó la hora de despedirse, Ana para su habitación y Paco para la suya, él sacó de una bolsa de tela que mantuvo oculta todo este tiempo, una caja blanca con un lazo amarillo y la entregó tembloroso en las manos de Ana. Ella buscó sus ojos y se reunió con su mirada, pero no hizo ni una pregunta. Delicadamente tiró de la cinta amarilla y el lazo se deshizo. Dentro de la caja había mucho papel de regalo que escondía su contenido.

Ana buscó emocionada hasta que sus dedos tocaron una libreta pequeña decorada con pétalos de rosa. La tomó entre sus dedos, admiró su belleza y preguntó. Pero Paco, en silencio y sólo con un gesto, le hizo ademán de que abriera la libreta. Una inscripción en su primera página le dejó saber de que se trataba.

"Es una colección de mis chistes para que rías en las mañanas. Puedes añadir los tuyos propios, los que te enseñó Miguel y los que te regale la vida. Para que siempre seas feliz. Paco."

Ana no perdió ni un segundo y comenzó a leerlos uno a uno, en voz alta. Las risas de ambos comenzaron a escucharse por los pasillos y las ventanas interiores del hotel. Uno de los mozos, asombrado del cambio repentino en el humor de los comensales de la mesa número dos, se asomó a la terraza, y lo que vio lo trastornó.

Los dos jóvenes no podían contener la risa, y lágrimas alegres brotaban de los ojos de ella. Un destello grandioso resplandecía en los ojos de él al admirar la sonrisa magnífica de su compañera. De repente, no pudo contenerse y la besó. La besó con ganas. La besó con ternura. La besó mientras recorría con la yema de sus dedos las delicadas estibas de su cuerpo.

Con ese beso, Paco desprendió el alma de Ana. Un rubor con aires de tornasol brilló en el rostro femenino. Suspendida en el asombro, Ana fue perseguida momentáneamente por la dolencia de la muerte de Miguel, pero la encerró con puertas de hierro en su memoria pasada, donde Miguel le había dicho que ocultara sus penas para poder vivir. Escondió su rostro gitano en el pecho juvenil del chico que le ofrecía un nuevo comienzo y sonrió. Y tembló en sus brazos. En ese instante, la calma en ambos se convirtió en huracán, que desvarió cuando Ana devolvió el gesto de amor e inició el próximo beso.

—¡Samuel, Samuel, tienes clientes esperando en la mesa siete! —ordenó a gritos el jefe de camareros.

Al escuchar el mandato, Sam Cosgrove se subió el cuello de su camisa para cubrir aún más la cicatriz que todavía sanaba en su cuello, para luego dirigirse a la mesa siete a continuar con su trabajo. Con una sutil vuelta, dejó de espiar por entre las cortinas a los jóvenes comensales que se gastaban los labios en la terraza.

PLAGA DE ORO • ILA MONROE

Notas del Autor:

- Este libro se lo dedico a la familia López, en especial a su querida hija Sarah, que en paz descanse, por ser la inspiración y la motivación para esta historia. Parte de las ganancias de la venta del mismo serán donadas a la Fundación de Fibrosis Cística (Cystic Fibrosis Foundation) de los Estados Unidos, en conmemoración de la lucha de Sarah contra esta enfermedad. Si quieres leer más sobre la admirable vida que llevó esta valiente niña, puedes visitar www.padmorepublishing.com/goldenplague

- Plaga de Oro se comenzó a escribir justo después de un incidente mortal que ocurriera en los Estados Unidos, donde varios estudiantes de una escuela superior fueron afectados por una infección con la bacteria MRSA. Aparentemente la propagación de la bacteria ocurrió en los armarios de los baños de las facilidades deportivas de la escuela. Todos los estudiantes afectados eran jugadores del equipo de fútbol. Muchos factores han cambiado desde entonces. Más estudios y medidas se están llevando a cabo para tratar de minimizar su propagación. Sin embargo, las bacterias continúan siendo un misterio para la comunidad científica, pues pareciera que tuvieran mente propia y se mutan para prevenir ser destruidas. Es por esta importante razón que los humanos nunca debemos perderlas de vista, pues en cualquier momento, vuelven a coger fuerza y atacan sin piedad.

- El término correcto para el MRSA en español es SARM (**Staphylococcus** aureus resistente a la meticilina), el cual no es muy utilizado en los medios noticiosos, ni en las agencias de salud y se prefiere usar su acrónimo en inglés. En Plaga de Oro se utiliza en inglés para seguir la norma establecida por los medios y para facilitarle al lector la búsqueda de información adicional sobre el tema en los medios electrónicos.

- Todos los datos provistos sobre el MRSA y su propagación son verídicos, al menos hasta el momento en que se terminó su redacción. Aún así esta historia es completamente ficticia. Cualquier similitud con algún evento en vida real es pura coincidencia. Al momento de publicación no existe ninguna vacuna para la prevención de la contaminación con esta bacteria. Por tanto, déjale saber a tus familiares y amigos la importancia de prevenir las infecciones con MRSA.

- Si tú o alguno de tus seres queridos ha sufrido de alguna infección bacteriana y deseas compartir tu experiencia, hemos dedicado un espacio para ti en nuestra página electrónica www.padmorepublishing/goldenplague. Nos encantaría escuchar tu historia.

- Espero que este libro te haya ayudado a entender la problemática de las infecciones con MRSA de una manera entretenida. Si disfrutaste su lectura, riega la voz. Y si te animas a escribir una corta reseña en las redes sociales o en la tienda electrónica donde adquiriste el mismo, para que otras personas se entusiasmen también a leerlo, estaré por siempre agradecida por tu apoyo.

Preguntas de discusión

1. ¿Cómo te sentiste cuando te enteraste de lo que le sucede a Miguel?

2. ¿Conocías la enfermedad Fibrosis Quística y sus características antes de leer este libro?

3. Si tu fueras Valeria, ¿hubieras podido aceptar no saber a que se dedicaba James al principio de la relación?

4. ¿Pudiste relacionarte con el dilema de Paco una vez tiene que escapar del hospital?

5. ¿Conoces a alguien que se haya infectado con una bacteria en un hospital? ¿Cómo te sentiste al enterarte?

6. ¿Cómo te pareció la reacción de Valeria ante el reto de mercadear un producto de una farmacéutica y lidiar con un cliente tan exigente?

7. ¿Entiendes que es vital que las farmacéuticas promocionen agresivamente sus productos?

8. ¿Crees que las farmacéuticas manipulan el mercado de los medicamentos para aumentar su consumo?

9. ¿Crees que el FDA (Administración de Drogas y Alimentos) está siendo muy condescendiente a la hora de aprobar medicamentos?

10. ¿Cuál es tu opinión sobre el trabajo del CDC (Centro para el Control de Enfermedades) para prevenir las epidemias?

11. ¿Qué hubieras hecho tú si te hubieras encontrado en la situación de Valeria en el concierto?

12. ¿Opinas que Paco hizo mal al enamorarse de la novia de su compañero Miguel? ¿Durará esa relación amorosa entre Paco y Ana?

13. ¿Qué te pareció el sueño de Valeria en el moratorio del hospital? ¿Piensas que los sueños son una manera subliminal que usa la mente para enfrentar realidades?

14. ¿Deben los hospitales reportar los casos de infección bacteriana que hay en sus facilidades y que esta información esté disponible al público?

15. ¿Te parece que Josh fue culpable de la contaminación de las camisetas o fue un plan sólo de su hermano Sam?

16. ¿Crees q Valeria tenía razón para querer romper su relación con James?

17. ¿Crees que James realmente va a retirarse del NCIA?

18. ¿Cuál es tu opinión sobre Sam y su yuxtaposición entre ser un hombre guapo y elegante de apariencia, pero con una mente y actitud perversa?

19. ¿Cuál es tu escena favorita del libro?

20. Discute el titulo del libro y su significado.

Agradecimientos:

A todas las personas que compartieron conmigo sus historias de dolor al perder un ser querido en un hospital debido a una infección bacteriana. Personalmente conozco a varios pacientes que han muerto por esta misma razón y el impacto de saber que no fue la operación o la enfermedad que los llevó al hospital lo que terminó ultimándolos, sino una bacteria que se alojó en su cuerpo durante el procedimiento o en la recuperación, es un hecho bien difícil de procesar, por lo que agradezco enormemente la valentía de todos ustedes que aceptaron expresarme sus sentimientos.

A los doctores y a los empleados de farmacéuticas, quienes bajo promesa de anonimato, discutieron sus recomendaciones, expresaron sus preocupaciones y aportaron sus conocimientos sobre este tema. Sin su ayuda, esta narración no hubiera sido posible.

A todas mis amistades y compañeros de trabajo, porque al enterarse de que había escrito un libro y sin haberse leído ni tan siquiera una palabra o saber la trama, me dijeron con un entusiasmo sorprendente: "¡Yo lo quiero! ¿Ya está en las librerías?". Espero que disfruten la lectura de este libro, para devolverles el favor por la confianza que ciegamente pusieron en mí y ruego haber sido capaz de ratificar sus sentimientos de que valía la pena invertir en mis escritos. Besitos.

A Gloria Maristany, mi primera víctima, quien se leyó el manuscrito en dos días, me dijo que estaba listo para publicarse luego de enviarme una lista de todo lo que no le gustó (y lo que le gustó también) y me regañó porque ahora tendría que esperar por la secuela.

A Manolo Oliveras, con quien discutí confidencias de las farmacéuticas, nombres de personajes, su apatía hacia uno de los personajes por considerarlo trágico hasta que entendió su rol heroico y su sugerencia de que usara el título Ratas de Laboratorio el cual le puse a uno de los capítulos. Como soltero empedernido, su sueño era que yo escribiera una heroína con un carácter irresistible y que luego se la presentara, porque está deseoso por invitar a salir a alguna de mis protagonistas. Le hice caso, escribí a Valeria, pero se la presenté a James. Lo siento, Manolo. Para la próxima.

A Ana Mercier, por su apoyo, sus anotaciones y sus mensajes de texto a mitad de lectura para decirme que estaba en la playa llorando desmelenada porque maté a uno de sus personajes favoritos. Pero el mejor de todos sus comentarios resultó ser el cumplido más deseado por un escritor, cuando confesó que de cierto punto en adelante no pudo soltar el libro y se lo leía hasta en el baño. Gracias Anita por darle un magnífico toque de humor a la tediosa tarea de editar un libro.

A Natalia Galindo por sus implacables correcciones y revisiones y su extenso conocimiento de gramática, los cuales compartió desprendidamente a lo largo de todo el proceso de edición inicial. Por siempre te estaré agradecida.

A mi querida Ingrid Rivera, por su ánimo y seguridad de que podría lograr que se publicara este libro. Gracias por ser mi compañera en la primera fase de esta increíble aventura.

A Maricarmen Carbonell y a Alina SanGiovanni, por sus ediciones, críticas, sugerencias, conversaciones, algunas a altas horas de la noche y otras por horas en la mesa de un restaurante, pero sobretodo, por su amistad sincera.

A mi esposo, a quien le debo el impulso para continuar cada vez que sufría de lapsos de estrés. Gracias por ser mi vida y mi gran romance. Y a mis hijos por ser tan comprensivos, especialmente cuando los hacía esperar a que me contaran sus anécdotas del día para escribir las últimas palabras a toda prisa para que no se me escaparan. Los quiero.

A mi madre y a mi hermana por demostrarme su amor incondicional. Gracias por el empuje que siempre me dieron, pero sobre todo por escucharme. A mi cuñado por sus acertadas sugerencias que me ayudaron a frasear todo lo relacionado a la publicidad. A mi hermano y mi cuñada por siempre sorprenderse alegremente cuando les cuento lo que me traigo entre mano.

Y por último, a mi padre por regalarme el amor por la lectura. Sin eso, hoy no sería nadie.

Biografía de la Autora:

Ila Monroe fue nombrada la editora de la revista de salud número uno a sus veinticinco años de edad, convirtiéndose en la editora más joven que la casa publicadora de revistas de mujer, periódicos de negocios y publicaciones de interes general haya tenido jamás. Ganadora del premio Excelencia en Periodismo de la Asociación Médica Americana, Monroe recibió el reconocimiento debido a su habilidad para redactar noticias de salud de manera provocativa y accesible donde los lectores se sentían completamente cautivados leyendo asuntos médicos. También ganadora del Premio Innovación por su serie interactiva y educativa: "Héroes de Nuestra Historia", Monroe demostró ser una productora y escritora versátil. A través de su carrera editorial, Monroe ha escrito una publicación sobre el embarazo (la cual es todavía número uno en ventas en la lista de libros de su casa publicadora), varias historias cortas, ensayos y libros para niños. Su nueva colección de libros históricos para niños será publicada en el otoño 2013 por Padmore Publishing Group. Plaga de Oro es su primera novela, la cual expone a los lectores de una manera bien amena a varias enigmas médicas que plagan nuestro mundo moderno. Monroe actualmente reside en Florida con su esposo y sus dos hijos.

9 781939 866035